UNE ENQUÊTE DE CAPE WEATHERS

BATTRE
LA
BABOUCHKA

TIM MALEENY

Traduit de l'anglais par
Marie-Hélène Therrien

ADA
éditions

Éditeur : François Doucet
Traduction : Marie-Hélène Therrien
Révision linguistique : Féminin Pluriel
Correction d'épreuves : Nancy Coulombe, Anne-Christine Normand, Carine Paradis
Conception de la couverture : Matthieu Fortin
Mise en pages : Sébastien Michaud
Image de la couverture : © iStockPhoto
ISBN 978-2-89565-733-0
Première impression : 2009
Dépôt légal : 2009
Bibliothèque et Archives nationales du Québec
Bibliothèque Nationale du Canada

Éditions AdA Inc.
1385, boul. Lionel-Boulet
Varennes, Québec, Canada, J3X 1P7
Téléphone : 450-929-0296
Télécopieur : 450-929-0220
www.ada-inc.com
info@ada-inc.com

Diffusion
Canada :   Éditions AdA Inc.
France :   D.G. Diffusion
                Z.I. des Bogues
                31750 Escalquens — France
                Téléphone : 05-61-00-09-99
Suisse :   Transat — 23.42.77.40
Belgique :   D.G. Diffusion — 05-61-00-09-99

Imprimé au Canada

Participation de la SODEC. $\bigcirc$ODEC
Nous reconnaissons l'aide financière du gouvernement du Canada par l'entremise du Programme
d'aide au développement de l'industrie de l'édition (PADIÉ) pour nos activités d'édition.
Gouvernement du Québec — Programme de crédit d'impôt pour l'édition de livres —
Gestion SODEC.

**Catalogage avant publication de Bibliothèque et Archives nationales du Québec et Bibliothèque
et Archives Canada**

Maleeny, Tim, 1962-

Battre la babouchka
Traduction de: Beating the babushka.
"Une enquête de Cape Weathers".
ISBN 978-2-89565-733-0

I. Therrien, Marie-Hélène, 1968-   . II. Titre: Maleeny, Tim, 1962-   . Enquête de Cape Weathers. III.
Titre.

PS3613.A3536B4214 2009   813'.6   C2009-941583-6

UNE ENQUÊTE DE CAPE WEATHERS

BATTRE
LA
BABOUCHKA

TIM MALEENY

Traduit de l'anglais par
Marie-Hélène Therrien

ADA
éditions

Éditeur : François Doucet
Traduction : Marie-Hélène Therrien
Révision linguistique : Féminin Pluriel
Correction d'épreuves : Nancy Coulombe, Anne-Christine Normand, Carine Paradis
Conception de la couverture : Matthieu Fortin
Mise en pages : Sébastien Michaud
Image de la couverture : © iStockPhoto
ISBN 978-2-89565-733-0
Première impression : 2009
Dépôt légal : 2009
Bibliothèque et Archives nationales du Québec
Bibliothèque Nationale du Canada

Éditions AdA Inc.
1385, boul. Lionel-Boulet
Varennes, Québec, Canada, J3X 1P7
Téléphone : 450-929-0296
Télécopieur : 450-929-0220
www.ada-inc.com
info@ada-inc.com

Diffusion
Canada :   Éditions AdA Inc.
France :   D.G. Diffusion
                Z.I. des Bogues
                31750 Escalquens — France
                Téléphone : 05-61-00-09-99
Suisse :   Transat — 23.42.77.40
Belgique :   D.G. Diffusion — 05-61-00-09-99

Imprimé au Canada

Participation de la SODEC.
Nous reconnaissons l'aide financière du gouvernement du Canada par l'entremise du Programme
d'aide au développement de l'industrie de l'édition (PADIÉ) pour nos activités d'édition.
Gouvernement du Québec — Programme de crédit d'impôt pour l'édition de livres —
Gestion SODEC.

**Catalogage avant publication de Bibliothèque et Archives nationales du Québec et Bibliothèque
et Archives Canada**

Maleeny, Tim, 1962-

Battre la babouchka
Traduction de: Beating the babushka.
"Une enquête de Cape Weathers".
ISBN 978-2-89565-733-0

I. Therrien, Marie-Hélène, 1968-   . II. Titre: Maleeny, Tim, 1962-   . Enquête de Cape Weathers. III.
Titre.

PS3613.A3536B4214 2009   813'.6   C2009-941583-6

Pour Kathryn,
bien plus que ma douce moitié.

<u>1</u>

T<small>OM</small> A<small>BRAHAMS</small> <small>VOLAIT VERS LA MORT.</small>

C'est ce qu'il se disait alors qu'il plongeait à travers le brouillard, les bras tendus, le vent rugissant dans ses oreilles. Il volait; il ne tombait pas. Il pouvait tourner et planer sans encombre pour regagner le pont à tout moment. Tout ce qu'il devait faire, c'était se concentrer.

Pas de problème.

Il se sentait étonnamment calme, l'esprit clair. L'air de la nuit était vivifiant. Une image soudaine de la collection de cassettes vidéo de sa fille a traversé sa conscience comme un éclair : Peter Pan et Wendy s'élevant au-dessus du pont de Londres. Ils avaient regardé la scène un millier de fois — quel était le secret que Peter disait aux enfants ?

« Imaginez une petite pensée joyeuse. »

Soixante mètres représentaient une longue descente. C'était beaucoup de temps pour penser à quelque chose.

La pensée du parachutisme en chute libre, en Floride, quand il avait dix-huit ans, la poussée d'air tellement intense que le seul son était celui de son cœur qui lui martelait, quelque part, l'intérieur de la tête, puis le silence une fois qu'il avait atteint la vitesse finale et que tout se stabilisait. Cent quatre-vingt-treize kilomètres à l'heure, le bruit blanc l'enveloppant comme une couverture protectrice, le monde littéralement à ses pieds.

« Une petite pensée joyeuse ? »

Tom s'est inquiété un instant en raison du sens morbide de « vitesse finale », se demandant qui avait inventé le terme. Il a réalisé trop tard qu'il aurait dû écouter davantage durant les cours de physique, au lycée.

Un objet tombe de la travée du centre du pont Golden Gate, qui se trouve approximativement à soixante-sept mètres au-dessus de la baie de San Francisco. Puisque tous les objets accélèrent au même rythme sous la gravité, et en tenant compte de la résistance de l'air, combien de temps faut-il avant que l'objet n'atteigne la surface de l'eau en dessous ?

Tom ne connaissait pas la réponse, mais il espérait que c'était une très longue période de temps.

Le brouillard s'est dissipé momentanément, dévoilant l'eau noire en dessous. Des moutons sont apparus à la surface, puis ont disparu, un code morse au loin l'avertissant de faire demi-tour.

« Seulement une petite pensée joyeuse. »

Tom a étendu les bras davantage, arquant le dos pour s'empêcher de pirouetter. On aurait dit que la pression de l'air allait le casser en deux. Il a allongé les doigts, souhaitant qu'ils deviennent des plumes et se transforment en ailes.

Puis il s'est rappelé la prise. Peter Pan s'était trompé — il fallait de la poussière de lutin pour voler. Avant que

Peter ne saisisse Tinkerbell et agite de la poussière de lutin sur les enfants, ils tombaient comme des pierres sur leur lit. Sans poussière de lutin, ils étaient seulement une autre expérience de physique, tous victimes de la gravité. Sans poussière de lutin, ils étaient foutus.

Comme Tom l'était maintenant.

Les larmes lui montant aux yeux, Tom a plissé les yeux pour discerner un éclair de lumière qui transperçait le brouillard. Il s'est demandé brièvement si c'était Tinkerbell, venue secouer son petit derrière magique dans sa direction, pour l'aider à se redresser.

«Tu peux voler, tu peux voler, tu peux voler!»

Un coup de vent l'a fait tourner à l'envers tandis que Tom réalisait que la lumière provenait du phare d'Alcatraz. Pas de Tinkerbell, seulement une prison décrépite gardant les touristes en captivité.

La tête en bas, Tom s'est efforcé de voir à travers le brouillard, plus épais maintenant et éclairé par derrière par le phare au loin. Puis tout est devenu d'un blanc aveuglant, comme s'il tombait dans une boule de coton. Il a pirouetté de nouveau, ne sachant plus si l'eau était en dessous ou au-dessus de lui. Il savait seulement qu'elle était proche.

Les yeux fermés et plissant les paupières, Tom a pensé qu'il pourrait entendre le son des vagues se brisant contre le pied de la tour du pont. Il a pensé qu'il pourrait sentir les embruns salés à travers l'humidité du brouillard. Il a pensé qu'il entendait de la musique. Puis il pensa à sa fille.

Tom n'avait plus de petites pensées joyeuses après cela.

2

CAPE WEATHERS A LEVÉ LES YEUX du journal avant qu'on ait frappé à sa porte. Ces jours-ci, ce n'était pas trop difficile de dire quand il avait un visiteur.

Son bureau se trouvait au troisième étage d'un immeuble, le long de l'Embarcadero, l'artère légèrement courbée qui séparait le centre-ville de San Francisco du Fisherman's Wharf et du Pier 39, deux des points de repère les plus douteux dans une ville connue pour sa beauté. Un court trajet sur l'asphalte, et vous passiez d'un paradis urbain à un enfer touristique. Cape aimait considérer son bureau comme un purgatoire.

Deux années auparavant, les autres bureaux de l'immeuble étaient agités de créations technologiques sophistiquées, les couloirs bourdonnant de la ferveur entrepreneuriale et des chuchotements fébriles des offres d'achat publiques imminentes. Maintenant, ils étaient presque déserts, les acolytes des sociétés virtuelles de retour à leurs anciens emplois, faisant de Cape l'un des quelques locataires restants qui payaient le loyer à temps. La plupart des mois, en tout cas.

La porte était ouverte, alors il n'était pas possible d'ignorer les pas qui retentissaient le long du couloir. Il semblait que c'était une femme portant des talons, de poids moyen, aux pas confiants. Ce n'était pas une marcheuse rapide, mais il n'y a eu aucune hésitation au bout du couloir. Elle savait où elle allait.

Cape s'est dit que c'était peut-être aussi un homme maigre qui était habillé en femme. C'était San Francisco, après tout. Il n'avait qu'à attendre et à voir.

L'attente en valait la peine. La femme qui se trouvait dans l'embrasure de la porte portait des talons et elle était probablement d'un poids moyen, mais il n'y avait rien d'autre dans la moyenne avec elle. Elle remplissait la pièce de sa présence avant même d'avoir franchi le seuil.

Le mot qui est venu à l'esprit de Cape était « intense ».

Elle avait de longs cheveux noirs assortis à ses yeux, tirés vers l'arrière dans une queue de cheval pratique. Elle portait un jean, et un chemisier qui avait l'air décontracté mais élégant, le genre qui, d'après Cape, devait coûter à peu près ce qu'il payait pour son loyer, même avant qu'elle ajoute les notes de nettoyage à sec. Elle se trouvait dans l'embrasure de la porte avec une posture qui suggérait qu'elle ne voulait pas vraiment être là, mais qu'elle ne pouvait aller nulle part ailleurs. Quand elle a souri à Cape, son visage rayonnait de partout, sauf des yeux, qui semblaient appartenir à une femme qui n'avait pas dormi depuis une semaine.

— Cape Weathers ?

Cape lui a rendu son sourire.

— Bienvenue au purgatoire.

— Excusez-moi ?

— Ne faites pas attention, dit-il alors que son sourire disparaissait. Asseyez-vous.

Elle est restée debout.

— Rebecca Lowry a dit que je pouvais vous faire confiance, dit-elle d'un ton mordant en l'observant.

— C'est gentil de sa part.

Tellement de banalités. « Commençons l'entretien. »

— Elle a dit que vous pouviez trouver n'importe qui.

Cape a haussé les épaules.

— La plupart des gens ne connaissent pas les bonnes cachettes.

— Elle a dit également que vous aviez failli être tué en essayant de l'aider.

— Rebecca était un peu sujette à l'exagération, répondit Cape. J'ai été un peu malade en avion en faisant des allers-retours à Mexico. Mais je n'ai pas vraiment l'habitude de parler des anciens clients.

— Elle a dit aussi que vous étiez modeste.

Cape a fait un geste vers la chaise du client une fois de plus.

— Elle a mentionné que j'étais adorable ?

— Jamais.

Cape a hoché la tête.

— Rebecca était également sujette aux euphémismes.

Les coins de sa bouche se sont légèrement relevés.

— Comment puis-je savoir si je peux vous faire confiance ?

Cape a haussé les épaules de nouveau.

— Faites-vous confiance à Rebecca ?

— Rebecca et moi étions camarades de chambre à l'école.

Elle avait dit cela comme si elles avaient escaladé l'Everest ensemble ou survécu à une excursion au Vietnam. Cape a pensé qu'il devait être allé à une école différente.

La femme a hoché la tête comme s'il avait dit quelque chose, ou peut-être qu'elle avait pris une décision et s'était dit quelque chose. Elle a fait le tour de la chaise et a tendu la main. Sa poigne était ferme, sa main étonnamment grande. De près, elle sentait vaguement les fraises.

— Je suis Grace Gold, dit-elle. Et c'est parfaitement bien que nous mettions les choses au clair dès le début. Je ne peux pas supporter les hommes qui me mentent.

— Je fais une intolérance au lactose, dit Cape. Y a-t-il autre chose que vous vouliez mettre sur table ?

Cela lui a valu un grand sourire, ne serait-ce que pour un instant.

— Quand j'ai parlé à Rebecca de ma situation, elle m'a dit que c'était votre genre de problème.

— D'accord, Grace, répondit Cape, levant un sourcil. Puisque l'assurance n'est pas un de vos problèmes, ce doit être autre chose.

— J'ai des problèmes avec la police.

— Quelle police ?

— La police de San Francisco — ils ne m'écouteront pas.

— Je trouve cela difficile à croire, dit Cape. Vous me paraissez, disons, *persévérante*.

— J'ai parlé à six personnes différentes, dans deux services différents, et personne n'écoute.

— J'ai le même problème avec les flics, mais j'ai toujours pensé que c'était moi. Avez-vous essayé un porte-voix?

— Allez-vous m'aider, oui ou non?

— Avec *quoi*?

Cape a étendu les mains.

— Ne le prenez pas mal, Grace, mais êtes-vous aussi stupide d'habitude? Pourquoi avez-vous parlé à la police en premier lieu?

Grace a soupiré, laissant tomber les mains sur ses genoux. Elle a inspiré profondément une autre fois avant de lever les yeux. Son visage correspondait maintenant à ses yeux, et elle semblait avoir dix ans de plus qu'un moment auparavant, comme si ce qu'elle s'apprêtait à dire allait faire cesser son cœur de battre.

— Un de mes amis a été assassiné.

— Quand?

Cape a jeté un coup d'œil au journal abandonné sur son bureau. Il ne se rappelait pas avoir lu quoi que ce soit au sujet d'un meurtre.

Grace a suivi son regard et a tourné le journal vers elle, scrutant la première page. Elle l'a retourné et a pointé du doigt la manchette dans le coin inférieur droit.

Un producteur de cinéma a plongé.

Cape a froncé les sourcils. Le journal du coin devenait de plus en plus comme le *New York Post* d'une année à l'autre. Il avait simplement lu l'histoire et sérieusement douté que la famille de l'homme trouve du réconfort dans son *plongeon* du pont Golden Gate. Il a parcouru rapidement l'article pour connaître le nom de l'homme.

— Tom Abrahams ? demanda-t-il. Le producteur — c'est votre ami ?

— Oui, dit-elle. Nous travaillons — travaillions — ensemble.

— L'article affirme qu'il a sauté, dit Cape. Ils ont trouvé sa voiture abandonnée. Je sais que c'est bouleversant, mais…

— Ce sont des *conneries* !

Grace avait presque bondi de sa chaise, frappant le bureau de sa main droite.

— On ne saute pas d'un putain de pont en plein milieu d'un film !

— Les suicidés ne choisissent pas toujours les moments les plus opportuns…

— Ce sont des conneries, répéta Grace, ses narines se dilatant. Tom m'a appelée le soir où il…

Elle s'est interrompue, regardant le journal.

— Le soir où cela s'est produit.

— Qu'a-t-il dit ? demanda Cape.

— J'étais sortie.

Sa bouche était une ligne droite où se lisait la frustration.

— Il a laissé un message me demandant de le rappeler.

— L'avez-vous fait ?

Grace a hoché la tête.

— Il était tard — je pensais que je le joindrais le lendemain matin.

Cape a hoché la tête, comprenant sa certitude absolue qu'il n'avait pas sauté, ou du moins son besoin de le croire.

— Alors, vous avez peut-être été la dernière personne à laquelle il a essayé de parler, dit-il posément, l'observant de l'autre côté du bureau. Avant de mourir.

— Oui, dit amèrement Grace. Sauf que je n'étais pas là pour lui.

— Ça ne veut pas dire que vous auriez pu le sauver, dit Cape. S'il était vraiment déprimé au sujet de quelque chose…

Grace l'a interrompu.

— Je connais Tom — j'ai travaillé avec lui à trois autres films. Il pensait sans cesse à sa fille ; il avait toujours hâte de la revoir après un tournage. Et il adorait son travail — il vivait pour lui. Il n'était *pas* un suicidaire, c'est évident.

— Y avait-il une note ?

Grace a acquiescé, à contrecœur.

— Tapée dans son ordinateur.

— Que disait-elle ?

— « Je suis désolé. »

— C'est tout ? ne put s'empêcher de dire Cape. Ce n'est pas une longue note.

— *C'est parce qu'il n'a pas sauté.*

Cape a levé les mains.

— Vous le connaissiez, moi pas. D'accord. Que disent les flics ?

Grace ne s'est détendue que légèrement, les bras de retour sur ses genoux.

— Les policiers ne savent pas de quoi ils parlent.

— Ce n'était pas ma question.

Grace a soupiré.

— Il n'y avait aucun signe d'acte criminel. Tout indique que Tom s'est rendu tout seul sur le pont, qu'il a abandonné sa voiture, et qu'il a sauté.

— Autre chose ?

— Ouais, répondit-elle avec dédain. La police a dit qu'ils avaient averti la famille, donc que c'était son affaire, pas la mienne. Et à moins qu'ils aient un fondement pour une enquête, ils devaient consacrer leurs énergies à résoudre de vrais meurtres, avec de véritables suspects.

Cape n'était pas surpris. Les flics voulaient une preuve, pas des hypothèses ou des pressentiments. C'était une des raisons pour lesquelles il n'était pas flic.

— Alors, que voulez-vous que je fasse ? demanda-t-il.

— Que vous leur trouviez un suspect, répondit Grace.

3

Les yeux de l'homme mort fixaient les deux policiers d'une manière accusatrice. La strangulation avait fait gonfler les yeux et les avait fait tourner vers l'extérieur, donnant l'illusion que le cadavre jetait simultanément des regards renfrognés aux deux hommes, fâché d'être exclu de leur conversation.

— Qui était-ce, encore, m'as-tu dit?

Vincent Mango semblait presque aussi mécontent que le cadavre, mais tous ceux qui le connaissaient auraient juré que c'était son expression normale. Même avec des talonnettes dans ses mocassins italiens, sa charpente mince et nerveuse faisait à peine plus d'un mètre soixante-huit, c'est pourquoi il compensait en agissant de manière irascible. Ses courts cheveux noirs étaient lissés au-dessus d'un front haut et pâle, et il était vêtu impeccablement, jusqu'au Glock sur sa hanche droite, son insigne policière fixée à son côté gauche pour avoir l'air symétrique.

— Son nom véritable était Otto Metzger. La plupart des gens l'appelaient «Otto le Fridolin», mais jamais devant lui.

La voix qui a répondu a presque fait trembler les vitres. Beauregard Jones se tenait immobile tandis qu'il parlait, comme s'il craignait d'écraser son minuscule partenaire. À deux mètres de taille et près de cent neuf kilos, tout ce qu'il devait faire, c'était tomber. Son visage était un masque d'acajou qui aurait été impénétrable sans les yeux. Vingt années dans la police lui avaient donné des yeux de flic qui pouvaient être ouverts et amicaux un instant, puis devenir graves et assassins dans un éclair. Il portait des baskets, un jean et un tee-shirt noir avec un étui d'épaule usé, qui était étiré fermement en travers de sa poitrine et qui retenait un Springfield 45 en acier inoxydable. Arme à feu plutôt grande, elle avait l'air d'un jouet sur la charpente massive de Beau.

— Otto était l'homme au milieu, ajouta Beau, comme si cela expliquait tout.

Vincent s'est gratté l'oreille droite.

— Au milieu de quoi?

Regardant le petit homme avec un soupçon d'amusement dans les yeux, Beau s'est penché vers l'avant et a pointé du doigt la table en face d'eux.

— Ce sont des drogues, Vinnie — de l'héroïne, si tu veux quelque chose de précis.

Vincent a jeté un coup d'œil à la table de travail devant eux, prenant note du formica égratigné, des quatre pieds d'acier descendant jusqu'au sol de carreaux craquelés et jaunis. Éparpillés sur la surface se trouvaient tous les ingrédients dont vous aviez besoin pour faire un sand-

wich, y compris des viandes froides, du saucisson, de la
ficelle, du plastique — et Otto, les pieds écartés et pendant
au bord.

Il portait un tablier de boucher sur un pantalon de
toile brun, des chaussures de cuir tachées, après des
années passées à se faire éclabousser de sang animal, et
usées à cause des kilomètres de pas qu'il avait faits derrière
un comptoir de charcuterie. Ses mains étaient épaisses et
rugueuses, les veines proéminentes même dans la mort.
Mais au-delà de ces simples observations, il était impossible de dire à quoi avait ressemblé l'homme lorsqu'il était
en vie. Sous les yeux exorbités, son nez était dilaté avec
colère, une dernière tentative d'attirer le souffle dans les
poumons qui avaient défailli. Sa langue dépassait de façon
obscène entre des lèvres gercées, une mince ligne de sang
visible là où il l'avait mordue dans l'agonie. La tempe
droite semblait contusionnée, une marque de coup vio-
lacée visible au-dessus de l'œil. Otto n'était pas parti tranquillement, mais pour déterminer la cause de la mort, on
n'avait qu'à regarder sa gorge.

Son cou paraissait à vif à l'endroit où une grosse corde
brune avait coupé la pomme d'Adam et disparaissait là où
elle avait brisé la peau. L'instrument qui avait causé la
mort semblait provenir d'une petite pile de corde près de
la jambe d'Otto, les fils épais enroulés près d'une pyra-
mide brisée de liens à saucisses.

Finalement, Vincent a laissé ses yeux suivre la ligne du
bras énorme de Beau vers une tache sur la table, juste
au-dessus du visage boursouflé d'Otto, où un saucisson
était posé, coupé en deux. Le saucisson lui-même avait
une bonne quarantaine de centimètres de longueur et

dix centimètres de diamètre. Il était fendu latéralement, mais au lieu de la coloration tachetée normale de la viande pressée, le saucisson brisé dévoilait un intérieur complètement blanc, un tube de plastique caché sur la longueur. De l'extrémité du tube brisé se répandait une poudre brune qui avait la consistance de la farine.

— Je sais que c'est de l'héroïne, dit Vincent. Le simple fait que tu aies travaillé à la brigade des stupéfiants ne veut pas dire…

Un flic en uniforme avec plus de boutons d'acné que de balles l'a interrompu avec un petit pas en avant et un toussotement.

— Inspecteur ?

— L'équipe médico-légale est ici ? demanda Beau.

Le flic a hoché la tête.

— Non, monsieur, mais les techniciens aimeraient commencer à étiqueter et à faire l'ensachage, si vous permettez.

Beau a regardé Vincent, qui a jeté un autre coup d'œil à Otto avant de se déplacer vers le comptoir de charcuteries à environ trois mètres de là.

— Allez-y.

Beau s'apprêtait à le rejoindre quand son téléphone a sonné, la vibration le faisant sursauter. Il a retiré le téléphone de son étui et s'est éloigné, tandis qu'un essaim orchestré de techniciens spécialisés en scène de crime s'activaient autour de la table de travail, les mains gantées et les pincettes allant et venant avec une facilité experte.

— Qui ? dit Beau, tenant le téléphone collé à son oreille droite. Envoyez-le ici. Oui, à l'épicerie.

Beau a inspiré profondément, mais a conservé une voix douce.

— Je sais que c'est la scène d'un crime — c'est *ma* scène de crime – je l'arrêterai moi-même s'il dérange une preuve. Et dites-lui que je ne serai ici que pour trente autres minutes.

Il a fermé sèchement le téléphone et s'est placé près de Vincent, qui était appuyé contre un comptoir vitré réfrigéré qui contenait autant de viandes différentes qu'il y avait d'animaux sur l'arche de Noé. Fièrement imprimé sur la vitre, en lettres orange et noires, se trouvait le nom du magasin, *La viande d'Otto.*

— C'est donc de l'héroïne, dit Vincent. Ce qui nous dit qu'Otto ne payait probablement pas ses impôts.

Beau a hoché la tête.

— Peu importe *ce que* c'est, Vinnie. Ce qui importe, c'est à *qui* cela appartient.

Vincent a soupiré — il était impossible d'arrêter Beau quand il était dans son élément. D'ailleurs, Vincent se demandait souvent pourquoi son partenaire avait quitté la brigade des stupéfiants.

— Alors, à qui est-ce que ça appartient ?

Beau a frotté ses mains ensemble.

— Es-tu prêt pour un cours de stupéfiants 101 ?

— Je n'en peux plus d'attendre.

— Tu as peut-être remarqué que la petite épicerie d'Otto se trouve en plein carrefour des deux quartiers les plus populaires de San Francisco, North Beach et le quartier chinois.

— Je vis ici, moi aussi, enfoiré.

Beau a continué, pas ébranlé le moins du monde.

— Les tongs contrôlent le quartier chinois — les bandes obtiennent leur héro des triades de Hong Kong, qui la font entrer par le Triangle d'or. Tu piges?

— Tant qu'il n'y a pas de jeu-questionnaire populaire plus tard, ça va.

Beau l'a ignoré.

— Puis dans North Beach, les Italiens...

— Hé, dit sèchement Vincent. Ne commence pas avec les généralisations ethniques — je suis italien, tu sais.

— Avec un nom comme Mango? dit Beau, un sourire dans le regard. J'ai toujours pensé qu'on t'avait nommé d'après un fruit, Vinnie. Et à voir la façon dont tu t'habilles, je pensais simplement...

— Très drôle, venant de la part d'un type dont les chaussettes ne sont pas assorties.

Beau a baissé les yeux vers ses chevilles, fronçant les sourcils.

— D'accord, Vinnie, dit-il calmement. À North Beach, la mafia — une organisation essentiellement dirigée par les Italo-Américains comme toi — distribue l'héroïne.

— Bien mieux, dit Vincent. Et Otto était l'homme qui revendait la drogue?

Beau a acquiescé.

Les enquêteurs des stupéfiants observaient sa résidence depuis des années, mais Otto était trop glissant.

— Je n'ai jamais entendu parler de lui.

Beau a haussé les épaules.

— Pas étonnant — ses associés ont acheté beaucoup de juges dans cette ville. Ils avaient besoin d'Otto — les Italiens et les Chinois ne s'entendent pas toujours très bien — des guerres de territoire, ce genre d'absurdités.

— Nous n'avons pas eu ce genre de conneries depuis des années.

— Ça n'arrivait pas très souvent. Un côté coupait dans l'action de l'autre, puis ça dégénérait. C'est-à-dire jusqu'à ce qu'ils aient accepté que le commerce de la drogue était trop important pour être interrompu.

— Et alors ?

— Alors, nous avons Fat Frank Alessi, du côté italien de Broadway, qui distribue l'héro achetée de Freddie Wang dans le quartier chinois. Et puis on a Otto le Fridolin, dit Beau en faisant un geste en direction de la table, dont l'épicerie allemande est devenue le terrain neutre où toutes les substances contrôlées pouvaient être échangées.

— L'Allemagne comme parti neutre, songea Vinnie. Ça va être une première.

— Était-ce un genre de *généralisation ethnique* ?

— Qu'est-ce que t'en as à branler ? demanda Vincent sur la défensive.

— Il semble que ce soit deux poids, deux mesures, répondit Beau. Surtout d'un type politiquement correct comme toi.

Vincent a commencé à répondre quand Cape s'est baissé sous le ruban de la police étiré en travers de l'entrée. Le flic en uniforme lui a jeté un coup d'œil dubitatif, mais il l'a laissé passer.

Cape s'est attardé un instant près d'Otto et des techniciens, ses yeux bleus s'assombrissant alors qu'il examinait le cadavre. Après un moment, il s'est éloigné et s'est déplacé délicatement autour des marques et de l'équipement photographique, avant de serrer la main aux deux enquêteurs.

— Quand tu m'as dit de te rencontrer ici plutôt qu'à ton bureau, je pensais que tu allais me payer à dîner.

Beau s'est mis à rire, une secousse sismique au fond de sa poitrine.

— Tu rêves! Tu veux me rencontrer, tu viens vers moi. Je suis flic — la rue est mon bureau.

— *La rue est mon bureau ?* dit Cape. Est-ce que c'est l'autocollant de la police pour cette année?

Beau s'est renfrogné. Cape a fait un geste en direction du cadavre.

— Que lui est-il arrivé?

— Tu as vu le corps, dit Beau. Quelqu'un l'a étouffé après lui avoir donné un coup sur la tête.

— Un coup de son propre coup, dit Vincent.

Beau a hoché la tête.

— Le pauvre Otto a été mis *K.O. par une kielbasa.*

Cape a hoché la tête.

— Un saucisson d'été.

— Quoi?

— Je suis vraiment certain que c'est un saucisson d'été, dit Cape, désignant Otto d'un geste avant de se tourner et de pointer du doigt la vitrine derrière eux. Ma mère a travaillé dans une boucherie toute sa vie, vous vous rappelez? Une *kielbasa* est une saucisse polonaise, comme celle-ci.

Beau a semblé perplexe.

— Et alors?

— Elle est plus étroite et généralement courbée — elle manque d'une force élastique suffisante pour être utilisée comme un gourdin.

Beau a regardé son ami avec les yeux mi-clos.

— Si tu veux. J'ai seulement aimé l'allitération — tu sais, K.O. par une…

— Non, il a raison, intervint Vincent. Pas question que ce soit une kielbasa. C'est peut-être une *bratwurst*, cependant. Elles sont belles et épaisses — on pourrait sans aucun doute assommer un homme avec une *bratwurst*.

— Elles sont généralement plus petites que ça, toutefois, dit Cape. Et plus larges. Mais tu as raison. On pourrait faire quelques dommages avec une *bratwurst*.

— Et si c'était un *chouriça* ? suggéra Vincent. J'en ai déjà mangé un à un restaurant espagnol. J'ai eu des brûlures d'estomac durant une semaine.

Beau a froncé les sourcils.

— *Chou-riss-heu* ?

— C'est portugais, expliqua Cape, plissant les yeux pour regarder à travers la vitre. Une viande plus consistante, épicée. D'assez bonne dimension, aussi.

Vincent s'est penché sur le comptoir près de lui.

— Est-ce celui-ci ?

Cape a acquiescé.

— Je ne pense pas qu'on pourrait tuer un homme, mais on attirerait certainement son attention. Et il y a un *linguiça* — c'est une autre possibilité.

— Celui-là, qu'est-ce que c'est ?

— Un autre saucisson portugais. Environ de la même grosseur, mais fait avec du porc.

— Ça ferait une arme assez bonne, dit Vincent avec admiration.

— Beaucoup plus doux que le *chouriça*, dit Cape. Tu devrais l'essayer un de ces jours.

— Je vais le dire à ma femme, dit Vincent, tirant un carnet de son veston. Comment épelles-tu ça ?

— Hé, vous deux, ça suffit !

Beau a arraché le stylo des mains de Vincent et l'a lancé à Cape, qui s'est baissé rapidement. Il a volé à travers l'épicerie, manquant de justesse l'un des flics en uniforme.

— Hé, dit Vincent. C'était mon bon stylo.

Beau l'a ignoré.

— Pendant que vous comparez des recettes tous les deux, notre ami Otto devient plus raide et sent plus fort avec chaque minute qui passe.

— Il ne va nulle part, grommela Vincent, agitant la main vers le flic en uniforme pour récupérer son stylo.

Beau s'est retourné tout d'un bloc vers Cape.

— Ne me fais pas regretter de t'avoir invité ici, mon frère — tu disais que c'était important.

— C'est important.

— Eh bien, alors, puisque ton petit séminaire sur les sous-produits de viande mortels est terminé, tu pourrais aller droit au but et nous laisser retourner travailler.

Cape a regardé Beau, puis Vincent.

— J'ai besoin d'une faveur.

Beau a écarquillé les yeux, et sa bouche a dessiné la lettre *O*.

— Je suis renversé, dit-il.

— Stupéfait, ajouta Vincent.

— Sans voix, dit Beau.

— Allez chier, dit Cape. Allez chier, tous les deux.

Beau s'est mis à rire.

— Je pense que nous l'avons blessé, Vinnie.

— T'as fini? dit Cape. Ou tu te prépares seulement à faire *Who's on First*[1] ?

Beau a regardé Vincent, qui a haussé les épaules.

— On a fini, mais c'est mieux d'être bon.

— C'est bon, dit Cape.

— Quelle est la faveur ?

— Je veux que vous arrêtiez ma cliente.

---

1. N.d.T. : *Who's on First ?* est un sketch humoristique portant sur le baseball, rendu populaire par le duo Abbott-Costello (1938), qui fut désigné par le *Time Magazine* comme le meilleur sketch du XXᵉ siècle.

4

— Vous voulez que j'aille en prison ?

— Non, je veux que vous vous fassiez arrêter.

— Et vous êtes certain qu'il y a une différence ?

— J'en suis plutôt certain.

Cape était assis face à Grace, devant une petite table près de la fenêtre à Town's End, un endroit où l'on servait les petits déjeuners, situé le long du front de mer, près du bureau de Cape. Il y mangeait son petit déjeuner plus souvent que la plupart des gens mangent un petit déjeuner, et les propriétaires le laissaient rencontrer des clients après la fermeture pour la matinée. Même à onze heures, l'odeur des pâtisseries fraîchement sorties du four flottait dans l'air comme la drogue d'un gros homme.

Puisque la course à pied avait empêché les calories de faire trop de dommages, Cape avait développé une dépendance sévère aux scones miniatures, qui étaient gratuits et servis dans un panier sur chaque table. Il avait envisagé de rechercher de l'aide professionnelle, mais avait perdu sa résolution à la première vue du panier en osier et de la serviette à carreaux.

Grace a pris une bouchée dans un muffin aux canneberges et a tourné autour du pot.

— Je ne veux pas vous vexer, mais quand vous dites que vous êtes *plutôt certain*, cela ne m'inspire pas beaucoup confiance.

Cape a observé sa cliente avant de répondre, évaluant son stress. Il aimait également la regarder. Elle portait un pantalon noir fait à partir d'un tissu créé par un laboratoire de recherche de la NASA, un blouson d'entraînement gris où était écrit « UCLA » sur le devant, et une paire de chaussures noires à semelles plates que Cape soupçonnait de coûter plus cher que sa voiture. Ses cheveux noirs étaient tirés vers l'arrière dans une queue de cheval, qui révélait des dormeuses en diamant. Cape a remarqué qu'elle ne portait pas de bagues aux deux mains. Il ne parvenait pas à décider si elle était habillée pour travailler, danser ou conduire une moto.

Grace a froncé les sourcils.

— En ce qui concerne la police, il n'y a pas d'affaire.

— C'est vrai.

— Alors, pourquoi m'arrêteraient-ils ?

Cape a touché un autre scone. Il ne savait déjà plus combien il en avait mangé.

— Parce que je leur ai demandé de le faire.

— Est-ce que la police du quartier est toujours aussi accommodante pour les résidents de la ville ?

— Seulement si vous payez vos impôts.

— Peut-on leur faire confiance ? Il y a beaucoup de corruption dans la série télévisée *Law and Order*.

— Alors, ce doit être vrai, dit Cape. Mais vous pouvez faire confiance à ce flic.

Grace avait l'air sceptique.

— Le connaissez-vous bien?

Cape a haussé les épaules.

— Il m'a déjà arrêté, alors je suppose qu'on peut nous qualifier d'«amis».

Grace attendait une explication. Quand elle s'est rendu compte qu'aucune ne venait, elle l'a tout simplement dévisagé. Cape l'a fixée à son tour, une expression avenante sur le visage.

Grace a cligné des yeux.

— Et pourquoi devrait-il vous faire une faveur?

— Je lui ai déjà fait une faveur.

— Qu'avez-vous fait?

— Vous devez avoir manqué cet épisode de *Law and Order*.

Grace a saisi l'allusion.

— Je suppose que vous n'auriez pas beaucoup de clients si vous n'étiez pas discret.

— Je n'ai pas beaucoup de clients.

— C'est peut-être parce que vous voulez qu'ils se fassent arrêter.

— Là, nous allons quelque part, dit Cape. La police dira qu'elle a obtenu un tuyau, ou l'on vous fera peut-être venir au poste et passer aux aveux.

— Aux aveux?

— Si vous faites cela, ils devront donc légalement vous interroger, ce qui veut dire qu'ils ont commencé une enquête pour meurtre.

— Des aveux? répéta Grace, remuant sur sa chaise. Mais je suis celle qui essaie de faire commencer l'enquête, vous vous rappelez? Je n'avais rien à voir avec le meurtre de Tom.

— *Si* c'était un meurtre…

— C'*était* un meurtre, dit sèchement Grace, ses narines se dilatant.

Cape a levé les mains.

— Ce que j'expliquais, dit-il d'un ton égal, c'est que si c'*était* un meurtre, alors, par définition, il doit y avoir un meurtrier quelque part.

— D'accord, dit Grace prudemment.

— Un meurtrier qui pense qu'il — ou elle — s'en est tiré avec l'affaire. La plupart des meurtres sont résolus dans les quarante-huit heures ou ne sont jamais résolus du tout.

Grace a hoché la tête.

— J'ai vu cela à *CSI* (*Crime Scene Investigation*).

Cape allait dire quelque chose de sarcastique, mais il s'est arrêté. Elle payait son salaire journalier, après tout, et elle avait un désavantage naturel — elle travaillait à Hollywood.

— Donc, le meurtrier surveille n'importe quel signe de problèmes au moment même où nous sommes assis ici en train de manger des scones, dit Cape.

— Je n'ai pas eu de scones, rétorqua Grace, saisissant son muffin d'un geste protecteur. Vous les avez tous mangés.

Cape a souri pour s'excuser.

— Nous allons en commander d'autres.

— Je suis troublée, dit Grace.

— Je veux envoyer un message — nous voulons que l'assassin sache que les flics pensent que Tom a été la victime d'un meurtre et non pas d'un suicide. Il est plus important que les flics *soient* en train de faire une enquête pour un meurtre que de laisser entendre sur *qui* ils enquêtent, à ce stade-ci.

— Je pige, dit Grace. Qu'arrive-t-il ensuite ?

— J'appelle un journaliste qui travaille à un des journaux de la région et je dis que les flics pensent que l'homme qui a sauté a peut-être été assassiné. On pourrait même prendre votre photo à la sortie du poste de police.

Grace s'est effondrée sur sa chaise.

— Est-ce vraiment nécessaire ?

Cape a haussé les épaules.

— Si les mauvais garçons savent lire, ils sauront que quelqu'un fouine dans leurs affaires.

— Et vous êtes plutôt certain que cela va marcher ?

Cape a haussé de nouveau les épaules.

— Tout cela consiste à provoquer une réaction.

— Vous avez davantage l'air d'un emmerdeur que d'un détective.

— Je n'ai pas l'équipement de laboratoire qu'ils utilisent dans *CSI*, répondit Cape. Une fausse idée, couramment répandue par la télé et les films, est que les indices traînent tout simplement, attendant d'être suivis jusqu'au repaire des méchants.

— Le repaire des méchants ?

Grace a froncé les sourcils.

— Je lisais beaucoup de bandes dessinées quand j'étais gamin.

— Alors, d'après vous, que va-t-il arriver ?

— Je n'en ai aucune idée, dit Cape. Je suis un type plutôt franc — pour arriver à comprendre ce qui se passe, je dois généralement faire chier quelqu'un.

— Qui essayez-vous de faire chier ?

— La personne ou les personnes qui ont jeté votre ami en bas du pont, dit Cape. Ou peut-être les personnes qui les ont payées pour le faire.

C'était la réponse que Grace attendait. Elle a inspiré profondément, puis a expiré, la tension de son visage disparaissant pour la première fois depuis que Cape l'avait rencontrée.

— Alors, vous me croyez.

Elle a prononcé la phrase comme une déclaration, pas une question.

— Je vous fais confiance, dit Cape. C'est différent.

Grace a souri.

— Pensez-vous que vous pourriez me déposer au poste de police ? Je dois avouer avoir commis un meurtre.

— Bien sûr, dit Cape.

5

Le zoo était plongé dans le tumulte.

Chaque fois que la panthère rugissait, les antilopes sursautaient — donnant des coups de pied et grognant — inconscientes des clôtures qui les séparaient du grand félin. Une ou deux se jetaient invariablement, en courant à toute allure, dans le grillage de fer, ce qui faisait un bruit métallique qui foutait une trouille pas possible aux oiseaux dans les arbres environnants, les amenant à voler en cercles affolés. Les cris des oiseaux ressemblaient à des hurlements humains.

La panthère a rugi de nouveau.

Elle marchait à pas mesurés, avidement, sous l'homme attaché à la corde, un son guttural remplaçant le rugissement alors qu'elle se léchait les babines. C'était un son primitif, grave, qui vous prenait aux tripes, vous disant de fuir, de foutre le camp d'ici. La mort venait dîner.

Mais l'homme ne pouvait fuir nulle part. Avec une jambe liée à la corde, renforcée avec suffisamment de ruban adhésif pour rétablir l'économie, tout ce qu'il pouvait faire était de se ruer dans la cage, en espérant rester hors de portée de l'énorme félin noir.

— Le problème avec le zoo, c'est que la plupart de vos gros animaux de la jungle sont nocturnes.

Frank Alessi parlait lentement, de l'extérieur des barreaux protecteurs de la cage de la panthère, prenant soin de faire entendre chaque mot par-dessus le brouhaha des animaux partout autour de lui.

— «Nocturne» signifie qu'ils se réveillent la nuit, en passant. Alors, quand des autobus entiers de jeunes franchissent les portes pour voir les lions, les tigres et les ours féroces, tout ce qu'ils voient, ce sont des tas de fourrure, endormis dans un coin.

Frank a enlevé le cigare mâchouillé de sa bouche et l'a pointé en direction de l'homme qui se balançait au-dessus de la panthère.

— Si tu me le demandes, tout cela est une grosse arnaque.

L'homme attaché à la corde a dit quelque chose en chinois et a craché, tordant son corps pour viser Frank. Il avait réussi à grimper sur l'un des grands rochers que les concepteurs du zoo avaient placés à l'intérieur de l'habitat prétendument naturel, mais son perchoir était précaire, c'est pourquoi ses moyens pour donner une réponse empreinte de dignité étaient limités.

Frank s'est penché vers l'avant avec sollicitude.

— Désolé, je n'ai pas tout à fait saisi.

Il s'est tourné vers deux hommes qui se trouvaient près de la clôture, faisant une fois de plus un geste avec son cigare. Ils ont tiré la corde, attirant l'homme au bord du rocher. La panthère a grondé alors qu'elle disparaissait soudainement, puis réapparaissait, comme si elle entrait dans l'ombre et en sortait. L'homme s'est tourné frénétiquement, mais a seulement réussi à se balancer follement d'avant en arrière.

— Je t'ai posé une question, dit Frank, son ventre appuyant contre la clôture de métal qui séparait le public en général de la steppe africaine durant les heures de visite habituelles. Au-delà de la clôture se trouvait un fossé de ciment d'un peu plus de six mètres de profondeur et qui avait peut-être trois mètres de largeur, trop loin pour que la panthère puisse sauter, et trop lisse pour que l'homme puisse grimper. Il y avait des arbres de chaque côté de la clôture, leurs branches s'entrelaçant pour former un treillis de feuilles au-dessus. Les branches étaient assez solides pour supporter la pression de la corde alors qu'elle tirait dans les deux sens, attrapée rapidement par les deux voyous.

L'homme le plus proche de Frank mesurait peut-être un mètre quatre-vingt, mais il était large comme un réfrigérateur. Le type à sa droite était grand et mince avec un nez qui ressemblait au bec d'un oiseau, tellement crochu que cela lui donnait l'air d'un faucon avec une infection aux sinus. Ils observaient impassiblement tandis que Frank continuait son sermon.

— Mon bon ami, Otto le Boucher, s'est fait tuer.

Il s'est éloigné avec désinvolture de son prisonnier, promenant sa main le long de la clôture, puis il s'est tourné et a changé de main.

— Maintenant, il semblerait qu'Otto ait filé quelque produit pour les jours pluvieux, concluant peut-être ses propres affaires au noir. Ce n'est pas comme si on ne lui avait jamais demandé de farcir ses saucisses. Mais quoi qu'il en soit, aucun de mes types n'aurait fait quelque chose d'aussi...

Frank a fait une pause, se retournant vers les deux hommes.

— Imprudent, dit le voyou au nez de faucon.

— Exact, dit Frank en souriant. Mes types ne feraient jamais quelque chose d'aussi *imprudent*. Et nos associés d'affaires ne le feraient pas non plus, pas sans m'en avoir parlé en premier lieu.

L'homme attaché à la corde s'est mis à tourner comme un yo-yo, puis il a tournoyé dans la direction opposée sans rien dire.

Frank a haussé les épaules.

— Tuer Otto comme ça était, eh bien, c'est...

Il s'est abstenu d'en dire plus.

— Imprudent, murmura le faucon.

Frank a hoché la tête, agacé.

— Peu sage?

Frank a souri.

— C'était *peu sage*, dit-il.

L'homme attaché à la corde n'a rien dit. Ses yeux ne cessaient d'osciller frénétiquement autour de la cage, mais il avait déjà parcouru son périmètre, cherchant un endroit pour se cacher. Chaque fois qu'il se déplaçait hors de vue, la corde était tirée violemment, le projetant sur le sol. Son visage était couvert de coupures et d'ecchymoses et ses ongles s'étaient arrachés à force d'essayer de déchirer le ruban adhésif, mais seul un couteau-scie aurait pu couper cette corde.

Et maintenant, le grand félin était non seulement réveillé, mais il était furieux. Il était fatigué de la poursuite. La panthère avait cessé de faire les cent pas et elle était assise en position accroupie, les pattes remuant avec agitation, un gros chat attendant que la souris d'herbe à chats soit à sa portée.

Frank s'est éclairci la voix.

— Ce qui m'amène à la déduction logique que vous et vos potes chinois aviez un petit différend avec Otto au sujet de sa part, alors vous avez décidé…

— *De sortir Otto du tableau.*

— Exactement.

Frank a acquiescé d'un signe de la tête.

— Vous vouliez une plus grande part, alors vous l'avez fait disparaître. J'aime voir les choses de cette façon.

L'homme faucon a regardé son partenaire et levé les sourcils, un regard suffisant sur le visage. Le réfrigérateur a simplement hoché la tête.

L'homme n'a pas répondu. Il avait réussi à s'éloigner du bord du rocher, mais ses jambes chancelaient, la surface étant trop étroite pour lui. Il avait gagné quelques centimètres, mais était encore seulement à un mètre des pattes qui s'agitaient.

— Pourquoi faire une chose comme ça? demanda Frank. L'épicerie d'Otto était le lieu parfait pour la livraison — pas votre territoire, et pas le mien. Pourquoi, espèces de *salauds de tongs stupides*, auriez-vous gâché quelque chose d'aussi bon, à moins d'avoir décidé que vous n'aviez plus besoin d'Otto?

L'homme attaché à la corde a saisi le ton dans la voix de Frank et s'est retourné rapidement, détachant les yeux du sol instable devant lui.

— Et si vous n'avez pas besoin d'Otto, alors peut-être que vous n'avez pas non plus besoin de Frank.

Les yeux de l'homme étaient écarquillés, la peur visible, même dans le noir.

— Pas — pas nous, dit-il dans un anglais hésitant. Pas les Chinois.

Frank a fait la grimace et s'est gratté la joue, paraissant aussi méditatif qu'un hippopotame en colère.

— Je n'ai pas demandé *si* vous l'aviez fait, dit Frank. J'ai demandé *pourquoi*.

Avant que son prisonnier ait pu répondre, Frank s'est éloigné de la clôture, passant devant ses deux hommes.

— Tirez la corde, marmonna-t-il. Je rentre chez moi pour dormir un peu.

Les deux voyous ont obéi, arquant leur dos dans l'effort.

La panthère a rugi, et le zoo a explosé avec éclat. Les antilopes ont couru, effrayant les oiseaux, qui ont hurlé suffisamment fort pour couvrir les cris d'un homme qui était dévoré vivant.

<u>6</u>

CAPE A ENTENDU UN GRONDEMENT et il a réalisé qu'il provenait de son estomac.

Le parc Golden Gate est un bon endroit pour un pique-nique. Il fait à peu près cinq kilomètres de longueur et un peu moins d'un kilomètre de largeur où il entre dans l'océan Pacifique sur le côté ouest de San Francisco, c'est pourquoi il y a, même durant les week-ends, beaucoup d'espace pour s'étendre. Un coin d'herbe gratuit pour les résidents d'une ville où les logements sont trop coûteux pour que quiconque puisse s'offrir une arrière-cour.

Cape le considérait comme le lieu de rendez-vous parfait pour rencontrer son amie du journal. Même si Linda Katz vivait et travaillait dans la ville, elle passait tout son temps libre loin des immeubles de bureaux, des restaurants et de la plupart des transports publics. Elle n'était pas claustrophobe, et elle ne détestait pas les gens non plus. Ce qu'elle détestait, c'était l'électricité.

Alors que tout le monde en ville craignait les tremblements de terre, Linda était convaincue que la radiation électromagnétique l'anéantirait. Une conversation sur un téléphone cellulaire, et les tumeurs allaient fleurir dans son cerveau comme des pissenlits. Une promenade dans un de ces autobus accrochés aux lignes électriques au-dessus des rues, et tous ses cheveux allaient tomber.

Cette dernière inquiétude était de taille, puisque les cheveux de Linda avaient pratiquement leur propre code postal. Jamais soumis au séchoir ni aux ciseaux électriques, ses cheveux se déplaçaient apparemment d'eux-mêmes, exprimant les sentiments de Linda plus clairement que tout ce qu'elle avait dit ou fait. En ce moment même, ils remuaient fébrilement dans le vent, se déplaçant avec méfiance d'avant en arrière alors que Linda regardait le pique-nique étendu devant elle.

— Tu me nourris. Quelle est l'importance de la faveur que tu as à me demander?

Cape a levé les yeux du fromage et des craquelins avec une expression blessée.

— N'est-ce pas joli?

Il a étendu le bras vers le champ autour d'eux.

— Pas d'antennes, pas de fils haute tension.

Linda a haussé les épaules.

— Nous sommes encore dans un réseau, dit-elle, prenant une bouteille d'eau dans le panier.

— Un quoi?

— Un réseau, répéta-t-elle. Un tourbillon électromagnétique causé par les tours de transmission environnantes pour les téléphones cellulaires, le générateur électrique à proximité pour les lumières du parc, sans mentionner la radiation des voitures qui défilent.

— Tu sembles terriblement calme pour quelqu'un qui est assis dans un réseau.

Linda a haussé les épaules de nouveau.

— Je ne suis pas réfractaire au progrès, tu sais. J'essaie seulement de limiter les expositions *inutiles*. En comparaison avec quelqu'un qui gagne sa vie en essayant de se faire tirer dessus, je me considère comme tout à fait équilibrée.

— Je ne leur demande généralement pas de me tirer dessus — ça se passe seulement comme ça.

— J'ai même accepté d'utiliser une machine à écrire électrique au travail.

— Pas un ordinateur ?

— Faut pas exagérer.

Les cheveux de Linda ont pris une position menaçante. Cape a décidé de changer de sujet.

— Comment vont les choses à l'*Examiner* ?

— Ça paie le loyer, dit-elle. Et de temps en temps, c'est comme si on changeait quelque chose.

— Tu as toujours été une optimiste.

Cape avait rencontré Linda pour la première fois quand ils travaillaient tous les deux en tant que reporters au *San Francisco Chronicle*. Linda était déjà expérimentée quand Cape était arrivé. Il arrivait de New York avec un don pour trouver les gens qui ne voulaient pas être trouvés. Il avait également un talent pour faire chier son rédacteur en chef. Linda l'avait pris sous son aile, lui avait appris quelques trucs du métier et l'avait protégé depuis. Il a souri brièvement à l'évocation du souvenir.

— À propos, désolé que le journal végétarien que tu éditais à côté ait dû cesser de paraître.

— Le problème, c'est qu'on *ne* pouvait *pas* le plier.

Linda a grogné avec dégoût.

— Le papier était fait de spathes de maïs, un produit qui respecte davantage l'environnement que le papier recyclé, qui se fait rarement recycler de toute façon. Les éditeurs ont donc trouvé quelqu'un qui faisait ce papyrus végétal pour le stock de papier. Mais on ne pouvait pas le plier ; les pages collaient ensemble, et l'encre coulait. C'était un journal qu'on pouvait faire bouillir et manger, mais on ne pouvait pas le lire. Même si j'ai pensé que les éditeurs étaient allés trop loin.

— Ça ressemble vraiment à San Francisco, dit Cape.

— C'est vraiment stupide, dit Linda alors qu'elle saisissait un bâtonnet de carotte. L'expérience a prouvé qu'être végétarien fait des merveilles pour votre corps, mais malheureusement très peu pour votre QI — alors, j'ai conservé mon régime et j'ai quitté l'emploi.

— Tu sembles heureuse avec ton emploi principal.

— L'*Examiner* est un plaisir, répondit Linda. Depuis qu'ils ont adopté le format tabloïde, ils ont été enclins à courir des risques. Le rédacteur du service des nouvelles locales est prêt à repousser les frontières.

— Alors, tu vas adorer cette histoire.

Linda a pris une petite gorgée d'eau.

— Tu as dit que cela avait quelque chose à voir avec l'homme qui a sauté du pont ?

Cape a fait un résumé de sa rencontre avec Grace, souriant pour lui-même alors que les yeux de Linda s'écarquillaient et que ses cheveux se hérissaient. Elle était accrochée.

— Alors, le suicide est un meurtre ?

Cape a haussé les épaules.

— C'est ce que dit mon client.

— Et tu le crois ?

— La crois, dit Cape. Mon client est une femme.

Linda a froncé les sourcils, un pli d'inquiétude apparaissant entre ses yeux.

— Oh-oh.

— Qu'est-ce que c'est censé vouloir dire ? dit Cape avec indignation.

Linda a regardé la couverture pendant que ses cheveux évitaient de bouger.

— Rien. C'est seulement que tu as une tendance à… eh bien, tu sais…

— Quoi ?

— Je pense que ça s'appelle le « complexe du paladin », dit Linda. Toute femme est une demoiselle en détresse, et tu es le chevalier à l'armure étincelante — tu ressens une obligation morale de l'aider. Cela a probablement quelque chose à voir avec ta mère.

— Oh, *nom de Dieu.*

— C'est un bon point, dit Linda, hochant la tête. Tu as probablement le *complexe du bon Dieu*, également. Tu veux sauver tout le monde et tu es prêt à te sacrifier pour y arriver. Alors, tu serais peut-être tout aussi obsédé si elle était un homme.

Cape soupira.

— Tu dois admettre, insista Linda, que chaque fois que nous allons déjeuner ou dîner, tu tombes amoureux de la serveuse.

— J'ai un appétit robuste.

— Oublie ce que j'ai dit.

— Puis-je me lever du canapé maintenant?

Linda n'a rien dit, mais ses cheveux ont ri en silence.

Cape a gonflé ses joues.

— Comme je disais, ma cliente travaillait avec le type qui a sauté. Ils travaillaient ensemble depuis presque dix ans et ont coproduit quatre films.

— Coproduit?

— De la façon dont elle décrivait cela, Tom s'occupait habituellement du tournage en studio, dans les grandes salles d'Hollywood.

— D'accord.

— Grace s'occupait de la reconnaissance et du lieu de tournage. Et Tom s'occupait de la plupart des prévisions budgétaires.

— La plupart?

— Grace gère ses segments du film, mais Tom gérait le budget global, s'assurant que le segment de chacun s'élevait au même solde final pour le studio.

— Pour quel studio travaillent-ils?

— Empire Films.

— Linda s'est redressée.

— N'ont-ils pas fait ce film sur l'astronaute homosexuel?

Cape a acquiescé.

— C'est un des leurs.

— J'ai adoré ce film.

— Comme tout le monde, dit Cape. Le dernier archétype masculin américain, anéanti.

— C'est ce qu'ils avaient dit au sujet du film de cow-boy gay.

— Ouais, mais quand tu es gay dans l'espace, il n'y a personne pour t'entendre hurler.

Le front de Linda s'est plissé.

— N'était-ce pas une réplique dans le film *Le huitième passager* ?

— Pas exactement.

Les instincts politiquement corrects de Linda ont commencé à agir et elle a froncé les sourcils avec désapprobation. Cape a pensé que ses cheveux aimaient la plaisanterie, mais il ne pouvait en être sûr.

— C'était un film formidable, dit Linda.

Cape a hoché la tête.

— Ouais, c'était génial. Et Grace m'a dit qu'il a rapporté une fortune pour le studio. Les grands acteurs l'ont traité comme un film d'art et d'essai, alors ils ont tous réduit leurs salaires.

— Donc, les recettes au guichet sont allées au solde final.

— Ouais. Et ils ont acheté le scénario pour presque rien, parce que tous les studios d'Hollywood étaient passés dessus.

— C'est exact. Empire a son siège social à New York, n'est-ce pas ? J'ai lu un article dans le *Times* — il parlait d'eux comme les parias d'Hollywood.

Cape a hoché la tête.

— Deux frères — Harry et Adam Berman.

— J'ai vu leur photo, debout sur leur yacht au port de New York, dit Linda. Est-ce que Harry est celui qui est gros ou celui qui est grand?

— Je ne sais pas exactement, répondit Cape. Pour autant que je sache, il pourrait être celui qui est gros et grand.

— Savent-ils que tu travailles là-dessus?

— Pas encore.

— As-tu parlé à quelqu'un du studio en plus de ta cliente?

— Non, dit Cape. Avant qu'elle aille au poste de police, Grace a appelé le chef des opérations à Empire — un type nommé Angelo — et elle lui a dit ce qu'elle faisait.

Linda a levé les sourcils.

— Comment cela s'est-il passé?

— Je pense qu'il était furieux — Grace a dit qu'il est du type barjo qui veut voir à tout.

— Ton préféré.

— Eh bien, dit Cape, je peux comprendre sa réaction. Ils sont au milieu d'un film, et ils viennent de perdre un producteur.

— Qui peut avoir été assassiné.

— J'ai le sentiment que nous sommes les seuls qui croient cela.

— Nous? dit Linda, ses sourcils remontant une fois de plus vers le nord.

— Je voulais dire Grace et moi — mais je suis content que tu sois déjà de notre avis.

Linda a souri, sachant exactement ce qu'il voulait dire.

— Alors, que veux-tu que je fasse ? demanda-t-elle prudemment. Je travaille peut-être pour un tabloïde naissant, mais j'ai vraiment des standards.

Cape a essayé d'avoir l'air vulnérable, mais il a laissé tomber. Personne ne pouvait mentir à Linda, et ce n'était pas son genre de toute façon.

— Le studio est foutu si Grace quitte ce film, alors ils doivent se livrer à sa théorie du meurtre, du moins pour l'instant.

— D'accord.

— Mais ils ne *me* connaissent pas comme chef machiniste sur un de leurs plateaux.

— Je me suis toujours demandé ce que fait un chef machiniste, dit Linda d'un air songeur. Tu penses que le studio pourrait ne pas être très avenant ?

— Le studio ne veut pas risquer de recevoir trop de publicité, sans parler d'une enquête.

— Et s'il y avait réellement eu un meurtre ?

— À entendre Grace décrire la situation, il aurait pu y avoir dix meurtres par jour et le studio n'aurait pas ouvert d'enquête s'ils avaient pensé que cela perturberait la production. C'est apparemment le véritable emploi d'Angelo — que les choses continuent de fonctionner, peu importe le coût.

— On dirait que l'idée qu'il se fait d'une enquête et la tienne sont peut-être un peu différentes, dit Linda, ses cheveux bondissant d'excitation.

— Mais mon approche est de provoquer les choses autant que possible, puisqu'on ne sait jamais qui peut cacher quelque chose.

Linda a hoché la tête.

— Tu es casse-pieds.

— C'est ce dont ils ont peur, dit Cape. Grace veut que je poursuive l'enquête, mais que je reste loin du radar d'Angelo en quelque sorte.

— Comment es-tu censé faire cela ?

— Je pense que ça se résume à deux choses.

— La première ?

— Ne rien faire qui interfère avec la production de ce film.

— Et la deuxième ? demanda Linda.

— Garder l'enquête aussi discrète que possible, répondit Cape.

— C'est peu plausible.

— C'est la partie difficile, dit Cape. Je pense qu'Angelo n'aimera pas ça si je fais quelque chose pour l'embarrasser.

— Alors, que veux-tu que je fasse ?

— Que tu l'embarrasses pour moi, répondit Cape.

Linda a souri.

— Penses-tu que tu peux faire cela ? demanda Cape.

— Tu parles.

7

Si vous aviez demandé à Bobby McGhill de vous dire la meilleure chose au sujet d'une sortie au zoo, il vous aurait dit sans hésiter que c'était la glissoire jaune. Quelques jeunes, dans sa classe de quatrième, étaient restés accrochés au snack-bar, d'autres avaient aimé la promenade en train, et la plupart avaient aimé regarder les animaux. Mais la nourriture était dégoûtante, le train allait trop lentement, et les animaux dormaient toujours durant le jour. Bobby a pensé que c'était idiot de payer des droits d'entrée de cinq dollars pour regarder un lion ronfler. Pour Bobby, la glissoire était la seule raison d'aller au zoo.

La glissoire jaune était géniale parce que ce n'était pas qu'une glissoire — c'était un tube de plastique géant, alors une fois qu'on sautait à l'intérieur, on disparaissait. Hors de vue jusqu'à ce qu'on arrive sur le sable en dessous. Et aujourd'hui, cela serait encore mieux, parce que Bobby et sa maman étaient les premiers dans la file à l'entrée du zoo C'est pourquoi avant que d'autres gamins transportent du sable et des cailloux dans la glissoire, ce qui ferait ralentir les enfants qui glissent, Bobby serait au sommet de l'échelle, le premier à atteindre le bas.

Mais Bobby ne s'est jamais rendu en bas de la glissoire, parce qu'après qu'il ait sauté à l'intérieur, il a tout simplement… *disparu.*

Sa mère a attendu trente secondes entières avant qu'il sorte, l'excitation devenant de l'anxiété jusqu'à ce qu'elle entende les cris étouffés de son fils. Sans hésitation, madame McGhill a grimpé l'échelle et plongé à la suite de son fils. Ses jambes dépassaient encore au sommet du tube quand leurs cris conjugués ont attiré l'attention d'un jeune couple tandis que l'homme et la femme regardaient leur bébé de deux ans jouer dans le sable.

Le couple a couru vers le casse-croûte le plus proche, où la femme derrière le comptoir a appelé l'administration. Quand un gardien de sécurité est finalement arrivé et a levé les yeux vers le tube pour voir ce qui bloquait la descente de la famille McGhill, il est tombé à genoux dans le sable et a vomi.

Peu de temps après, le zoo a fermé ses portes. Ce ne fut pas long avant que la police arrive.

Cape s'est présenté une heure plus tard, se penchant prudemment sous le ruban jaune qui marquait le lieu du crime. Deux policiers en uniforme enlevaient soigneusement la moitié supérieure du tube de plastique de laquelle ils avaient déjà extrait la mère et le fils hystériques. Un type du bureau du médecin légiste leur hurlait de ne pas déplacer le corps. Cape ne pouvait pas voir le cadavre de l'endroit où il se trouvait, mais tandis que les policiers changeaient de position, il a remarqué une tache sombre sur le sable, à la base de la glissoire. Vincent Mango était à genoux et fouillait dans le sable avec un crayon. Quand il a vu Cape, il a hoché la tête, mais il est resté où il se trouvait.

Beau s'est détaché d'un groupe de techniciens et a marché vers lui, souriant.

— Bienvenue au zoo de San Francisco.

— Comment se fait-il que vous m'invitiez toujours à vos petites réunions entre amis ? demanda Cape. Vinnie et toi avez besoin d'un chaperon ?

— Tu m'as appelé, crétin, tu ne t'en souviens pas ?

— J'ai oublié — *la rue est ton bureau.*

— Je suis désolé de ne pas avoir d'heures de bureau régulières, mais je travaille pour les contribuables.

— Je suis un contribuable, dit Cape sur la défensive.

— Pas assez pour que je l'aie remarqué.

— Qu'est-ce qu'il y a dans la glissoire ?

— Ne voulais-tu pas dire « qui » ?

— Je n'en suis pas certain d'ici, répondit Cape. Et toi ?

— J'en suis plutôt certain, dit Beau, se grattant la tête. Non pas que tu devrais en avoir quelque chose à foutre, mais je suis plutôt certain que c'est Cecil Yun.

— Yun ?

Le front de Cape s'est plissé.

— Cecil ne me semble pas un nom typiquement chinois.

— Cecil n'était pas un homme typiquement chinois, dit Beau. Il s'occupait de la question affaires des activités de Freddie Wang.

— Tu veux dire les affaires de drogue ?

Beau a acquiescé.

— Entre autres choses. Freddie a un portefeuille diversifié d'affaires louches.

— Cecil était un type à l'argent?

— Ouais. Plutôt impliqué dans le commerce de la drogue.

— Alors, qu'est-ce que ça veut dire pour ton autre enquête?

Beau a froncé les sourcils, les rides de son visage comme des fissures dans l'obsidienne.

— Je déteste l'admettre, mais cela pourrait vouloir dire que Frank Alessi n'a pas frappé Otto le Boucher.

— Une vengeance?

Beau a haussé les épaules.

— Cecil n'a pas été très bien traité avant d'être poussé dans la glissoire. Il y a une traînée de sang à partir de la cage de la panthère, et le corps a été assurément lacéré — on peut le dire juste en regardant ses jambes à l'intérieur du tube, mais donne dix minutes au médecin légiste, et il le confirmera.

— Si la panthère l'a tué, pourquoi l'avoir traîné jusqu'ici?

— Il était probablement toujours vivant.

Vincent s'était approché pour les rejoindre. Il était penché pour essuyer le sable de son pantalon.

— C'est une vision d'enfer en haut de cette glissoire — il manque la moitié de la tête. Quelqu'un a tiré dans le visage de Cecil avant qu'ils le fourrent là-dedans.

— Quelqu'un était vraiment en pétard contre Cecil, dit Cape.

Beau a hoché la tête.

— Quelqu'un voulait envoyer un message à quelqu'un d'autre. Je parierais ma cacahuète gauche que ce quelqu'un est Fat Frank, disant à Freddie Wang qu'il est furieux au sujet d'Otto.

— Et ta cacahuète droite ? demanda Cape.

Beau a haussé les épaules.

— Je m'en tiens à ça pour le pari — j'en aurai peut-être besoin pour ma prochaine affaire.

— Pouvons-nous parler d'autres choses que des couilles de Beau ? dit Vincent.

— Comment ça s'est passé avec Grace ? demanda Cape. Je la rencontre à mon bureau plus tard et je voulais vérifier ce que vous en pensiez.

Beau a levé les sourcils.

— Tu dis que tu ne fais pas confiance à ta cliente ?

— Je lui fais confiance, répondit Cape sur un ton égal. Je veux simplement savoir si vous lui faites confiance.

— Ça alors, dit Beau en souriant. Est-ce que l'expérience t'a rendu plus sage ?

— Qu'est-ce que c'est censé vouloir dire ?

— Eh bien, tu as oublié de mentionner que ta nouvelle cliente était aussi séduisante.

Vincent a hoché la tête.

— Un super canon.

— Je n'ai peut-être pas remarqué, répondit Cape. Je suis un professionnel.

Beau a grommelé.

— Un détective professionnel est *censé* remarquer les choses.

— Je suppose que je vais devoir enquêter davantage.

Beau a ri.

— C'est de cela dont je m'inquiète.

Cape a levé la main en guise d'avertissement.

— Ne *commence* pas. J'ai déjà reçu une réprimande de la part de Linda.

— Je ne commence rien — et assure-toi que tu ne commences rien, toi non plus. Le simple fait que la demoiselle ait besoin de ton aide ne veut pas dire que tu fais sortir ton cheval blanc de l'écurie.

— Était-ce une métaphore ? demanda Cape. Ou une analogie ?

— Tu es une cause perdue, répondit Beau. Tu sais cela, n'est-ce pas ?

Cape n'a pas mordu à l'hameçon.

— Tu n'as pas répondu à ma question.

Beau a étendu les bras et s'est étiré, cachant le soleil.

— Grace était calme quand nous l'avons interrogée, mais l'histoire ne menait nulle part. C'était seulement une liste de raisons pour lesquelles son partenaire n'aurait pas voulu aller nager dans la baie. Mais nous allons remuer la chambre d'hôtel du type, peut-être nous renseigner auprès des gens du plateau de tournage du film.

— Le suivi habituel, dit Vincent.

Cape a hoché la tête.

— Je ne suis pas surpris. Elle a davantage un pressentiment que des faits en ce moment.

— Eh bien, la balle est dans ton camp, dit Beau, mettant la main sur l'épaule de Cape.

On aurait dit un gant de baseball de titane. Il a levé le bras et lui a fait faire un arc autour de la cour de récréation.

— Comme tu peux voir, la police doit enquêter sur de vrais meurtres. Il n'est pas question que nous donnions au pressentiment de ta cliente plus de la valeur d'une journée de recherche.

Cape a tendu la main.

— C'est plus que je ne mérite — je t'en dois une.

— Tu m'en dois certainement, acquiesça Beau. Mais je suis plutôt certain que c'est plus d'une.

— Mets-la sur ma note. Et bonne chance dans ta recherche de Fat Frank.

— Je ne suis plus intéressé par la recherche, dit Beau, ses yeux de flic de nouveau durs et mornes. Je prévois l'*attraper* la prochaine fois.

Être poursuivi par Beau n'était pas quelque chose à quoi la plupart des gens survivaient. Alors que Cape traversait le ruban de la police et se dirigeait vers la sortie, il s'est presque senti désolé pour Frank Alessi. Le sentiment s'était évanoui quand il a atteint sa voiture.

Le brouillard avançait sur les collines pour envelopper le zoo dans une couverture humide. Cape a relevé son col et s'est demandé qui étaient les personnes qu'il recherchait et même si elles existaient en dehors de l'imagination de sa cliente.

8

— COMMENT SE SENT-ON QUAND ON EST CÉLÈBRE ?

— Ne voulez-vous pas dire « tristement célèbre » ?

Cape n'a pas répondu, faisant un geste vers le journal sur son bureau. De longues ombres flottaient sur les murs de son bureau tandis que le soleil baissait dans la baie, à l'extérieur. On voyait presque seulement la silhouette de Grace, le cercle de lumière de la petite lampe de bureau n'atteignant pas tout à fait son visage.

Cape n'a fait aucun mouvement pour allumer la lumière. Même dans l'obscurité, il se souvenait de l'observation astucieuse de Beau — elle était attirante. Il valait mieux garder un faible éclairage. La dernière chose dont Cape avait besoin en ce moment, c'était une autre distraction.

— C'est embarrassant, dit Grace.

Son index droit s'est posé durement sur le journal, son ongle verni brillant dans la petite flaque de lumière. Le gros titre disait tout :

Le mystère du meurtre du magnat du film !

Trois M de suite, ce devait être un record de tabloïde pour l'allitération. Quand Cape avait appelé Linda pour la féliciter, elle lui avait dit qu'elle voulait ajouter «monstrueux» après «meurtre», mais que son rédacteur en chef avait dit que trois était la limite — enfiler quatre mots ensemble dans un seul gros titre pouvait remettre en question l'intégrité journalistique de l'article. Cape admirait leur modération. Il était important d'avoir des normes.

Malgré le début emphatique, l'article atteignait toutes les bonnes notes. Grace était décrite comme ayant été interpellée pour être interrogée, mais l'article donnait l'impression qu'elle était la première de plusieurs personnes rencontrées — ni l'instigatrice de l'enquête, ni une suspecte. Cape avait été mentionné comme étant un enquêteur indépendant engagé par le studio. Linda avait été d'accord pour que toute la pression soit dirigée vers lui et non pas vers sa cliente. Ils avaient même écrit son nom correctement, quelque chose que n'arrivait pas à faire sa propre banque.

— Ce n'est pas trop mal, dit Cape, tournant distraitement la première page. Vous donnez l'impression d'être exactement ce que vous devriez être — une collègue de la victime qui veut aider les policiers dans leur enquête.

— Y aura-t-il une enquête?

— Ils ont dit qu'ils examineraient la chose.

— C'est tout? demanda Grace. Vous ne pouvez rien faire d'autre?

— Il y a beaucoup de choses que je pourrais faire, dit calmement Cape. Mais ce serait une perte de temps.

— Pourquoi?

— La police est meilleure que moi dans ce domaine, dit-il simplement. Elle a plus de ressources et plus de moyens légaux de découvrir ce que ton ami Tom fabriquait — des mandats, des plaques, ce genre de choses.

— Alors, pourquoi suis-je encore en train de vous payer ?

— Je parie que vous êtes une bonne productrice.

— Rien de personnel — simplement de la curiosité.

— Le studio aurait dû vous charger du budget au lieu de Tom.

— Eh bien, maintenant, ils n'ont pas le choix, dit Grace. Mais vous n'avez pas répondu à ma question.

— Admettons, répondit Cape. Les flics en question font cela à titre de faveur, mais ils y consacreront peut-être vingt-quatre à quarante-huit heures, au maximum. Si cela a toujours l'air d'un suicide, ils vont fermer le dossier.

— Et alors ?

— Je serai là pour le rouvrir.

— D'accord, dit Grace prudemment.

— En outre, je ne pense pas que nous devrons attendre quarante-huit heures.

— Pourquoi pas ?

— Parce que soit la police trouvera quelque chose sur-le-champ, soit elle ne trouvera rien du tout.

— Que faisons-nous pendant ce temps ?

— Vous devriez retourner travailler, répondit Cape. Quand recommencez-vous à tourner ?

— À la fin de la semaine, mais il y a beaucoup à faire avant ce moment-là, et ce ne sera pas la moindre des choses de rassurer le réalisateur névrosé pour lui faire comprendre que son film est toujours sur la bonne voie.

— Comment est le réalisateur ?

— Michael ?

Grace a grimacé.

— J'ai travaillé avec lui à son premier film, quand il avait un talent prometteur.

— Et ?

— Il était formidable, mais le dernier film a rapporté une tonne d'argent, alors maintenant il est un *auteur*, ce qui se traduit, dans le jargon hollywoodien, par un casse-pieds royal.

— Il semble aussi charmant que votre chef des opérations — Angelo ?

— Enfoiré.

— Comment a-t-il aimé l'article ?

Grace a ri, un son comme un carillon éolien mélangé avec de la nicotine.

— Il a menacé de me renvoyer.

— Peut-il faire cela ?

— Pas de chance. Seuls Harry et Adam Berman peuvent le faire. Angelo est seulement leur tyran à demeure. D'ailleurs, s'ils me virent au milieu de ce film, ils sont *dans la merde à en être méconnaissables*.

Cape a levé les sourcils.

— Belle tournure de phrase.

Grace a ri de nouveau.

— C'est un travail difficile, surtout si on est une femme.

— Vous avez fait cela longtemps.

— Était-ce une affirmation ou une question ?

— Une affirmation, à moins que vous me disiez le contraire.

— Vous devez être détective, dit Grace. J'ai commencé en tant que secrétaire de direction dès ma sortie du collège.

— Secrétaire de direction ?

— Ce n'est pas tout à fait exact, dit Grace, levant les mains. J'aurais dû dire « assistante de production ».

— Parlez-moi du film que vous produisez. J'aimerais comprendre ce que vous et Tom faisiez avant qu'il...

Cape s'est interrompu juste avant de dire « ait sauté », ajoutant « meure » sans conviction avant que Grace remarque le faux pas.

Elle s'est penchée vers l'arrière et a regardé le plafond pendant qu'elle parlait.

— C'est un tournage de quarante-cinq jours, avec trois scènes en extérieur, beaucoup d'écrans verts, des milliers de figurants.

Elle a déplacé ses mains comme si elle les comptait sur ses doigts. D'un point de vue de production, c'est une grosse œuvre cinématographique.

— Aurais-je dû dire « œuvre cinématographique » au lieu de « film » ? demanda Cape. Ou bien des distinctions comme ça n'ont pas d'importance ?

Grace a encore ri. Cape devait admettre qu'il aimait le son.

— En fait, elles ont pas mal d'importance. La plupart des producteurs prétendraient que *l'œuvre cinématographique* est l'équivalent en celluloïd de la littérature. Cela fait percevoir le monde différemment, peut-être changer quelques idées préconçues que l'on avait. Une œuvre cinématographique reste avec soi bien après qu'on l'ait regardée.

Le sourcil droit de Cape s'est arqué avec scepticisme.

— Et un film ?

— Deux heures de divertissement, dit Grace. Amusant, mais jetable. La culture pop de la façon la plus évidente.

Cape a feint d'avoir compris en se taisant.

— Disons cela ainsi, dit Grace. Les critiques adorent les œuvres cinématographiques, mais détestent les films. Les Oscars adorent les œuvres cinématographiques — le public aime les films. Les producteurs veulent être connus en tant que producteurs d'*œuvres cinématographiques*, mais ils veulent être liés financièrement à un *film* commercial.

— Alors, à quoi travaillez-vous — une œuvre cinématographique ou un film ?

— Ça dépend de qui le demande. Le studio dit à la presse qu'il finance une œuvre cinématographique, mais dit aux producteurs de s'assurer que c'est un film commercial.

— Alors, qu'est-ce que cela fait de vous ?

— Une productrice de cinéma travaillant à un film.

— J'ai mal à la tête, dit Cape.

— Hollywood peut vous en donner un.

— Mais vous êtes de New York.

— Quand vous êtes dans ce business, tout le monde vient d'Hollywood, dit Grace. Même moi.

— Alors, à quoi travaillez-vous exactement ?

— Le film s'appelle *La vengeance d'Icare*, dit Grace. Vous vous souvenez de ce film, au sujet d'un gros astéroïde, qui a battu tous les records de ventes au guichet ?

— Lequel ?

— Le bon.

— Pas celui avec le gamin à bicyclette, à la fin, essayant de distancer le raz-de-marée catastrophique ?

— Mon Dieu, non — c'était ridicule. Notre studio a fait celui où les travailleurs de l'équipe de construction s'envolaient dans l'espace, atterrissaient sur l'astéroïde, et faisaient exploser une bombe nucléaire pour sauver la Terre.

— C'est bien plus plausible.

— Nous avons amassé plus de trois cents millions de dollars de ventes au guichet, répondit Grace. Croyez-vous cela ?

— Non, mais que puis-je faire ? Mon idée d'un film est *Le faucon maltais*.

Grace a baissé la voix et s'est avachie sur sa chaise. « J'aime parler à un homme qui aime parler. »

— Sydney Greenstreet.

Cape a souri.

— Un film formidable.

— Une *œuvre cinématographique* formidable.

— Alors, qu'est-ce que *La vengeance d'Icare* ?

— Le deuxième gros film commercial d'Empire Films.

— On dirait le communiqué de presse. Quelle est l'intrigue ?

— Dans le dernier film, le héros mourait quand il faisait exploser la bombe nucléaire sur l'astéroïde pour sauver l'humanité.

Cape a hoché la tête.

— J'ai pleuré.

Grace n'a pas relevé la remarque.

— Dans ce film, la fille qu'il a sauvée se fait appeler par la NASA pour sauver la planète de…

Cape l'a interrompue.

— Un autre astéroïde ?

— Bonne supposition.

— Je suis détective.

— Sauf que cet astéroïde est plus gros que le dernier — bien plus gros — et il se dirige droit vers le Soleil. Un impact va provoquer une supernova qui va détruire le Soleil.

— D'où le titre.

— Exactement. Et bien sûr, si le Soleil est détruit, cela signifiera la fin de toute vie sur Terre.

— Alors, c'est un film familial.

— Ne faites pas le petit malin — c'est un film d'été.

— Ce n'est pas un film, dit Cape. C'est une suite.

— Vous avez l'air d'un critique.

— Je suis un type qui aime les films. Mais je suis fatigué de toutes les suites, des prologues et des films basés sur les vieilles séries télé.

— En fait, c'est plus que ça. Je produis le prochain épisode dans la *franchise de l'astéroïde* d'Empire Films.

— Vous voulez rire.

— C'est toute l'actualité d'Hollywood en ce moment — tout le monde veut une *franchise*.

— Alors, dites au studio d'aller acheter un restaurant McDonald's.

Grace a haussé les épaules pour s'excuser.

— La «franchise» est l'euphémisme de l'industrie du cinéma pour parler de *cash flow*. Batman, La Guerre des étoiles, Bond, Spider-Man — ce sont des franchises. Le studio obtient un public conquis d'avance, qui ira voir le film quoi qu'il arrive.

— Quoi qu'il arrive?

— C'est du marketing élémentaire — la familiarité mène à la loyauté.

— Je pensais que la familiarité engendrait le mépris.

— Seulement avec les critiques, et ils n'achètent pas assez de billets pour que cela importe vraiment. Et n'oubliez pas le marchandisage, les ventes de jeux vidéo et de DVD. Vous pouvez obtenir cinq films ou plus d'une seule franchise, si vous savez comment l'exploiter.

Cape a hoché la tête.

— Alors, vous ne faites pas de films, vous les manufacturez.

— Bienvenue à Hollywood.

— C'est dommage, dit Cape. Je vais au cinéma pour voir quelque chose que je n'ai jamais vu auparavant.

— Mais vous n'êtes pas le garçon de dix-sept ans ciblé par le studio.

— Ne me rappelez pas cela, dit Cape, levant les yeux vers le plafond et essayant de se rappeler brièvement ce que c'était que d'avoir dix-sept ans.

Il se souvenait d'avoir été stupide et qu'il avait constamment envie de baiser, mais de rien d'autre, et pas nécessairement dans cet ordre. Il s'est retourné vers Grace.

— N'y a-t-il donc personne qui fasse des films originaux de nos jours? demanda-t-il. Et ce film d'astronaute gay que votre studio a fait?

— C'était entièrement l'ouvrage de Harry.

— Harry Berman, le type qui dirige les studios Empire?

— Ouais, Harry et son frère, Adam, bien qu'il soit difficile de croire qu'ils sont apparentés.

— Pourquoi?

— Harry adore les films, expliqua Grace. Je veux dire les *œuvres cinématographiques* — plus c'est artistiquement branché, meilleur c'est. Il est celui qui a fait connaître le studio en courtisant les vedettes, en convainquant les grands noms de jouer dans de petits films.

— Comment?

— Il est un visionnaire, dit Grace. Il voulait prouver qu'un studio pouvait réussir à l'extérieur d'Hollywood, c'est pourquoi il a établi l'Empire à New York. Puis, il s'est désintéressé complètement de tous les scénarios qui s'entassaient dans les grands studios et a plutôt acheté les droits de romans étrangers primés, qu'il a transformés en scénarios contemporains. Il a ensuite dit aux acteurs qu'ils obtiendraient un Academy Award s'ils jouaient le rôle principal dans un de ses films.

— Une assez grosse promesse.

— Qu'il a tenu *chaque année*, dit Grace. Harry a trouvé le circuit des prix. Il a été le premier à présenter des pubs dans *Variety* pour faire la promotion de ses films à peu près au moment où les juges votaient. Il a ressorti les films dans des salles locales, dans les quartiers où vivaient les juges. Il a invité les critiques sur son yacht pour la première d'un film et a croisé dans le port de New York, ne cessant de remplir leurs verres. Il a réussi à les faire manger dans sa main.

— Alors, comment sont-ils passés du statut de chouchou du cercle des critiques à l'astéroïde géant qui tue?

Grace a hésité, comme si elle essayait de trouver une explication simple. Elle a mordu sa lèvre inférieure, la tenant pensivement entre ses dents.

— Adam est arrivé, dit-elle finalement.

— Le frère.

— Ouais, dit Grace. Mais comme je disais, vous ne croiriez jamais qu'ils viennent du même utérus. Alors que Harry adore les films, Adam adore l'*industrie* du film. Il se fiche éperdument des prix — il veut seulement le plus gros week-end de première en juillet.

— Cela doit créer une certaine tension dans les parages du bureau, dit Cape.

— D'ordinaire, ça se passait ainsi, répondit Grace. Cela gardait les choses intéressantes, bien sûr. Et cela donnait aux personnes comme moi une chance de travailler à un film sérieux une fois de temps en temps, puis de retourner payer les factures avec un film d'action. C'était la stratégie financière derrière le studio.

— Un portefeuille équilibré ?

— C'est la même idée, ouais, dit Grace en hochant la tête. Adam ferait des films d'action pour atteindre le box-office et générer assez d'argent pour que Harry fasse ses films d'art avec de grandes vedettes.

— Vous passez votre temps à utiliser l'imparfait, fit observer Cape.

Grace a souri. Cape pensait qu'elle semblait triste, mais ne pouvait en être sûr dans la pénombre.

— Harry est devenu…

Elle a hésité pendant un instant, puis elle s'est lancée.

— Harry est devenu étrange.

— Que voulez-vous dire par « étrange » ?

— Je veux dire *étrange*, même selon les normes d'Hollywood, répondit Grace. Il fait des demandes bizarres, puis il change d'idée, puis il appelle pour demander pourquoi vous n'avez pas répondu à sa première question.

— Ça ressemble à mon ancienne petite amie.

Grace a foncé.

— Harry s'est éloigné de plusieurs célébrités qu'il avait courtisées ces dernières années. Et quand on va parler avec lui dans son bureau, il n'est même pas là.

— Vous voulez dire qu'il ne travaille pas ?

— Je veux dire qu'il n'est pas là physiquement, dit Grace.

Cape l'a regardée attentivement dans l'obscurité croissante.

— Maintenant, vous semblez étrange.

Grace a hoché la tête, ennuyée.

— La seule chose qui se trouve dans son bureau est un écran de télévision géant perché sur son bureau avec une caméra commandée à distance sur le dessus. Et Harry est à l'écran — qui nous regarde, qui nous parle, tout cela par l'intermédiaire d'un satellite.

— De quel endroit ?

— Personne ne le sait, répondit Grace. Harry ne le dit pas, ni Adam. Parfois, l'arrière-plan ressemble à une maison sur la plage, et Harry semble bronzé et détendu ; à d'autres moments, il pourrait être dans une chambre d'hôtel de Berlin, pour autant que je sache. Il regarde toujours à côté de la caméra, comme s'il s'attendait à ce que quelqu'un l'interrompe d'une minute à l'autre. Comme s'il était paranoïaque.

— C'est plutôt étrange.

— Qu'est-ce que je vous disais ? dit Grace. On affirme que c'est de la *sociophobie* — une peur des gens et de l'inter-action sociale normale. Greta Garbo ressentait cela. Tout comme Howard Hughes. Il semblerait que beaucoup de personnes puissantes développent cela. Mais je trouve que c'est tout de même bigrement *étrange*.

— Adam est donc responsable, dit Cape. Parce qu'il est là, et que son frère est dérangé.

Grace a acquiescé.

— Il semblerait que oui.

— Est-il possible que l'un d'eux ait quelque chose à voir avec le meurtre de votre collègue Tom ?

Grace a répondu sans hésitation.

— Impossible.

— Convainquez-moi.

— Parce que Harry ne connaissait pas vraiment Tom, dit-elle. Tom travaillait exclusivement sur les gros films d'action avec Adam. Et si quelque chose ne va pas avec ce film, Adam perd beaucoup d'argent pour le studio.

— Combien ?

— Plus de deux cents millions dans la seule production, dit Grace. Et cela n'inclut pas le coût de la perte de la franchise.

— D'accord, dit Cape. Mais je pourrais demander à Harry et Adam ce qu'ils pensent de toute façon.

— Si vous les rencontrez, dit Grace. Il est possible qu'Angelo ne le permette même pas.

— Je peux être très persuasif, dit Cape de façon rassurante.

— J'en suis certaine.

Cape a remarqué les pattes d'oie autour de ses yeux alors qu'il croisait son regard. Ils sont restés comme ça durant une minute, ne disant rien. C'était un silence confortable à la veille de devenir embarrassant quand Grace a pris la parole.

— Simplement, ne me faites pas virer, d'accord ?

Cape s'est levé.

— Vous êtes la cliente.

Grace est restée un instant près du bureau, comme si elle allait dire autre chose, puis elle a tendu la main.

— Merci.

— Bien sûr.

Sa poignée de main était telle qu'il s'en souvenait, forte et ferme. Cape l'a reconduite jusqu'à la porte et a écouté alors qu'elle s'éloignait dans le couloir. Il a allumé le plafonnier alors qu'il revenait dans son bureau. Il a cligné des yeux dans la soudaine lumière éblouissante alors qu'il s'asseyait et déplaçait paresseusement quelques papiers sur son bureau.

Quand il a entendu les pas revenir dans le couloir, il a senti un petit nœud se former dans son estomac. « De l'excitation, de l'anxiété ou seulement l'absence de dîner ? » Cape a hoché la tête et souri de sa propre stupidité, se souvenant des conseils de Linda. « Laisse ton cheval blanc à l'écurie. »

Alors que les pas se rapprochaient, Cape a cessé de sourire, distinguant le rythme saccadé de deux paires de chaussures.

Clip-Clop, Clip-Clop.

De grosses chaussures. Deux hommes marchaient dans le couloir en direction de son bureau.

« Ou un cheval », pensa Cape.

Ce pourrait être un cheval blanc.

9

LE PREMIER HOMME QUI EST ENTRÉ DANS LE BUREAU était plus grand qu'un cheval, même un Clydesdale. Il a même dû baisser vivement la tête pour éviter l'encadrement de la porte. L'homme qui le suivait était de taille moyenne, mais paraissait aussi petit qu'un enfant, comme si le cerveau de Cape ne pouvait pas assimiler la véritable taille du géant.

Le plus petit homme portait un pardessus sombre, des gants de cuir noir et un feutre, le genre de chapeau qu'on voit dans les films de gangsters des années cinquante. Cape en avait toujours voulu un, mais avait l'air ridicule chaque fois qu'il en essayait un. D'une façon ou d'une autre, son invité avait réussi à l'enlever — c'était peut-être le front anormalement haut. Cape a remarqué la crosse d'un automatique de taille moyenne qui dépassait d'un étui d'épaule tandis que l'homme étendait les bras comme en guise de salutation. Quand l'homme a souri, les plis le long de sa bouche sont devenus des crevasses noires. Cape devinait que c'était le méchant.

— Vous êtes Cape Weathers? demanda l'homme posément. Et vous travaillez sur l'affaire du film.

L'accent semblait russe ou de l'Europe de l'Est, les consonnes agressives appuyant lourdement sur les voyelles glissantes.

Cape a haussé les épaules, demeurant réservé.

— Cette affaire, continua l'homme, sera abandonnée.

Cape a regardé l'homme dans les yeux.

— Était-ce une question? demanda-t-il. Parce que, vous savez, avec votre accent, il est plutôt difficile de déterminer s'il y avait un point d'interrogation à la fin de cette phrase.

— Vous allez laisser tomber l'affaire. C'était une déclaration.

Cape a détourné les yeux de l'homme au chapeau pour les porter sur le géant. Se penchant vers l'arrière dans son fauteuil, il leur a adressé à tous deux un large sourire.

— Bien sûr, dit-il. Pourquoi pas?

10

ANGELO A PRIS UN instant pour ajuster le support athlétique
pour qu'il soit invisible sous son pantalon. La chose pinçait comme un homard quand il marchait, mais pourquoi
courir des risques ? Angelo croyait à la préparation, même
s'il y avait peu de chances qu'il en ait besoin aujourd'hui.
Le patron était un mauvais tireur après quatorze heures.

Michael Angelo s'était fait emmerder à cause de son
nom quand il était jeune. Les autres jeunes lui demandaient de peindre leurs plafonds, de faire leur portrait, ce
genre de choses. Ce qui avait fait empirer les choses, des
années plus tard, avait été d'apprendre que sa mère ne
l'avait même pas nommé d'après le célèbre peintre — elle
adorait tout simplement Charlton Heston. Elle avait vu
L'extase et l'agonie la nuit avant qu'elle accouche et avait
pensé que Charlton était tellement séduisant que la première chose qu'on a sue, c'est que son bébé avait été
nommé d'après un peintre mort dont elle n'avait jamais
entendu parler jusqu'à ce putain de film. Elle avait songé

à le nommer Moïse, mais avait pensé que ce serait peut-être un peu étrange, leur famille étant italienne et tout le bataclan.

De nos jours, Michael n'utilisait que son nom de famille. Sa mère — la garce idiote, Dieu ait son âme — était morte quelques années auparavant, alors pourquoi supporter cette contrariété ? Et c'était vraiment dans le style d'Hollywood. Toutes les grandes vedettes étaient connues par un seul nom, même si elles en avaient deux au départ. Arnold, De Niro, Spielberg. Pourquoi pas Angelo ? Ce n'était qu'une question de temps.

Il a frappé légèrement à la porte de chêne massive et s'est permis d'entrer.

Adam Berman, coprésident des studios Empire, était assis derrière son bureau et parlait au téléphone. Il mesurait peut-être un mètre soixante-dix, avec un tour de taille qui reflétait son succès et un cou qui s'étalait devant le col de sa chemise noire. Quand il a vu Angelo, il a raccroché au milieu d'une phrase, a saisi l'agrafeuse de son bureau et l'a projetée à travers la pièce. Avant qu'Angelo n'ait pu s'esquiver, elle a heurté de plein fouet la porte derrière lui et s'est brisée en deux, les agrafes volant comme des éclats d'obus autour de sa tête.

Adam s'est levé et a attrapé un coupe-papier d'argent de sa base de cristal, un cadeau d'un scénariste. Avec un craquement du poignet, il l'a envoyé planer. Il s'est planté dans la porte, vibrant d'un côté et de l'autre comme un diapason près de l'oreille d'Angelo. Il a réussi à ne pas tressaillir alors que ses cuisses se serraient involontairement autour du support.

«Si tu montres de la peur, cela ne fait que l'encourager», s'est répété silencieusement Angelo. «Il est comme un chien. Tiens bon.»

Adam était haletant, les yeux étincelant de méchanceté. Il a tendu le bras pour saisir l'objet le plus proche sur son bureau, ce qui s'est avéré être la statuette d'un Oscar, puis il a hésité. Il a cherché l'item suivant, qui était un prix du Golden Globe, puis il a regardé Angelo, qui était impassible contre la porte. Jetant un coup d'œil à son bureau, Adam a déplacé sa main et a saisi un Emmy, le prenant dans le creux de sa paume pour évaluer son poids.

Les ailes du Emmy se sont cassées comme la queue d'un avion qui s'écrase alors qu'il heurtait la porte. Angelo a tressailli malgré son mantra.

— Vous vouliez me voir, monsieur Berman? demanda-t-il.

Adam a respiré par le nez, de la sueur dégoulinant de son front. Quand il a parlé, c'était un grincement sec, des cigares et du bourbon mêlés à la colère.

— Mais qu'est-ce qui se passe, bordel? hurla Adam, les veines de son cou saillant. J'ouvre le journal aujourd'hui et le gros titre affirme qu'un de mes producteurs a été assassiné. Est-ce exact?

— Non, monsieur.

— Tu dis que je n'ai pas lu cela? demanda Adam, prenant le journal du bureau et le lançant à Angelo.

Les pages se sont éparpillées dans la pièce avant qu'elles ne l'atteignent.

— Non — je veux dire oui, monsieur, dit Angelo. Vous avez bien lu cela. Mais non, ce n'est pas exact.

Adam scrutait la pièce pour trouver le prochain projectile.

— Il a sauté, balbutia Angelo. Vous vous rappelez — Tom a sauté du pont.

— Quelle petite ordure irresponsable, marmonna Adam. Le type se tue au milieu d'un film — c'est peu professionnel.

— Je n'avais jamais considéré les choses de cette façon.

— S'il n'était pas déjà mort, j'intenterais un procès à ce salaud.

— Il est tout à fait mort, dit Angelo sur un ton destiné à laisser entendre que ce sujet avait été soulevé auparavant.

— Donc, tout ce film repose sur Grace ? demanda Adam, frottant sa nuque.

— À peu près, dit Angelo en hochant la tête.

— Alors, que fait-elle, bordel ?

— Elle a été interrogée par la police, apparemment.

— Pourquoi ? demanda sèchement Adam. A-t-elle tué Tom ?

— Pas à ce que je sache — elle m'a dit qu'ils voulaient simplement lui poser quelques questions.

Adam s'est assis lourdement, s'étirant pour prendre le verre sur son bureau. Ses yeux semblaient éteints, comme s'il était soudainement ennuyé par la conversation.

— Mais nous sommes toujours à temps ? demanda-t-il d'une voix fatiguée.

— Eh bien, nous avons peut-être un problème.

Adam a pivoté lentement dans son fauteuil, et quand il a regardé Angelo, toute la menace était revenue dans son regard.

— *Nous* n'avons pas de problèmes, Angelo, dit-il d'une voix âpre. *Tu* as des problèmes à résoudre. C'est pour cette putain de raison que je te paie, tu te souviens ? Pour résoudre des problèmes.

— Exact, dit Angelo en hochant la tête.

— Alors, quel est le problème ?

— Un détective.

Angelo a regardé ses mains.

— Grace a engagé un détective.

Adam a repris vivement son verre et en a avalé le contenu en une gorgée, découvrant ses dents alors qu'il expirait.

— Un détective, répéta-t-il faiblement.

— Elle lui a fait un chèque sur le compte du studio, dit Angelo. Alors théoriquement, *nous* l'avons engagé.

— Tu n'es pas sérieux.

— Grace a insisté, dit Angelo, très désireux de détourner la pression sur quelqu'un d'autre. Elle a dit qu'elle ne pourrait pas se concentrer sur le film si la mort de Tom n'obtenait pas l'attention qu'elle mérite. Elle a dit également qu'elle ne pourrait peut-être pas empêcher que la production prenne du retard si nous ne la laissons pas faire cela.

Adam s'est redressé dans son fauteuil, les yeux écarquillés de stupéfaction.

— Elle a dit cela ? demanda-t-il, sa voix s'élevant à chaque mot. Elle a dit qu'elle pourrait ne pas être à temps ?

— Oui.

Adam s'est levé, le verre toujours à la main. Avant qu'Angelo n'ait pu dire quoi que ce soit, il a traversé la pièce et l'a frappé carrément entre les jambes. Il y a eu un bruit de verre heurtant le plastique et le grognement d'Angelo, suivis par le verre qui se fracassait sur le sol de bois dur.

Adam a levé les bras au-dessus de sa tête.

— Me menace-t-elle?

— On dirait bien, haleta Angelo, les mains sur ses genoux. Le support s'était déplacé sous l'impact, et cette saloperie le pinçait.

— Cette putain de salope, aboya Adam, faisant les cent pas derrière son bureau. Pouvons-nous la virer?

— Pas sans payer son contrat, répondit Angelo. J'ai déjà fait une vérification juridique pour cela. D'ailleurs, nous ne serons pas à temps si nous changeons de producteurs à ce stade.

Au son des mots «à temps», Adam a cessé de faire les cent pas.

— Bordel de merde, dit-il. Laisse Grace faire tout ce qu'elle veut. L'horaire reste le même.

— Vous êtes sûr? demanda Angelo.

Adam l'a regardé comme s'il était un cafard.

— Suis-je sûr? demanda-t-il de façon sarcastique. Sais-tu ce que cela voudrait dire si nous étions en retard?

— De l'argent?

— De l'argent, dit Adam, souriant. Sais-tu combien d'argent?

— Beaucoup, répondit Angelo, pensant que c'était une estimation sûre.

— Non, raclure, dit Adam en grognant. Pas seulement beaucoup d'argent — *tout* l'argent.

Angelo a hoché la tête, mais n'a rien dit.

— Tu sais ce qu'est l'industrie du film, Angelo ? demanda Adam.

Angelo a regardé Adam d'un air perplexe, mais a refusé de faire des commentaires.

— L'industrie du film est une partie d'échecs, continua Adam. Tu ne joues probablement pas aux échecs.

— En fait…

Adam l'a interrompu.

— Aux échecs, le synchronisme est tout. Nous déplaçons une pièce sur l'échiquier, et c'est peut-être génial un instant, mais cela peut nous coûter la partie le tour suivant. Tout dépend de ce que fait notre adversaire. Tu comprends ce que je dis ?

— Je crois que oui, dit Angelo, espérant que ce n'était pas trop évident qu'il mentait.

— Permets-moi d'exprimer les choses ainsi, dit Adam, pressant ses mains l'une contre l'autre. Nous faisons un film d'été. Te souviens-tu d'un été, cela remonte à quelques années — de ce film au sujet du chien parlant qui résolvait des mystères ?

Angelo a acquiescé d'un signe de tête, enchanté de connaître finalement la réponse à une des questions de son patron.

— C'était inspiré d'un vieux dessin animé.

— Exact, un film portant sur un chien parlant qui résolvait des mystères, inspiré d'un vieux dessin animé.

Angelo a ri.

— C'était plutôt stupide.

— Stupide ? dit Adam d'un air incrédule. Tu penses que c'était stupide ? C'était vachement génial !

Angelo s'est retiré dans la sécurité du silence.

— Tu sais pourquoi c'était génial ?

Angelo a hoché la tête sans dire un mot.

— En raison du synchronisme, répondit Adam. Ils ont lancé ce film durant l'accalmie entre *Le Seigneur des Anneaux* et *Harry Potter*. Un temps mort pour les films d'été, parce que tous les studios avaient peur de rivaliser avec ces deux superproductions. Ainsi arrive le chien parlant quand ces deux films sont vendus, et il obtient toute la vente des billets durant deux semaines entières, sans concurrence.

Adam a marqué un temps pour produire son effet.

— Et cela a rapporté *soixante-dix millions* de dollars, ajouta-t-il.

— Eh bien, dit Angelo.

— C'était vachement bien, ouah, dit Adam. Mais tu lances ce film deux semaines plus tard dans les mêmes marchés et les mêmes cinémas, et tu sais ce qui arrive ?

— Quoi ?

— Tu te fais *écraser*. Annihiler. Si un film ne domine pas à sa première semaine de sortie, tu ne t'en sors *jamais*, parce que quelque chose de meilleur arrive pour prendre ta place. Alors, tous ces coûts de production, tout cet argent pour la publicité, et tous les salaires que tu paies aux acteurs disparaissent directement dans la putain de toilette, simplement parce que tu as loupé la question du synchronisme. Et tu sais ce que tu es ensuite ?

Angelo a levé les sourcils dans l'expectative.

— Ensuite, tu es l'enfoiré qui a pensé que c'était une bonne idée de faire un film au sujet d'un chien parlant qui résout des mystères, cracha Adam avec véhémence. Ce qui s'est avéré être la *putain d'idée la plus stupide* qu'on n'a jamais eue depuis l'invention du cinématographe.

Adam a brandi les poings vers le plafond, en colère contre les dieux du divertissement pour l'injustice de tout cela.

— Et ta seule défense est *hum, eh bien, ça alors* — ça semblait une bonne idée à l'époque. Tu ne trouveras jamais de financement pour un autre film, et tu auras pro-bablement besoin d'une chirurgie plastique pour éviter d'être ridiculisé chaque fois que tu sors dîner. Simplement parce que tu as manqué ta date de sortie.

Angelo a soudainement compris la métaphore des échecs.

— Je vais m'assurer de rester à temps.

— Et assure-toi que ce putain de détective garde son nez dans ses affaires, dit Adam. Loin de mes affaires et loin de mon film. Je me moque de qui a sauté ou de qui s'est fait assassiner — si quelqu'un entrave ce film, je le tuerai moi-même.

Angelo a hoché la tête.

— Y a-t-il autre chose, monsieur Berman ?

Adam a cligné lentement des yeux, d'un air presque reptilien.

— Casse-toi, dit-il, chassant Angelo d'un mouvement de la main.

À l'extérieur, dans le couloir, Angelo a serré et desserré les poings durant presque une minute avant d'expirer. Il détestait ce salaud, mais il n'était pas question qu'il quitte cet emploi. Il avait vraiment travaillé très fort pour se rendre aussi loin dans un grand studio de cinéma.

Inspirant profondément, il a marché lentement vers la porte massive à l'autre bout du couloir. Il devait peut-être bouffer de la merde, mais personne — pas même Adam Berman — ne pourrait l'empêcher de l'étaler.

11

— JE SUIS LE COMMANDANT YURI ANDROPOV.

L'homme dans le manteau noir a enlevé son chapeau et l'a tenu légèrement devant lui. Cape pouvait encore voir la bosse sous son manteau, mais le revolver n'était plus visible. Le géant s'était déplacé pour se tenir juste en face de la porte, signifiant que la seule sortie n'était plus disponible.

L'homme dans le manteau a fait un signe de tête vers son compagnon.

— Et voici Ursa.

Cape a grimacé involontairement alors qu'Ursa souriait. Il mesurait plus de deux mètres et était presque aussi large que la porte derrière lui, son énorme tête couverte d'une barbe noire de plusieurs jours. Trois cicatrices parallèles traversaient son visage en diagonale, du côté gauche de son cuir chevelu vers le côté droit de son menton, des traces livides de chair surélevée qui se trouvaient peut-être à cinq centimètres l'une de l'autre. La cicatrice du bas traversait les lèvres d'Ursa, donnant l'impression première qu'il était en train d'avaler un ver albinos. La suivante coupait son nez en deux, comprimant le cartilage juste au-dessus des narines. La dernière, au sommet, coupait son œil droit en deux, qui avait pris une teinte d'un bleu laiteux, la pupille décolorée et indistincte. Il se déplaçait en synchronisation parfaite avec son œil gauche, qui était noir. Ils suivaient les mouvements de Cape de la même façon qu'un requin traque un phoque.

Cape a déplacé son regard du géant vers l'homme au manteau, leur faisant à tour de rôle un signe de la tête.

— Ursa… Commandant.

Ursa a continué de sourire, un rictus malveillant promettant un avenir de douleur. Ses dents étaient parfaites, presque d'un blanc aveuglant. Cape a rendu son sourire au géant.

— Vous passez-vous le fil dentaire chaque jour ? demanda-t-il. Ou utilisez-vous ces bandes blanchissantes ?

Ursa s'est penché vers l'avant, mais le commandant a fait un geste de la main droite dans un mouvement qui était à moitié un signe de la main et à moitié un salut nazi, et le géant s'est arrêté net.

— Ursa a passé quinze ans dans un goulag, dit fièrement le commandant. Chaque os de son corps est brisé.

— Félicitations, dit Cape.

— Puis après plusieurs années en prison, Ursa a été libéré en Sibérie sans chaussures ni manteau. Il a entrepris la longue marche vers chez lui. Deux mille kilomètres.

Cape a jeté un coup d'œil à Ursa, mais n'a rien dit.

— Une nuit, il a été attaqué par un ours — un grizzly sibérien, très dangereux.

Le commandant a fait une pause pour faire de l'effet, puis il a écarté les doigts et les a fait glisser doucement sur le visage ruiné d'Ursa.

— Ursa a tué l'ours et l'a mangé.

Cape n'a pu s'empêcher de demander :

— Est-ce que ça goûte le poulet ?

Ursa n'a pas émis de commentaires.

Cape a supposé que tant et aussi longtemps que le commandant continuerait de parler, Ursa serait moins susceptible de commencer à faire ce qu'il avait l'habitude de faire, ce que Cape soupçonnait de n'être en rien agréable.

— Alors, vous êtes russes ?

— Bien sûr, répondit le commandant, comme si la question elle-même était insultante.

— Comment vous êtes-vous rencontrés ?

— Je suis un ancien membre du KGB, dit fièrement le commandant. C'est moi qui ai envoyé Ursa dans le goulag.

Cape n'a pas su quoi répondre à cela. Ursa souriait de nouveau, serrant et desserrant les mains avec un plaisir anticipé.

— Cette affaire sur laquelle vous travaillez, dit le commandant, c'est dangereux.

— Pour qui ?

— C'est dangereux, répéta le commandant, énonçant soigneusement chaque mot.

Cape a haussé les épaules.

— Eh bien, c'est extrêmement généreux de votre part, messieurs, de passer ici et de me surveiller. Puis-je vous appeler un taxi ?

Le commandant a plissé les yeux et déplacé légèrement la main droite, comme s'il brossait des peluches du revers de son manteau. Ursa a fait un pas de géant vers l'avant. Cape a supposé qu'un pas de plus et Ursa se trouverait au-dessus de lui.

Cape a levé les mains.

— D'accord, d'accord, je vais laisser tomber l'affaire.

Le commandant lui a lancé un regard qui disait « convainquez-moi ».

Cape a baissé les mains sur ses genoux avec un soupir de résignation.

— En fait, j'avais déjà décidé de la laisser tomber — je pensais aller à Hawaii à la place.

Le commandant a légèrement claqué des doigts, et Ursa a reculé, la déception gravée sur le visage de gargouille. Cape a avancé les mains et a sorti un revolver de l'étui monté au fond du tiroir du bureau. Il a levé le revolver délibérément et l'a pointé directement vers la tête d'Ursa.

— Vous savez, dit Cape, maintenant que j'y pense, c'est la saison des ouragans à Hawaii.

Le revolver était un Ruger .357 magnum, en acier bleu avec un canon de dix centimètres. Le genre de revolver conçu pour attirer votre attention et la retenir, et cela semblait fonctionner avec le commandant. Il s'est balancé vers l'arrière sur les talons sous l'effet de la surprise, sa tête se tournant inconsciemment vers son camarade géant.

Ursa a eu la réaction opposée et a pivoté sur la pointe des pieds, un son nettement sauvage s'élevant quelque part au fond de sa gorge. Par rapport à aller en prison durant quinze ans et à se faire casser chaque os du corps, puis danser avec un ours, la perspective de se faire tirer dessus n'était pas une grosse menace.

Cape a déplacé sa cible vers la poitrine du commandant, reculant le chien avec un mouvement exagéré.

— Vous passez d'abord.

Le commandant a hoché la tête et a marmonné quelque chose en russe. Ursa a cessé de gronder et a cligné des yeux, comme s'il était réveillé d'une transe. Puis il s'est tourné soudainement et a ouvert la porte. Le commandant a regardé Cape par-dessus son épaule alors qu'il franchissait le seuil.

— Hawaii aurait été agréable à cette période de l'année, dit-il calmement, un petit sourire jouant sur les bords de sa bouche.

Tirant sur son chapeau, il s'est tourné et il est parti. Ursa s'est avancé dans le couloir sans se retourner, tirant la porte doucement jusqu'à ce qu'elle soit fermée.

Cape a rabattu le chien lentement et a mis le revolver sur son bureau avant de libérer le souffle qu'il n'avait pas réalisé qu'il retenait. Il était sur le point de prendre une autre profonde inspiration quand le mur adjacent à la porte a explosé.

Du plâtre et des morceaux de bois ont volé à travers la pièce alors que Cape saisissait le revolver et s'accroupissait derrière le bureau, visant le mur. Sa première pensée a été un coup de feu tiré à partir du couloir.

Un poing massif s'est avancé à travers le mur, des jointures rouges de sang et des doigts blancs à cause du plâtre. Tandis que Cape fixait la scène, la main a disparu, remplacée un moment plus tard par l'œil laiteux d'Ursa qui lui lançait un regard furieux. Puis l'œil s'est dérobé et la main est réapparue, cette fois avec le majeur dressé.

Cape a entendu la voix étouffée du commandant et la main a reculé à travers le trou qu'elle avait fait. Le lourd *klip-klop* des pieds furieux a diminué dans le couloir.

Cape a laissé tomber le revolver sur le bureau et s'est assis lourdement. Il a jeté un regard circulaire à son bureau, maintenant enveloppé d'une fine brume blanche de plâtre. À l'extérieur de la fenêtre, le brouillard s'était levé, donnant à la ville une pâleur aussi mortelle que l'œil maussade d'Ursa.

Cape a mis sa tête entre ses mains et a marmonné pour lui-même.

— Il y a peut-être un vol direct pour Maui.

12

ANGELO A INSPIRÉ PROFONDÉMENT alors qu'il arrivait au bout du couloir. Un petit bouton lumineux relié à un interphone était installé dans le mur attenant à la porte. Avant qu'il puisse appuyer sur le bouton, il a entendu une voix familière qui lui demandait d'entrer.

Le bureau de Harry Berman était plus petit et plus intime que celui de son frère Adam. Les murs étaient bordés d'étagères couvertes de livres plutôt que de cassettes vidéo, les fauteuils étaient en bois et en cuir au lieu du chrome brossé. C'était un environnement plus humain, même s'il manquait actuellement un occupant.

Le téléviseur monté derrière le bureau avait un mètre vingt-sept de largeur, un écran plat au plasma qu'on pouvait voir facilement de presque n'importe quel angle de la pièce. Au-dessus de l'écran se trouvait une caméra, un voyant rouge au-dessus de l'objectif annonçant la présence de son propriétaire avant même qu'il ait parlé.

Le visage sur l'écran était bienveillant en gros plan, le large sourire s'étirant sur plus de soixante-dix centimètres sur le mur. Les yeux étaient bruns, énormes et doux. Les rides autour des yeux suggéraient que l'homme de belle allure aux traits rudes était plus âgé qu'il en avait l'air, mais sa voix paraissait encore juvénile et enjouée alors qu'elle résonnait dans les haut-parleurs placés de chaque côté de l'écran.

— C'est une dure journée, Angelo ? demanda Harry Berman.

Angelo a haussé les épaules, regardant le visage sur l'écran au lieu de se tourner directement vers la caméra.

— Seulement l'habituel, monsieur.

— J'ai lu le journal, dit Harry, son sourire s'étalant sur le mur. C'est toute une histoire.

— Monsieur Berman — je veux dire Adam — l'autre monsieur Berman, commença Angelo en hésitant. Adam craint que le film de l'astéroïde soit en retard.

Le sourire a disparu, laissant dans son sillage une bouche soudainement petite dont les lèvres se plissaient. Le mur a semblé bouger alors que les yeux de Harry se déplaçaient, jetant d'abord un coup d'œil vers la gauche, puis vers la droite.

— Un homme a peut-être été tué, dit-il gravement. Pendant qu'il travaillait pour cette compagnie. Nous avons une responsabilité envers la famille de cet homme. Avait-il une famille, Angelo ?

— Une fille, répondit Angelo. Il avait une fille. Je crois qu'il était veuf, c'est pourquoi l'enfant a été prise par son oncle et sa tante.

Harry a hoché la tête tristement, donnant l'impression que la pièce entière tremblait à cause d'un séisme.

— Il faisait partie de *notre* famille, psalmodia-t-il. La famille des films Empire.

— Oui, monsieur.

— Nous devons bien faire les choses.

— Mais nous ne savons pas si un crime a été commis, protesta Angelo, se demandant s'il semblait aussi peu convaincant dans les haut-parleurs.

Les yeux bruns se sont durcis.

— Alors, nous devons le découvrir, Angelo.

— Mais l'horaire…

Harry l'a interrompu, une main géante apparaissant et disparaissant ensuite de l'écran. Angelo se sentait comme s'il avait presque été écrasé.

— Je me fiche éperdument de l'horaire, dit Harry. L'intégrité de cette compagnie est en jeu, Angelo. C'est plus important que n'importe quel film.

Un sourire narquois s'est étendu sur l'écran.

— Même un des films d'astéroïde de mon frère.

— Tout ce qui vous plaira, monsieur.

— Harry.

— D'accord, Harry.

— Je crois qu'il y a un détective.

— Ouais, dit Angelo. Grace l'a embauché.

— Mais il travaille pour nous.

Angelo a haussé les épaules.

— J'ai dit à Grace de lui expliquer les grands principes — vous savez, quand nous travaillons à une de nos productions.

— Bien, dit Harry, le visage géant se déplaçant de haut en bas.

Angelo commençait à avoir mal au cœur, se promettant de prendre de la Dramamine avant sa prochaine visite. Ce putain de bureau était comme un cinéma Imax.

— Prends soin de lui, Angelo.

Angelo s'est déplacé avec embarras.

— Oui, Harry.

— Et Angelo?

Un sourcil de trente centimètres de longueur s'est levé plus haut que l'autre.

— Monsieur?

— N'oublie pas pour qui tu travailles.

— Je n'oublierai pas, dit Angelo, prenant soin de ne pas regarder directement la caméra.

13

— IL RESSEMBLE À UN BRETZEL.

L'homme dans le four avait les jambes tordues derrière le dos et par-dessus la tête, les bras pliés pour forcer ses mains entre ses genoux. La grimace de la mort était tellement austère qu'on aurait dit qu'il était sur le point de rire, son embarras incroyablement drôle. Son dos était brisé juste au-dessus du bassin pour qu'il puisse aller dans le four. S'il y avait des cours de yoga en enfer, c'est à cela qu'ils ressembleraient.

— Il a l'air d'un foutu bretzel, répéta Vincent.

— C'est l'impression qu'il donne, dit Beau d'un air las.

Il était six heures. Beau s'est frotté les yeux et a regardé désespérément la tasse de café vide dans sa main.

Vincent a sorti une paire de gants de latex de la poche de son manteau et s'est approché du four. Il portait un complet croisé gris avec une cravate jaune et des mocassins noirs bien cirés. Il avait l'air de quelqu'un qui se levait tôt et qui appréciait cela, même durant les week-ends.

Beau pensait qu'il était réveillé quand ils avaient reçu l'appel et qu'il avait déjà mangé un petit déjeuner complet.

— Qui as-tu dit que ce type était ? demanda Vincent.

— Pete Pirelli, également connu sous le nom de Pete le Bretzel. C'est la plaisanterie, Vinnie. Pourquoi simplement tuer l'homme quand on peut le tordre et le fourrer dans le four industriel d'une boulangerie ? Et j'étais là, en train de commencer à penser que tu avais le sens de l'humour.

La voix de Beau s'est répercutée faiblement dans la vaste étendue de la boulangerie. Le bâtiment était un entrepôt converti dans un quartier qui n'avait été rien d'autre que des entrepôts jusqu'aux dernières années, où la popularité d'Internet avait fait sortir les entreprises industrielles pour faire place à des lofts résidentiels qui coûtaient deux millions de dollars et à des restaurants branchés qui servaient des plats à cinquante dollars. Les lofts coûtaient maintenant moins de la moitié du prix pourlequel ils avaient été construits, et la plupart des restaurants étaient partis, mais les industries et les entrepôts avaient disparu pour de bon. La boulangerie était l'un des quelques bâtiments originaux qui restaient.

Deux policiers en uniforme faisaient les cent pas près de l'entrée, pendant que deux autres délimitaient la zone autour des fours. Chaque four mesurait près de deux mètres de largeur et environ soixante centimètres de hauteur, pouvant convenir autant à la pizza qu'aux bretzels. La puanteur persistante dans l'air ne ressemblait à rien.

Vincent a plissé le nez et a froncé les sourcils alors qu'il regardait attentivement à l'intérieur du four.

— Et pourquoi était-il appelé Pete le Bretzel ?

— Comment pourrais-je le savoir, bordel, Vinnie ? dit Beau avec humeur. Il les mangeait peut-être à pleins sacs. Il était peut-être désaxé. On ne sait jamais avec ces enfoirés de la pègre.

— Alors, il était un des types de Frank Alessi ?

— Ouais, Pete était un pourvoyeur. Il faisait des livraisons, prenait des bénéfices de l'escroquerie. Il n'était pas très haut dans la chaîne alimentaire du *mafioso*.

— Les drogues ?

Vincent a sorti un stylo de la poche de son veston et il en a donné un petit coup hésitant à la joue du cadavre.

— Oh ouais, répondit Beau. L'opération de Frank est assez grosse pour une petite ville — le prêt usurier, l'extorsion, la construction —, mais les drogues sont assurément un produit de base. Le pauvre Pete aurait suivi le trafic ici en ville, fait des livraisons ici et là.

— C'était donc l'œuvre de Freddie Wang ?

Beau a acquiescé.

— Je dirais que c'était une vengeance pour le zoo — sinon pourquoi tuerait-on une poire comme Pete ?

Vincent a frotté sa nuque.

— Nous sommes au milieu d'une guerre pour le commerce de la drogue.

Beau a haussé les épaules.

— Il me semble que ça s'est passé de cette façon.

— Chouette.

— Nous pouvons laisser la racaille s'entretuer, dit Beau. Retourner chez nous et dormir un peu.

— N'est-ce pas que ce serait agréable ?

— Ouais, mais je m'attends à ce que le commissaire puisse froncer les sourcils devant ce genre d'attitude de laissez-faire[2].

Vincent a levé les sourcils.

— As-tu dit *laissez-faire* ?

Beau a regardé Vincent d'un air menaçant.

— Quoi — tu ne pensais pas qu'un frère pouvait parler français ?

— Parles-*tu* français ?

— Non, bordel de merde, rétorqua Beau. Je ne sais pas pourquoi *qui que ce soit* parle français, le sais-tu ?

— On le parle aux Olympiques.

— Je pensais que les Olympiques étaient grecs.

— Je pense que les Français ont racheté leurs parts.

— Un autre mystère, dit Beau. Je peux bien dire « croissant » et « laissez-faire », et cela semble couvrir toutes les situations auxquelles je peux penser. Par ici, c'est utile de connaître un peu d'espagnol, de chinois — mais le *français* ? Soyons sérieux.

— Alors, pourquoi étais-tu tellement sur la défensive quand je t'ai posé la question ? demanda Vincent.

— Bordel, Vinnie. Tu dois apprendre à te détendre, surtout à l'heure qu'il est.

— Je me lève à cinq heures tous les matins — les matins sont les meilleurs moments de la journée.

— Je savais cela, dit Beau, hochant la tête tristement. Tu es une personne du matin, voilà ton problème. Tu sais quel est le meilleur moment de la journée, Vinnie ? La *nuit* — c'est le meilleur moment de la journée.

— C'est la brigade criminelle. Dès que quelqu'un se fait descendre, tu te lèves.

---

2. N.d.T. : En français dans le texte original anglais.

— Je n'aurais jamais dû quitter la brigade des Stupéfiants.

— Nous pourrions demander à Frank Alessi et Freddie Wang de s'entretuer, après le dîner.

— À ce moment-là, je serais un homme heureux.

Un policier en uniforme s'est approché et a marmonné quelques mots à Beau avant de lui tendre un téléphone. Beau a écouté durant quelques secondes, puis il a mis sa main sur le microphone.

— Combien de temps penses-tu que nous allons devoir rester ici? demanda-t-il à Vincent.

— Cela dépend du moment où le médecin légiste va arriver, comme d'habitude. Pourquoi?

— Nous avons un autre rendez-vous, répondit Beau.

Il a déplacé sa main et a parlé rapidement au téléphone.

— Bien. Reste là, et nous allons te rencontrer dans une heure. C'est exact, une heure. Et je veux que tu fasses un appel pour moi.

Il a saisi une carte de son portefeuille, a lu le numéro et a raccroché, rendant le téléphone au policier en uniforme.

— Qui était-ce? demanda Vincent.

— Johnson, répondit Beau. Tu te souviens que cette dame productrice disait que le studio plaçait l'équipe dans des logements de l'entreprise aux appartements Golden Gateway?

— Que se passe-t-il à ce sujet?

— Le mandat signé est revenu, et Johnson a fouillé la chambre du type qui est mort.

— Il a trouvé quelque chose? demanda Vincent, une incrédulité manifeste dans le ton de sa voix.

Aucun d'eux ne s'attendait à ce que quelque chose émane des recherches, une faveur stupide pour une affaire inexistante.

— Environ dix kilos d'héroïne.

— Bon sang.

— Je n'aurais jamais dû quitter les Stupéfiants, dit Beau.

14

— Je m'inquiète pour un ours.

L'homme derrière le comptoir avait l'air sceptique. Au fil des années, Cape avait découvert que les types qui travaillaient dans des magasins d'armes à feu étaient comme ça — il fallait quelque temps pour gagner leur confiance. Toute la pression politique sur le deuxième amendement les avait rendus paranoïaques. Cape pouvait avoir été un agent de l'ATF[3] ou un fonctionnaire de l'État se faisant passer pour un client, essayant de les attraper en train d'utiliser les mauvais formulaires d'enregistrement ou de bousiller une vérification des antécédents. Cape n'avait pas acheté une nouvelle arme depuis longtemps, et apparemment, il n'avait pas l'air d'un chasseur sérieux.

— Vous chassez l'élan ou le caribou ? demanda l'homme, plissant les yeux.

Cape a remarqué le badge de l'homme.

— Eh bien, Bill, je pensais chasser l'élan, et j'ai peur qu'un ours puisse m'attaquer.

---

3. N.d.T. : Service fédéral américain chargé de la mise en application de la loi sur l'alcool, le tabac, les armes à feu et les explosifs et de la lutte contre leur trafic.

— Où allez-vous trouver un ours ?

— En Alaska, dit Cape.

Il avait vérifié sur Google un peu plus tôt.

Bill s'est manifestement détendu. Il s'est reculé derrière le comptoir.

— C'était une question truquée, n'est-ce pas ? demanda Cape.

— Il n'y a pas d'élans par ici, dit Bill avec un air de conspirateur. Quel genre d'arme à feu désirez-vous ?

Il a fait un grand geste du bras vers le comptoir vitré.

Tous les types d'armes à feu imaginables se trouvaient sous la vitre, disposées par fabricant. Derrière lui, des râteliers contenant des carabines et des fusils de chasse, environ trois ou quatre de profondeur, couvraient la longueur du mur de neuf mètres du magasin. Placée directement derrière Bill, juste au-dessus des supports d'armes à feu, se trouvait une plaque sur laquelle on pouvait lire « *Remember the Alamo* » (Rappelez-vous l'Alamo). Cela a frappé Cape, qui a pensé que c'était quelque peu hors de propos en Californie. Il a jeté un regard circulaire dans le magasin et a décidé que Davy Crockett serait toujours vivant aujourd'hui s'il avait eu autant d'armes à feu.

— En réalité, je suis tout à fait équipé au rayon des armes à feu, dit Cape. Je cherche davantage un moyen de dissuasion.

La déception de Bill était manifeste.

— Un moyen de dissuasion ?

Il a fait une grimace qui suggérait que les mots avaient mauvais goût.

— Ouais, je comprends que le ministère de la Pêche et de la Chasse ne veut pas qu'on tue un ours à moins que ce soit nécessaire. Vous savez, seulement en cas de légitime défense, comme si un ours venait vers vous soudainement pendant que vous poursuivez un élan. Ils préfèrent qu'on le fasse fuir.

Bill a hoché la tête d'un air maussade, manifestement mécontent qu'un groupe prétendument en faveur de la chasse et de la pêche découragerait quiconque de tuer quoi que ce soit. Il s'est accroupi brusquement, disparaissant un moment derrière le comptoir. Quand il est réapparu, il tenait une petite bombe dans la main droite, qui ressemblait à celle qui renferme de la crème à raser.

— Portez ceci à votre ceinture.

Il l'a tendue à Cape pour qu'il puisse l'examiner.

Cape a lu l'étiquette à voix haute. « *L'ours est parti. Efficace sur plus de neuf mètres. Usage unique.* »

Il a levé les yeux vers Bill.

— Qu'est-ce que c'est?

— Un vaporisateur de poivre concentré, dit Bill. Le même que la police utilise, mais dans une plus grande dose. Ça ne donne qu'un tir, cependant.

— J'espère que je n'en aurai pas besoin, dit Cape. Mais je vais le prendre, juste au cas où.

Bill s'est penché au-dessus du comptoir et a baissé la voix.

— Vous voulez mon conseil, vous tirez sur cet ours. Abattez-le.

Cape a hoché la tête solennellement alors qu'il prenait la bombe. « *Remember the Alamo.* »

— Absolument.

Le téléphone de Cape s'est mis à sonner tandis qu'il retournait à sa voiture. Le thème de *Le bon, la brute et le truand* a joué dans des tonalités électroniques aiguës jusqu'à ce qu'il appuie sur le bouton de droite. Le téléphone était fourni avec la sonnerie préenregistrée et, en fait, il l'aimait bien, même s'il n'était pas fou des téléphones cellulaires. Bien qu'il dût admettre que c'était utile, transporter le téléphone lui donnait parfois l'impression qu'il était attaché à une laisse. Il avait donné son numéro à seulement quatre personnes. Beau était l'une d'elles.

Dix minutes plus tard, il roulait sur le pont Oakland Bay, se disant qu'il aurait dû baisser le toit rétractable. Les taxes élevées et les ordonnances restrictives de la Ville avaient chassé tous les magasins d'armes à feu à l'extérieur de San Francisco, ce qui avait forcé Cape à se rendre à San Leandro, où il faisait une chaleur d'enfer, et la climatisation dans sa voiture n'avait pas fonctionné depuis des années. Mais alors qu'il passait devant le panneau indiquant « Bienvenue à San Francisco » au milieu du pont, Cape a senti les vestiges du brouillard du matin et une fraîcheur qui provenait de l'eau.

Il s'est engagé dans la première bretelle d'accès à l'autoroute et a foncé vers le centre-ville, considérant ce que Beau lui avait dit et se demandant comment dire à sa cliente quelque chose qu'elle ne voulait pas entendre.

15

— IL EST ICI.

Le commandant a fait un signe de la tête en guise de remerciement après un moment d'hésitation. Il avait également entendu le carillon de la porte, mais avait attendu un peu avant de traiter ce qu'Ursa avait dit. Même si Ursa parlait seulement le russe, son nez et sa gorge abîmés rendaient sa voix comme un grondement guttural que même l'agence de sécurité nationale ne pouvait déchiffrer.

— Amène-le, dit le commandant.

Ursa s'est traîné les pieds à travers la porte menant du bureau arrière à l'avant du magasin. «Matériel médical» était imprimé avec soin sur le verre de la vitre épaisse, partiellement obscurcie par la silhouette d'un homme qui tenait une boîte. Ursa s'est engagé dans une course à obstacles de fauteuils roulants, de cannes et d'ambulateurs de métal, ignorant leur invité jusqu'à ce qu'il ait verrouillé la porte principale et retourné l'affiche où il était écrit « Fermé » pour qu'elle soit face à la rue. Il a regardé de gauche à droite par la fenêtre, mais la rue était tranquille, quelques voitures garées et peu de circulation.

Près de cinquante mille immigrants russes vivaient et travaillaient à San Francisco. Les quelque dix mille qui ne parlaient que le russe à la maison s'étaient agglomérés dans les quartiers de Richmond et de Sunset, où ils avaient formé une communauté unie. Un nombre surprenant travaillait dans l'industrie médicale en tant que médecins, aides-soignants, infirmiers, et dans des magasins de matériel médical. Même si les soins de santé soviétiques s'étaient effrités avec le reste de l'infrastructure du pays, le système avait été assez important pour avoir employé un grand nombre d'hommes et de femmes, les formant suffisamment pour qu'ils obtiennent un emploi décent aux États-Unis.

La plupart des familles étaient juives ou russes orthodoxes, les deux religions ayant fleuri en exil et survécu de façon clandestine durant l'époque soviétique. Ils avaient une foi et une conscience professionnelle qui auraient fait rougir les puritains. Le commandant n'avait ni l'une ni l'autre.

Il était venu au magasin plus tôt dans la journée et avait dit au propriétaire qu'il allait l'emprunter.

Le propriétaire était un homme à la fin de la cinquantaine et il avait une famille, mais quand il était plus jeune et qu'il travaillait dans une usine de Moscou, il avait connu des hommes comme le commandant. Des hommes qui faisaient semblant d'être des collègues, mais qui étaient en fait du KGB, des hommes qui souriaient devant votre visage, mais qui mentaient derrière votre dos. Des hommes avec des yeux morts, qui prenaient plaisir à la douleur. Le propriétaire du magasin était parti sans dire un mot, laissant la porte d'entrée ouverte et les clés.

Ursa s'est déplacé à travers le labyrinthe orthopédique, accompagné de l'homme avec la boîte. Quand ils ont atteint la pièce du fond, l'homme a jeté un coup d'œil, à travers un nuage de fumée, vers le commandant, qui fumait une cigarette sans filtre, donnant un petit coup pour faire tomber la cendre sur le sol de carreaux cassés, juste sous une affiche indiquant qu'il était interdit de fumer. Le fait qu'il plisse les yeux n'a rien fait pour changer l'expression de l'homme, qui semblait avoir un air renfrogné permanent. Il avait de grands yeux noirs placés trop profondément dans ce visage étroit et une petite bouche, sous une vague de cheveux noirs qui tombaient sur ses sourcils et son col. Ses dents de travers ont révélé un sourire sauvage alors qu'il saluait le commandant.

— Je suis Marik.

Le commandant n'a pas répondu, faisant simplement un geste vers une table de jeu pliante appuyée contre le mur du fond, qu'Ursa avait dégagée plus tôt d'un mouvement du bras. Des chemises et des piles de papier étaient éparpillées sur le sol.

— Montre-moi, dit le commandant.

Avant d'apporter la longue boîte sur la table, Marik a jeté un coup d'œil vers Ursa. Le géant s'était déplacé derrière lui et se penchait contre la porte, l'observant avec un mépris non dissimulé. Ursa ne connaissait pas Marik, mais n'a pas laissé cela modérer son mépris. Marik était un petit homme qui agissait comme un dur, un soldat dans la *mafia russe* cherchant à gagner du galon. Ursa connaissait des hommes comme Marik en Russie, et ils étaient tous faibles, vendant leur âme et trahissant leurs camarades pour un peu d'argent ou par crainte du goulag. Ursa n'avait jamais craqué, mais après des années derrière les barreaux, il avait vu presque tout le monde le faire. Il avait réalisé que le seul homme ayant une volonté qui correspondait à la sienne était le commandant, l'homme qui l'avait attrapé, torturé et envoyé au goulag. Ursa pouvait respecter ses ennemis, mais pas ses amis. Il a fixé l'homme jusqu'à ce que Marik ait détourné le regard, ramené son attention au commandant et ouvert la boîte.

Le fusil avait plus d'un mètre de longueur, dont la moitié était constituée d'un canon qui dépassait d'une monture de bois usée, comme une baïonnette. Un petit chargeur d'une capacité de cinq cartouches sortait du magasin carré situé juste en dessous de la gâchette. Un court viseur télescopique était installé sur le dessus, un support militaire aux bords effilés. La crosse d'épaule, avec des parties découpées pour réduire le poids, semblait squelettique. L'arme à feu paraissait fatale juste à se trouver dans la boîte.

— Tout comme vous l'aviez commandé, dit Marik, frottant inconsciemment ses mains l'une contre l'autre.

Le commandant a ramassé le fusil de la main gauche et a caressé la longueur du canon avec la droite, ses yeux suivant chaque contour avec un regard qui frisait la convoitise. Une longue minute embarrassante est passée avant qu'il dépose le fusil et se concentre sur Marik.

Fouillant dans la poche de son manteau, le commandant a pris une enveloppe blanche et l'a jetée sur la table. Marik l'a presque saisie au passage, mais a réussi à se

retenir, bien qu'il l'ait ouverte immédiatement en la déchi-
rant et qu'il ait feuilleté les billets avec un regard avide
qui ressemblait à celui du commandant un moment
auparavant.

— Il y a autre chose, dit le commandant.

Cela a retenu l'attention de Marik. Il a enfoncé les
billets dans la poche de sa veste.

— Une autre livraison?

Le commandant a hoché la tête.

— Je veux que tu te salisses.

Marik a souri nerveusement et a jeté un coup d'œil
au fusil.

— Je ne peux pas tirer avec cette chose.

— Laisse-moi cette besogne, dit le commandant. Ce
travail, ce n'est rien.

Il a enfoncé la main dans son manteau et a sorti une
autre enveloppe, plus grosse que la première.

Marik s'est léché les lèvres.

— Que voulez-vous que je fasse?

Derrière lui, le visage d'Ursa s'est tordu dans un sourire malveillant. Le commandant lui a rendu son sourire,
mais a gardé les yeux posés sur Marik.

— Je veux que tu fasses un tour en voiture, dit-il.

16

— DANS LE DOUTE, SOUDOIE le type en uniforme.

Les appartements Golden Gateway consistaient en quatre tours blanches qui encombraient la ligne d'horizon derrière le Ferry Building. Comme avec la plupart des destinations à San Francisco, il n'y avait aucun stationnement à part la rue, et tous les parcmètres étaient pris, c'est pourquoi Cape a passé les cinq minutes suivantes à essayer de convaincre le portier de le laisser se garer derrière la voiture de police. Il a fallu dix dollars pour mettre fin à la discussion, une aubaine en comparaison du parc de stationnement payant cinq rues plus loin.

Grace attendait dans le hall de la tour située au nord, portant un tee-shirt noir et un jean sur des bottes de cuir. Une simple chaîne d'argent était accrochée autour de son cou, et ses cheveux noirs étaient noués en queue de cheval. Elle portait du rouge à lèvres, mais aucun autre maquillage, à la connaissance de Cape. Elle a souri quand elle l'a vu, mais son expression était de l'anxiété à l'état pur.

— J'ai reçu votre message, dit-elle. Que se passe-t-il?

— Habitez-vous ici? demanda Cape en ignorant sa question.

— Oui. Le studio a envoyé Tom, moi et la plupart des membres de l'équipe de production principale ici — peut-être douze d'entre nous en tout. Le réalisateur, le caméraman, l'assistant-réalisateur et la plupart des acteurs restent à l'hôtel W, et le reste de l'équipe au Hyatt, quelques rues plus loin.

Cape a hoché la tête et l'a menée vers une rangée d'ascenseurs. La porte la plus proche s'est ouverte, la flèche brillant en prévision des passagers suivants. Un carillon joyeux a sonné quand Cape a appuyé sur le bouton du dix-huitième étage, le niveau que Beau lui avait donné.

— À quel étage restez-vous?

— Au seizième, mais je suis dans la tour située à l'ouest.

Elle s'est tournée pour forcer un contact visuel, que Cape avait soigneusement évité. Que se passe-t-il?

Cape l'a dit franchement, guettant une réaction.

— Il y a un risque que Tom ait été impliqué dans la drogue.

Il n'a pas eu à observer très attentivement.

— Ce sont des conneries!

Grace a levé brusquement les mains.

— Vous pensez que cela n'aurait pas été évident durant un tournage?

Cape a levé une main.

— Je n'ai pas dit *consommé*.

Grace était incrédule.

— Vous suggérez qu'il *faisait le commerce* de la drogue?

L'ascenseur s'est arrêté. Cape a remarqué qu'ils étaient seulement arrivés au quinzième étage. Les tours avaient plus de trente ans, leur âge se révélant une fois que l'on sortait du hall fraîchement rénové. Cape a jeté un coup d'œil au certificat d'inspection de l'ascenseur et a remarqué qu'il était expiré. Une petite femme aux cheveux d'un blanc tirant sur le bleu qui tenait une canne à la main s'est placée entre eux et a souri, tendant lentement la main pour appuyer sur le bouton du seizième. Tout le monde a souri, mais n'a rien dit durant l'ascension hésitante vers l'étage suivant. Après que les portes se soient refermées, Cape a mis la main sur le bras de Grace.

— Écoutez, vous m'avez engagé pour découvrir pourquoi quelqu'un aurait pu tuer Tom. Maintenant, nous sommes sur le point d'entrer sur le lieu d'un crime. Il va y avoir des flics, là-bas, y compris certains que je ne connais pas. Ils vont vous poser des questions — c'est ce que font les flics. Nous pouvons faire demi-tour et partir si vous voulez, mais j'ai pensé que vous voudriez voir par vous-même.

Grace a respiré par le nez, une colère ardente encore visible dans les yeux.

— Ce n'est pas le moment de protester de l'innocence de Tom, dit Cape doucement.

Grace a hoché la tête alors que les portes de l'ascenseur s'ouvraient.

— Merci pour les conseils.

À environ neuf mètres et trois appartements sur la gauche, deux flics en uniforme se trouvaient devant une porte ouverte. Cape leur a donné son nom et le policier de droite a disparu à l'intérieur, réapparaissant une minute plus tard.

— Faites attention à la marche, dit-il. C'est étroit là-dedans.

Cape a laissé Grace entrer la première. Les deux flics à la porte ont tourné la tête et suivi sa progression sans trop le laisser paraître. Cape a attendu jusqu'à ce qu'elle ait disparu du petit couloir, puis il est entré, jetant à son tour un coup d'œil aux policiers en uniforme.

— Les mecs, si vous pensez m'examiner le cul, vous allez avoir de graves ennuis.

L'appartement était un studio avec une cuisine réduite au strict minimum et une petite salle de bains attenante au couloir. On se sentait très à l'étroit, même pour San Francisco — environ quatre mètres et demi sur quatre mètres et demi —, mais la vue palliait ce problème. Juste devant l'entrée, deux portes de verre coulissantes s'ouvraient sur un petit balcon qui surplombait la baie. Même dans le couloir, Cape pouvait voir à partir du pont Oakland Bay jusqu'à Alcatraz.

Une éclipse totale s'est produite quand Beau est sorti de la cuisine et a salué Grace. Son déplacement a révélé trois hommes qui se trouvaient autour du réfrigérateur, le plus proche fumant une cigarette et faisant tomber les cendres dans l'évier. Cape l'a reconnu ; il faisait partie de la brigade des stupéfiants et s'appelait Brewster. Il était grand et maigre avec des cheveux roux et des taches de rousseur — une silhouette dégingandée et non imposante pour un enquêteur. Vinnie se trouvait à sa gauche, impeccable dans un complet vert pâle. Cape n'a pas reconnu le troisième homme, mais l'appareil photo autour de son cou, le magnétophone dans sa poche et l'expression troublée ont suggéré qu'il était le médecin légiste.

Beau ne s'est pas donné la peine de faire les présentations. Au lieu de cela, il a fait un geste vers la droite des portes de verre coulissantes, où un téléviseur Sony se trouvait au sommet d'un support qui contenait également un lecteur DVD et un lecteur vidéo qui prenait des cassettes de 1,9 cm au lieu des vidéocassettes standards de 1,27 cm qui jouent sur un magnétoscope. À la droite du téléviseur se trouvait une pile de boîtes rondes pour les films, qui avaient environ trente-cinq centimètres de diamètre et cinq centimètres de largeur. Au lieu de l'argent brossé que Cape avait vu dans le passé — dans les vieux films sur la réalisation de films —, ces boîtes étaient faites de plastique industriel épais, noir avec des charnières jaunes sur les côtés. Il y avait peut-être vingt boîtes rondes dans la pile.

— Vous savez ce que c'est?

Beau a adressé sa question à Grace sur un ton léger.

Grace a acquiescé.

— Bien sûr. Les boîtes contiennent les pellicules brutes que l'on envoie à Los Angeles pour le traitement, avant qu'elles soient renvoyées pour les plans.

— Les plans?

— Le film que l'on tourne chaque jour sur le plateau, répondit Grace. Vous voyez, il y a un lecteur vidéo sur le support pour que nous puissions suivre le fil de nos progrès — nous tournons simultanément sur film et sur vidéo numérique.

— Pourquoi les deux ?

— L'erreur la plus coûteuse dans la production est de penser qu'on a obtenu quelque chose sur caméra et de découvrir par la suite qu'on l'a effacé. On doit faire revenir le personnel artistique, sécuriser l'endroit de nouveau — on recommence à zéro. Alors, on regarde la vidéo au fur et à mesure, mais on ne sait jamais ce qu'on a pris sur pellicule tant qu'on n'a pas vu les *plans*. Le film du tournage quotidien est envoyé à Los Angeles tous les soirs pour le traitement, puis les transferts vidéo ou DVD sont renvoyés. On les regarde sur des machines comme celle-ci, pour que les producteurs et le réalisateur aient une idée de ce qu'ils ont saisi sur pellicule la veille.

— D'accord.

Beau a hoché la tête lentement.

— Tom était-il chargé d'envoyer la pellicule à Los Angeles ?

Cape a observé Grace attentivement. Il connaissait Beau depuis assez longtemps pour savoir qu'il n'y avait pas de questions inutiles.

— Maintenant que vous le mentionnez, non.

Grace a regardé les boîtes de pellicule et a froncé les sourcils, comme si elle réalisait soudainement à quel point elles étaient déplacées.

— Un assistant de production s'occupait de cela. Tom avait les DVD, mais pas la pellicule.

Elle a fait un pas vers l'avant, mais Beau a tendu le bras.

— Vous permettez, dit-il, s'agenouillant près du téléviseur. L'enquêteur Brewster a pris la liberté de les ouvrir plus tôt.

Beau a ouvert délicatement le couvercle du boîtier le plus haut.

Il n'y avait pas la moindre pellicule à l'intérieur. Douze paquets de papier d'aluminium bien rangés remplissaient la boîte, chacun enveloppé fermement dans une forme triangulaire comme une pointe de pizza. Le paquet qui était à deux heures avait été fendu, révélant un talc brun pâle. Cape a expiré lentement alors que Grace haletait.

— Ce n'est pas une mauvaise façon de déplacer de l'héroïne d'une ville à l'autre, dit Vincent, se penchant au-dessus du plan de travail de la cuisine.

Beau s'est relevé.

— Rien de sérieux, pour ce qui est de la quantité, mais assez pour garder un homme dans des mocassins italiens pour un moment.

Les genoux de Grace ont cédé, mais elle s'est ressaisie. Ses lèvres ont bougé, mais aucun son n'en est sorti, ses yeux fixés sur les boîtes de pellicule. Cape pouvait sentir l'attraction magnétique des flics dans la pièce, qui observaient sa réaction. Il a croisé le regard de Beau et l'a soutenu. Beau a hoché la tête, et Cape a pris Grace par le coude et l'a dirigée vers le balcon. Il a fermé les portes de verre coulissantes derrière eux, puis il s'est appuyé contre le garde-corps et a regardé en bas, ne disant rien.

La distance avec la rue était suffisante pour donner le vertige, alors Cape a détourné son regard vers l'eau, où un énorme porte-conteneurs naviguait dans les profondeurs incertaines de la baie de San Francisco. La baie avait soixante mètres de profondeur par endroits et elle était aussi peu profonde que deux mètres à d'autres, mais tout avait la même apparence à la surface. On ne pouvait jamais le dire.

Cape a continué de regarder l'eau alors qu'il parlait.

— Depuis combien de temps fréquentiez-vous Tom?

Grace a ri — un volettement bref et triste contre le vent.

— C'est tellement évident?

Cape a haussé les épaules.

— Eh bien, je suis détective.

— Maintenant, vous êtes gentil.

— Ouais, c'est évident. C'est compréhensible que vous vouliez faire ce qu'il faut pour un ami et collègue — j'aimerais penser que je ferais la même chose. Mais certaines de vos réactions ont été…

— Émotionnelles?

Cape a haussé les épaules.

Grace a observé le sillage d'un bateau qui s'ouvrait comme un éventail, soulevant les plus petits bateaux loin derrière lui.

— Nous avons eu une liaison durant notre dernier film, il y a peut-être un an et demi. Je venais de mettre fin à une relation de quatre ans, il était veuf depuis peu de temps. Nous travaillions ensemble jour et nuit pour terminer un film, voyageant ensemble.

— Et alors?

— La production s'est conclue, et nous avons décidé de rompre, dit-elle. C'était il y a neuf mois.

— Comme ça, tout simplement?

Grace a haussé les épaules.

— Nous travaillions trop étroitement ensemble — c'était devenu étouffant.

— Pour lui ou pour vous?

— La rupture était mon idée. On m'a dit que j'ai un problème avec l'engagement.

— Qui vous a dit cela?

Grace a presque souri.

— Vous voulez une liste? Par où devrais-je commencer, avec ma mère ou mes anciens petits amis?

Cape a tourné le dos à la vue pour qu'il puisse lui faire face.

— J'ai besoin d'en apprendre davantage au sujet de Tom.

Grace a balayé des cheveux égarés devant ses yeux.

— Si vous voulez dire davantage au sujet de ce qui est à l'intérieur de cet appartement...

Sa voix s'est estompée jusqu'à ce qu'elle l'ait retrouvée.

— Je ne le crois pas. L'argent n'était pas un problème, croyez-moi. On travaille seulement à une de ces mégaproductions et on se porte bien, et Tom produisait un film tous les dix-huit mois. .

— Parfois, ce n'est pas une question d'argent.

Grace s'est avancée droit devant Cape, le coinçant presque contre le garde-corps. Ses cheveux sentaient la lavande. Pas ceux de Cape.

— Ce n'est tout simplement pas Tom. Il n'aurait pas fait cela. Je ne sais pas de quelle autre façon je pourrais l'expliquer.

— Vous avez remarqué des changements dans son comportement ces derniers temps ?

— La police m'a demandé cela quand j'ai été amenée pour l'interrogatoire.

Cape a fait un signe de la tête vers les portes vitrées.

— Ils vont vous le redemander dans environ cinq minutes. Alors, quelle est la réponse ?

— Je ne le pensais pas auparavant.

— Mais maintenant ?

— Je ne sais pas.

Grace a hoché la tête avec irritation, et ses cheveux ont été balayés par le vent, qui les fouettait derrière elle. De profil, elle semblait plus triste qu'en colère.

— Depuis qu'il est mort, j'ai entendu quelques personnes de l'équipe faire des commentaires.

Cape est resté silencieux.

— Comme s'il semblait distrait dernièrement, préoccupé. Il travaillait trop fort, ne dormait pas assez. Il était stressé, impatient.

— Et vous n'aviez pas remarqué ? demanda Cape, pensant que les flics à l'intérieur poseraient la même question.

Grace a baissé les yeux durant une minute avant de répondre. Cape se demandait si elle visualisait le saut du pont Golden Gate.

— La vérité, c'est que nous ne passions pas beaucoup de temps ensemble, et presque jamais seuls. Rappelez-vous, nous travaillions à des parties différentes du film.

Grace a levé les yeux de la rue en dessous.

— Tom était le genre de type qui s'occupait de ses propres problèmes ; il ne s'en plaignait pas. Et je pense que Tom voulait toujours faire bonne figure, vous savez ?

— Vous voulez dire pour vous — à cause de votre ancienne relation. *Ne t'inquiète pas de moi, je vais bien…* ce genre de chose ?

Grace a acquiescé.

— Je pense que je considérais que cela allait de soi quand nous étions ensemble. Il était toujours là pour moi, et quand il avait besoin que je sois là, je n'y étais pas.

— Ne pas répondre au téléphone ne veut pas dire tourner le dos à un ami, dit Cape. Vous êtes ici maintenant.

Cape s'est tu avant de commencer à ressembler au docteur Phil et il s'est tourné pour faire face aux portes vitrées. Il voulait lui donner l'absolution, mais il savait que Grace était la seule qui devait se la donner. Elle devait arriver à le comprendre par elle-même, et les flics attendaient.

Grace a compris le langage corporel.

— Il est temps de retourner à l'intérieur, hein ?

Cape a hoché la tête.

— Je vais trouver ce qui se passe. Je travaille pour vous, vous vous en souvenez ?

— Théoriquement, vous travaillez pour le studio, dit Grace. Ce sont eux qui paient la note, et il est possible qu'ils ne veuillent pas que cela aille plus loin, maintenant que de la drogue était impliquée. Je veux découvrir ce qui est arrivé à Tom — ils veulent protéger leur film.

— Vous êtes celle qui m'a engagé.

Grace a souri et a ouvert les portes. À l'intérieur, la pièce était inchangée, sauf que Brewster et le médecin légiste étaient partis. Beau était assis sur le canapé et Vincent était près du plan de travail de la cuisine, gribouillant quelque chose sur un bloc-notes.

Beau a fait un geste en direction d'un fauteuil mœlleux qui faisait face au canapé, et Grace s'est assise. Cape s'est appuyé contre les portes coulissantes et est demeuré silencieux. Les questions étaient courtes et précises, et les réponses ne faisaient pas la moindre lumière sur l'affaire.

Ils ont conclu l'interrogatoire après quinze minutes.

— Nous allons avoir besoin d'une liste de contacts dans l'équipe, des personnes qui travaillaient avec Tom qui savent peut-être quelque chose ou qui pourraient avoir été impliquées. Ça vous va ?

Grace a acquiescé.

— Si cela aide à attraper l'assassin.

Beau n'a rien dit, ce qui a dit quelque chose à Cape. Il savait que la drogue rendait l'affaire plus intéressante — bon sang, cela rendait l'affaire réelle —, mais il savait aussi que la drogue ne prouvait pas que Tom ait été assassiné. La drogue était peut-être la raison pour laquelle Tom avait sauté, surtout s'il avait pensé qu'il perdait la maîtrise de la situation. Qui voulait dire à sa fille qu'il allait dans la grande maison pour trafic de drogue ?

Beau a frotté sa nuque avec sa main. Malgré le vent de l'extérieur, la pièce était devenue suffocante dans le soleil de l'après-midi, et son énorme tête luisait de sueur.

— Vous ne prévoyez pas quitter la ville, n'est-ce pas ?

— Je dois être ici pour finir le film, dit Grace.

— Très bien, dit Beau.

Grace s'est levée et lui a tendu la main.

— Merci.

Beau s'est levé à son tour, se dressant devant elle.

— Vous n'avez pas à nous remercier — nous n'avons rien fait, et nous ne savons rien.

— C'est vrai, dit Grace. Mais je suis certaine que vous pouvez faire mieux.

Beau a levé les sourcils, amusé par la remarque.

— Je me suis préparé pour ça, n'est-ce pas?

Grace a souri alors qu'elle relâchait la main de Beau.

— Oui, vous l'avez fait.

Cape est parti avec elle, aucun des deux ne disant quoi que ce soit jusqu'à ce que les portes de l'ascenseur se soient refermées.

— Vont-ils découvrir ce qui s'est passé?

— Ouais, dit Cape. Ce sont de bons flics. Mais ça va prendre un certain temps — ils vont devoir suivre la drogue, voir qui est impliqué.

— Tom ne l'était pas, dit Grace. Je me fiche complètement de la drogue.

— Les flics s'y intéressent, et c'est le seul endroit par où ils peuvent commencer.

Ils ont atteint le hall, où Grace allait se diriger vers la tour adjacente, et Cape allait sortir pour reprendre sa voiture.

— Je veux que vous continuiez à enquêter, dit Grace.

— Ne vous inquiétez pas, dit Cape. Je me suis engagé à résoudre cette affaire.

— Je sais que vous allez le faire.

Grace l'a embrassé, puis elle s'est retournée et elle est partie, laissant Cape avec la senteur persistante de la lavande et beaucoup plus de questions que de réponses. Alors qu'il arrivait dans la rue, il a réfléchi à ce qu'il venait de promettre, se demandant s'il n'avait pas lui-même un problème d'engagement.

17

CAPE A ÉTÉ PRIS EN FILATURE à deux rues de l'immeuble d'habitation.

Dans une ville sans stationnement, où la voiture privilégiée était petite et à la mode — une Mini, un coupé BMW ou quoi que ce soit fait par Volkswagen — la berline Lexus noire avec les vitres teintées se démarquait comme une tache d'encre. Compte tenu de la façon dont on la conduisait, Cape était embarrassé de ne pas avoir remarqué la filature plus tôt. Il surveillait la berline dans son rétroviseur extérieur alors qu'elle faisait une embardée devant une Coccinelle Volkswagen, recevant un coup de klaxon decette dernière. Cape a presque ri à voix haute quand la berline a klaxonné à son tour. « Ce type n'a peut-être jamais suivi personne auparavant. »

Cape a roulé vers le haut de la colline de Broadway, jusqu'à un endroit où l'inclinaison bloquait la vue de la circulation venant en sens inverse, puis il a viré brusquement à droite sur Sansome et a appuyé sur l'accélérateur.

Il a entendu le crissement de pneus, et quelqu'un sur le trottoir a crié « connard », puis la berline est réapparue dans son rétroviseur intérieur environ une rue derrière. Cape a ralenti et a roulé vers le bas de Sansome jusqu'à ce qu'elle se relie à l'Embarcadero, la large rue longeant le bord de l'eau, puis il a tourné dans la rue Bay, se dirigeant vers l'ouest. Bay avait deux voies dans chaque direction, c'est pourquoi il a accéléré, dépassant trois voitures sur la droite alors qu'il franchissait le premier feu de circulation. La berline a réduit la distance à environ une demi-rue, manifestement inquiète de se faire ralentir au prochain feu, mais si proche que Cape a commencé à se demander si quelqu'un le suivait vraiment. « C'est peut-être un touriste ivre qui veut simplement se rapprocher suffisamment pour demander son chemin. »

Peut-être aussi que le conducteur de la berline n'en avait rien à battre si Cape le voyait. Cela semblait plus probable, et Cape n'aimait pas ce que cela impliquait. Il a décidé de jouer les touristes et a suivi Bay jusqu'en haut d'une colline vers Larkin, où il s'est engagé vers la droite et a endommagé le châssis de la voiture alors que la rue descendait abruptement vers l'eau. Cela se passait seulement à San Francisco — une rue tellement escarpée que l'on ressentait une vague de vertige rien qu'en conduisant. Il fallait voir comment les touristes appréciaient cela.

En bas de la rue se trouvaient toutes les cartes postales qu'on n'avait jamais vues de San Francisco, entassées dans près de deux kilomètres carrés. La place Ghirardelli, un large éventail de restaurants, des galeries d'art et l'eau — une véritable attraction touristique comprenant même son propre tramway, un navire historique à trois mâts et une petite plage de sable blanc se courbant autour d'une anse dans la baie. S'il y avait des touristes perplexes dans la berline, ils allaient freiner à bloc et sortir leurs appareils photo d'une minute à l'autre.

Alors que le soleil rebondissait sur l'eau, Cape a été temporairement aveuglé. Il a appuyé brusquement sur les freins, a cligné rapidement des yeux, puis s'est garé en double file en bas de la rue. «Cela devrait faire», marmonna-t-il, jetant un dernier coup d'œil dans son rétroviseur. Il a sauté de la voiture et a traversé le trottoir pour se rendre sur un champ de gazon qui faisait face à la plage.

Le champ était fortement en pente, jusqu'à ce qu'il se stabilise sur un mur de soutènement de briques qui séparait l'herbe du sable et de l'eau en bas. Juste avant le mur de soutènement se trouvait une petite rangée de pins nains, dont les troncs étaient pliés en raison du vent incessant, et dont les branches des différents arbres étaient entortillées ensemble. De la rue, le bouquet de pins était la seule chose qui bloquait une vue sinon intacte de la plage.

Se cacher derrière un arbre n'était pas le geste le plus empreint de dignité, mais Cape n'avait pas de meilleure idée. Il s'est creusé la tête pour trouver des exemples d'autres détectives qui se rabaissaient, mais en vain. «Travis McGee ne se cachait jamais derrière un arbre. Sam Spade n'était pas tapi derrière les buissons. Nero Wolfe n'a même jamais quitté son appartement...»

Le fil de ses pensées a continué tandis que Cape regardait attentivement entre deux troncs tordus. La berline noire était perchée de façon précaire à mi-chemin vers le bas de la colline. De ce point de vue, il était impossible de dire si Cape avait sauté du mur de soutènement pour se rendre sur la plage, ou s'il était parti directement vers le tramway. Leur prochain mouvement lui dirait tout — ils devaient soit sortir de la berline, soit le cueillir une autre fois. C'était son imagination, un travail de filature, ou quelque chose de plus sérieux.

La portière du conducteur s'est ouverte et un homme d'environ un mètre quatre-vingt-cinq est apparu, portant un jean noir, une veste de cuir noire et des gants de conduite. Il était trop habillé pour le temps. Il a fermé distraitement la portière et s'est mis à marcher vers le gazon, scrutant sur sa droite et sur sa gauche avec toute la subtilité d'une vache volante. Alors qu'il marchait, il a déboutonné sa veste de la main droite.

Marik a tendu la main sous sa veste et a pris un air renfrogné pendant qu'il traversait tranquillement la rue. Ce putain de climat était lamentable. Ce matin, il s'était gelé le cul, la ville couverte de brouillard, et maintenant, il faisait soleil et cette veste de cuir était un four. Mais le revolver n'aurait pas trouvé de place sous sa chemise, alors il était fichu. Il suerait comme un porc en ménopause avant d'atteindre le sable.

Cape a fait un pas derrière le plus gros des arbres. « Si ce type est un touriste, je suis une beauté désespérée. » Il a calculé qu'il faudrait environ trois minutes avant que le type atteigne le mur de soutènement, davantage s'il prenait un détour vers le tramway et le trouvait vide. Cape s'est tourné vers l'océan et a analysé sa théorie, plissant les yeux contre la soudaine lumière éblouissante de l'eau. La danse du soleil sur l'océan était impossible à ignorer, et quand il frappait avec le bon angle, il frappait durement.

Quiconque descendait la colline plisserait les yeux pour éviter les taches durant tout le trajet.

Marik a levé le bras pour cacher la lumière éblouissante de l'eau. « Merde alors, cela n'arriverait jamais en Russie. Au moins, à Moscou, on peut compter sur le temps. Un froid glacial en hiver, peut-être de la pluie au printemps, toujours gris à cause du brouillard de pollution. C'est fiable, pas comme cet endroit de conte de fées avec ses tramways et ses chocolateries. Pas étonnant qu'on retrouve autant d'homosexuels en Amérique. » Marik a plissé les yeux et a juré dans sa barbe, pensant qu'il aurait dû prendre l'argent pour le fusil et rentrer chez lui.

Cape a regardé attentivement autour du tronc, entrevoyant l'homme qui marchait à grandes enjambées sur le gazon. Il n'a fait aucun effort pour se dissimuler, résigné au fait qu'il marchait sur un terrain ouvert. Les touristes se déplaçaient par petites bandes, bavardant et s'arrêtant parfois pour prendre des photos, mais le groupe de visiteurs le plus proche se trouvait à vingt mètres. L'homme au manteau noir se trouvait seulement à quatre mètres et demi de distance maintenant, approchant par la droite. Cape s'est déplacé vers la gauche, égalant la progression de l'homme, essayant de garder les arbres entre lui et le rôdeur au manteau noir.

Quand Marik a atteint le mur de soutènement, la lumière éblouissante de l'océan l'a frappé comme une enclume, la plage de sable blanc en multipliant l'intensité. Il a secoué brusquement la tête de côté et levé le bras droit sur ses yeux. C'était le moment que Cape attendait. Il a patienté une fraction de seconde avant de faire le tour des arbres et de se placer juste derrière Marik.

Marik se profilait contre le sable blanc, dos à Cape, le bras levé alors qu'il se trouvait sur le mur et scrutait la plage. Il avait dépassé quelques mètres d'arbres, mais pensait évidemment que Cape avait cherché refuge auprès des gens qui se trouvaient sur la plage, hors de vue en bas du mur. Si on le lui avait demandé, Marik aurait reconnu que se cacher derrière les arbres n'était pas digne d'un détective.

Cape a laissé passer une minute entière avant de réduire l'écart entre les deux hommes.

— C'est une belle vue, dit-il.

Marik avait de bons réflexes. Il a tendu le bras instinctivement pour prendre son revolver tandis qu'il se retournait, juste à temps pour que Cape le frappe directement sur le nez. Cape a senti le cartilage céder alors que Marik tombait à la renverse par-dessus le mur de soutènement. Cape a sauté en bas du mur et atterri sur le sable.

Marik a atterri sur le dos et a utilisé l'élan de la chute pour rouler en position accroupie. Cape lui a donné un coup de pied au visage, heurtant le menton de Marik avec son talon droit. Quand Marik a heurté de nouveau le sable, Cape s'est assis sur sa poitrine, serrant les bras de Marik avec ses genoux. Avant qu'il ne perde son avantage, Cape a commencé à fouiller sous le manteau de Marik pour trouver le revolver qui, il le savait, se trouvait à cet endroit.

Quelqu'un a crié qu'il appellerait la police, et dans sa vision périphérique, Cape a vu des gens courir. Il les a ignorés. Marik ruait et crachait, le sang jaillissant de son nez cassé. Il a lancé un regard torve à Cape alors qu'il se débattait.

Cape a senti la crosse du revolver — il avait glissé sur le côté et était coincé en partie sous Marik. Cape lui a donné un violent coup de poing dans l'estomac, Marik s'est tordu sur le côté, et le revolver s'est libéré dans la main de Cape. Marik a déversé un torrent de jurons et a craché du sang aussi loin que sur le menton de Cape.

Cape ne pouvait pas comprendre un mot. Il était plutôt certain qu'il se faisait menacer en russe — il n'était pas sûr pour le russe, mais la menace était évidente. Il pouvait lire les sous-titres dans les yeux de Marik.

Le revolver était une petite arme automatique qui provenait d'un fabricant qui n'était pas familier pour Cape. Mais la détente se trouvait à l'endroit où elle était censée être, et il ne semblait pas y avoir de cran de sûreté. C'était aussi bien pour lui. Il a tiré Marik pour le remettre sur pied et l'a fait se retourner. Cape a vu des personnes courir sur le gazon, certaines les pointant du doigt. Leur lutte les avait amenés sur le bord de l'eau, et Cape pouvait entendre les vagues qui clapotaient doucement sur le sable derrière lui, un son étrangement paisible dans ces circonstances. Marik a plissé les yeux alors que Cape appuyait le pistolet sous son menton.

— Je pense que vous avez laissé tomber cela, dit Cape d'un ton égal. Peut-être que si vous me dites pour qui vous travaillez, je ne vous ferai pas de trachéotomie d'urgence.

Le sang bordait la bouche de Marik comme une barbiche. Il a craché chaque mot.

— *Ya nechevo ne znayu.*

Cape a décidé de voir si Marik parlait l'anglais. Les flics allaient arriver d'une minute à l'autre. Il a sciemment tiré le chien sur l'arme automatique jusqu'à ce qu'elle soit chargée, observant les yeux de Marik s'écarquiller avec le déclic.

— Je ne suis pas flic, dit lentement Cape. Cela signifie que je ne joue pas avec les règles d'un flic. Vous comprenez?

Le visage de Marik s'est tordu de rage, et il a toussé violemment, le revolver glissant de côté sous son menton, son canon nappé de sang. Cape a essayé d'attirer Marik plus près de lui, mais il a perdu sa prise tandis que son côté gauche brûlait d'une crampe soudaine, comme si quelqu'un avait glissé un fer à souder sur sa cage thoracique. Cape a lutté pour rester debout alors que Marik faisait un mouvement brusque vers la gauche, mais un jet de sang a éclaboussé son visage, l'aveuglant. Pendant qu'il tombait à genoux, Cape a entendu un craquement au loin, le son du petit bois humide qui commence à brûler. Il a essayé de garder le revolver tendu tandis qu'il s'essuyait les yeux frénétiquement de la main gauche, mais quand sa vision s'est éclaircie, il a vu le sable humide entre ses pieds et a su que c'était son propre sang.

18

ANGELO EN AVAIT MARRE d'être la tête de Turc de tout le monde.

Il longeait le couloir en hochant la tête. Tout le problème avec l'industrie cinématographique était que personne n'était jamais responsable, mais que *tout le monde* pensait qu'il devrait être responsable. Le putain d'Adam Berman veut faire un film commercial, prouver à tous ceux d'Hollywood qu'il est aussi bon qu'eux. Grace — cette garce imbue de sa personne — pense qu'elle est responsable du film, que tout le monde est à sa merci. Et ils pensent tous les deux qu'Angelo devrait résoudre leurs putains de problèmes. Et qui court les risques ? Qui sent la pression ?

Faites une hypothèse au hasard.

« Cela ne se passera pas toujours ainsi. La patience viendra à bout de l'arrogance. Laissons-les penser que je suis leur idiot de service pour l'instant, mais un jour, je serai responsable. »

Alors qu'il approchait de la porte d'entrée gigantesque, Angelo est revenu à la réalité. Il s'est efforcé d'adopter une expression douce avant d'appuyer sur le bouton.

— Bonjour, Angelo, dit la voix dans l'interphone.

Angelo a inspiré profondément alors qu'il entrait dans le bureau.

— Une autre dure journée ? demanda Harry Berman de son écran à plasma sur le mur. Aujourd'hui, sa communication audiovisuelle provenait d'une chambre d'hôtel — on aurait dit un hôtel d'affaires comme on en trouvait dans toutes les villes, quelconque, les persiennes fermées.

— Une journée stimulante, dit Angelo.

— Si je comprends bien la situation, les choses se sont compliquées, dit doucement Harry. La drogue ?

— Il va y avoir davantage de publicité négative.

Harry a ri, dévoilant des dents d'un blanc brillant.

— Il n'y a rien comme de la publicité négative. C'est quelque chose que mon frère n'a jamais compris. Les gens ne vont pas voir les films dont ils n'ont pas entendu parler dans la presse populaire.

— Oui, monsieur, dit Angelo. Mais l'enquête…

— Devrait se poursuivre, dit gravement Harry. Nous devons cela à nos investisseurs. Nos employés. Et nous-mêmes — pour tirer les choses au clair.

— Oui, monsieur.

— Harry.

— Oui, Harry.

— Le détective que Grace a engagé — est-il toujours sur l'affaire ?

Angelo a hésité.

— Je... Je n'en suis pas certain.

— Fais-le venir ici, dit résolument Harry. Fais-lui visiter les lieux. J'aimerais le rencontrer, pouvoir apporter mon aide.

— Mais monsieur Berman a dit... c'est-à-dire, l'autre monsieur Berman... Adam a dit...

Harry a froncé les sourcils, un arc vers le bas sur l'écran, coupant la pièce en deux. Les haut-parleurs ont vibré quand il a parlé.

— Angelo!

— Monsieur?

— Te souviens-tu de notre dernière conversation? Lorsque je t'ai dit de te rappeler pour qui tu travailles?

Angelo a acquiescé à l'écran.

— Je vais l'inviter, monsieur, dit-il. Mais je ne sais vraiment pas s'il peut venir.

19

CAPE A LAISSÉ LA GRAVITÉ LE JETER À TERRE et le faire rouler dans les vagues.

L'eau était glaciale. Le sel lui rongeait le côté comme un acide, mais Cape a avancé péniblement dans les hauts-fonds jusqu'à ce qu'il ne puisse plus toucher le fond. En se pliant à la taille, il a donné un coup de pied aussi fort qu'il le pouvait et plongé. Il a perdu l'arme à feu quelque part en cours de route.

Il est remonté à la surface quelques secondes plus tard, essayant de reprendre son souffle, puis il a plongé de nouveau avant de pouvoir se repérer. Cape a passé beaucoup de temps dans l'eau, mais il savait qu'il n'avait pas la force de couvrir une grande distance. Il supposait que son premier plongeon l'avait tout juste amené à trois mètres de la plage. Quand le martèlement dans ses oreilles est devenu insupportable, il est remonté une fois de plus à la surface et a essayé d'inspirer profondément, mais il a eu le souffle coupé quand il a vu deux yeux qui le dévisageaient.

Un phoque flottait à deux mètres de distance, souriant plaisamment à son visiteur aquatique. Les phoques et les otaries nageaient toujours près de cette plage — c'était une des attractions touristiques du parc —, mais c'était toujours déroutant d'avoir de la compagnie.

— Sont-ils partis? demanda-t-il au phoque avec espoir.

Le phoque a cligné des yeux une fois et il a disparu, sa queue ouvrant l'eau alors qu'il plongeait.

Cape a vu qu'il se trouvait seulement à dix-huit mètres de l'endroit où il était. Du bois flottant et un tas d'algues noires collaient au sable, mais il n'y avait aucun signe de son assaillant. Environ une douzaine de personnes se trouvaient au sommet du mur de soutènement, le montrant du doigt et criant. Cape a cru entendre des sirènes, mais il n'en était pas sûr. Il se sentait étourdi et commençait à voir trente-six chandelles. Il était temps de sortir de l'eau.

Il a levé le bras pour commencer à nager et a presque crié. Une vague chaude a couru sous son bras gauche et il a senti un déchirement le long de ses côtes, comme du Velcro. Il s'est forcé à avancer avec son bras droit et au quatrième mouvement du bras, il a trouvé un rythme et a fermé les yeux, disposé à rester conscient. Ses bras étaient comme du plomb. Il a pensé au phoque et à la façon dont il s'était déplacé sans effort entre les vagues.

«Où il y a des phoques, il y aura bientôt des requins.» Cape se souvenait du conseil d'un ancien moniteur de surf, et il a redoublé d'efforts. De même qu'il était assez déplaisant qu'on ait tiré sur lui, être mangé le même jour serait plus qu'il n'en pouvait supporter. Avec la musique de *Jaws* qui jouait au même rythme que le martèlement du sang dans ses oreilles, Cape a senti le sable entre ses doigts et s'est laissé couler, rampant les trois derniers mètres vers la plage. Toussant et crachant, il a essayé de se lever, mais le vertige l'a fait retomber sur les mains et les genoux, près du tas d'algues qu'il avait vu lorsqu'il était dans l'eau.

Cape a baissé les yeux et a eu de la difficulté à avaler, combattant un haut-le-cœur. Le tas d'algues, c'était Marik. Cape l'a reconnu par ses vêtements, mais son visage avait disparu. Le devant et le côté droit de la tête avaient été arrachés, les bords déchiquetés de son crâne dépassant du col de sa veste de cuir.

Cape a roulé sur le dos et a fermé les yeux. Le son des sirènes qui approchaient mêlé au bavardage des touristes créait un bruit blanc qui lui remplissait les oreilles comme le mugissement d'une conque. Les vagues tiraient sur ses jambes, le priant de retourner à leur étreinte tandis que Cape sentait son corps s'éclipser.

Avant de s'évanouir, Cape a vu une image du phoque qui nageait sur le dos de ses paupières, et il a demandé silencieusement aux requins de les laisser tranquilles tous les deux. Mais il savait qu'ils ne le feraient pas.

Tout le monde sait que les requins ont un penchant pour le sang.

20

— Tu veux encore m'en parler ?

Adam Berman était assis derrière son bureau, ses yeux injectés de sang lançant un regard furieux à Angelo. Il était presque quatorze heures, et les boissons du midi avaient accompli leur magie. L'ivresse s'était infiltrée dans sa conscience et avait révélé son reptile intérieur. Pour Angelo, il ressemblait même à un serpent, sa langue voletant entre ses lèvres tandis qu'il souriait avec dédain de l'autre côté du bureau.

— Le détective qui enquêtait sur la mort de Tom, répéta Angelo pour la troisième fois. Celui dans l'article.

— Ouais ?

— Il semble qu'on lui ait tiré dessus.

— Avons-*nous* tiré sur lui ?

— Non… bien sûr que non.

— Alors, pourquoi, bordel, devrais-je en avoir quelque chose à foutre, si un salopard de détective privé s'est fait tirer dessus ? hurla Adam. Pourquoi est-ce que tout ce

putain de bulletin de nouvelles devrait être d'un quelconque intérêt pour moi ?

— Il travaillait pour le studio, répondit Angelo. Il
enquêtait sur l'un de nos producteurs, qui a peut-être été
impliqué dans le commerce de la drogue.

Adam s'est redressé, clignant rapidement des yeux.

— De la drogue ? Tu n'avais rien dit au sujet de la
drogue. Quelle drogue ?

Angelo a dégluti et a appuyé les pieds au sol, ajustant
mentalement le support, mais gardant les mains de
chaque côté de lui.

— Euh, j'ai mentionné cela la première fois — la
police a trouvé de la drogue dans l'appartement de Tom.

— De la drogue ?

Adam a donné un violent coup de poing sur le bureau.

— Je ne peux supporter personne qui consomme de la
drogue.

Il a marqué une pause, tendant le bras pour prendre le
verre droit sur son bureau. Angelo a remarqué que la
glace était fraîche, la boisson ambrée. Probablement du
bourbon.

— Vire-le, marmonna Adam.

— Qui ?

— Qu'est-ce que tu veux dire par « qui » ? Ne viens-tu
pas de dire qu'ils ont trouvé de la drogue dans l'appartement de Tom ?

— Oui, mais…

— Alors, renvoie Tom, bon sang, dit sèchement
Adam. Aujourd'hui.

Angelo a fait la grimace.

— Tom est mort.

— Renvoie-le quand même, dit Adam, martelant de nouveau le bureau. Et le détective ? Est-il mort ?

— Je… je ne sais pas, monsieur, répondit Angelo. Grace ne l'a pas mentionné… elle était plutôt bouleversée. Je suis sûr que les journaux…

— Les journaux ? hurla Adam, se levant. Les putains de journaux sont au courant ?

— Eh bien, c'est un meurtre…

— Tu es un vibrateur sans piles, tu sais ça ?

Adam a scruté son bureau pour trouver quelque chose à lancer.

— Tu es inutile, bordel.

Angelo s'est dandiné d'un pied sur l'autre.

— L'enquête…

— N'a rien à voir avec mon film ! cria Adam, saisissant le combiné du téléphone.

— Fais des appels, Angelo. *Règle ça* — fais disparaître ça.

Il a secoué le téléphone comme une massue.

— Aucune de ces conneries n'a d'importance. Seul l'horaire importe.

— Je comprends, dit Angelo.

— Fais disparaître tout cela.

— Je m'en occupe.

— Sinon je vais te faire disparaître, Angelo.

— Considérez que c'est disparu, monsieur.

— L'horaire est tout ce qui importe, hurla Adam, martelant le combiné contre sa base. L'*horaire*.

Une fois de plus, le téléphone est tombé, plus fort cette fois.

— *L'horaire !*

Le téléphone s'est brisé, des morceaux de plastique volant sur le sol.

Angelo a soupiré, soulagé que l'objet de la frustration d'aujourd'hui ait été attaché à un cordon.

— Autre chose? demanda-t-il.

— Ouais, dit Adam, s'enfonçant dans son fauteuil et saisissant son verre.

— Trouve-moi un autre téléphone.

21

— CES CHAISES SONT UN EMBARRAS POUR LA VILLE.

La salle d'interrogatoire avait seulement deux chaises, faites toutes les deux de plastique et d'aluminium de mauvaise qualité, et Cape était assis sur l'une d'elles. Vincent était assis sur l'autre, impeccable dans un complet gris et une cravate bleue. La table entre eux avait été marquée par des cigarettes avant que l'État de la Californie interdise de fumer dans les édifices publics. Cape ne fumait pas, mais quelque chose dans cette pièce lui donnait très envie d'une cigarette. Un désespoir silencieux s'infiltrait dans les murs vert pâle.

— Elles sont censées être inconfortables, grommela Beau.

Il était appuyé contre le mur derrière Vincent. Dans les limites exiguës de la pièce, sa voix résonnait contre les murs comme une basse électrique.

Vincent s'est déplacé, mal à l'aise, sur son siège et a ajusté sa cravate.

— Il marque un point, Beau. Nous pourrions aller quelque part et…

Beau l'a interrompu avec un coup d'œil d'avertissement, puis il s'est tourné vers Cape.

— Cette pièce est discrète — moi, j'aime la discrétion. Certaines personnes, d'autre part, aiment causer du grabuge partout où elles vont.

— Du grabuge?

Cape a adopté une expression blessée.

— Je ne suis même pas certain de savoir ce qu'est du grabuge.

Il s'est tourné vers Vincent, qui a hoché la tête de façon évasive.

— Tu es un emmerdeur, dit Beau. Me voici, essayant de mener une enquête convenable, et tu vas te faire tirer dessus au milieu de tout ça, me faisant perdre un temps précieux.

— Ce n'est rien de personnel.

Beau a hoché la tête tristement.

— Or si tu avais découvert un indice dans le parc, peut-être de la drogue, ou peut-être une confession écrite de Jimmy Hoffa — cela aurait peut-être aidé l'enquête. Mais non, tu devais te trouver un Russe mort.

— Était-il russe?

— On dirait bien, répondit Vincent.

Il a sorti une pile de photographies noir et blanc d'une grande enveloppe et a poussé celle du dessus vers Cape. C'était une image de la main d'un homme, les doigts courbés dans la première étape de la rigidité cadavérique. Sur chaque jointure se trouvait une ligne noire courbe, un symbole tatoué dans la chair.

Cape a plissé les yeux vers la photo.

— C'est l'alphabet cyrillique.

Beau a applaudi lentement, le son résonnant contre les murs.

— Vous envoyez le garçon au collège et vous voyez avec quoi il revient à la maison ? Beaucoup de futilités de jeux télévisés, mais aucun bon sens.

Vincent a pris la photo et l'a remise dans la pile.

— Quand nous avons enlevé les gants de conduite de ton partenaire de danse, à la plage, il les avait sur les deux mains.

— Qu'est-ce que ça veut dire ?

Vincent a haussé les épaules.

— Nous ne le savons pas encore. Nous avions un type dans les forces qui connaissait le russe, mais il est parti pour devenir un professeur d'école quand il a vu qu'il ne recevait pas de promotion.

— Des restrictions budgétaires, dit Beau.

— Eh bien, qui était-il ?

Vincent a hoché la tête.

— Un immigré.

— Immigré ?

— Les empreintes ne se sont pas présentées sur aucune des bases de données locales et fédérales, expliqua Vincent. Je doute sérieusement que ce soit un premier crime pour ce type.

— Impossible, dit Cape. Il avait fait cela auparavant.

— Alors, nous pensons qu'il vient juste de débarquer du bateau, importé pour ce genre de travail.

— Je suis flatté.

— Tu as de la chance, dit Beau. N'eût été du dos brisé du mort russe, tu coulerais sur la moquette chaque fois que tu prendrais un verre.

Vincent a acquiescé.

— Le premier coup de feu est entré dans son dos presque juste derrière le cœur, mais la balle a fait un angle et a ricoché sur sa colonne. C'est pourquoi elle a éraflé tes côtes au lieu de passer tout droit à travers vous deux.

— Comment est ton côté ? demanda Beau.

Cape a levé le bras gauche et a grimacé.

— Ça fait mal.

— Bien.

Cape a utilisé son bras droit pour toucher les bandages qui enveloppaient son torse.

— Le docteur a dit que la balle a creusé un trou dans l'os et a rebondi, alors c'est davantage comme une coupure profonde que comme une blessure de coup de feu, mais j'aimerais mieux avoir un ongle incarné.

Beau a hoché la tête pour que Vincent continue son exposé.

— Le deuxième coup de feu a arraché la tête du type.

Cape a expiré lentement.

— Je n'étais pas certain, dit-il. J'avais son revolver sous son menton quand le premier coup de feu m'a touché, alors je pensais...

— Nous avons pensé cela, nous aussi, dit Vincent. Mais son revolver n'a pas déchargé.

— Heureusement pour toi, dit Beau. Nous avons trouvé le revolver dans l'eau, à environ deux mètres du rivage.

— Où était le tireur ?

— Sur la colline, regardant vers la plage. C'est notre meilleure conjecture.

Cape a hoché la tête.

— Dans la même voiture que le type qui m'a poursuivi.

— Ou sur le toit d'un édifice public, dit Vincent. Il était facile de se débarrasser du fusil à ces deux endroits.

— Vous avez trouvé le fusil ?

En guise de réponse, Vincent a ouvert une boîte de carton brune qui se trouvait à ses pieds. Cape a pris le fusil que lui tendait Vincent et l'a soupesé, estimant que son poids approchait sept kilogrammes. Il avait vu beaucoup d'armes à feu au fil des années, mais celle-ci était nouvelle pour lui. Les lignes de chaque fusil disaient quelque chose sur les raisons pour lesquelles il avait été fabriqué. Les fusils de chasse avaient des canons aux lignes pures et des montures sculptées dans de la ronce de bois qui semblait provenir de la forêt où vivait le gibier. Les pistolets à cibles avaient des crosses personnalisées et des courbes ergonomiques si élégantes qu'ils étaient presque des œuvres d'art. Le fusil dans les mains de Cape consistait en des formes dures et angulaires qui devenaient effilées vers le canon, lui donnant une apparence nettement prédatrice. C'était un fusil conçu pour tuer un homme à partir d'une grande distance. D'aussi loin, vous ne pouviez jamais entendre le coup de feu qui allait vous tuer.

— Qu'est-ce que c'est ?

Il a déposé le fusil sur la table.

Vincent a sorti une carte de sa poche et l'a lue à voix haute.

— Un Dragunov SVD, d'après un de nos instructeurs de tir.

— Je n'en ai jamais entendu parler.

— C'est un fusil à lunette soviétique, dit Vincent, jetant un coup d'œil à la carte. Il tire une cartouche de 7,62 mm, qui est différente de la cartouche standard de l'OTAN, avec une précision jusqu'à mille mètres.

— *Bon sang*, marmonna Cape.

Il a tendu la main pour toucher son côté gauche.

— Où peut-on en trouver un ?

— Pas à ton magasin d'armes à feu du coin, dit Beau.

— Pourquoi avoir laissé le fusil ? demanda Cape. Ou pourquoi pas, c'est exact ?

— Tout à fait, dit Beau. Laisser tomber le fusil et s'éloigner. Le fusil est compromis parce qu'on l'a utilisé pour tirer, mais on ne peut pas remonter à ses origines, alors pourquoi ne pas le jeter ? De cette façon, il est plus facile de disparaître dans la foule.

Cape a ouvert la bouche pour demander autre chose, mais il s'est retenu. Il a regardé tour à tour Vincent et Beau, l'air grave.

— Le premier type était simplement un leurre — ils s'en sont débarrassé de la même façon que le fusil.

— On dirait bien, dit Vincent. Ils l'ont peut-être envoyé et lui ont donné ta photo. S'il t'amène sur la plage, il obtient une carte de séjour, une blonde avec de gros seins et un appartement exempt de loyer dans la terre promise. Sinon, il obtient une valise remplie de *roubles* et rentre à la maison, se volatilisant. Mais s'il fait tout foirer, ce qu'il a fait, alors il est jetable.

— Bravo.

— De toute manière, le type derrière le coup ne s'est pas sali les mains.

Beau s'est éloigné du mur et s'est étiré.

— Il semble que tu te sois fait de nouveaux amis.

— Tu as une idée de qui pourrait vouloir que tu sois mort ? demanda Vincent.

Beau a fait un pas vers l'avant.

— Ne lui demande pas *ça*, Vinnie — ça va être bien trop long.

— Hé, dit Cape.

— En premier lieu, tu dois considérer toutes les personnes qu'il a emmerdées au fil des années, dit Beau. Des clients, des avocats, des flics — la liste s'éternise. Puis tu dois regarder toutes les anciennes petites amies — ça pourrait s'étirer à l'infini. Merde, je souhaite même qu'il soit mort, parfois. Comme aujourd'hui, par exemple.

Vincent a levé la main pour obtenir le silence.

— Tu as une idée de qui pourrait vouloir te *tuer* ?

Cape leur a parlé de la visite des Russes à son bureau. Beau était incrédule.

— Tu n'en parles que maintenant ?

— Vous aviez le monopole de la conversation.

— C'est une preuve qui n'a pas été divulguée, marmonna Beau.

— Ce sont des conneries, dit Cape. Vous n'avez même pas travaillé sur l'affaire du film hormis de poser quelques questions à ma cliente. Vous disiez vous-mêmes que c'était une perte de temps.

— En comparaison à quatre homicides, c'est le cas, dit Beau.

Il a ramené son attention au fusil.

— Nous avons beaucoup de Russes à San Francisco, mais pas beaucoup de mauvais. C'est un problème de la côte est.

— Ils ont dit pour qui ils travaillaient? demanda Vincent.

Cape a hoché la tête.

— Pas quand ils sont venus au bureau. Mais je venais de quitter l'appartement où vous avez trouvé la drogue quand j'ai remarqué la filature, ce qui vous donne à penser.

— Ils auraient pu être sur toi toute la matinée.

— Impossible, dit Cape. Vous auriez dû voir comment ces types conduisaient.

— L'héroïne, dit Beau.

— Peut-être, dit prudemment Vincent.

— Ce qui veut dire que cela pourrait avoir quelque chose à voir avec Frank Alessi, continua Beau. Fat Frank a la main dans toutes les transactions de drogue de cette ville.

Vincent a froncé les sourcils.

— Mais pourquoi suivre Cape?

— Il ne peut pas très bien te suivre, dit Cape. Et Frank ne m'aime pas tellement.

Beau a hoché la tête.

— C'est un fait.

Vincent a levé les sourcils.

— Frank et moi avons *communiqué*, pourriez-vous dire.

— Tu l'as croisé? demanda Vincent. Et tu es encore en vie?

Cape a hoché la tête.

— En fait, j'ai fait une faveur à Frank par inadvertance, ce qui est encore pire. Un enculé comme Frank préférerait te tuer plutôt que d'avoir des dettes envers toi.

— Ça semble plutôt mince.

— Rien de ce qui concerne Fat Frank n'est mince, dit Beau.

— Je suis peut-être sur quelque chose, dit Cape, autant pour lui-même que pour les autres dans la pièce.

— Comme quoi? demandèrent Vincent et Beau à l'unisson.

— Je n'ai pas d'indice, dit Cape. Mais la drogue est manifestement impliquée. Qu'allez-vous faire, les gars?

Vincent a haussé les épaules.

— Nous avons besoin d'une cause probable.

— Vous m'avez dit qu'une guerre de territoire avait lieu, dit Cape. N'est-ce pas une raison suffisante pour poser quelques questions à Frank?

— Frank est un homme d'affaires légitime, dit Beau, sa mâchoire s'efforçant de garder un visage sérieux. La construction, l'import-export, les restaurants. Un grand donateur politique pour tous les partis. Un citoyen modèle. Ne lis-tu pas les journaux? On dirait que Frank n'a rien à voir avec la drogue ou le meurtre de personnes.

— Cela me rappelle, dit Cape. J'ai besoin d'une faveur.

— Tu veux dire *une autre* faveur, dit Beau. Oublie ça.

— Est-ce que la presse a fait quelque chose avec la fusillade?

— Ils n'ont pas raconté toute l'histoire, si c'est ce que tu veux dire, répondit Vincent. Des touristes ont été inter-viewés, et la radio s'active sur une fusillade à la place Ghirardelli, mais les journaux ne savent pas qui s'est fait tuer, parce que nous ne leur avons dit que dalle. Franchement, nous ne savions rien jusqu'à il y a environ une heure.

— Nous ne savons toujours rien, dit Beau.

— Alors, les gars, je veux que vous fassiez quelque chose pour moi.

— Quoi ?

— Je veux que vous me tuiez, dit Cape.

Beau lui a adressé un large sourire.

— Avec plaisir.

22

— VOUS SEMBLEZ PLUTÔT BIEN POUR UN HOMME MORT.

Grace marchait dans les rais de lumière du soleil, le feuillage des arbres au-dessus d'eux gardant dans l'ombre la plus grande partie du sentier. Ses cheveux sombres paraissaient presque gris dans le demi-jour, créant l'illusion que Cape la voyait comme elle apparaîtrait dans vingt ans. Il s'est demandé si les ombres le laissaient vieillir aussi gracieusement.

— Ce doit être l'éclairage.

Ils ont marché le long d'un sentier tortueux, l'air lourd de l'odeur de l'eucalyptus. Le Presidio était probablement la base navale la plus magnifique du pays, convertie en parc national quelques années auparavant quand le Pentagone avait commencé à fermer des bases pour épargner de l'argent. Le parc allait du pont Golden Gate jusqu'aux abords du centre-ville. Il pouvait se vanter d'avoir un YMCA, une salle de quilles, un bureau de poste et des maisons historiques à louer, les anciens quartiers des douaniers qui avaient servi sur la base. Mais il n'avait pas d'attractions dignes d'attention pour quiconque travaillait dans le commerce de la drogue, le crime organisé ou toute autre entreprise criminelle. Cape avait supposé que c'était un endroit assez sûr pour se rencontrer, et il ne voulait pas retourner tout de suite à son bureau — il voulait continuer d'avancer.

L'ajout le plus récent au Presidio était une installation ultramoderne de films et d'images ultra créée par George Lucas. Les arbres étaient si fournis de chaque côté du sentier que Cape n'aurait pas été surpris si une armée de Wookies était apparue à tout moment, Chewbacca en tête.

— Dommage que j'aie laissé mon sabre laser à la maison.

— Excusez-moi ?

— Ça n'a pas d'importance, dit Cape. Je ne faisais que réfléchir à voix haute.

Grace l'a regardé alors qu'elle marchait.

— Comment vous êtes-vous débrouillé pour vous faire tuer ?

— J'ai été transporté du lieu en ambulance, répondit Cape. Tout comme un type dans un sac mortuaire. Les journaux savent ce que leur disent les flics, et les flics ont été un peu évasifs.

— Et vous avez une amie à un des journaux.

— Ça ne fait pas de mal, dit Cape. Une fois qu'un journal rapporte sa version de l'histoire, les autres supposent généralement que c'est exact. C'est un vilain secret de l'industrie journalistique — soit ils manquent de personnel, soit ils sont paresseux. Vérifier les faits est emmerdant, et on néglige souvent de le faire si un scoop est déjà perdu. Les articles étaient ambigus.

— *Un deuxième mort possible* était une formule suggestive.

— C'est l'idée.

— Qu'espérez-vous obtenir de votre décès prématuré ?

— Une marge de manœuvre. Je ne peux pas mener une enquête si j'ai constamment l'impression que quelqu'un essaie de m'attaquer.

— Je suis désolée de vous avoir entraîné dans ça.

Cape s'est mis à rire.

— Je ne suis pas sûr de savoir dans *quoi* vous m'avez entraîné. C'est le problème. Mais vous n'êtes pas responsable — le client n'est jamais responsable —, c'était ma décision de prendre l'affaire.

— Mais vous ne saviez pas… Je veux dire, je ne savais pas…

Cape a levé la main avec douceur et l'a laissée tomber à son côté.

— Votre affaire était soit de l'imagination pure, soit une connerie totale, soit quelque chose d'assez mauvais pour que des gens tuent pour ça. Ça s'est avéré être la dernière option, ce qui signifie des ennuis.

— Vous parlez comme si on vous tirait dessus chaque jour.

— J'essaie de ne pas en faire une habitude, dit Cape. Mais si j'avais peur des armes à feu, je ne ferais pas ce métier-là.

— Pourquoi faites-vous ce métier-là ?

Cape a haussé les épaules.

— Parce que je peux le faire.

— Ce n'est pas vraiment une réponse.

Cape a plissé les yeux alors qu'ils débouchaient dans une clairière.

— Je travaillais pour un journal. Puis j'ai travaillé pour un autre. Et un autre. Après un moment, il était temps de faire autre chose.

Grace a regardé de nouveau dans sa direction.

— Vous étiez journaliste?

— Un journaliste est seulement un reporter prétentieux, dit Cape. C'est comme votre distinction entre les films et les œuvres cinématographiques.

— Étiez-vous un bon reporter?

— Un très bon.

Grace lui a jeté un regard appréciatif de la tête aux pieds.

— Vous ne souffrez pas d'un manque de confiance, n'est-ce pas?

— Seulement quand je sors de la douche.

Grace s'est mise à rire.

— Mon premier rédacteur en chef était un connard, dit Cape, mais il savait ce qu'il faisait. À mon deuxième mois au travail, il m'a dit de m'approcher des gangs mexicains qui dirigeaient le commerce de la drogue — et d'essayer d'éviter de me faire tuer — dans cet ordre.

— Il a vraiment l'air d'un connard.

— Ouais, dit Cape. Mais j'ai adoré chaque minute de ce travail.

— Pourquoi êtes-vous parti?

— Vous avez lu les journaux ces derniers temps?

— Que voulez-vous dire?

— Si une histoire ne concerne pas une célébrité, un athlète ou un paparazzi qui les pourchasse, on ne la retrouvera pas à la une, dit Cape. Après un certain temps, j'ai commencé à dire à mes amis que j'étais avocat, politicien ou cadre dans le domaine de la publicité — d'une certaine façon, ces métiers semblaient plus respectables qu'être reporter.

— Mais vous n'écriviez pas des choses comme ça.

— Non, dit Cape. Mais les articles que j'écrivais ne modifiaient rien non plus. Cela permettait peut-être une bonne lecture, ou amenait un politicien à exprimer la *douleur et l'atrocité des problèmes de notre bonne Ville*, mais la Ville n'a pas changé grâce à ce que j'ai écrit.

— Maintenant, vous avez l'air cynique.

— Pas du tout, répondit Cape. Lisez les manchettes d'aujourd'hui, puis allez à la bibliothèque et lisez les manchettes d'il y a dix ans. Je parie que les histoires sont les mêmes. *Le maire réduit le budget. Des problèmes au Moyen-Orient. Le président promet des réformes fiscales.*

— Cela commence à être déprimant.

— Vous manquez le point essentiel. Je dis que je ne pouvais pas changer ces choses — elles étaient trop importantes, trop complexes pour qu'une personne les résolve. Alors, j'ai décidé de cesser d'écrire au sujet des problèmes des autres personnes et j'ai commencé à faire quelque chose pour elles. J'avais tout simplement besoin de *faire quelque chose*.

— Alors, vous vous êtes levé un jour et vous vous êtes dit : « Je vais être un détective privé » ?

— En fait, ça ne m'est jamais venu à l'idée, répondit Cape. Puis un jour, j'ai reçu un appel d'un vieil ami qui disait que sa sœur avait disparu et que les flics ne croyaient pas son histoire.

— Je connais le sentiment.

Cape est demeuré silencieux pendant une minute avant de continuer.

— J'ai toujours eu le don de trouver les gens. Au fil des années, j'ai appris où regarder, quelles questions poser, comment faire chier quelqu'un suffisamment pour obtenir une réaction.

— Vous l'avez trouvée?

— Ouais, je l'ai trouvée, dit Cape. Et cela a compté.

— Où était-elle?

— Avec un très mauvais homme, dit Cape. Je l'ai fait revenir, il a été blessé, et je me suis fait arrêter.

— Arrêter? dit Grace. Pourquoi?

— Je pense que cela avait quelque chose à voir avec le fait que le méchant a été blessé, dit Cape. Mais en fin de compte, elle est rentrée chez elle, et il est allé en prison. Et j'ai su ce que je voulais faire quand je serais grand.

— Le risque ne vous dérange pas?

— J'ai été correspondant de guerre, répondit Cape. Un vrai reporter se retrouve dans plusieurs situations terrifiantes, mais il ne peut pas résister. Je préfère être un participant plutôt qu'un spectateur.

— On dirait que vous avez fait cela longtemps.

Cape a haussé les épaules.

— Assez longtemps pour savoir qu'il ne sert à rien de regretter de ne pas avoir fait autre chose.

Grace a hoché la tête d'un air absent, marchant tranquillement le long du sentier. Cape soupçonnait qu'elle pensait à ses propres choix. Quand elle a parlé de nouveau, son ton avait changé, comme si le fait de changer de sujet avait ramené un poids sur ses épaules.

— Le studio veut que vous veniez à New York.

Cape a arrêté de marcher.

— Ils savent que je suis en vie ?

— Non — désolée — non, ils ne le savent pas. Je ne le savais pas moi-même quand je les ai appelés. J'étais... plutôt bouleversée.

— Vous allez me faire rougir, dit Cape. Alors, qu'ont-ils dit ?

— J'ai parlé avec Angelo, ce connard mielleux. Il a dit que monsieur Berman voulait vous rencontrer, voir s'il pouvait vous aider.

— Il a dit cela avant que je me fasse tirer dessus ou après ?

— Cela importe-t-il ?

— Je ne sais pas, dit Cape. C'est possible.

— C'était comme si nous avions deux conversations différentes. Je téléphonais pour leur parler du meurtre, Angelo me téléphonait pour voir si vous pouviez venir à New York.

— Quel monsieur Berman ? demanda Cape. Adam ou Harry ?

— Angelo ne l'a pas mentionné, maintenant que vous en parlez, répondit Grace. Mais cela ressemble davantage à quelque chose que Harry dirait. Normalement, Adam n'est pas si, hum... serviable.

Cape a hoché la tête.

— J'aimerais passer voir les gens de New York à l'improviste, s'il en va de même pour vous.

— Bien sûr, dit Grace. Mais vous ne pensez pas que le studio ait quelque chose à voir avec le meurtre ? Je pensais que vous disiez qu'il y avait peut-être un rapport entre la drogue dans l'appartement de Tom et un dealer du coin ?

— Il y en a probablement un, et je vais vérifier cela. Mais Tom travaillait pour le studio quand il a été tué. Et nous ne savons toujours pas s'il n'a pas sauté.

Grace s'est retournée, les narines dilatées.

— Il n'a pas sauté.

Cape a levé les deux mains.

— Le fait est que nous ne savons pas dans quoi se trouvait Tom, ni comment cette drogue s'est retrouvée dans son appartement, ni pourquoi quelqu'un a essayé de me tuer sur la plage.

— Je suis votre cliente, et vous me dites que vous ne savez rien, dit Grace. Quel est votre tarif déjà ?

— C'est amusant, dit Cape. Vous voulez que je commence à gagner mes honoraires, alors vous allez me laisser poser quelques questions à vos patrons.

— Même s'ils ne sont pas impliqués ?

— Ils savent peut-être quelque chose sans savoir qu'ils le savent. C'est plutôt comme ça que cela fonctionne.

Grace a inspiré profondément.

— Simplement...

Cape l'a interrompue.

— Tom travaillait pour Empire quand il a été tué.

— Et alors ?

— Maintenant, je travaille pour Empire, et quelqu'un a essayé de me tuer.

— Plusieurs personnes travaillent pour Empire, répondit Grace sur la défensive. Où voulez-vous en venir?

— Vous travaillez pour Empire.

— Vous pensez que quelqu'un veut *me* tuer?

Maintenant, elle paraissait plus indignée qu'alarmée.

— Pourquoi?

— Je ne sais pas, vraiment, dit Cape. Jusqu'à présent, la pression a été entièrement sur moi, mais vous étiez proche de Tom, et maintenant vous êtes reliée à moi. C'est pourquoi je serais négligent de ne pas mentionner la possibilité.

— *Négligent*?

— J'ai très bien réussi mes examens d'entrée à l'université.

— J'en suis certaine.

Cape a choisi très prudemment ses mots suivants.

— Je ne pense pas que vous devriez vous inquiéter, dit-il. Mais vous pouvez toujours abandonner l'enquête.

— Je ne suis pas encore prête à vous renvoyer.

Grace s'est efforcée de sourire.

— La seule chose dont j'ai peur, c'est ce que vous pourriez découvrir au sujet de Tom.

Cape a pensé que s'il avait été Tom, il n'aurait pas pu demander une meilleure réponse.

— Je vais probablement m'envoler vers New York dans le courant de la journée de demain, dit-il.

— Je sais qu'il y a un vol plus tard aujourd'hui.

— Je dois d'abord rendre visite à quelqu'un.

— Que fait-il? demanda Grace. C'est un autre reporter? Un flic? Vous semblez connaître quelques personnes intéressantes.

Elle — mon amie est une femme.

Grace a toussé.

— Désolée, je suppose que ce n'est pas de mes affaires.

Cape a ri.

— Qu'y a-t-il de si drôle ?

— Elle n'est pas ce genre d'amie, dit Cape. En fait, elle n'aime pas vraiment les hommes. Pas de cette façon, en tout cas.

Grace a regardé Cape avec une expression interrogatrice.

— Alors, qu'est-ce qu'elle fait ?

— Elle tue des gens, dit-il. Avec ses mains.

23

QUAND SALLY AVAIT CINQ ANS, ses parents ont été tués dans un accident, à la périphérie de Tokyo. Ils sont morts tous les deux instantanément, dans une collision frontale avec un camion conduit par un yakusa, un membre de la pègre japonaise. Le père de Sally avait été colonel dans l'armée américaine, un enquêteur spécial qui surveillait le trafic d'armes chez les yakusas. Des rumeurs voulaient que l'accident de voiture eût été un assassinat.

La mère de Sally était japonaise et magnifique. On pouvait la voir dans la forme des yeux verts de Sally et le nuance de son teint, le lustre de ses cheveux noirs. Son père était un Américain de descendance irlandaise et il avait donné à Sally ses taches de rousseur et son rire, un glapissement éraillé que l'on entendait seulement en de rares occasions.

Sally n'avait pas d'autres parents, c'est pourquoi quand sa nourrice, Li Mei, l'avait adoptée, personne ne s'y était opposé. Li Mei avait quitté sa résidence de Hong

Kong pour se rendre au Japon plusieurs années auparavant, pour des raisons qu'elle gardait pour elle-même, mais elle avait senti qu'il valait mieux retourner vers son ancienne famille et ses vieux amis. Dès qu'elles étaient arrivées à Hong Kong, la première chose qu'elle avait faite avait été d'inscrire Sally à l'école. C'était une école privée très fermée qui n'exigeait pas de frais de scolarité, cependant. En fait, l'école avait payé grassement Li Mei en échange de la présence de Sally.

L'école était dirigée par les triades, dont le contrôle absolu du crime organisé en Asie subissait une menace constante. C'était la raison de la fondation de l'école : protéger leurs intérêts.

À douze ans, Sally pouvait parler l'anglais, le japonais et le chinois sans accent perceptible. Elle pouvait jurer dans les trois langues comme un marin, puisque ses cours mettaient l'accent sur les expressions familières et l'argot de la rue autant que sur le langage formel. Et, comme la plupart des enfants, Sally connaissait l'arithmétique de base.

Sally savait également comment faire du poison à partir des plantes communes. Elle pouvait atteindre un homme dans l'œil avec un couteau qu'elle projetait à plus de neuf mètres de distance, ou écraser sa trachée avec deux doigts et un petit coup soudain à la gorge. Elle pouvait se déguiser et prendre l'apparence d'une personne de n'importe quels âge, sexe ou nationalité, ou devenir invisible, se fondant aux ombres comme un spectre.

Sally était une excellente élève. Les hommes qui dirigeaient la triade surveillaient de très près ses progrès. Puis, un jour, en échange de sa loyauté, ils ont décidé de trahir Sally. Personne n'avait jamais dit que la vie dans la triade était juste.

Ils n'ont jamais vécu assez longtemps pour regretter leur erreur.

Sally a laissé son passé sur le côté le plus éloigné d'un océan et elle est partie à San Francisco. D'après ce que tout le monde savait, elle était une instructrice d'arts martiaux qui vivait modestement dans un loft converti, au-dessus d'une épicerie, dans le cœur du quartier chinois. Elle gardait ses secrets pour elle-même, mais quelques personnes savaient qui elle avait été et ce qu'elle pouvait faire. L'une de ces personnes était Cape.

Alors qu'il montait d'un pas lourd les trois volées de marches vers son loft, Cape a essayé de garder sa respiration superficielle. Les escaliers le tuaient. Les bandages qui enveloppaient ses côtes étaient trop serrés, frottant contre sa blessure. À chaque pas, il sentait la cicatrice se graver plus profondément dans sa peau. C'était étonnant la façon dont une petite blessure de coup de feu pouvait vous faire ressentir votre âge.

La porte de bois coulissante était déjà ouverte. Faisant un pas à l'intérieur, Cape a crié le nom de Sally, scrutant l'immense espace ouvert.

Le mur de droite était entièrement couvert de miroirs, avec un bar à la hauteur de la taille, donnant l'impression d'un studio de danse. Cette image était brisée par le mur qui lui faisait face, rempli d'étagères garnies d'une variété étourdissante d'armes d'entraînement — des épées de bois, des perches de bambou, des étoiles à lancer, des protections d'entraînement pour les mains et les pieds.

Au centre de la pièce, trois gros sacs étaient suspendus aux poutres apparentes du plafond. Au-dessus de ces dernières se trouvaient des cordes de nylon disposées en une toile compliquée, utilisées pour grimper et pour l'entraînement de l'équilibre. Cape a jeté un coup d'œil à l'intérieur des chevrons et l'a vue, mais uniquement parce qu'il savait à quel endroit regarder.

Sally était juste au-dessus de lui, suspendue à l'une des cordes, la tête en bas, observant Cape avec un regard dégoûté. Elle a hoché la tête tristement.

— C'est pitoyable.

— Quoi ? demanda Cape sur la défensive.

— Tu étais une cible de choix.

— Tu es celle qui se trouve dans une position vulnérable.

— Vraiment ?

Sally semblait aussi détendue, la tête en bas, que la plupart des gens lorsqu'ils sont assis sur un canapé.

— Absolument. La porte était ouverte, et tu es suspendue la tête en bas. Tu n'es pas armée.

— Je savais que c'était toi.

— Et si ce n'avait pas été moi ?

— Si ça avait été quelqu'un d'autre, j'aurais été ailleurs.

— On dirait un biscuit chinois, répondit Cape. Comment savais-tu que c'était moi ?

— Tes pas — il n'y a pas deux personnes qui ont les mêmes. Tu favorises ton côté gauche, en passant.

— Et si j'étais un imitateur de pied ?

Sally a éclaté de rire.

— Et si tu l'étais ?

— Eh bien, je pourrais avoir un revolver.

— Tu as un revolver, répondit Sally. Il est dans un étui, dans le creux de ton dos, sous ta veste.

Cape a froncé les sourcils.

— J'ai besoin d'un nouveau tailleur.

Sally a fait la grimace.

— Des revolvers.

— Je suis au courant de ton opinion au sujet des armes à feu. Ceux d'entre nous qui sont dépourvus de tes talents ont besoin…

— De compenser ?

— Précisément.

— Est-ce pour cela que les *hommes* transportent toujours des flingues ?

— Sans armes à feu, nous nous grifferions tout le temps.

— Les hommes font cela de toute façon.

— Mais je maintiens ma remarque initiale ; tu étais vulnérable.

Sally a grommelé.

— Alors, tire-moi dessus.

— C'est un sacré défi.

— Non, j'insiste, dit Sally. Je veux que tu me tires dessus.

— Ça pourrait faire du désordre.

— J'ai une femme qui fait le ménage tous les samedis.

— Ce serait terriblement bruyant dans cet espace clos.

— Fais-moi confiance, dit Sally, se balançant lentement d'avant en arrière.

Cape a haussé les épaules, puis il a tiré son revolver aussi rapidement que possible. Il n'avait pas l'intention d'appuyer sur la détente, mais pensait qu'il prouverait peut-être un point essentiel. Le revolver avait à peine quitté l'étui de cuir qu'il a senti le couteau sur sa gorge. Il n'avait pas baissé les yeux tandis qu'il le tirait, mais il avait cligné des yeux, et à cet instant, Sally avait disparu. Alors qu'il sentait la lame froide du *tanto* appuyée contre son cou, Cape a réalisé qu'il ne l'avait même pas entendue heurter le sol.

— *Ta proie n'est jamais où tu penses qu'elle se trouve*, dit Sally, se plaçant sur la pointe des pieds pour murmurer à son oreille. *Alors, frappe à l'endroit où elle sera ensuite.*

Cape a baissé son revolver.

— Était-ce Confucius ?

— Non, c'était un professeur que j'avais à Hong Kong.

— *Je ne patine pas vers l'endroit où se trouve la rondelle*, répondit Cape. *Je patine vers l'endroit où elle va.*

— Qui a dit ça ?

— Wayne Gretzky, le joueur de hockey.

Sally a hoché la tête.

— Il aurait réussi à mon école.

Elle a fait un pas vers l'arrière pour que Cape puisse se tourner et lui faire face. Le couteau avait disparu quelque part entre les plis du coton noir qui enveloppait son corps minuscule. Avec à peine plus d'un mètre cinquante-deux, elle semblait presque aussi dangereuse qu'un pissenlit.

— Était-ce la leçon du jour, *sensei* ? demanda Cape en s'inclinant. Combien est-ce que je te dois ?

— C'est gratuit pour les élèves en cours de rattrapage.

Sally a rendu le salut.

Ils se sont dirigés vers une petite alcôve adjacente à la pièce principale, où un thé japonais traditionnel était prêt.

Ils se sont assis tous les deux sur des tatamis, Sally paraissant infiniment plus à l'aise que Cape. Il lui a parlé de la visite des Russes et du plaisir qu'il avait eu à la plage. Quand il a terminé son récit, Sally a froncé les sourcils.

— La pègre russe.

— Je suis assez certain qu'il ne s'agit pas du conseil du tourisme russe, dit Cape.

— Tu dois être détective.

— Tu as eu affaire à eux auparavant, je suppose.

Sally a bu un peu de thé à petites gorgées.

— Une fois, à Hong Kong. Ils sont grossiers, mais minutieux.

— Minutieux.

Sally a acquiescé.

— Très.

— Chouette.

Cape a touché son côté.

— Qu'est-ce que ton client dit de tout cela ?

— Grace dit qu'elle ne sait pas ce qui se passe. En ce moment, j'ai tendance à la croire.

— Grace ? Ton client est une *femme* ?

Cape a soupiré.

Sally l'a regardé et a hoché la tête.

— Essaies-tu de l'aider, ou de la sauver ?

Cape a levé la main en guise d'avertissement.

— J'ai déjà reçu une réprimande de Beau et de Linda.

— Ils sont tes amis ; tu devrais les écouter.

— J'ai appris de mes erreurs, dit Cape d'une voix lasse. J'ai changé.

Sally a grommelé.

— Les hommes ne changent pas, dit-elle. Et ton goût en matière de femmes est atroce.

— Nous avons simplement des goûts différents, répondit Cape. Tu as d'autres conseils à me livrer ? Tu veux me donner un cours magistral sur la bonne technique pour le cunnilingus ?

Sally a grommelé de nouveau.

— Il n'y a pas de *technique*, espèce de bouffon imbibé de testostérone. Il y a seulement du *désir*. Si tu l'apprécies, alors elle l'appréciera.

— Tu sais, c'est une visite qui s'est avérée vraiment formidable. D'abord, tu établis que tu peux me donner un coup de pied au cul, et maintenant, tu me donnes un cours magistral sur le protocole de la chambre à coucher. Tu connais assurément la manière d'agir pour qu'un homme se sente le bienvenu. Vas-tu me donner un coup de pied dans les noisettes quand je vais m'en aller ?

Sally a ri et levé les mains.

— J'oublie parfois à quel point tu es sensible.

— Seulement durant les semaines où des gens essaient de me tuer.

L'expression de Sally a changé.

— Le meurtre est rarement quelque chose de personnel, pour des gens comme ça — ils veulent seulement te faire disparaître.

— Je pense que je me suis senti visé quand ils sont venus à mon bureau.

— Tu veux savoir ce que je pense ?

— Toujours.

— Si j'étais à ta place, je quitterais la ville jusqu'à ce que je sache ce qui s'est passé.

— Je suis très en avance par rapport à toi, répondit Cape. Je prends le vol de nuit vers New York.

— Tu veux de la compagnie?

Cape a hoché la tête.

— Ce serait génial.

— Tu as besoin d'un endroit pour rester avant le vol? demanda Sally. Je n'ai pas de cours aujourd'hui.

Cape a hoché la tête.

— J'ai un dernier arrêt à faire avant de me rendre à l'aéroport.

Sally a levé les sourcils.

— Je vais rendre visite à Sloth, dit Cape.

— Tu as des amis étranges, dit Sally.

Elle a déposé son thé et elle est retournée silencieusement dans la grande pièce, où elle a sauté en l'air, a saisi une corde et est disparue. Cape a hoché la tête et a souri.

— Je vais les prendre comme ils sont, dit-il.

24

Cape a pensé que les cheveux de Linda avaient l'air heureux de le voir, mais il ne pouvait pas en dire autant de Linda.

Elle se trouvait en bas des marches qui menaient à la maison de Sloth, une petite résidence victorienne qui se trouvait juste en face du parc Golden Gate. Elle avait les mains sur les hanches, ce qui n'était jamais un bon signe.

— Tu es en retard, dit-elle sévèrement alors qu'il montait l'allée.

Cape a jeté un coup d'œil à son poignet et a réalisé qu'il ne portait pas de montre. C'était manifestement une dispute qu'il ne pouvait pas gagner.

— Tu as raison, dit-il un peu trop rapidement. Je suis un connard peu attentif à autrui. Autre chose ?

Les cheveux de Linda ont oscillé, ce que Cape a choisi d'interpréter comme une acceptation de ses excuses. Son froncement de sourcils, cependant, disait qu'il n'était pas encore tiré d'affaire.

— Tu avais probablement beaucoup d'autres choses à faire, et je devrais avoir plus de respect pour la valeur de ton temps, ajouta-t-il.

Les yeux de Linda se sont plissés.

— J'ai apporté le déshonneur à l'institution de l'amitié, psalmodia solennellement Cape, la main sur le cœur, et je jure qu'à partir de ce jour…

La main droite de Linda a jailli en guise d'avertissement, alors que ses cheveux se déplaçaient en position de combat.

— Assez, dit-elle. Une autre platitude forcée et je pourrais avoir un haut-le-cœur.

— Alors, je suis pardonné ?

— Non, mais je suis épuisée, répondit-elle. Entrons.

Dès que l'on avait franchi le seuil, il était clair que quelqu'un de peu commun vivait dans la maison. La grande salle de séjour était juste devant l'entrée principale, donnant sur une cuisine ouverte qui se trouvait derrière un petit plan de travail. Malgré la dimension de la pièce, les meubles ne remplissaient pas l'espace d'une façon traditionnelle et décorative. Au lieu de cela, de petits îlots de chaises et de tables étaient disposés par fonction. Un petit canapé et des fauteuils étaient rassemblés étroitement autour d'un téléviseur, d'un magnétoscope et d'un lecteur DVD, chaque chose étant à portée de la main. À un peu plus d'un mètre, une chaise, une lampe de lecture et un bureau étaient entourés par un demi-cercle d'étagères couvertes de livres. Une demi-douzaine de tels groupements étaient dispersés sur la moquette, représentant tous un petit sanctuaire pour une activité très précise, chacun à moins d'un mètre seulement de l'autre. Et au milieu de tout cela se trouvait le centre de contrôle.

Un tableau complexe de quatre écrans au plasma, perché au-dessus d'un grand bureau courbé, en dessous duquel se trouvaient quatre serveurs, chacun de la taille d'un petit réfrigérateur et pouvant stocker des quantités incalculables de données. Des câbles de toutes les couleurs serpentaient à travers un trou découpé au centre du plancher. Disposés entre les moniteurs se trouvaient une pléthore d'appareils périphériques, la plupart n'étant pas offerts dans votre magasin d'informatique du coin. Cape a pensé qu'il en reconnaissait un ou deux qui paraissaient provenir de la passerelle du vaisseau spatial *Enterprise*, mais le capitaine Kirk était invisible. Au lieu de cela, assis derrière le bureau, avec une expression terne sur le visage, se trouvait Sloth.

Quand il était enfant, un trouble neurologique rare avait été diagnostiqué chez Sloth et faisait fonctionner son univers au ralenti. Traverser la pièce pouvait lui prendre une heure, finir une phrase, presque cinq minutes. Les médecins disaient qu'ils ne pouvaient rien faire. Il se déplaçait dans sa propre structure temporelle. Les autres enfants étaient cruels, comme le sont toujours les enfants, et ils lui avaient donné un surnom d'après le mammifère le plus lent sur la planète, le paresseux, qui se traduit en anglais par le mot « sloth ». Mais Sloth ne s'en souciait pas — en fait, personne ne pouvait dire s'il s'en souciait ou pas.

Des années plus tard, Sloth est entré en contact avec son premier ordinateur, et la machine a révélé que sa malédiction physique était accompagnée d'une bénédiction cachée. Alors que son corps se déplaçait comme un glacier, son esprit pouvait voyager plus vite et plus loin qu'un rayon de lumière. Sloth voyait des schémas dans des flots de données invisibles pour quelqu'un d'autre. Il pouvait entendre de la musique dans des nombres et des équations qui laissaient les mathématiciens perplexes depuis des années. Il était, tout simplement, un génie dans le vrai sens du terme.

Tandis que Cape s'approchait, Sloth a levé les yeux de son clavier et a souri, une expression qui aurait semblé affligée pour toute autre personne. Les yeux clairs étaient larmoyants derrière les lunettes, mais la chaleur de son regard était incontestable. C'était la sœur de Sloth que Cape avait trouvée lors de sa première enquête, un incident qui avait changé pour toujours la trajectoire de la vie des deux hommes. Cape avait commencé à travailler avec Sloth pendant qu'il était encore reporter, et Linda travaillait si étroitement avec lui que Cape ne voyait jamais Sloth sans Linda à ses côtés — interprétant pour lui, faisant le travail sur le terrain ou lui tenant simplement compagnie.

Son clavier était un écran à cristaux liquides incrusté dans la table. Alors que Cape l'observait, la lumière glissait à la surface. Des mots et des symboles défilaient, des aperçus fugaces de pensées qui étaient littéralement au bout des doigts de Sloth. Le clavier était activé par le toucher, la sensibilité étant si grande que l'on aurait pu le déclencher simplement en soufflant. Pour Sloth, cela demandait un peu plus d'effort. Tandis que ses mains tressautaient spasmodiquement sur la surface, les mots apparaissaient en rangées brillantes sur les écrans en face de Cape.

J'AI TROUVÉ QUELQUE CHOSE.

— Que veux-tu dire en affirmant que tu as trouvé quelque chose ? Je n'ai téléphoné que ce matin.

Cape s'est tourné vers Linda. Leur parler ensemble était presque comme communiquer avec une seule personne, la conversation à moitié verbale et à moitié en sous-titres.

— Pendant que tu nous faisais attendre, répondit Linda, nous travaillions durement.

Ses cheveux se sont inclinés comme pour signifier qu'ils étaient d'accord.

Cape n'a rien dit alors que d'autres mots clignotaient sur l'écran.

NOUS N'AVONS PAS TROUVÉ GRAND-CHOSE...
C'EST TROP TÔT.

La main de Sloth se déplaçait de côté, faisant apparaître une nouvelle série de mots sur l'écran suivant.

LES FILMS EMPIRE. À VENDRE.

— Comment peux-tu savoir cela ? demanda Cape.

— Cela s'appelle « l'analyse de tendance inverse », dit Linda. C'est une sorte d'approche quantitative pour le colportage de rumeurs.

— En français, s'il vous plaît, dit Cape.

Linda a soufflé.

— Tu connais la façon dont les nouvelles décrivent toujours les dernières tendances. *Les pattes d'éléphant*

reviennent à la mode. Le régime entièrement composé de fécu-
lents fait fureur — les bretzels, la clé de la longévité. La mode,
les voitures, que sais-je ?

— Bien sûr.

— Eh bien, on ne lance pas les modes tout simplement
d'une façon arbitraire fondée sur l'opinion d'un éditeur,
expliqua Linda. On les déniche — ou, dans la plupart des
cas —, on paie un conseiller qui les déniche.

— Comment ?

— C'est ce qui est intéressant. La méthode la plus cou-
rante consiste à mesurer les centimètres d'une colonne
dans les journaux et les magazines dans tout le pays. C'est
l'espace consacré à une histoire particulière.

— Je pige, dit Cape. Alors, si les minijupes obtiennent
progressivement plus d'espace dans la section consacrée
à la mode dans les journaux, les analystes de la mode
disent qu'il y a de bonnes chances que vous voyiez beaucoup de minijupes durant la prochaine saison.

— Exact, dit Linda en hochant la tête. Tu additionnes
tout l'espace consacré à un thème précis dans chaque
publication dont tu suis la trace, puis tu le classes par
sujet. Plus d'espace, au fil du temps, signifie une mode.

— Ça semble fastidieux.

— Ça l'était, convint Linda. C'est pourquoi les
conseillers demandaient des honoraires ridicules pour se
taper tous ces journaux avec une règle, additionnant les
choses. Mais maintenant que tout est en ligne, les bons
filtres logiciels représentent tout ce dont on a besoin.

Cape a levé les yeux vers Sloth.

— Et j'imagine que tu as fait le tien.

Linda s'est approchée pour se placer juste derrière Sloth.

— Sloth a créé un programme, ce matin, qui a lu rapidement toutes les mentions d'Empire dans deux cents publications qui sont actuellement en ligne. Il a également parcouru les mentions des dix plus importantes sociétés médiatiques et a étendu sa recherche à cinq cents publications.

— Sur quelle période de temps?

— Les six derniers mois, répondit Linda.

— Ce doit être une quantité démente de lecture, dit Cape. Ou de filtrage.

— Pas vraiment, dit Linda, ses cheveux bondissant d'excitation. Parce qu'il y a un autre filtre pour cacher les histoires apparentées au modèle économique d'Empire — des mots comme «critiques de film», «films d'art», «astéroïde» —, ce genre de choses. Puis Sloth a ajouté un dernier filtre pour suivre les plus petits articles liés au sujet.

— Les plus petits? demanda Cape. Je pensais que vous cherchiez les plus grands.

Linda a hoché la tête.

— C'est pour la mode — nous cherchons des rumeurs. Sloth a déterminé qu'une rumeur obtiendrait peu d'espace, parce que le rédacteur en chef aurait peu de chose pour continuer — à part une source, et cela ne serait peut-être pas corroboré. Une petite mention dans *Variety* ou le *New York Times*, par exemple.

— Et alors?

— Nous avons cherché des mentions récurrentes, mais toujours à petite échelle, dit Linda. Conformément à la supposition qu'une série de petits articles pourrait constituer une fuite au sujet d'un événement réel. Il n'a pas été corroboré ni annoncé, alors ce n'est toujours qu'une simple rumeur.

— C'est donc imprimé dans quelques publications différentes, mais cela n'obtient jamais beaucoup d'espace, dit Cape.

— C'est la théorie, en tout cas.

— D'accord, dit-il. Qu'avez-vous trouvé?

— Des mentions multiples, durant les deux derniers mois, affirmant qu'une importante société de médias comptait acheter un autre studio de cinéma, dit Linda. Les deux dernières décrivent précisément l'acquisition comme étant un studio de taille moyenne pouvant produire à la fois des petits films qui ont un intérêt pour la critique et des films commercialement viables — ils ont besoin de cet équilibre pour protéger le prix d'achat contre des changements du marché.

— Cela pourrait correspondre au profil d'Empire, dit Cape. Mais de quelle société de médias parlons-nous?

— Je vais te donner un indice, dit Linda, mettant les mains au-dessus de sa tête et les agitant comme des oreilles. Pense à un immense conglomérat de divertissement.

— Qu'est-ce que tu étais censée être? demanda Cape. Le lapin de Pâques?

Linda a baissé les mains.

— *Une souris*. Je parle de parcs thématiques, de dessins animés... est-ce que cela te dit quelque chose?

— Oh, *cette* société médiatique, dit Cape. N'a-t-elle pas acheté un studio l'an dernier?

— L'année précédente, et elle disait à l'époque que c'était sa première acquisition majeure dans l'industrie cinématographique. Sa première, pas sa dernière.

Cape a froncé les sourcils.

— Elle ne me semble pas le genre de société qui serait très heureuse d'avoir de la publicité négative.

— Tu veux parler du trafic de drogue sur le plateau d'un de ses films ?

— Ouais, dit Cape. Cela pourrait faire foirer toute l'affaire et peut-être coûter beaucoup d'argent aux frères Berman.

La main droite de Sloth a sauté comme une grenouille.

ON DIRAIT UN MOBILE.

— Il est aussi bon qu'un autre, dit Cape. Quel est ton niveau de confiance ?

C'EST DIFFICILE À DIRE... C'EST UNE DÉDUCTION LOGIQUE, JUSQU'À CE QUE JE PUISSE AVOIR ACCÈS DIRECTEMENT À LEURS FICHIERS.

— Tu peux faire cela ?

Sloth a souri lentement, sa bouche un peu de travers sur la gauche, comme si ce côté luttait pour rejoindre l'autre.

— C'est légal ?

Sloth a cligné des yeux, comme si le concept de légalité était nouveau pour lui.

— Oublie ce que j'ai demandé, dit Cape. Dis-moi seulement ce que tu as trouvé.

Il s'est tourné vers Linda, puis de nouveau vers le frêle génie qui se trouvait près de lui.

— Et merci.

L'écran s'est encore illuminé, les mots se dissolvant et se formant de nouveau.

LA FILLE.

— Qui? demanda Cape. Ma cliente?

EST-CE PERSONNEL?

Cape a jeté un coup d'œil à Linda, comme en guise d'avertissement.

— Pour elle, ou pour moi? Elle connaissait la victime du meurtre, si c'est ce que tu veux dire.

Sloth n'a pas répondu, et les mots sont demeurés imprimés sur l'écran sans clignoter pendant plusieurs secondes, jusqu'à ce qu'ils changent une fois de plus.

ÉVITE DE TE FAIRE BLESSER.

Cape a souri et a serré l'épaule de Sloth.

— Merci, vieil ami. Autre chose?

Cape a cru voir apparaître brièvement un sourire taquin au coin de la bouche de Sloth, puis il a disparu. Il a tourné lentement la tête, un degré à la fois, levant les yeux vers Linda. Les mots ont encore changé.

ACHÈTE UNE MONTRE.

Cape a jeté un coup d'œil à Linda, qui avait un large sourire.

— C'est la prochaine chose sur ma liste, dit Cape tandis qu'il se dirigeait vers la porte. Je m'en vais à l'aéroport maintenant — après tout, je ne veux pas être en retard pour prendre mon avion.

25

— Nous pourrions toujours annuler notre arrangement.

Le commandant souriait et tenait le combiné à bout de bras pour protéger son audition. Quand les cris ont cessé, il l'a rapproché et a attisé le feu qu'il venait d'allumer.

— Je suis certain que c'est un investissement mineur pour vous, dit-il lentement. Nous pouvons travailler ensemble une autre fois.

Son bras s'est détendu comme un ressort avant que la critique immédiate ne retentisse au bout du fil.

Alors qu'il parlait au téléphone, le commandant observait Ursa à travers la fenêtre de son bureau, qui marchait à pas mesurés dans l'entrepôt vide. Même à côté de son compagnon géant, les conteneurs d'expédition semblaient grands, chacun mesurant deux mètres et demi carrés, et pouvant contenir environ mille kilos d'équipement de laboratoire. Les cargaisons quotidiennes étaient envoyées vers les hôpitaux dans tout le pays, des appareils de mesure sensibles et de l'équipement de laboratoire empaquetés dans de la mousse de polystyrène de taille adaptée aux conteneurs. Le commandant était émerveillé par la précision de l'opération, si différente de l'anarchie de son entreprise actuelle.

— Vous semblez dévoué, dit le commandant de manière rassurante. L'engagement est tout ce que je demande à des associés d'affaires. Nous devons partager les risques si vous vous attendez à partager les profits.

Cette fois, il a gardé le téléphone appuyé à son oreille, écoutant attentivement la réponse réticente. Quand elle est venue, il a frappé sur la vitre du bureau et a fait signe à Ursa de le rejoindre. Il a sorti un mouchoir et a essuyé ses empreintes sur le téléphone, puis il a déposé délicatement le combiné dans son support.

— Va chercher la voiture, dit-il à Ursa. Je veux aller faire du shopping.

26

CAPE AIMAIT PRESQUE AUTANT prendre l'avion que se faire tirer dessus. Peut-être moins.

Lui et Sally avaient attrapé le dernier vol de JetBlue en partance d'Oakland vers l'aéroport John-F. Kennedy. L'avion était rempli, mais même Cape devait admettre que c'était un vol sans heurts. Sally avait fait remarquer qu'il était plus en sécurité dans un avion qu'en train de traverser la rue ou, dans son cas, de déambuler sur la plage de la place Ghirardelli.

— Je sais cela, dit Cape. Ça ne veut pas dire que je doive aimer ça.

— Tu détestes les situations que tu ne peux pas maîtriser, répondit Sally. Comme la turbulence.

— Ou un avion vieillissant.

— Cet avion est flambant neuf, dit Sally. Cette compagnie aérienne est toute nouvelle.

— Les compagnies aériennes à court de financement sont un problème, suggéra Cape. La première chose qu'elles réduisent, c'est l'entretien.

— Cette compagnie aérienne fait de l'argent. Tu me l'as dit toi-même quand nous avons acheté les billets.

Cape n'a rien dit, jetant un coup d'œil par le hublot pour s'assurer que l'aile était encore reliée à la coque.

— Je n'ai jamais connu personne qui courtise si activement le danger, mais qui veut qu'il arrive entièrement à son gré, dit Sally.

Cape s'est détourné du hublot.

— Je suppose que tu penses que c'est contradictoire.

— Je pense que c'est très typique de l'Occident, répondit Sally. Tu veux choisir comment et quand les choses vont se produire. Mais tu ne peux pas choisir… tout ce que tu peux faire, c'est te *préparer*.

— Es-tu préparée ?

— Toujours.

Cape a regardé de nouveau par le hublot.

— Avoue-le, dit Sally. Tu ne seras pas à l'aise tant qu'ils ne te laisseront pas piloter l'avion.

— Tu penses que je devrais prendre des leçons de pilotage ?

— Je pense que tu devrais dormir, dit Sally, fermant les yeux.

Sachant que le sommeil était hors de sa portée, Cape a sorti son carnet et a tourné les pages pour arriver à une feuille de papier vierge. Au centre de la page, il a commencé à écrire les noms et les descriptions de toutes les personnes impliquées dans l'affaire jusqu'à présent. Après avoir écrit une description du type de la plage, il a scruté la liste pour voir s'il avait oublié quelqu'un. Lentement, presque à contrecœur, il a ajouté Grace à la liste.

Quand l'avion a amorcé sa descente à l'aéroport John-F. Kennedy, la page ressemblait à un dessin d'enfant — des lignes, des cercles et des cases se liant aux noms. Plusieurs avaient été effacés et redessinés alors que Cape essayait d'établir des liens entre les différentes personnes et les événements. Il a plissé les yeux pour mieux examiner la feuille, espérant voir émerger un schéma, mais ses yeux étaient fatigués et tout ce qu'il pouvait voir, c'était un méli-mélo incroyable.

— Je vois que tu as résolu l'affaire, dit Sally, s'étirant pour se réveiller.

— Absolument. C'était le colonel Moutarde dans le parc avec un AK-47.

— Je pensais qu'il privilégiait le chandelier.

— Les temps changent.

— Alors, dis-moi pourquoi tu es sur le point d'atterrir à New York, dit Sally. Tu penses vraiment que le studio est impliqué ?

Cape a hoché la tête.

— Non, je ne pense pas. Pourquoi joueraient-ils au con avec leur propre production ?

— Alors ?

— Je pense que les Russes ont un rapport avec la drogue, et le film est justement au centre de l'affaire. Je pense que le film a fourni un genre de couverture pour déplacer la drogue, mais quant à savoir si Tom — le producteur qui est mort — a agi seul ou s'il a travaillé avec quelqu'un d'autre du studio, je ne pourrais pas te le dire. J'ai demandé à Sloth de fouiller dans les finances de Tom avant de partir. S'il trouve une piste d'argent, nous pourrons la suivre jusqu'à la source.

— Ce voyage n'est-il donc pas une énorme perte de temps ? Je comprends que tu veuilles parler avec les frères qui dirigent le studio, mais tu aurais pu faire cela au téléphone.

— C'est vrai.

— Et même s'ils savent quelque chose, poursuivit Sally, je doute qu'ils veuillent que tu le saches.

— Tu oublies combien je peux être persuasif.

— Tu oublies que ce sont eux qui te paient.

— C'est également vrai, dit Cape, haussant les épaules. Mais je ne peux m'appuyer sur rien d'autre, et j'avais besoin de sortir de San Francisco pour deux ou trois jours.

— Alors, nous nous cachons ?

— Je préfère appeler cela de la discrétion, répondit Cape. N'es-tu pas celle qui m'a dit de ne pas trop me faire remarquer ?

— Ouais, mais je te connais — tu es comme un chien avec un os. Il doit y avoir autre chose avec ce voyage.

Cape a souri.

— Tu dois être détective.

— Pas moi, dit Sally. Je suis simplement la fille du service d'escorte.

— Je dois rencontrer un flic.

— Quel flic ?

— Un type appelé Michael Corelli — Beau a organisé la rencontre.

— Les services de police de la Ville de New York ?

Cape a hoché la tête.

— Leur unité du crime organisé — UCO, si tu préfères les acronymes. Dans le cas de Corelli, cela a concerné essentiellement *La Cosa Nostra*, les gentils vieux messieurs qui se trouvaient dans des clubs de dîner, en train de regarder *Les Soprano* sur DVD.

— Corelli est un nom italien.

— Ouais, dit Cape. Beau dit que Corelli est amer à cause de tout cela, qu'il se sent très visé. Quand il était enfant, son père devait payer de l'argent d'extorsion pour garder son magasin ouvert. Certains des types qui allaient chercher l'argent étaient les pères de ses amis. Corelli a décidé de pourchasser la mafia avant d'être assez vieux pour se promener à bicyclette.

— Tu penses qu'il peut savoir quelque chose au sujet de nos amis russes ?

— Pas spécialement, mais il doit nécessairement en savoir vachement plus que moi sur la pègre russe.

— Nous ne savons pas s'ils sont associés à la pègre.

— Je dois commencer quelque part, dit Cape. Quand des gens essaient de te tuer avec un fusil de précision, ce n'est généralement pas leur premier crime. Et je pourrais utiliser quelques tuyaux.

— Comme la façon de dire « bonjour » en russe ?

— Ou « s'il vous plaît, ne me tuez pas ».

— Et pourquoi pas « va te faire foutre, ou je vais te tuer » ? demanda Sally. Je pense que j'aimerais connaître celui-là.

— Si tu en arrives là, je ne pense pas que tu auras besoin d'un traducteur.

Cape a senti ses oreilles se déboucher brusquement et la gravitation normale revenir. Le vol avait atterri à l'heure. Il a regardé son bloc-notes une dernière fois avant de le mettre dans son sac, fronçant les sourcils devant les griffonnages illisibles, les lignes et les cases qui se chevauchaient. Il a inspiré profondément et expiré.

— Quelle pagaille, dit-il.

27

QUELQUE PART, AU PLUS PROFOND de son inconscient, Grace luttait pour choisir entre crier et se masturber.

Elle regardait fixement le plafond et observait la lumière réfléchie par son réveil, les mains appuyées légèrement sur son abdomen. Un moment plus tôt, elle avait pensé à Tom, à son sourire en coin et à son contact doux, à l'expression blessée sur son visage quand elle lui avait dit que c'était terminé. À la douceur de l'homme, même après qu'elle l'ait repoussé, à son soutien indéfectible pour elle à tout moment. Ce n'était que maintenant, depuis quelques jours, qu'elle réalisait qu'il devait l'avoir aimée.

Grace a senti les larmes jaillir alors qu'elle faisait face à la vérité terrible, c'est-à-dire qu'elle n'avait jamais ressenti la même chose que lui, et qu'elle ne la ressentirait jamais. Elle voulait lui donner cela, au moins, une confession d'amour à son fantôme et à sa mémoire, mais peu importe combien elle souhaitait que cela soit vrai, le sentiment n'était pas là. Ses sentiments étaient profonds, mais pas assez profonds.

Elle a fermé les yeux, puis elle a plissé les paupières, laissant ses pensées voguer à la dérive. De Tom au film. De l'astéroïde géant aux studios Empire. Harry et Adam, les acteurs et l'équipe. Jusqu'au détective qu'elle avait engagé impulsivement, un homme qu'elle venait de rencontrer, mais en qui elle avait confiance comme si elle le connaissait depuis toujours.

« Ce doit être ces yeux », a-t-elle pensé, se moquant d'elle-même. Elle ne pouvait résister aux yeux bleus, et les siens avaient cette touche de gris près du centre. Elle se demandait quel âge il avait, déterminant qu'il avait probablement son âge. Les yeux lui donnaient un air plus âgé, mais le reste de sa personne semblait plus jeune. Les cheveux blond-roux cacheraient les rares mèches blanches, alors cela n'était d'aucune aide. Est-ce que cela avait de l'importance ?

Elle a laissé sa main droite glisser sur sa poitrine alors qu'elle inspirait profondément et fermait les yeux. Elle est restée étendue comme ça pendant une minute, les doigts bougeant à peine, quand soudain le bruit d'un moteur de voiture s'est propagé à travers les murs de sa chambre. Ses yeux se sont ouverts brusquement tandis que sa main sortait de sous les couvertures pour atteindre la lampe de chevet.

« Le sommeil ne vient pas ce soir », a-t-elle pensé misérablement. « Et moi non plus. »

Balançant les jambes par-dessus le bord du lit, Grace s'est dirigée vers la salle de bains alors que le son de la voiture se modifiait selon l'effet Doppler en descendant la rue. Elle s'est demandé brièvement qui faisait un tour en voiture à quatre heures du matin, mais a rapidement détourné son attention vers la douche. Une fois sous le jet d'eau chaude, les bruits de la rue ont disparu.

Elle pensait à sa journée, qui commencerait dans moins de trois heures, et à tout le travail qui devait encore être fait. Sur son bureau se trouvaient des piles de classeurs, de registres de comptabilité et de notes de production déplacées de l'appartement de Tom vers le sien. Tom était méticuleux au sujet des détails de la production, des horaires et des budgets. Naturellement, elle avait parlé avec ses assistants de production et certaines personnes de l'équipe à propos de ce qu'ils prévoyaient faire ensuite, mais ses notes étaient cruciales. Elle devait commencer à se hâter pour se mettre à jour par rapport à sa moitié de la production, quelque chose qu'elle ne pouvait pas continuer à remettre à plus tard.

Grace a étiré son cou sous les embruns à impulsion alors qu'elle visualisait les classeurs noirs qui attendaient dans la pièce d'à côté. Elle a frissonné et a tourné le robinet pour que l'eau soit aussi chaude que possible alors qu'elle réalisait qu'elle avait peur d'ouvrir les carnets. Tout à coup, la drogue découverte dans l'appartement de Tom lui est venue à l'esprit, une vie secrète cachée à l'intérieur des boîtes de film. Un secret qu'elle ne voulait pas connaître.

Mais ce n'était rien que de la drogue. Étonnant, sans aucun doute. Déroutant, certainement. Quelque chose qui devait être expliqué, mais rien pour avoir peur. La drogue était un mystère, pas le compte-rendu écrit d'événements. Une preuve indirecte, mais pas une confession écrite.

Grace ne voulait pas ouvrir les carnets parce qu'elle savait, au plus profond d'elle-même, que c'était là où l'horrible vérité attendait.

28

Cape craignait qu'on ne le laisse pas s'enregistrer à l'hôtel sans avoir reçu au préalable une injection de Botox.

Les personnes qui allaient et venaient dans le hall s'assemblaient comme une masse grouillante de corps magnifiques et de cheveux parfaits, vaguement reliées par des coups d'œil furtifs lancés au miroir géant qui se trouvait sur le mur du hall. Tout le monde était jeune et atrocement séduisant. Les deux personnes derrière le bureau de la réception — un jeune homme et une jeune femme — étaient encore plus belles que leurs clients. Cape s'est demandé si la demande d'emploi de l'hôtel avait des exigences minimales pour le développement des pommettes.

Le Soho Grand se trouvait à la périphérie de tout ce qui était branché et à la mode, son design austère étant populaire auprès des mannequins, des photographes et des publicitaires — tous ceux qui étaient empruntés ou assez prétentieux pour placer la mode avant le confort. Mais son emplacement était parfait. Les studios Empire étaient seulement à quelques rues, c'est pourquoi Cape et Sally avaient décidé d'embrasser la folie.

Tout près du hall se trouvait un énorme bar qui se courbait autour d'un espace caverneux rempli de tables géométriquement provocatrices et de tabourets remarquablement hauts, le tout accentué par des lumières halogènes juste assez faibles pour garantir la fatigue oculaire. Cape a immédiatement aperçu Corelli. Il ressortait comme un furoncle.

Cape est entré dans le bar alors que Sally se dirigeait vers les ascenseurs. Corelli s'est levé et a tendu la main. Il mesurait environ un mètre quatre-vingts, avait des cheveux noirs parsemés de gris, coupés court. Les rides autour de ses yeux bruns se multipliaient quand il souriait. Il portait des chaussures noires, un pantalon gris et une chemise de soirée blanche avec les manches roulées, révélant le tatouage décoloré d'un scorpion sur son avantbras droit. Cape a supposé que le tatouage était probablement plus vieux que la plupart des clients de l'hôtel.

— Je pense que je sors de l'ordinaire, ici, comme vous le faites, dit Cape alors qu'ils se serraient la main.

— Beau m'a envoyé une photo par télécopieur, dit Corelli, dont la voix était riche des nuances de Brooklyn. Il a dit que vous étiez plus laid en personne.

— C'est un flic honnête, dit Cape. C'est tellement rare de nos jours.

— Il m'a dit également que vous devriez être mort.

Cape a hoché la tête.

— Pour l'instant, en tout cas.

— Il a demandé si je voulais parier pour savoir si vous alliez survivre à cette affaire. J'ai parié contre vous —

j'espère que ça vous est égal, mais des Russes sont impliqués.

— Deux flics qui parient sur mon espérance de vie ? Je suis flatté.

— Ne vous sentez pas visé, dit Corelli. Nous parions seulement sur les personnes que nous aimons.

— Merci d'avoir accepté de me rencontrer.

Cape s'est assis sur l'un des tabourets qui défiaient l'ergonomie.

— Beau a dit qu'il vous avait connu à l'armée.

Corelli a hoché la tête.

— *Semper Fidelis.*

— Et que vous lui aviez sauvé la vie.

— Il a mentionné qu'il avait d'abord sauvé la mienne ?

Cape a hoché la tête.

— Il a omis cela.

— Il aurait dû le dire, dit Corelli. Quelle est votre histoire ? Beau m'a dit qu'il avait déjà perdu son insigne, mais que vous l'aviez récupéré.

Cape a haussé les épaules de façon évasive.

— Il était coincé entre les coussins de son canapé.

— Ce n'est pas ce que j'avais entendu dire, dit Corelli en souriant. Mais je peux comprendre pourquoi il vous aime.

Une femme au début de la vingtaine a frôlé leur table en passant, portant une minijupe assez courte pour passer pour une ceinture. Corelli a presque ressenti un traumatisme alors qu'elle passait devant lui.

— Cet endroit est surréel.

Cape a fait signe de s'arrêter à une serveuse vêtue modestement d'une combinaison-pantalon moulante violette.

— Ce n'est pas mon cadre habituel, moi non plus.

Cape ressentait la fatigue du vol et il a commandé du café. Corelli n'était pas de service et il a opté pour une Bud.

— Je vous ai vu parler à cette nana asiatique, dans le hall, dit Corelli. Vous la connaissez?

— C'est une vieille amie.

— Vous voulez me présenter?

— Laissez-la tranquille, conseilla Cape. Elle va vous briser le cœur.

Corelli a ri.

— Ne le font-elles pas toutes?

— Il faut prendre ce que j'ai dit au pied de la lettre.

Corelli a eu un petit sourire en coin, mais il a laissé tomber, réalisant qu'il avait manqué quelque chose.

— Beau m'a appris que vous vous étiez fait de nouveaux amis, dit-il.

Cape a hoché la tête.

— Je ne sais pas combien. Deux à coup sûr. Il y en avait trois, mais…

Cape s'est abstenu d'en dire plus.

— Le type mort sur la plage, dit Corelli. Il avait des lettres cyrilliques sur les doigts?

— Ouais.

— Vous avez affaire à la *mafiya*, dit Corelli, mettant un accent supplémentaire sur le *y*.

— La pègre russe.

— Ouais, dit Corelli. Une charmante bande de types.

Leurs boissons sont arrivées et Cape les a portées sur le compte de sa chambre.

— Que pouvez-vous me dire à ce sujet?

— Merci, dit Corelli, levant sa bière. Je peux vous raconter beaucoup d'histoires, vous me direz quand arrêter. Ils sont partout, mais il est difficile d'avoir une prise sur l'organisation elle-même.

— Les agents fédéraux doivent être partout autour d'eux.

La bouche de Corelli s'est tordue dans un rictus cynique.

— C'est ce que vous pensez, n'est-ce pas? Vous savez ce qui s'est passé quand *La Cosa Nostra* est venue pour la première fois de Sicile?

— Les politiciens ont démenti l'affaire?

— Vous devez savoir quelque chose au sujet de l'histoire de la pègre.

Cape a hoché la tête.

— Non, mais je sais quelque chose au sujet des politiciens.

Corelli a fait un signe de tête pour signifier son approbation.

— Dans les années soixante, J. Edgar Hoover était trop occupé à s'inquiéter du communisme pour faire quoi que ce soit au sujet de la pègre.

— J. Edgar devait également se soucier de la tenue qu'il devait porter durant les week-ends, dit Cape, et de trouver des chaussures assorties.

— C'est vrai, mais c'était bien des années avant que quiconque, au gouvernement, reconnaisse même l'existence du crime organisé. À ce moment-là, il était trop tard.

La mafia contrôlait les docks, les syndicats et la plus grande partie de l'industrie du vêtement — et celles-ci étaient des entreprises légitimes.

— Vous dites que le gouvernement n'a pas appris de ses erreurs? dit Cape. Je suis renversé.

— Certaines choses ne changent jamais, dit Corelli. La pègre russe a été traitée de la même façon quand elle est apparue pour la première fois dans ce pays. Dans les années soixante-dix, les gangsters russes ont commencé à venir en force, mais il a fallu dix autres années avant que le FBI assigne un seul agent pour s'occuper du problème. *Dix années.*

— Comment sont-ils entrés dans le pays?

— Plusieurs d'entre eux sont des Russes qui sont juifs de naissance. À la maison, ils se foutaient probablement pas mal d'être juifs — leur seule religion était l'argent —, mais leur héritage s'est avéré fort utile quand il a été question d'immigration.

— La demande d'asile politique?

Corelli a hoché la tête.

— Comprenez-moi bien — beaucoup de Russes qui ont émigré dans les années soixante-dix et quatre-vingt étaient des dissidents légitimes, appuyés par des citoyens américains. Ils étaient de bonnes personnes qui devaient soit partir, soit aller en prison.

— Mais ce n'était pas le cas pour tout le monde.

— Certains étaient fraîchement sortis du goulag et ils étaient sur le point d'y retourner. Au lieu de cela, ils ont trouvé la religion, ont prétendu être victimes de persécution, et ils sont entrés sans se mettre trop en vue. Et après que la première vague a pris pied aux États-Unis, ils ont fait venir leurs amis et parents méprisables qui étaient encore en Russie.

— Et la *perestroïka*? demanda Cape. La chute du communisme. Cela doit avoir changé les choses.

— Ouais, cela a ouvert les vannes. Il est plus facile de quitter la Russie, de voyager à l'étranger, de revenir à la maison ou de changer de citoyenneté. Encore mieux, cela voulait dire des millions de dollars en aide de l'étranger pour la Russie, chaque cent coulant à travers les doigts de la *mafiya*.

— Comment?

— Ces types ont créé les marchés noirs en Russie, dit Corelli. Ils étaient la seule économie que possédait la Russie, alors ils contrôlaient déjà quatre-vingt-dix pour cent des banques. J'ai lu un rapport du FBI qui estimait que près de *six cents milliards* en aide de l'étranger avaient été volés durant les années quatre-vingt-dix.

Cape a sifflé.

— Question naïve, mais le gouvernement russe n'a-t-il rien remarqué?

Corelli a ri.

— C'est la meilleure partie — l'ancienne garde était tellement déterminée à contrôler l'argent, même après la chute du parti communiste, qu'elle s'est tournée vers le KGB.

— Une marque à laquelle on peut se fier.

— Exactement. Les fonctionnaires du gouvernement ont dit à l'organisation anciennement connue comme étant le KGB de travailler avec la *mafiya* pour siphonner l'argent des banques désormais privées et de donner au gouvernement un accès direct aux fonds.

— Il ne manquait plus que ça !

— Et ce n'est pas fini, dit Corelli, tirant son tabouret plus près. Rien ne faisait plus plaisir à un flic que de trouver une bureaucratie pire que celle avec laquelle il devait traiter tous les jours. Le KGB couchait avec la *mafiya* et l'aidait à voler tout l'argent. Ils ont transformé le groupe de gangsters et de voyous plus ou moins bien organisés en une organisation du crime multinationale et bien financée.

— C'est l'esprit du capitalisme pour vous.

— Tant pis pour la Guerre froide, hein ?

— Sans blague.

— Donc, c'est votre leçon d'histoire pour la journée, dit Corelli. Des questions ?

— Quelle est la grosseur de l'organisation ?

— Laissez-moi m'exprimer ainsi, dit Corelli. La communauté des émigrés russes de New York se chiffre à environ trois cent mille personnes — qui incluent des citoyens respectueux des lois aussi bien que des brutes épaisses. Mais seulement à Brighton Beach, il y a presque *cinq mille* criminels russes. C'est pourquoi ils l'appellent « la Petite Odessa ».

— Brooklyn.

— Mon arrondissement, dit Corelli en hochant la tête. Un quartier différent de celui où j'ai grandi, mais tout de même Brooklyn.

Cape a levé un sourcil.

— Cinq mille ?

— C'est plus que les cinq familles de *La Cosa Nostra* réunies, dit Corelli. Qu'en dites-vous ?

— Je suis surpris qu'on n'en entende pas parler davantage.

— On en entend parler — *Les Soprano* vendent encore beaucoup de DVD, mais les agents fédéraux ont fait des progrès contre la mafia après Giuliani, depuis qu'ils ont mis Gotti de côté. Après une série de mises en accusation des lois RICO contre les chefs de la pègre à Miami il y a quelques années, les Russes sont intervenus pour prendre leur place. Maintenant, la moitié de Miami est sous le contrôle de la pègre russe, quand auparavant ils n'étaient que des acteurs secondaires.

— Où sont-ils, autrement ?

— Un peu partout, mais il n'y a que dix-sept villes environ où ils ont de la force.

— Seulement ?

— Il y en aura davantage, dit Corelli. N'en doutez pas une seconde.

— Et à San Francisco ?

— La famille criminelle Lyubertskaya a une présence croissante sur la côte ouest.

— Pourquoi n'ai-je pas entendu parler d'eux auparavant ? demanda Cape. Pourquoi Beau n'en a-t-il pas entendu parler ?

— Il en a probablement entendu parler, mais il ne le sait tout simplement pas. Les Russes collaborent quand ils ne peuvent pas dominer. Ils restent dans l'ombre, à moins qu'ils dirigent les choses.

Cape s'est redressé.

— Ils collaborent ?

— Ils forment des alliances, dit Corelli. Dans le cas de San Francisco, ce sont les Italiens et les Chinois. Les Russes font des affaires avec eux, offrent de fournir des muscles, parviennent à connaître la ville.

— Et alors ?

— S'il y a une possibilité d'étendre leur opération en arnaquant un de leurs partenaires d'affaires, ils n'hésitent pas.

Cape a hoché la tête, mais n'a rien dit. Il était dépassé et le savait. Il avait besoin d'un accès, quelque chose qui pourrait réduire la possibilité de la traque vers une simple cible tangible.

— Dans quoi sont-ils ? demanda-t-il. La drogue, les syndicats, quoi ?

— C'est la grande différence entre les Italiens et les Russes, dit Corelli. Les Italiens ont une structure organisationnelle rigide, avec des territoires clairement assignés à différents chefs.

— Les *capos*.

— Vous devez regarder *Les Soprano*, vous aussi, dit Corelli. Ils se spécialisent dans certains types d'activité criminelle — surtout les syndicats, le jeu et l'extorsion. Mais la *mafiya*, les Russes, ils se spécialiseront dans tout ce qui peut leur rapporter.

— Tout.

— Les choses habituelles — la drogue, l'extorsion, le jeu – les affaires de muscles sans finesse particulière. Mais la pègre russe a également été impliquée dans le trafic d'armes, les scandales d'investissement de Wall Street, l'évasion fiscale de l'essence — même le truquage des parties de hockey.

— La LNH ?

Cape a levé les sourcils avec incrédulité.

— Je savais que la ligue avait des problèmes…

— Croyez-moi, dit Corelli. C'était la vache à lait pour la *mafiya* durant un bon moment. Plusieurs des meilleurs joueurs viennent des anciens pays soviétiques, et la pègre réussit à obtenir de chacun d'eux un pourcentage de leur salaire. Ils menacent les joueurs, et si ça ne marche pas, ils menacent leurs familles.

— C'est censé me remonter le moral ?

Corelli s'est penché vers l'avant et a mis la main sur le bras de Cape. Quand il a parlé, sa voix était aussi morne que ses yeux. On aurait dit un flic qui en avait trop vu et qui, finalement, avait perdu le sens de l'humour, aussi noir qu'il pouvait être.

— Permettez-moi de mettre les choses au clair. Ces types sont des animaux. Les Italiens peuvent menacer de vous tuer, et dans la plupart des cas, ils sont sérieux.

Cape a croisé son regard.

— Mais les Russes…

— Ils vont tuer toute votre famille, dit Corelli. Ils courent après les flics, les journalistes, les juges. Ils s'en foutent complètement. Ceux qui sont derrière les barreaux menacent les gens à partir des cellules de prison. Ils se moquent de notre système judiciaire. Je suppose qu'après être allé dans le goulag, on ne les effraie pas trop facilement.

Cape a hoché la tête.

— Merci de l'avertissement.

Corelli s'est penché en arrière, son visage s'adoucissant.

— C'est à peu près tout ce que je sais.

— Encore une question.

— D'accord, allez-y.

— Vous avez mentionné la drogue. De quelle drogue parlons-nous ?

— Voyons, dit Corelli, sa langue se déplaçant à l'intérieur de sa joue, à la recherche d'un souvenir. Du côté de l'importation, ils ont fait des affaires avec les Colombiens pendant des années — il s'agit toujours de cocaïne, trafiquée la plupart du temps par les Russes en Europe de l'Est. Du côté de l'exportation, ils trafiquent beaucoup d'héroïne turque.

— Pourquoi turque?

— Tout simplement parce que la Turquie s'avère l'endroit d'où elle provient, dit Corelli. Les Turcs font la contrebande de la plus grande partie de l'héroïne en se déplaçant dans toute l'Europe de l'Est, y compris celle du Pakistan et de l'Afghanistan. D'après le gouvernement, ces drogues financent le terrorisme.

— Je pensais que c'était le pétrole.

— Vous et moi le pensions tous les deux, répondit Corelli. Mais quand il est question d'héroïne, vous pouvez dire qu'elle est turque en vérifiant la teneur en morphine — plus que la moyenne, parfois le double. Les Russes l'achètent en gros, puis la transportent par mer vers les États-Unis et les autres pays de l'Occident pourris de drogue.

— Beau parle toujours de la drogue qui entre aux États-Unis le long de la côte ouest en provenance de l'Asie.

— Il parle des triades.

Cape a pensé à Sally.

— Un autre groupe rigolo avec lequel je ne voudrais pas me frotter.

Corelli a hoché la tête.

— Les triades contrôlent à peu près toutes les drogues en Asie. Les Russes peuvent les acheter de ces dernières et les distribuer dans d'autres pays, mais ils ne font pas entrer eux-mêmes de l'héroïne à San Francisco ou à Los Angeles.

Cape a secoué la tête pour s'éclaircir les idées, un effort inutile. Il a essayé de nouveau. Corelli l'a observé d'un œil sympathique.

— Vous ne faites que tâtonner dans le noir, n'est-ce pas ?

— Vous avez découvert ma technique d'investigation secrète, dit Cape alors qu'il tendait la main pour prendre sa tasse de café. Maintenant, je vais devoir vous tuer.

— Vous avez un plan ?

— Pas vraiment, dit Cape. Vous avez une suggestion ?

— Je pense que vous devriez aller consulter un chirurgien esthétique, changer de nom et rester tranquille pour un certain temps.

— Merci pour le vote de confiance.

— Je vous aime bien, dit Corelli. Je n'aime tout simplement pas courir des risques.

— Moi non plus, admit Cape. Encore une question ?

Corelli a haussé les épaules et a bu un coup.

— Je ne suis pas de service, comme je disais.

— Je connais l'organisation derrière le crime, merci bien, mais j'ai besoin de connaître les personnes derrière elle.

— Vous voulez un indice sur les types qui ont essayé de vous tuer.

Corelli a observé Cape attentivement, n'aimant pas la direction vers laquelle la conversation se dirigeait.

Cape a acquiescé.

— Ou quelqu'un qui les connaît.

Corelli a soupiré.

— Si vous me demandez ce que je pense que vous êtes, alors je vais gagner ce pari avec Beau.

— Je ne vais pas m'en faire avec cela.

Corelli l'a regardé une minute entière, puis il a soupiré de nouveau.

— Vous voulez rencontrer quelqu'un dans la *mafiya*.

— Ce serait agréable.

Corelli a ri malgré lui.

— Je vais voir ce que je peux faire.

29

— JE NE SERAI PAS TOUJOURS MORT.

— C'est dommage.

Sally était dans la position du lotus, sur le sol de sa chambre d'hôtel, ayant l'air bien plus à l'aise que Cape. Il était assis sur une chaise de cuir étroite, à dossier haut, qui devait avoir été conçue par un directeur artistique avec un derrière remarquablement petit. Cape s'est déplacé sur la chaise et a réussi à reproduire la sensation pénible sur son autre fesse.

— Je vais donc rendre visite aux frères Berman, à Empire, cet après-midi, dit-il.

— Tu as besoin d'un rendez-vous?

— Non, répondit Cape, se déplaçant de nouveau. Je réussirai mieux tout seul, au studio. Mais si Corelli réussit à trouver un nom pour nous, j'aurai besoin que tu te déguises.

— Alors, je suppose que j'ai du temps à tuer.

Cape a lancé un regard impassible à Sally.

— Dans ton cas, je dirais que c'est un mauvais choix de mots.

Sally a souri.

— Je ne travaille plus à la pige, dit-elle. Comment vas-tu entrer dans les bureaux d'Empire?

— C'est une surprise, dit Cape, se levant. Il a boitillé vers la porte, les deux jambes engourdies. Je te vois ce soir.

Après avoir quitté l'hôtel et marché quelques rues vers le sud, Cape a tourné à l'est jusqu'à ce qu'il atteigne la rue Canal, où il a trouvé un magasin de vêtements d'occasion. Après avoir acheté ce dont il avait besoin, il s'est changé dans la salle d'essayage. À une quincaillerie, deux rues plus loin, il a acheté un coffre à outils métallique et une paire de pinces coupantes. Il a payé comptant aux deux endroits — pas question de laisser une trace de crédit jusqu'à ce qu'il soit officiellement de retour parmi les vivants.

Empire était situé en bordure de la zone d'abattage, dans un édifice gris de cinq étages, qui avait au moins cent ans. Le quartier comprenait encore des abattoirs sur le côté ouest, mais la plupart des vieux entrepôts étaient convertis en lofts coûteux et en bureaux luxueux. Cependant, malgré les loyers élevés, il y avait encore assez de sang dans les rues pour donner à l'air une odeur métallique quand le vent venait du port.

L'idée de gagner l'accès des studios Empire sans prévenir était venue en écoutant Grace décrire le penchant d'Adam Berman pour briser les choses. Cape supposait que quelqu'un devait venir les réparer.

Entrer dans le hall d'Empire donnait l'impression de monter dans une machine à voyager dans le temps. Après avoir passé la façade vieille d'un siècle, on entrait dans le Hollywood moderne, une attaque visuelle de lumière et de bruit. Le mur derrière le bureau de la réception était dominé par un grand écran plat montrant une boucle continue de bandes-annonces des films d'Empire, nouveaux et anciens. De chaque côté du bureau se trouvaient des palmiers nains, qui semblaient bien plus grands que leurs quatre mètres et demi de hauteur dans l'espace clos. Derrière le bureau se trouvait une femme qui devait avoir été jadis magnifique, avant que sa compulsion du piercing ne devienne incontrôlable.

Cape a grimacé involontairement alors qu'elle souriait, chaque sourcil entouré de quatre anneaux d'argent, sa lèvre inférieure encerclée d'un anneau d'or, et son nez percé d'une dormeuse à diamant. Cape ne pouvait pas compter le nombre de tiges et d'anneaux dans ses oreilles, mais il a réussi à apercevoir non pas une mais deux boules dorées qui dépassaient sur sa langue.

— Bien-fenue à Em-pah, dit-elle, luttant avec les *v* et les *r* pour des raisons manifestes. Puis-che fous aider ?

Cape a souri, gardant sa langue pour lui-même.

— Je suis ici pour réparer le téléphone de monsieur Berman, dit-il, levant sa boîte à outils.

Dans sa combinaison bleue usée, il était l'image vivante d'un réparateur.

— Enco-we ? demanda la pelote à épingles humaine.

Cape a acquiescé.

— C'est la troisième fois cette semaine, je crois.

— D'ac-cow, je dois félé-phoner, dit-elle.

Cape a hoché la tête, un regard désolé sur le visage.

— Appeler qui ? Le téléphone de monsieur Berman est brisé.

— La sécu-fité, répondit-elle.

Cape a haussé les épaules et s'est appuyé contre le bureau.

— Je pense qu'il peut attendre.

La fille a hésité, le téléphone à mi-chemin vers son oreille. Ses yeux se dilataient de peur à la perspective de faire attendre monsieur Berman pour quoi que ce soit.

— Cinquième étage, dit-elle, énonçant soudain clairement dans sa hâte de libérer les mots. Tournez à droite en sortant de l'ascenseur.

Avant que l'ascenseur n'ait atteint le dernier étage, Cape avait enlevé la combinaison et l'avait fourrée dans la boîte à outils. Il y avait seulement deux bureaux au quinzième étage, un bureau à chaque extrémité du couloir. Cape a tourné à droite. À la porte, il a glissé la pince coupante dans la poche de son pantalon et a déposé la boîte à outils sur le sol avant de tourner la poignée.

Adam Berman était assis derrière son bureau, feuilletant une pile de papiers reliés par un gros trombone. Probablement un scénario. Cape n'avait pas appris si Adam était le gros frère ou le grand, mais même de l'autre côté de la pièce, c'était évident.

— Alors, vous êtes le petit gros, dit Cape plaisamment.

Adam a levé les yeux, surpris, manifestement peu habitué à ce que des personnes se présentent à l'improviste dans son bureau.

— Qu'avez-vous dit ?

— J'ai dit que je suis ici pour réparer votre téléphone, dit Cape, s'avançant vers le bureau.

Adam a jeté un coup d'œil au téléphone, puis a regardé Cape de nouveau, contrarié.

— Quelqu'un l'a déjà fait, dit-il. Ce téléphone n'est pas brisé.

Cape a sorti les pinces et a coupé soigneusement le fil qui se trouvait derrière le téléphone.

— Maintenant, il est brisé.

Adam a ouvert et fermé la bouche comme un guppy, les yeux écarquillés d'incrédulité.

— Qui êtes-vous, bordel ?

Cape a déposé les pinces et a retroussé ses manches de façon théâtrale, reculant du bureau.

— D'accord, monsieur Berman, dit-il, écartant les bras, voici l'argument.

— Oh, putain, grommela Berman. C'est vraiment ce dont j'avais besoin — un taré de scénariste essayant de promouvoir un film. Je vais vous donner des points pour avoir eu un gros toupet — d'être entré ici en douce —, mais si vous ne tournez pas les talons d'ici une minute et que vous ne foutez pas le camp, je vais m'assurer que vous ne travaillerez *jamais* dans l'industrie du film.

— Voici l'histoire, dit Cape, imperturbable. Un producteur de premier rang se suicide en plein milieu d'un film en — écoutez bien cela — sautant du pont Golden Gate. Mais il ne s'est pas suicidé — *il a été assassiné !* Alors, le studio engage un détective privé très spécial pour faire la lumière sur toute l'affaire. Je pense que George Clooney pourrait jouer le rôle du détective. Ou peut-être un Bruce Willis plus jeune — comme à ses débuts dans *Clair de lune*. Ou peut-être Brad Pitt, avec la même attitude qu'il avait dans *L'inconnu de Las Vegas*, mais ayant l'air plus vieux….

Adam a plissé les yeux alors qu'il se redressait dans son fauteuil.

— Vous êtes ce détective que Grace a engagé ?

— Comment avez-vous deviné ?

Cape a baissé les mains.

— Vous trouvez que je ressemble à Brad Pitt ?

— Je pense que vous avez l'air renvoyé, dit Adam, le visage rouge. Ils m'ont dit que vous étiez mort.

— C'est ce qu'ils ont dit au sujet d'Elvis.

Cape s'est assis sur l'une des chaises en face du bureau.

Adam s'est assis encore plus droit, ne pouvant croire que Cape se soit assis sans permission. Inconsciemment, il a tendu la main pour prendre le verre droit sur son bureau.

— Est-ce que j'ai dit que vous étiez renvoyé ?

Cape a acquiescé.

— Alors, qu'est-ce que vous faites encore ici, bordel ?

Cape a haussé les épaules.

— Eh bien, j'ai un autre client, dit-il simplement. Qui veut que je travaille sur la même affaire.

— Qui ? demanda Adam, se penchant vers l'avant.

— Normalement, je ne discute pas…

— *Qui ?* hurla Adam, les veines saillant de son cou.

— Votre frère, dit Cape, observant sa réaction.

Si Grace avait raison et que les frères ne se parlaient plus guère, il avait un certain avantage. Si elle se trompait, il aurait fini avant même d'avoir commencé.

Adam a cligné des yeux, sa bouche s'ouvrant et se refermant. Il était apoplectique. Il a fallu une minute entière avant que les mots franchissent ses lèvres, et encore, ce n'était qu'un murmure étranglé.

— Vous êtes... un... homme... mort.

Cape a tendu le bras et a pris le verre droit de la main d'Adam, puis il s'est levé et il s'est dirigé vers le buffet. Levant le verre dans la lumière, il a aperçu un résidu doré au fond du verre et a deviné qu'il s'agissait de bourbon. Versant un nouveau verre, il l'a placé devant Adam, qui a enroulé par réflexe les doigts autour du verre.

— Détendez-vous, Adam, dit Cape d'une voix rassurante. Je suis déjà mort, vous vous souvenez ? Parlons d'autre chose.

Adam a jeté un coup d'œil furtif au téléphone brisé, puis à la porte derrière Cape. Il n'y avait pas moyen de fuir. Ses yeux sont revenus se poser à contrecœur sur le détective. Il a avalé d'un trait la moitié du verre.

— Je n'ai rien à vous dire, dit-il lentement, sauf *tenez-vous loin de mes affaires*. Cela signifie que vous pouvez enquêter sur tout ce que vous voulez, mais ne faites pas l'imbécile avec ma production, ou mon horaire, ou mes producteurs. Je me fiche complètement de combien de cadavres s'accumulent, tant et aussi longtemps qu'ils ne m'empêchent pas de tourner.

— C'est une opinion tellement compatissante, dit Cape. Je suis certain que la presse aimerait...

— C'est une autre chose, cracha Adam, enfilant de nouveau l'alcool. Depuis que vous êtes apparu, la presse a été sur moi comme des mouches sur de la merde.

— Vous craignez que la mauvaise publicité puisse nuire à la vente ?

Les yeux d'Adam se sont écarquillés, puis se sont rétrécis de nouveau rapidement. Il a terminé de boire son verre.

— Quelle vente?

— Quel sens de l'humour vous avez, dit Cape. La vente des studios Empire, bien sûr.

— Qui vous en a parlé? demanda Adam.

Cape a fredonné un air familier avant de répondre.

— *It's a small world, after all*, dit-il plaisamment.

— Bon sang.

Adam a déposé bruyamment le verre vide. Il s'est avachi dans son fauteuil et a expiré comme s'il était un ballon qui se dégonflait lentement.

Cape a pris le verre sans difficulté et il est retourné au buffet. Adam l'observait, muet, les yeux mi-clos et rouges. Quand Cape a remis le verre plein dans la main d'Adam, il s'est redressé un peu, clignant des yeux. Il a bu une gorgée et a toussé. Cape l'a laissé assis là pendant quelques instants avant de poursuivre.

— Écoutez, monsieur Berman, dit Cape doucement. Je ne suis vraiment pas en train d'essayer de faire foirer quoi que ce soit pour vous. Ce n'est pas mon intention, de toute façon.

Adam s'est détendu physiquement, mais l'hostilité dans ses yeux est demeurée. Cape a foncé.

— Et je n'en ai vraiment rien à foutre si vous et votre frère voulez vendre la compagnie.

Adam a commencé à dire quelque chose, puis il a hésité. Son regard se déplaçait entre Cape et le verre dans sa main.

Cape avait été détective assez longtemps pour savoir ce que cela voulait dire quand quelqu'un détournait le regard.

— Est-ce que votre frère sait que vous projetez de vendre la compagnie?

Adam a secoué la tête comme pour s'éclaircir les idées. Il a respiré profondément par le nez, puis a expiré bruyamment. Quand il a parlé, sa voix avait retrouvé un peu de son timbre antérieur, sauf que maintenant elle résonnait d'un charme convenu plutôt que d'hostilité. Son marmonnement avait disparu avec son verre.

— Je ne crois pas que cette vente hypothétique, dont vous parlez, ait quelque chose à voir avec votre enquête, dit-il. N'est-ce *pas*?

Cape a souri, l'image de la raison.

— Honnêtement, je ne sais pas. Mais si vous *étiez* en train d'essayer de vendre la compagnie, je ne pense pas que vous voudriez qu'un acheteur potentiel découvre qu'un de vos producteurs faisait le trafic de la drogue... n'est-ce *pas*?

Adam a levé la main droite, mais s'est interrompu avant que cela ne devienne un geste de colère. Sa main s'est plutôt agitée de façon méprisante.

— La drogue, dit-il. J'*abhorre* la drogue.

— Alors, vous dites que Tom agissait seul?

— Tom?

— Votre producteur, dit Cape. Celui qui est tombé en bas du pont.

— Tom, dit Adam en hochant la tête. Une véritable tragédie.

— Il a travaillé longtemps pour vous.

— Vraiment ?

— D'après Grace.

Au son du nom de la productrice, les yeux d'Adam se sont durcis, mais il a fait un large sourire.

— Grace est une sacrée productrice, dit-il chaleureusement. Mais elle est un peu, eh bien, *proche* de la situation, si vous voyez ce que je veux dire.

— Parce qu'elle et Tom étaient impliqués ? demanda Cape sans ambages, laissant savoir à Adam que les commérages ne le distrairaient pas. Lui laissant savoir que ce n'étaient pas des nouvelles.

Adam a ri vulgairement.

— D'accord, alors vous *êtes* détective.

— Cessez de raconter des conneries, Adam. Quel est le problème concernant la vente ?

Adam s'est reculé dans son fauteuil, puis il s'est avancé de nouveau alors qu'il parlait.

— J'adore mon frère, dit-il posément, regardant Cape dans les yeux, mais il est un moulin à paroles prétentieux. Il pense que nous faisons de l'art.

— Que faites-vous ?

— Moi ? demanda Adam. Je suis dans l'industrie du film — j'ai perfectionné l'art de mettre les culs dans des sièges. C'est le seul *art* qui m'intéresse.

— Remplir les cinémas, dit Cape. De grands succès auprès du box-office.

— Absolument, dit Adam, donnant un coup de poing sur le bureau. Tu veux de la *haute couture,* va voir une pièce de théâtre. Tu veux quelque chose de simple et d'amical, reste à la maison et regarde la télévision. Les films devraient être des *événements*. Les films devraient être *gros* — grand écran, grandes vedettes, grand week-end de première, grand succès auprès du box-office. Gros, gros, *GROS* !

— Ça fait beaucoup de gros.

— Quand il est question de films, répondit Adam, ça ne peut pas être assez gros. Quiconque dit que la grosseur n'a pas d'importance n'a jamais travaillé dans l'industrie du film.

— Et votre frère n'est pas d'accord ?

— Vous pouvez prendre toutes les statuettes et les prix que mon frère accumule pour ses films et les vendre dans une vente-débarras, en ce qui me concerne.

Cape avait remarqué les statuettes et les trophées éparpillés autour de la pièce. Un mur était dominé par des étagères de bois placées derrière des vitres, chacune de ces idoles d'argent et d'or accentuée par une plaque avec le titre et l'année du film correspondant. Adam pensait peut-être ce qu'il disait, ou peut-être que quelqu'un d'autre avait placé les statuettes ici. Cape a scruté les plaques et n'a pas vu un seul prix pour la conscience de soi.

— Vous dites que les critiques et les remises de prix n'ont pas d'importance pour le studio ? demanda-t-il.

La bouche d'Adam s'est tordue avec dédain.

— Le seul véritable concours de mesurage de bite entre les studios a rapport avec le montant du bénéfice brut de leurs films à la fin de l'année. Qui a obtenu le plus d'argent à placer dans le prochain film. *C'est ainsi* que vous attirez de grandes vedettes. *C'est ainsi* que vous réussissez à faire d'autres films. C'est une loterie, pure et simple.

— Et vous voulez gagner.

— Nous avons gagné.

Adam a martelé de nouveau le bureau.

— Nous avons prouvé que nous pouvons faire concurrence à ces enculés de Hollywood.

— Pourquoi vendre dans ce cas ?

Adam a hoché la tête pour lui-même, se balançant un peu dans son fauteuil comme pour prendre son élan. La réticence qu'il avait manifestée quelques minutes auparavant s'était évaporée dans le feu de la discussion. Il était au milieu d'une tirade, et rien n'allait l'arrêter.

— Les films coûtent de l'argent, expliqua-t-il. Les *gros* films sont une affaire de *gros* sous.

— D'accord.

— Vous savez combien d'argent ?

— De gros sous ? proposa Cape.

— Exactement, dit Adam, hochant la tête. *De gros sous.* Ce film d'astéroïde que nous faisons coûte presque deux cents millions de dollars, et c'est *avant* les frais de marketing et de distribution. Les effets spéciaux à eux seuls coûtent presque cinquante millions — il en coûte presque dix millions simplement pour détruire San Francisco.

Cape a levé les sourcils.

— Vous détruisez San Francisco ?

— Bien sûr, dit Adam, agitant la main. Ce n'est pas un problème — les types de Industrial Light & Magic font le graphisme informatique. C'est seulement dix secondes à l'écran, mais c'est crucial pour l'histoire, alors on doit payer. Dans le dernier film, nous avons détruit Paris — c'était génial.

Cape se rappelait la scène — les gargouilles de Notre-Dame regardant un paysage apocalyptique.

— J'avais oublié que vous aviez détruit Paris.

— Absolument, dit Adam, souriant. Les Français étaient furieux, je vous jure. Après que nous ayons fait sortir le film dans le monde entier, les Français ont commencé à écrire une pétition pour que le film soit interdit. Bien sûr, la publicité a fait courir des foules d'Allemands et d'Anglais dans les cinémas. J'ai entendu dire que le public applaudissait quand l'astéroïde faisait griller les Champs-Élysées. Nous avons battu le record de Londres pour les recettes au guichet — c'était génial.

— Vous parliez des coûts, rappela Cape, et de la vente.

— C'est juste, dit Adam. Alors, comme je disais, les films sont coûteux. Pour faire celui-ci, j'ai dû supplier, emprunter et voler.

— Dans quel ordre ?

Adam a plissé les yeux, puis a adressé à Cape un petit sourire.

— Vous êtes un type comique, dit-il.

— Alors, comment avez-vous obtenu l'argent ?

— C'est le point essentiel, dit Adam. Chaque fois que vous faites un film, c'est risqué, et les enjeux sont considérables. Si le film est un succès, tout le monde s'enrichit. Si c'est un bide, nous parlons de beaucoup d'argent qui est jeté tout droit par les fenêtres, sans mentionner la réputation de plusieurs personnes qui se prennent très au sérieux.

— Je ne suis pas certain que vous ayez répondu à ma question, dit Cape d'un ton sympathique.

— Calmez-vous, dit Adam. Étant donné que c'est risqué et qu'il y a trop de personnes là-bas avec ce genre d'argent, c'est différent pour chaque film. C'est une grande partie de mon travail.

— Collecter des fonds.

— Trouver des investisseurs pour financer les coûts de production.

— Où les trouvez-vous ?

— N'importe où, dit simplement Adam. Sous une roche, si je dois le faire. C'est parfois un riche excentrique qui veut vivre une expérience reliée à Hollywood, d'autres fois, c'est une grande société qui cherche un placement de produit dans le film. Nous avons même avancé l'argent nous-mêmes ou partagé les coûts avec un autre studio.

— Ça semble compliqué, dit sympathiquement Cape.

— C'est emmerdant, dit Adam avec emphase. Et c'est la raison, espèce de fouineur de fils de pute, pour laquelle je veux vendre la compagnie.

Malgré le langage grossier, le ton d'Adam était relativement courtois. Cape a réalisé que c'était devenu une conversation d'affaires pour lui, rien de personnel. Adam Berman se trouvait sur une tribune improvisée, se représentant lui-même à la cour de l'opinion publique. Cape venait d'entendre le brouillon du communiqué de presse. Il était étonné de la capacité de passer brusquement d'une humeur à l'autre, de la lumière à l'obscurité et ainsi de suite, sans presque aucun signe d'avertissement physique. Observant le verre à moitié vide dans la main de Berman, il a conclu que ce n'était pas seulement l'alcool. Ce type était l'illustration parfaite de la distribution principale pour un stéréotype d'Hollywood — le cadre pompeux d'une grande production. Adam était tellement perdu dans le rôle qu'il avait oublié la façon dont les gens normaux se comportaient.

Cape a décidé qu'il était temps de le ramener à l'ordre.

— Alors, si vous vendez, quelqu'un d'autre peut prendre la note. Vous devez vous remettre à penser à faire des films.

Adam a claqué des doigts et l'a pointé.

— Bingo! La grosse société de médias obtient le prestige de posséder un premier studio de cinéma, et nous obtenons le grand chéquier corporatif pour financer la production du prochain film d'astéroïde ou de n'importe quel film que nous décidons de tourner après cela.

— Alors, vous voulez que je sois discret.

— Je veux que vous partiez, dit Adam, mais manifestement, ça n'arrivera pas, pas si mon cher frère vous veut dans les parages. Merde, je ne peux même pas vous faire sortir de mon bureau.

Cape a haussé les épaules.

— C'est de l'inertie.

— Il vaut peut-être mieux que vous examiniez cela plutôt que la police. Peut-être que cette *sal*...

Il s'est interrompu, péniblement.

— Peut-être que Grace avait raison par rapport à cela.

— Les flics *examinent* cela.

— C'est ce qui m'inquiète, dit Adam, se frottant le menton. Ils vont s'agiter sans résultat, de la façon dont le font les flics, et ils vont foutre en l'air mon horaire. À moins que vous trouviez quelque chose en premier lieu — alors, peut-être qu'ils perdront leur intérêt pour l'affaire et qu'ils retourneront manger des beignets.

— Est-ce que cela veut dire que vous n'allez pas me renvoyer ?

Adam a hoché la tête, soudainement magnanime.

— Vous avez de l'audace, dit-il. Je pourrais en utiliser ici. Et d'ailleurs, nous sommes une entreprise familiale — vous êtes un des nôtres, je suppose.

— Ça alors, dit Cape, sachant que le sarcasme ne serait pas indiqué.

— Êtes-vous juif ? demanda Adam. Harry et moi, nous sommes juifs. Ce n'est pas que ça compte beaucoup, mais c'est toujours agréable de travailler avec un autre membre de la tribu, vous voyez ce que je veux dire ?

— Je suis circoncis.

— Ça fera l'affaire !

Adam a plaqué la main sur le bureau.

— Bienvenue dans la famille Empire.

Cape s'est levé.

— Merci, monsieur Berman, dit-il, reculant lentement du bureau.

Il pensait qu'il valait mieux partir sur une bonne note.

— Je ne vous laisserai pas tomber.

Adam a hoché la tête d'un air absent alors qu'il caressait le verre vide dans sa main et fixait stupidement son bureau.

Cape était à la porte.

— Avez-vous besoin d'autre chose ?

La tête d'Adam a pivoté de côté. Il a froncé les sourcils alors qu'il fixait son bureau, comme s'il essayait de se rappeler quelque chose. Quand il a jeté un coup d'œil à Cape, ses yeux paraissaient vitreux une fois de plus.

— Ouais, dit-il. Faites venir quelqu'un ici pour réparer mon téléphone, d'accord ?

<u>30</u>

ANGELO SE DEMANDAIT SI UNE LANGUE PERCÉE était vraiment plus agréable durant le sexe oral.

Flânant dans le vestibule avec la tasse de café qu'il avait achetée au coin, il a poussé ses lunettes de soleil sur sa tête afin de pouvoir établir un contact visuel avec la réceptionniste alors qu'il traversait vers les ascenseurs. Il pensait qu'une semaine supplémentaire de contact visuel entendu suffirait pour qu'elle accepte de lui faire une pipe dans son bureau.

— Hé, sa-wu, *An-ye-woh*, dit-elle chaleureusement, la lumière scintillant sur le métal de son visage.

« Bon sang, cela devait faire mal quand ils transperçaient la chair, et que faisait-elle à un aéroport ? Ce devait être une fouille à nu chaque fois. »

— Salut, Celene, dit Angelo, baissant la voix d'une octave pour annoncer sa virilité. Que se passe-t-il ?

— Pas grand-chose, répondit-elle, souriant largement parce qu'elle avait dit quelque chose qui n'avait pas l'air d'un exercice de diction.

Angelo a interprété son expression comme du désir à l'état pur.

— Ce type pour le téléphone est ici.

Angelo s'est interrompu à mi-chemin.

— Quel type pour le téléphone ?

— Pour wé-pa-wer le té-yé-phone de *monsieur Bew-man*, dit Celene non sans hésitation.

— J'ai fait réparer ce téléphone hier, dit Angelo pour lui-même autant que pour n'importe qui.

Puis, se retournant vers la réceptionniste, il a demandé à quoi ressemblait le type.

Celene a souri avec espoir.

— Il était plutôt mignon.

Angelo s'est renfrogné.

— Et la sécurité s'en est occupée ?

Celene a blêmi, les anneaux dans ses sourcils, son nez et ses lèvres vibrant avec anxiété. Avant qu'elle n'ait pu dire quoi que ce soit, Angelo lui a parlé sèchement.

— Tu me fais marcher, bordel. Tu n'as pas appelé la sécurité ?

Celene a regardé sa rangée de téléphones, espérant qu'ils se mettent à sonner.

— Il est là-haut en ce moment, sans escorte ?

Celene a levé les yeux et a haussé les épaules.

— Il a *tit* que le cé-wé-phone était bri-ché.

Angelo l'a dévisagée pendant une minute entière avec un dédain manifeste jusqu'à ce qu'il sente de la sueur froide dégouliner le long de son dos, son imagination se déchaînant à la pensée de qui pouvait bien se balader en haut. Subitement, cette pipe semblait remarquablement loin.

Sans un autre mot, Angelo s'est tourné et a couru vers les ascenseurs.

31

L<small>E BOUTON LUMINEUX SUR L'INTERPHONE</small> fixait Cape comme un œil impassible, le défiant de faire le premier mouvement.

Cape avait laissé Adam Berman seul avec son verre vide, puis avait marché jusqu'à l'autre bout du couloir, hésitant seulement un bref instant devant l'ascenseur. Même s'il avait été adopté comme le nouveau membre de la famille Empire, il doutait qu'Adam se souvienne d'avoir dit cela, sans parler de l'admettre. Cape estimait qu'il avait été dans l'édifice au moins vingt minutes, si ce n'était pas trente. Il allait un peu trop loin s'il voulait éviter une confrontation avec la sécurité.

Avec un dernier regard par-dessus son épaule, il a appuyé sur le bouton.

Rien n'est arrivé. Pas de sonnerie ni de carillon n'ont retenti de l'autre côté de la porte. Il espérait entrer comme il l'avait fait avec Adam, sans invitation. Il a essayé la poignée de la porte, mais elle était fermée à clé. Se penchant plus près de l'interphone, Cape a appuyé de nouveau sur le bouton, parlant clairement dans le microphone.

— C'est Avon.

Silence. Cape est resté immobile pendant quelques secondes, se demandant s'il aurait dû prétendre être le représentant des produits ménagers Fuller, mais il a craint de devoir se donner rendez-vous lui-même. Il songeait au *parement d'aluminium* pour son rôle suivant quand il a entendu le déclic du loquet d'une porte électrique.

Harry Berman souriait placidement à partir de son écran. Cape a fait un petit pas vers l'arrière, essayant de mettre le visage dans une quelconque perspective. Malgré les descriptions de Grace, la première rencontre avec le visage flottant était déroutante. Les yeux gigantesques ont cligné alors que Harry considérait calmement son visiteur, donnant à Cape la sensation embarrassante que le mur était secoué dans un tremblement de terre.

— Asseyez-vous, détective, dit Harry, les graves des haut-parleurs se réverbérant sur la poitrine de Cape.

Cape a scruté la pièce alors qu'il prenait un fauteuil à une bonne distance de l'écran. Un mur était tout en fenêtres, bien que les stores aient été tirés, cachant ce que Cape imaginait être une vue du port de New York, si ses repères étaient exacts. Les autres murs étaient nus, lambrissés d'un bois sombre qui semblait coûteux, à l'exception du mur qui faisait face à Cape, qui bougeait de nouveau.

La tête énorme de Harry a pivoté de gauche à droite comme s'il suivait la tournée visuelle du bureau qu'effectuait Cape. Le mouvement a donné le vertige à Cape. Il était ravi d'être assis.

— C'est assez spartiate, je suppose, dit plaisamment Harry. Je ne suis pas là pour l'astiquer.

— Où êtes-vous ? demanda Cape, examinant la scène derrière la tête géante de Harry.

Des bateaux à voiles naviguaient dans des eaux agitées au large d'une côte accidentée, l'horizon fuyant de chaque côté.

— Un endroit sûr, répondit Harry. Un endroit agréable.

— Sûr par rapport à quoi ? demanda Cape, prenant soin de regarder la caméra au-dessus de l'écran. Ou devrais-je dire par rapport à qui ?

Harry a souri, mais ses yeux paraissaient infiniment tristes.

— Connaissez-vous beaucoup de choses au sujet de la sociophobie, monsieur Weathers ?

Cape a hoché la tête.

— Pas vraiment, répondit-il. Il s'agit de la peur des situations sociales, du contact interpersonnel — n'est-ce pas ?

— Dans la plupart des cas, oui, dit Harry en hochant la tête.

Cape commençait à s'habituer au mouvement. C'était comme être en mer, à bord d'un bateau de pêche. Une fois qu'on s'habituait à l'échelle et au mouvement, l'estomac se calmait.

— Mais pas dans votre cas ? demanda Cape.

— Mon cas est un peu plus… *extrême*, je suppose.

— Vous me semblez parfaitement à l'aise, dit Cape, essayant d'avoir l'air sincère.

— Oh, je le suis, dit Harry, souriant. Mais si vous deviez venir ici — ou si je devais me rendre là-bas, eh bien…

Ses propos sont restés en suspens, résonnant dans la pièce.

— Vous seriez mal à l'aise.

— Paralysé, corrigea Harry. Absolument figé par l'anxiété. Incapable de parler.

— Ce doit être difficile pour quelqu'un dans l'industrie du film.

— C'était ravageur, dit Harry en hochant la tête.

Cape a résisté à l'envie de hocher la tête avec lui, la force du mouvement tellement fascinante.

— Mais j'avais déjà acquis ma réputation dans l'industrie à ce moment-là, et j'avais toujours des relations. Je ne suis pas le premier magnat des médias à diriger son empire par téléphone. Toute la satanée industrie n'est qu'un groupe de personnes qui bavassent avec leur téléphone cellulaire.

— Alors, ça ne vous a pas empêché de diriger Empire?

Harry a hoché la tête.

— C'est tout à fait le contraire, répondit-il. Cela m'a donné… de la perspective. Je peux regarder les choses à distance, à la fois littéralement et métaphoriquement parlant.

— Je pensais que vous pouviez vous cacher de quelqu'un, dit Cape. Quelqu'un en particulier.

— Vous avez quelqu'un à l'esprit?

Cape a haussé les épaules.

— J'espérais que vous me le diriez. Je pourrais vous aider à les trouver avant qu'ils ne vous trouvent.

— Personne ne me cherche, dit Harry catégoriquement. Et personne ne peut me trouver.

Cape a examiné le littoral une fois de plus alors que Harry rompait le contact visuel. Quelque chose par rapport à l'eau, la façon dont la vue semblait trop grande pour la fenêtre. Le sentiment que vous étiez assez haut, pas dans une maison sur le bord de la plage. Il a ramené son regard vers la caméra.

— On s'est certainement ennuyé de votre présence.

Harry a plissé les yeux, puis ils se sont élargis de nouveau alors que le sourire revenait.

— Vous parlez de mon frère, n'est-ce pas, monsieur Weathers ? Ou devrais-je vous appeler Cape ?

— Cape est très bien, merci.

— C'est un nom inhabituel, dit Harry d'un ton jovial. C'est un nom de famille, ou c'est le diminutif de quelque chose ?

— *Capable* — mes parents voulaient m'inculquer la confiance à un jeune âge.

Harry s'est mis à rire, le son comme des timbales dans les limites du bureau.

— Comme c'est rafraîchissant de rencontrer quelqu'un avec le sens de l'humour.

— Vous êtes la première personne à le remarquer, dit Cape. Et vous avez raison, je voulais prendre des nouvelles de votre frère. Il semble qu'il dirige les affaires ces jours-ci.

Harry a hoché la tête.

— Ça semble être le cas, n'est-ce pas ? Mais dans votre profession, vous devez certainement savoir que les choses ne sont pas toujours comme elles le semblent.

Cape a haussé les épaules.

— Vous n'avez pas fait de film depuis longtemps.

— C'est vrai, dit Harry. Ma situation m'a éloigné des joies quotidiennes de la production, mais il y a d'autres choses qui réclament mon attention. Les relations du studio avec certains acteurs, critiques, distributeurs et propriétaires de cinémas, par exemple. Je passe des heures au téléphone chaque jour pour entretenir ces contacts.

— Adam reste certainement occupé durant votre, hum, absence, dit Cape. Il a empilé un film après l'autre, chacun plus gros que le précédent.

— Notre entreprise en est une de collaboration, répondit Harry. Mon frère apporte l'ambition, et j'apporte l'art. Ensemble, nous avons prouvé qu'Hollywood peut exister en dehors de Los Angeles.

— Est-ce pour cette raison que vous avez créé Empire ? Pour prouver quelque chose ?

Harry a ri de nouveau.

— Vous êtes direct, n'est-ce pas ? dit-il aimablement. Je dois dire que j'aime ça. Oui, je suppose que c'est vrai. Mon frère était sur la liste noire à Hollywood, saviez-vous cela ?

— Non, je ne savais pas.

— Vraiment.

Harry a hoché la tête jusqu'à ce qu'une main géante apparaisse brièvement et frotte son menton.

— Il travaillait pour un des grands studios — il n'importe pas de savoir lequel —, ils sont tous pareils. Il avait été promu rapidement. Lisant les scénarios, prenant en main le développement. Il était attaché à plusieurs projets importants.

— Que s'est-il passé?

— Il a couché avec une collègue de travail, une autre jeune productrice.

— Et alors? demanda Cape. Est-ce que cela n'arrive pas tout le temps à Hollywood?

— Bien sûr que ça arrive, mais cette jeune productrice était engagée à la tête du studio.

— Oups.

— Vous avez une disposition pour la compréhension, Cape, dit Harry. Mon frère a baisé avec la mauvaise femme, et en échange, nous avons été baisés.

— Nous?

— Le chef du studio nous a poursuivis tous les deux, expliqua Harry. C'était personnel, et il était très puissant. Vous connaissez l'expression « vous ne travaillerez plus dans cette ville »?

— Il le pensait.

— Hollywood est une petite ville, dit Harry. Il savait que nous étions des frères, et il a décidé d'éliminer toute la famille. Je travaillais pour un autre studio et j'avais déjà deux petits films, encensés par la critique, à mon actif. J'avais de bonnes relations avec quelques acteurs. J'allais quelque part, mais cela ne s'est pas passé comme ça — une aventure plus tard, et nous étions à la rue. Au revoir Hollywood, bonjour New York.

Cape a cherché sur le visage projeté de Harry des signes de remords ou de colère, mais il n'en a trouvé aucun.

— Étant donné que c'est votre frère qui a laissé sa braguette ouverte, vous semblez assez bienveillant au sujet de toute l'affaire.

Harry a froncé momentanément les sourcils, puis a regardé Cape avec une expression sombre.

— J'aime mon frère, mais il est un enfant. Un garçon impétueux qui a consacré sa vie à gagner un jeu qu'il ne comprend pas. Il est brillant, à sa façon, mais il a besoin de la supervision d'un adulte.

— Vous dites que vous êtes encore responsable, suggéra Cape. Et pas déconnecté.

Le mur s'est soulevé de nouveau alors que Harry souriait, puis il s'est replacé.

— Faites-vous référence à la *vente* des studios Empire, détective?

— Je le fais?

— Comme c'est discret de votre part de ne pas simplement le dire franchement.

— Alors, vous êtes au courant?

Harry a ri, bruyamment cette fois. Cape a saisi inconsciemment les bras du fauteuil.

— Au courant? demanda Harry. Pourquoi, Cape — *j'ai pris des dispositions pour cela.*

Cape a regardé de près les yeux immenses sur l'écran et a hoché la tête pour signifier qu'il comprenait.

— Vous avez tous les contacts de l'industrie.

— Mon frère ne passe pas beaucoup de temps dans les parcs d'attractions, dit Harry. Il a peur des souris.

— Pourquoi vendre?

— Adam ne vous a pas expliqué cela? Pour l'argent, bien sûr.

— Mais le contrôle du studio. Vos films…

— Sont ma contribution, dit Harry. Je me moque que quelqu'un aille voir mes films les week-ends de première —

je veux savoir que les gens regarderont mes films dans dix ou même cent ans.

Cape est resté silencieux, attendant la chute.

— Mais moi-même, je dois admettre que la vision artistique ne paiera pas le loyer, poursuivit Harry. Et même pour mes prétendus *petits* films, le loyer est considérable. Maintenant que notre studio peut attirer les plus grands talents, la qualité de nos films a augmenté considérablement.

— Tout comme les budgets.

— Un petit film coûte plus de dix millions de dollars, dit Harry. Et cela suppose que tous les acteurs aient une diminution de salaire, parce qu'ils veulent faire le film, peut-être gagner un prix. Les gros films — les créations de dessins animés de mon frère — coûtent une fortune. Ils avaient l'habitude de générer assez d'argent pour nous permettre de mener à bien la production suivante, mais trouver les investisseurs individuels pour soutenir chaque film est devenu... intenable.

— Donc, vous avez donné le signal pour que les grandes sociétés de divertissement sachent qu'Empire était à vendre.

— Bien sûr, mais ne le dites pas à Adam. Il est plus productif quand il pense qu'il est responsable. Après qu'il ait commencé à recevoir des appels, il a agi comme si c'était son idée.

— Pourquoi ne lui avez-vous pas dit vous-même?

Harry a soupiré, ce qui a incité Cape à se pencher en arrière dans son fauteuil alors que le mur semblait s'étendre vers l'extérieur.

— Mon frère et moi, nous ne nous parlons pas.

— Pourquoi ? Vous semblez être d'accord par rapport à la vente.

— Nous sommes d'accord sur presque tout, quand il est question d'affaires, dit Harry. C'est l'art qui nous a séparés. Mon frère est amer et cela ne changera pas. Il est obsédé par la grandeur, par l'argent. Il croit que je pense qu'il est un écrivailleur, dépourvu de sensibilité artistique. Et je suppose qu'il a raison.

— Vous êtes frères.

— Cela empire seulement les choses, dit Harry. La rivalité entre frères à une échelle colossale. C'est pourquoi nous travaillions si bien ensemble au début — de la compétition d'enfant appliquée aux affaires du cinéma. Mais quand nous avons commencé à mesurer notre succès différemment, quand les critiques et la presse ont commencé à privilégier mes films par rapport aux siens, alors la tension sous-jacente est devenue trop grande. Il y a deux ou trois ans, cela a atteint un point critique. C'est à ce moment-là que j'ai perdu mon frère — pour l'avidité d'Hollywood.

— Mais vous voulez tous les deux l'argent de la vente.

Harry a hoché la tête.

— Pour des raisons différentes, Cape. Des raisons très différentes. L'injection de capitaux nous libérera tous les deux pour poursuivre nos propres intérêts, sans être dépendants de cette relation symbiotique entre ses films et les miens. Je ne compterai plus jamais sur lui pour l'argent, et il ne sera pas sous l'ombre de mes films avec les critiques.

— Vous allez diviser Empire en deux sociétés différentes, dit Cape. Et vous avez besoin de quelqu'un pour financer votre séparation d'avec votre frère.

— En ce moment, nous sommes des frères siamois qui ont grandi pour se haïr, liés aux hanches. L'acheteur de notre studio est le chirurgien, et son argent est le scalpel.

Harry a déplacé sa tête de côté pour dévoiler du brouillard à l'horizon. Les voiliers avaient disparu et l'eau semblait agitée.

— Vous voulez qu'Adam pense qu'il est celui qui négocie l'affaire.

Harry a acquiescé.

— Je ne sais pas s'il a abandonné toute l'affaire, mais il a certainement semé la pagaille, ne serait-ce que par sa hargne. Il ne pouvait pas supporter de savoir qu'il était le bénéficiaire de mes contacts, de mon influence. Il a essayé de conclure une affaire avec une autre société, simplement pour prouver qu'il pouvait s'en charger seul — cette attitude nous ayant coûté des mois, sinon des années de progrès.

— Mes lèvres sont scellées.

— Je considère cela comme allant de soi, détective.

— Mais pourquoi me l'avoir dit en premier ?

— J'ai le sentiment que vous auriez fini par le découvrir, répondit Harry. Vous semblez, eh bien… tenace.

— Entêté, en tout cas.

Cape s'est déplacé sur son siège, attendant que Harry se retire de nouveau de l'écran. « Du brouillard au-dessus des flots. » Cape avait vu ce panorama auparavant, en conduisant une voiture.

— Je crois qu'il faut être direct, dit Harry. On sait que l'on s'adresse à un homme de caractère, même si on le regarde à travers l'objectif d'une caméra.

— À propos, dit Cape, comment avez-vous su qui j'étais ? Je ne me suis jamais présenté.

Les yeux géants ont cligné, ne révélant rien.

— Vous n'êtes pas la seule personne débrouillarde impliquée dans cette affaire, détective. Je fais mes devoirs. Et pour être honnête, je ne reçois pas beaucoup de visiteurs.

Les yeux se sont déplacés vers la porte, puis sont revenus se poser sur Cape.

Cape a saisi l'allusion.

— Mais vous êtes probablement en retard pour une visite d'Angelo.

Harry a souri de nouveau.

— Un autre homme qui fait ses devoirs. C'est excellent. Ne vous faites pas de souci pour Angelo. Il est seulement un peu surprotecteur. Il oublie parfois pour qui il travaille.

— Ce doit être difficile, entre vous et votre frère.

— Le pauvre Angelo doit porter le poids de notre relation plutôt dysfonctionnelle. Je suppose qu'il se sent écartelé. Je pense parfois qu'il est plus facile pour Angelo de travailler pour lui-même plutôt que pour Adam ou moi.

— Je ne me fais pas de souci pour lui, mais je n'ai pas beaucoup de temps, dit Cape. Et je pense qu'il ne fera rien à part me faire perdre le mien, même si vous et votre frère êtes ceux qui me paient. Ce serait plus facile pour tout le monde, surtout pour Angelo, si nos chemins ne se croisaient pas.

Harry a gloussé de nouveau.

— Vous semblez certainement *capable*. J'ai hâte de voir votre progrès avec l'enquête.

— Moi de même.

Cape s'est levé et s'est dirigé vers la porte.

— Merci pour votre temps, monsieur Berman.

— Harry, retentit la voix amicale. J'ai toujours été simplement Harry.

— Eh bien, Harry, dit Cape, se tournant pour faire face à la caméra. Je me demandais seulement…

— Oui ?

— Êtes-vous à San Francisco ?

Cape a lancé cela sans préambule, examinant l'écran pour observer la réaction. Un regard vers la gauche, un coup d'œil vers le haut. Les pupilles se rétrécissant. *Rien.* Harry lui a adressé de nouveau un regard indéchiffrable, les yeux clignant lentement.

— Parce que, poursuivit Cape, ce panorama derrière vous, il ressemble à Sea Cliff, un quartier chic du côté nord de San Francisco. Des maisons de plusieurs millions de dollars au-dessus d'une falaise qui surplombe l'océan. Un quartier populaire auprès des célébrités, des athlètes professionnels et peut-être des types qui possèdent des studios de cinéma. Il n'y a pas de brouillard au-dessus de l'eau, comme c'est le cas derrière vous, à aucun endroit de la côte est, et à l'ouest, on n'en voit vraiment qu'au nord de la Californie.

Harry a souri gentiment.

— Ravi que vous soyez sur l'affaire, détective.

Cape pouvait capter un signe. L'entrevue était terminée. Il s'est tourné et est sorti dans le couloir, s'assurant que la porte se verrouillait derrière lui, avant de marcher promptement vers l'ascenseur. Il jetait un coup d'œil vers le bureau d'Adam Berman quand la porte s'est ouverte brusquement et qu'Angelo est sorti dans le couloir et a montré Cape du doigt, la bouche ouverte de frayeur.

Cape a su que c'était Angelo. Aucun gardien de sécurité qui se respecte n'aurait porté un costume comme celui-là, et il correspondait parfaitement à la description de Grace.

— Vous! hurla Angelo. Que faisiez-vous avec monsieur Berman?

Un *bip* discret a annoncé l'arrivée de l'ascenseur. Alors que les portes s'ouvraient, Cape est entré et s'est tourné pour faire face à Angelo, qui prenait d'assaut le couloir.

— Vous devriez aller voir Harry immédiatement, Angelo — je pense qu'il est furieux, dit Cape tandis que les portes commençaient à se fermer. Il avait le visage si rouge que j'ai dû ajuster la couleur *et* les contrastes sur son grand écran, mais ça n'a pas semblé aider.

Angelo a atteint trop tard les portes de l'ascenseur pour les empêcher de se refermer. Cape a aperçu un œil lugubre à travers l'espace qui se rétrécissait entre les portes tandis qu'Angelo martelait du poing contre le métal, son visage adoptant des couleurs qu'on ne pouvait obtenir sur aucun téléviseur, peu importe la grandeur de l'écran.

32

— JE POURRAIS VOUS TUER MAINTENANT, si vous vouliez.

Corelli attendait dans le bar du hall quand Cape est revenu à l'hôtel. Il avait obtenu une petite table près de l'entrée, en marge de la foule qui tourbillonnait autour du bar avec une énergie sexuelle déferlante et un besoin congénital d'être à la mode. Cape sentait que ses yeux allaient commencer à larmoyer d'une minute à l'autre à cause de toutes les phéromones qui se trouvaient dans l'air ambiant.

— Merci, en tout cas, dit Cape. Je suis déjà mort, vous vous souvenez?

— Je n'ai jamais rencontré quelqu'un aussi pressé de passer de mort à se faire tuer, dit Corelli. Je pensais que je vous épargnerais la peine de vous faire tuer par quelqu'un que vous ne connaissez pas.

— C'est vraiment délicat de votre part, mais je vais décliner votre offre. J'en déduis que vous m'avez trouvé un gangster?

Corelli a acquiescé.

— Si quelqu'un connaît les types auxquels vous avez eu affaire, c'est lui.

— Et il est disposé à parler ?

— Pas exactement.

— Qu'est-ce que ça veut dire ?

— Cela signifie que je ne sais pas.

— Vous ne lui avez pas parlé ?

— Il ne parlera pas aux flics, dit Corelli. Il ne leur fait pas confiance.

— Pourquoi me rencontrerait-il ?

— Parce que vous allez le rencontrer en premier.

— Est-ce une devinette ?

Corelli s'est renfrogné.

— Je ne peux pas vous présenter, mais je peux vous dire où le trouver. Le reste vous regarde.

Cape a hoché la tête.

— C'est d'accord.

Corelli a examiné Cape avant de continuer.

— Je veux que vous compreniez que vous allez être seul.

Cape a hoché la tête.

— Vous dites que vous n'avez pas la juridiction ?

— Je dis que personne ne la possède, dit Corelli, sauf les Russes. Le type dont je vais vous parler est à Brighton Beach.

— Brooklyn, dit Cape. Vous avez mentionné cela.

— Une communauté pittoresque d'immigrants besogneux, au bord de la mer, si vous voulez que je vous cite le guide touristique.

— Cela semble charmant.

— C'est le cas, dit Corelli, surtout à cette période de l'année. Et la plupart des gens y sont des perles. Mais c'est également un centre pour la *mafiya*, c'est pourquoi les plaques ne veulent pas dire grand-chose dans ce quartier.

— C'est d'accord — je n'en porterai pas.

— Je sais, dit Corelli. Avec votre attitude envers l'autorité, je ne suis pas surpris.

— Vous avez parlé avec mon professeur de troisième année, n'est-ce pas ?

— Je voulais simplement que vous compreniez l'environnement, petit malin.

— Ils sont venus vers moi au grand jour à San Francisco, Corelli, dit Cape. Ça ne peut pas être pire ici.

— C'est un bon point. Je pense que vous êtes foutu, de toute façon.

— Alors, qui dois-je chercher ? demanda Cape.

Corelli a voûté les épaules et s'est penché vers l'avant, les coudes sur la table, la caricature de quelqu'un sur le point de murmurer un secret.

— Le type que vous cherchez s'appelle « le Pôle ».

— Il est polonais ? demanda Cape plus fort qu'il avait prévu. Je pensais que la *mafiya* n'était pas un employeur qui favorise l'égalité des chances.

Corelli a hoché la tête avec impatience.

— Il s'appelle *le Pôle*, mais il est russe. D'Odessa, à l'origine — son nom véritable est Sergei Kovovich. Un salaud endurci. Il s'est fait tirer dessus dix fois, deux fois avec un fusil, et a survécu à trois bombardements. De tous les anciens dirigeants de la *mafiya* russe, il est celui qui est venu le plus près de diriger toute l'affaire lui-même.

— Alors, pourquoi l'appellent-ils le Pôle?

— C'est un de ces surnoms de gangsters, répondit Corelli. On le lui a probablement donné en prison — c'est un diminutif pour « pôle magnétique », parce que le type est magnétique.

— Il est *quoi*?

— Il a reçu tellement de chevrotines de plomb et d'acier dans le corps que les médecins n'ont pas pu les retirer toutes, répondit Corelli. Ils racontent que le plomb le tue à petit feu, par empoisonnement du sang, mais ils disent cela depuis des années. Les éclats d'obus et les fragments de balles se sont frottés les uns contre les autres depuis si longtemps qu'ils sont devenus magnétisés.

— Vous êtes sérieux?

Corelli a hoché la tête.

— Si vous vous approchez trop près de ce type, votre montre va s'arrêter.

— Je ne porte pas de montre, dit Cape, se rappelant son dernier échange avec Linda et Sloth.

— C'est aussi bien.

— Vous avez dit qu'il avait été le plus près d'unir la pègre, dit Cape. Pourquoi utiliser le passé?

— Il a pris sa retraite, dit Corelli. Je suppose qu'il était fatigué de se faire tirer dessus. Tous les autres chefs étaient jaloux de son pouvoir, alors après un certain temps, ils y sont allés à tour de rôle pour se débarrasser de lui. C'était presque devenu un rite de passage lorsque les gens s'élevaient dans l'organisation. La dernière attaque a tué sa femme. Le Pôle les a donc rassemblés et a partagé ses avoirs à condition qu'ils le laissent tranquille.

— L'ont-ils fait?

— Il est encore vivant, répondit Corelli, et personne n'a fait de coups contre lui, du moins à ce que nous avons vu.

— Cela semble incertain.

— J'ai vérifié avec quelques types de la brigade criminelle, et ils jurent qu'il est discret.

— Mais il est resté à Brighton Beach.

Corelli a haussé les épaules.

— C'est chez lui.

— Pourquoi ne pas retourner en Russie?

— Le type a passé quinze ans dans le goulag, répondit Corelli. Je ne pense pas que sa mère patrie lui manque.

Les deux hommes sont restés silencieux pendant une minute. Cape a demandé :

— S'il est à la retraite, pourquoi ne pas approcher quelqu'un de plus actuel?

— Pour deux raisons, dit Corelli. La première : quelqu'un qui est actuellement dans la partie ne parlera pas à quiconque ne fait pas d'affaires avec eux — ils vont tout simplement vous tuer en premier lieu, puis cacher votre corps avant même que vous puissiez vous présenter. Ainsi, à moins que vous soyez enclin à être une taupe et à faire des affaires avec ces types, vous êtes un étranger. Et si je ne me trompe pas, vous n'avez pas de temps.

— Raison numéro deux?

— Il y a une différence entre « à la retraite » et « hors de portée », dit Corelli. Les agents fédéraux avec qui j'ai parlé ont juré que le Pôle connaît *tout le monde*. Il est une icône pour les jeunes gangsters. Ils passent et lui présentent leurs respects, demandent ses conseils — ce genre de conneries. Donc, si quelqu'un connaît vos amis de San Francisco, c'est lui.

— Alors, quel est le risque ?

— Il est peut-être à la retraite, mais il est encore un type important. Cela signifie qu'il a de la protection. Je ne sais pas qui ni combien. Mais il ne sera pas seul, même si ça semble être le cas.

Cape a hoché la tête.

— Où puis-je le trouver ?

Corelli a poussé un morceau de papier chiffonné sur la table.

— Je vous ai dessiné un plan, dit-il, puisque vous êtes un touriste. Prenez le train F à la gare, près du pont Brooklyn, et allez jusqu'à Brighton Beach. Il y a un petit parc près du trottoir de bois. Le Pôle y joue aux échecs chaque matin pendant qu'il prend son petit déjeuner.

— Avec qui joue-t-il ?

— Avec lui-même, la plupart du temps, répondit Corelli. De temps en temps, quelqu'un le rejoint pour une partie, mais le reste du temps, il est assis là, en silence, déplaçant les pièces des deux côtés.

Cape a pris le plan et l'a mis dans sa poche.

— Merci, Corelli.

Il s'est levé, tendant la main. La poigne de Corelli était ferme, les yeux sérieux malgré le sourire.

— Il est possible que ce type ne soit pas bavard.

— Je sais.

— Alors, n'hésitez pas à partir. N'insistez pas.

— Bien sûr.

— Nous trouverons un autre type.

— Vous êtes toujours aussi protecteur ? demanda Cape. Vous devez avoir de jeunes enfants à la maison.

Corelli a ri.

— Un de quatre ans et un en route.

Cape a hoché la tête.

— Merci encore.

— Rappelez-vous, il ne sera pas seul.

— Ça va, dit Cape. Moi non plus.

33

Si vous voulez changer votre perspective, regardez simplement l'océan.

Harry Berman avait toujours cru que l'eau était curative. C'était presque spirituel. C'était la raison pour laquelle il possédait plusieurs propriétés au bord de l'eau dans le monde entier. Et cette vue particulière de l'océan était vraiment extraordinaire, surtout quand le brouillard affluait.

« Êtes-vous à San Francisco ? » Harry ne riait pas beaucoup ces jours-ci, mais la question du détective était tellement directe qu'elle en était comique. Engager le détective n'avait pas été l'idée de Harry — cet honneur revenait à Grace —, mais on ne pouvait pas nier la détermination de l'homme. Il se ferait peut-être payer par le studio, mais il travaillait pour lui-même. Pour la vérité. Il était manifestement un anachronisme, un imbécile entêté qui avait probablement regardé trop de films de Humphrey Bogart quand il était jeune.

Mais ne l'avons-nous tous pas fait?

L'océan déferlait tandis que des moutons dansaient sur l'eau, mais la vue ne changeait pas vraiment. Son impact était le même, peu importe l'heure du jour, aussi constant que la mer elle-même. D'une manière très semblable à l'influence de Harry, intacte en dépit du fait qu'il soit physiquement absent du studio. Si ça se trouve, être parti n'avait fait que rehausser son aura de mystère. Il réapparaissait chaque fois qu'on avait besoin de lui, et il pouvait être n'importe où à la vitesse de la lumière. Sur un écran de télévision, un ordinateur, un téléphone. Traversant le paysage numérique pour mettre de l'ordre dans le chaos. Pour enlever les rênes à son frère schizophrène.

Mais si tout foirait, Harry disparaîtrait simplement. Même Adam ne pourrait pas le trouver.

Avoir un détective sur la liste de paie rendait probablement Adam nerveux. Tout ce qu'Adam ne pouvait pas contrôler, ou qui que ce soit, était considéré comme un problème, un cancer. Une menace. Mais Harry avait connu des hommes comme le détective au fil des années. Même le plus brillant d'entre eux avait plus de courage que de cervelle. Un homme comme ça réussissait ou mourait en essayant.

Harry n'allait pas miser sur ce qui était le plus probable. Il n'aimait jamais parier et n'était pas près de commencer maintenant. La vie était trop courte. D'ailleurs, il avait l'océan pour se divertir.

Ce détective était le problème d'Adam maintenant.

34

CAPE A DÉCIDÉ DE MENER le reste de l'enquête sous la douche.

Il sentait le stress des derniers jours se dissiper lentement alors que l'eau tombait en cascade sur lui. S'il pouvait convaincre l'hôtel d'installer un téléphone étanche, et si l'eau chaude ne s'épuisait pas, il n'aurait jamais besoin de partir. Et puisqu'il ne ressemblait en rien à Janet Leigh et qu'Anthony Perkins était mort, il supposait qu'il était en sécurité dans la douche.

Après ce qui a semblé un long moment, il a senti la température commencer à diminuer et a entendu un cognement lointain dans les tuyaux. C'était cela, ou bien c'était le gérant de l'hôtel qui martelait la porte, exigeant qu'il cesse de gaspiller toute l'eau chaude. À contrecœur et au détriment de son meilleur jugement, Cape est sorti de la douche et est revenu dans la réalité.

Il a examiné son côté dans le miroir alors qu'il s'enveloppait d'une serviette autour de la taille. Une trace rouge livide parcourait son côté gauche, à mi-hauteur de ses côtes. Sensible au toucher, mais plus raide que douloureuse. Jetant une autre serviette autour de ses épaules, Cape est entré dans la chambre et s'est étendu, allongeant le bras pour prendre la télécommande du téléviseur. Sélectionnant l'option du menu, il a fait défiler les films à la carte offerts par l'hôtel.

Les trois premiers étaient des films d'action inspirés de bandes dessinées populaires. Les deux suivants étaient adaptés de romans d'espionnage à succès. Le suivant était inspiré d'un feuilleton populaire des années 1970 que Cape trouvait stupide quand il était enfant. Les quatre suivants présentaient de jeunes acteurs populaires ou des vedettes pop qui apparaissaient dans de nouvelles versions de films célèbres des années 1950. « Des franchises », a dit Cape avec morosité, appuyant sur le bouton de la télécommande pour revenir à la télévision ordinaire. « Rien que des franchises. »

Cape a passé en revue les chaînes, trop épuisé pour se concentrer sur quelque chose en particulier. Il a sauté de la télé-réalité aux informations, même s'il avait de la difficulté à les distinguer. Alors que son esprit s'engourdissait et que son pouce continuait d'appuyer nerveusement sur la télécommande, il s'est rendu jusqu'aux limites du câble. Une femme avec un turban et un accent jamaïcain extrêmement exagéré promettait de révéler les secrets d'une vie amoureuse réussie. Cape regardait fixement le numéro de téléphone qui clignotait à l'écran, pensant qu'il devrait le noter, quand il s'est endormi en tenant encore fermement la télécommande dans sa main.

Le rêve est venu précipitamment, un déferlement d'images décousues sans ligne directrice, un enchevêtrement de grandes inquiétudes rassemblées au hasard et mises en musique. Busby Berkeley coincé dans un cauchemar de téquila.

Cape faisait face à Tom, le producteur en vol, qui avait l'air tel qu'il apparaissait sur les photos de la police — la peau violette, bouffie, et déchirée sous l'impact et l'exposition à l'eau salée. Il n'y avait plus de blanc dans ses yeux — ils étaient complètement noirs alors qu'ils dévisageaient Cape d'une manière accusatrice.

Cape était sur le point de dire quelque chose à sa décharge quand Tom a applaudi, et soudainement, ils étaient entourés. Toutes les personnes que Cape avait rencontrées durant les derniers jours les encerclaient, applaudissant et frappant du pied. Grace, Adam et Harry Berman, même Ursa, se trouvaient là en train d'acclamer. Tom s'est accroupi et a croisé les bras sur sa poitrine, et Cape a remarqué pour la première fois que Tom portait un chapeau de fourrure et une large ceinture, tout comme un cosaque dans un vieux film. Tom a donné un coup de pied et a sauté alors que la foule faisait retentir un rythme. Derrière lui, le ciel nocturne était rempli d'astéroïdes et de planètes colorées, des étoiles filantes apportant de la lumière et des feux d'artifice à la célébration.

Tom a sorti une épée dans l'air raréfié, une lame courbée avec un pommeau doré. Il tournait maintenant, l'épée dessinant des arcs brillants alors que Tom donnait des coups de pied et dansait sur le sol, en direction de Cape.

Cape a essayé de bouger les bras, mais n'y est pas arrivé, vaguement conscient d'être en train de rêver, mais incapable de faire quoi que ce soit. Tout ce qu'il pouvait faire, c'était de rester là et d'observer Tom alors qu'il s'approchait en tournant, la colère et la trahison réfléchies dans ses yeux noirs.

Avec un dernier geste théâtral, Tom a sauté en l'air, la lame étincelante se déplaçant comme une faux. Cape a senti l'acier lui trancher la gorge alors que sa tête se séparait de son corps et s'envolait dans l'espace, dérivant au-dessus de la foule comme un astéroïde solitaire. De très haut, Cape a observé son corps sans tête tandis qu'il s'écroulait sur le sol. Les acclamations et les cris de la foule étaient assourdissants. La dernière chose qu'il a vue, alors que sa tête disparaissait dans le ciel nocturne, c'était Grace qui déplaçait son corps de côté et prenait sa place au milieu du cercle.

Cape s'est redressé en sursaut, la main à son cou. Il a incliné la tête vers l'avant et l'arrière pour s'assurer qu'elle était solidement en place. La chambre d'hôtel était dans l'obscurité à l'exception des lumières clignotantes du téléviseur. La femme jamaïcaine était de retour, promettant cette fois de prédire son avenir.

« Je le connais déjà », a marmonné Cape. « Je vais me faire décapiter par un cosaque en colère et transformer en un astéroïde solitaire. » Il a saisi la télécommande et a éteint le téléviseur. « Et un jour, ma tête va retomber sur Terre, détruisant soit Paris soit San Francisco. »

Il s'est levé et s'est étiré, regardant l'horloge. Il n'était pas question qu'il retourne dormir. Il a fouillé dans son sac jusqu'à ce qu'il trouve le numéro de téléphone que Grace lui avait donné. Il n'était pas si tard à San Francisco.

Le téléphone a sonné huit fois avant que la communication soit établie. Cape a entendu des voix en bruit de fond et s'est rappelé que Grace avait mentionné que c'était un téléphone cellulaire. Il a fallu une autre minute avant qu'elle arrive au bout du fil.

— C'est Grace.

— Si quelqu'un vous invite à une danse russe folklorique, dit Cape, n'y allez pas.

Grace a reconnu sa voix.

— Où êtes-vous ?

— Je suis encore à New York, dit Cape. Où êtes-vous ?

— À ILM, dit Grace, ajoutant : Industrial Light & Magic.

— Chez George Lucas, dit Cape. Les effets spéciaux.

— Exact. Nous utilisons des images dernier cri sur ce film.

— Vous voulez me rappeler ?

— Non, dit Grace avec précipitation, je suis heureuse que vous appeliez… Je pensais… je me demandais comment vous alliez.

Cape a entendu le son d'une porte qui se fermait, puis un bruit blanc au lieu des voix.

— Vous ne croiriez pas ce que les types ici peuvent faire, dit Grace avec agitation.

— Avez-vous déjà détruit San Francisco ? J'espérais nettoyer mon appartement avant que vous le fassiez.

— Comment êtes-vous au courant de cela ? demanda Grace. C'est censé rester secret. Nous ne présentons même pas cette scène dans la bande-annonce.

— Adam Berman me l'a dit.

— Vous avez parlé avec lui ?

Le ton de Grace suggérait qu'elle était soit impressionnée, soit inquiète.

— Et il vous à parlé de San Francisco ? Il devait être de bonne humeur.

— Il l'était, juste après sa mauvaise humeur — et juste avant son autre mauvaise humeur.

— C'est généralement de cette façon que ça se passe avec Adam — je pense que le terme est « bipolaire ».

— Il est cinglé, dit Cape.

— Vous n'êtes pas la première personne à faire cette observation, dit Grace. Que vous a-t-il dit d'autre ?

— Qu'il adore son frère.

Grace a ri brusquement.

— Il a une étrange façon de le montrer.

— C'est ce que je pensais, répondit Cape. Qu'avez-vous fait ?

— Je suis de retour à la production... ce qui me fait me sentir bien, dit Grace. Je termine ici demain, puis nous recommençons à tourner à la fin de la semaine. D'ici là, je veux avoir arrangé tous les chiffres, ce qui est emmerdant.

— Quels chiffres ?

— Ceux dont j'ai hérité de Tom, dit Grace. Le budget du film, y compris tous les décomptes.

— Que voulez-vous dire par « arrangé » ?

— Je dois simplement me mettre à jour pour savoir d'où provient tout l'argent, et où il va.

— N'est-ce pas la raison pour laquelle vous avez un budget ?

— Quand on commence la production, on a estimé chaque coût, mais une fois qu'on commence à filmer, tout change. On épargne de l'argent durant la copie du film, puis on le vire pour couvrir l'excédent dans le montage. On tourne plus de jours qu'on a prévu en raison de la mauvaise température, puis on doit trouver l'argent ailleurs. Au moment où on a fini, c'est une série de chiffres complètement différente. Tom s'occupait de tout cela.

— Alors, vous devez comprendre à quels postes Tom a dépensé l'argent et combien il vous reste.

— C'est à peu près ça, dit Grace. De plus, Adam veut que j'ajuste les points.

— Les points?

— Désolée, dit Grace. Les points du pourcentage — l'argent que rapporte le film, qui est donné à certaines personnes, si c'est un succès.

— Le partage du profit, dit Cape.

— Quelque chose comme ça, bien que la façon dont les points sont assignés à Hollywood soit compliquée. Certaines personnes n'en obtiennent aucun, d'autres obtiennent un pourcentage des recettes brutes au guichet, tandis que d'autres obtiennent un pourcentage des profits nets, s'il y en a.

— Si je ne m'abuse, votre envergure sur le film a quelque chose à voir avec ce que vous obtenez.

— Exactement. C'est très, disons, politique.

— Alors, qu'est-ce qu'Adam veut que vous fassiez?

Grace a hésité, comme si elle s'était engagée dans une conversation qu'elle aurait préféré laisser tomber. Cape a laissé le silence persister.

— Adam veut que je change les répartitions en raison de la mort de Tom.

Cape s'est redressé sur le lit.

— Est-ce légal?

— Je ne pensais pas au début, dit Grace, alors je lui ai dit d'aller se faire foutre. Et d'ailleurs, c'est une chose dégueulasse à faire, puisque la fille de Tom mérite de recevoir sa part des profits.

Cape n'a rien dit. Elle avait raison — c'était une chose dégueulasse à faire —, mais il ne voulait pas faire dérailler son explication, qui ressemblait plus à un mobile au fur et à mesure qu'elle parlait.

— Adam m'a donc faxé les contrats pour le film, et parmi ceux-ci, dans les petits caractères que personne ne lit — y compris moi —, on dit que, dans l'éventualité où quelqu'un quitte le film durant la production, pour quelque raison que ce soit, il sera payé pour son temps sur le plateau, mais perd tous ses points associés avec la sortie finale du film.

Cape a attendu une autre minute avant de dire quoi que ce soit.

— Alors, vous dites que parce que Tom a été tué, le reste d'entre vous va gagner plus d'argent?

— Ouais, dit doucement Grace. C'est à peu près ça. De la façon dont les contrats sont rédigés, c'est comme s'il avait quitté le plateau.

Cape était bien éveillé maintenant, le rêve oublié depuis longtemps.

— Combien allez-vous gagner de plus?

— C'est une partie de ce que je suis censée calculer, répondit Grace. Tom était le producteur principal, il obtenait donc plus de points que moi. La plus grande partie va aller à Adam et Harry, partagée également entre eux, et le réalisateur obtient une grosse part. Franchement, cela dépendra au bout du compte de ce que nous gagnerons au guichet.

— Disons que le film obtient davantage que le dernier film d'astéroïde, suggéra Cape.

— Des millions, répondit Grace sans hésitation. Nous pourrions parler de millions.

Cape regardait par la fenêtre de son hôtel, observant les feux arrière rouges des taxis qui se poursuivaient dans le quartier le plus au sud de l'île de Manhattan.

— Que se passe-t-il si vous vous faites tuer?

— Vous n'êtes pas sur cet...

Cape l'a interrompue.

— Que se passe-t-il?

— La même chose, répondit Grace. L'argent va à Adam et Harry. La plupart, en tout cas. Il en va de même si je quitte le plateau.

— Jusqu'au dernier jour de production?

Cape a entendu Grace inspirer profondément et expirer.

— Du moins, c'est ce que je peux en déduire. J'aurais besoin d'un avocat pour examiner les contrats. Je connais un type à Los Angeles.

— Appelez-le.

— Je l'ai fait bien avant que vous me le demandiez.

— Comment a-t-il — ou avez-vous — pu manquer cela?

— Nous avons fait quatre films avec Empire, dit Grace, paraissant très fatiguée. Tout le monde a pensé simplement que c'était leur contrat habituel, le même que le dernier.

Cape n'a pas répondu. Il a regardé par la fenêtre, laissant ses yeux dériver tandis que les voitures peignaient des lignes colorées de haut en bas de la rue.

— La belle affaire, hein?

La voix de Grace était métallique et faible par la communication sans fil.

Cape s'est détourné de la fenêtre.

— Quand allez-vous comprendre le reste du budget du film?

— D'ici un jour ou deux, dit Grace. J'ai besoin de temps pour examiner les livres, et en ce moment, je suis trop occupée à détruire San Francisco. Pourquoi?

— Je ne sais pas, répondit Cape. L'argent est un fichu de bon mobile — c'est pourquoi j'aimerais savoir où va l'argent et, si possible, d'où il vient.

Grace est restée silencieuse pour un moment alors que le poids de la conversation pesait sur elle.

— Quand allez-vous revenir?

— C'est une bonne question, dit Cape. Je suppose que tout cela dépend si je me fais tuer de nouveau ou pas.

35

— Nous parlons aujourd'hui, dit Cape. Ce n'est pas la mort.

Sally a froncé les sourcils.

— Cela ne dépend-il pas de la tournure que prendra la conversation?

Ils descendaient les escaliers vers le métro. C'était la fin de la matinée et l'air était frais, mais ils pouvaient sentir la température et l'humidité s'élever alors qu'ils se rendaient à la gare. Quand ils ont atteint le quai, Cape s'est appuyé contre une poutre d'acier pendant qu'ils attendaient le train. Sally se trouvait en face de lui, les yeux scrutant la foule tandis qu'ils parlaient.

— Je veux simplement parler à ce type, dit Cape. Essayer de nous connaître l'un l'autre.

— C'est le problème.

— Quoi?

— La plupart des gens qui parviennent à te connaître finissent par vouloir te tuer.

— Je vais m'arranger pour que ce soit une conversation courte.

Quand le train est arrivé, Sally et Cape sont montés séparément, s'asseyant l'un en face de l'autre dans la même voiture. Cape a regardé brièvement le plan que Corelli avait dessiné pendant que Sally examinait un guide qu'elle avait acheté à la boutique de souvenirs de l'hôtel. *A Walking Tour of New York's Five Boroughs*. Elle a déplié le plan de Brooklyn tandis que Cape jetait paresseusement un coup d'œil à leurs compagnons de voyage.

Une demi-heure et quelques arrêts plus tard, ils étaient de nouveau à pied, Sally se dirigeant vers le nord et Cape allant vers l'est. Alors qu'elle remontait la rue, Sally a lancé nonchalamment le guide dans une poubelle. Cape a marché lentement — le parc se trouvait à un peu moins d'un kilomètre de distance.

Le quartier avait du caractère. Des bâtiments de grès brun et de petites maisons de bois partageaient les rues avec des immeubles résidentiels de briques vieillissants. Des boutiques de tous genres remplissaient la rue, la plupart paraissant des entreprises familiales, ou du moins des entreprises indépendantes des grandes chaînes. Contrairement à la plus grande partie de Manhattan et presque tout San Francisco, cela semblait un véritable quartier, pas une autre colonie de l'empire Starbucks.

La plupart des gens paraissaient âgés, et quelques-uns établissaient un contact visuel alors qu'il passait. À une rue du parc, il a remarqué un groupe d'adolescents qui se trouvaient à l'extérieur d'une pharmacie, fumant et suivant sa progression.

Le parc était vraiment une place ouverte. À part un petit coin d'herbe en son centre, la place était pavée, parsemée de bancs de bois et de petites tables carrées faites de béton. Les tables étaient flanquées de quatre chaises de ciment, qui poussaient du sol comme des champignons vénéneux. Des érables avaient été plantés entre les tables, espacés d'environ trois mètres. Leurs grandes branches et leurs feuilles épaisses filtraient le soleil et jetaient une lumière tachetée sur les pierres.

Le côté le plus éloigné de la place était contigu au vieux passage en bois, et au-delà se trouvait l'océan Atlantique. Selon le guide, ce n'était qu'une promenade de près de cinq kilomètres le long du passage en bois vers Coney Island. Une rangée de quatre bâtiments étroits avec des fenêtres surplombant le parc d'un côté et l'océan de l'autre surveillaient toute la scène. Cape a supposé que c'étaient des condominiums.

La place était presque vide aussi tôt dans la journée. Sur le côté nord, deux vieilles dames étaient assises, parlant et nourrissant les pigeons. Pendant que l'une d'elles gesticulait largement alors qu'elle parlait, l'autre hochait la tête méthodiquement et arrachait des morceaux d'un gros pain qu'elle jetait aux oiseaux qui grouillaient à leurs pieds. Quand la première femme a fini sa diatribe, elle a baissé les mains et pris le pain, donnant à son amie une chance d'agiter les mains et de répondre. Ce rituel a continué, chacune nourrissant les oiseaux à tour de rôle pendant que l'autre émettait son opinion avec éclat.

Près du centre de la place, un homme d'âge mûr était assis, seul, en train de lire le journal et de fumer, portant un long manteau noir avec le col retourné pour se protéger du vent. Il a levé les yeux quand Cape a traversé le péri-mètre de la place, mais il est retourné promptement à sa lecture, apparemment indifférent à tout ce qui n'était pas la page des sports.

Le Pôle était presque juste en face de Cape, à seule-ment six mètres de distance. Ce n'était pas difficile de le repérer. Il était assis à la troisième table du bord de la place, avec un grand échiquier devant lui. À sa droite se trouvait une table à jouer pliante qui enjambait le tabouret de ciment encastré. Sur celle-ci se trouvaient un bol, des couverts, un verre, un pichet d'eau, un seau de glace et une bouteille de vodka.

Cape a marché autour de la table pour que son ombre tombe sur l'échiquier. Quand le contour de sa tête a atteint le centre du jeu, il est resté debout tranquillement et a exa-miné la position des pièces. Le vieil homme assis devant lui ne s'est même pas donné la peine de lever les yeux.

Il a fallu une minute entière avant que Cape ne brise le silence.

— La tour en d4.

Le Pôle aurait pu être une statue. À ce qu'il consta-tait, le vieil homme ne l'avait pas entendu ou, de façon plus probable, avait choisi de ne pas admettre l'interrup-tion. Soixante secondes peuvent représenter une très longue période de temps. Cape est resté immobile pendant qu'une autre minute passait, avant que le Pôle tende len-tement la main sur la table et déplace la tour blanche vers sa nouvelle position. Sans lever les yeux, il a désigné d'un geste le tabouret en face de lui. Cape s'est assis.

Deux autres minutes sont passées avant que le Pôle déplace la reine noire de côté, menaçant le fou de Cape sur la diagonale. Avant que le bras de l'homme revienne à son côté, Cape a remarqué la chair surélevée sur le dos de la main, deux masses noueuses qui ressemblaient à des jointures supplémentaires.

Cape a pris son temps, les yeux sur le jeu et non pas sur son adversaire. Quand il a déplacé l'un de ses pions, il a senti que l'homme en face de lui changeait subtilement de posture. Le pion a été pris rapidement, mais Cape a déplacé son fou en lieu sûr. Presque une heure plus tard, huit pièces noires reposaient le long du jeu en face de six pièces blanches que le Pôle avait prises. C'était le tour de Cape.

Très posément, il a tendu la main vers sa reine, a hésité, puis a levé un cavalier et l'a poussé vers l'avant et vers la gauche. «Échec au roi», a-t-il dit, regardant de l'autre côté de la table. Le Pôle a hoché la tête pour lui-même, regardant le jeu, et l'a ensuite relevée lentement.

L'homme était beau. Il était également plus jeune que ce à quoi Cape s'était attendu. Peut-être la fin de la cinquantaine, mais le beau jeune homme qu'il devait avoir été était encore clairement visible dans chaque trait. Ses cheveux épais étaient gris avec des mèches noires, correspondant au modèle de sa barbe pleine. Ses pommettes et son front étaient hauts, encadrant des yeux bleus si pâles qu'ils étaient presque translucides. Cape était déjà allé en Alaska et avait vu cette nuance exacte reflétée dans un glacier — la couleur de la glace plus vieille que l'humanité et plus froide que le tombeau.

Sur le côté gauche du visage du Pôle, partiellement caché par la barbe, se trouvait une autre masse importante, un plateau entouré de crevasses de tissu cicatrisé.

Il portait un pull gris à col ouvert, et Cape a remarqué des cicatrices semblables en haut de sa poitrine.

Le Pôle souriait en guise de bienvenue, et Cape s'est retenu avant de tressaillir. Les dents de la partie supérieure de sa bouche étaient parfaites, mais la rangée du bas était un ravin aux bords déchiquetés. Dans le bref instant avant que le sourire disparaisse, cela a rappelé à Cape les dents d'un requin. C'était comme si les dents avaient été cassées, une à la fois, et remises en place à des angles désordonnés. Sans doute un passe-temps favori dans le goulag.

— Échec au roi, dit le Pôle d'une voix riche, l'accent russe à peine perceptible. Mais pas mat.

Cape a souri sans montrer les dents. À part un ou deux incidents chez l'orthodontiste, il ne pouvait pas rivaliser sur ce plan. «Pas encore.»

Le Pôle a souri et hoché la tête, cette fois sans montrer les dents lui non plus. Il a tendu la main vers la table à jouer et a saisi un paquet de cigarettes. Cape n'a pas reconnu la marque, mais a vu qu'elles étaient sans filtre. Il a également remarqué que la cuillère sur le plateau commençait à osciller alors que la main du Pôle passait au-dessus. Quand est venu le temps de prendre le briquet, le Pôle a simplement ouvert la main. Le Zippo de métal a bondi dans sa main à cinq centimètres de distance dans sa poigne qui attendait.

Le Pôle a remarqué la surprise sur le visage de Cape et a souri de nouveau.

— Vous n'êtes pas policier, dit-il. Ils ne viennent jamais seuls.

Cape n'a rien dit, observant le Pôle tandis qu'il ouvrait le briquet avec son autre main.

— Et vous n'êtes pas du FBI, dit le Pôle avec assurance.

— Comment le savez-vous ?

— Ils ne savent pas comment jouer aux échecs.

Cape a souri. Il connaissait un ou deux agents fédéraux qui pouvaient faire exception à la remarque, mais il est resté silencieux.

— Et vous n'êtes pas journaliste.

Cape a levé un sourcil en guise de question.

Le Pôle a haussé les épaules.

— Il y a plusieurs années, en Russie, on a dit que j'en avais tué un.

Il a haussé les épaules de nouveau.

— Maintenant, ils me laissent tranquille. Les rumeurs sont utiles de cette façon.

Cape a pris une de ses cartes professionnelles et l'a placée au centre du jeu.

— Vous ne m'intéressez pas, dit Cape intentionnellement. Je suis intéressé par ce que vous pourriez savoir.

Le Pôle a tiré une bouffée de sa cigarette et a exhalé, plissant les yeux à travers la fumée.

— Où avez-vous appris à jouer aux échecs ?

— Ma mère m'a appris.

— Moi aussi ! dit le Pôle, hochant la tête en guise d'approbation. Votre père — vous ne jouiez pas avec lui ?

— Parfois, dit Cape. Quand il ne travaillait pas. Et vous ?

Le Pôle a hoché la tête.

— Je n'ai jamais connu mon père. Il a été tué au goulag quand j'étais petit.

Il a presque craché le mot « goulag » de l'autre côté de la table.

— Cela a dû être difficile.

Le Pôle a haussé les épaules de nouveau.

— C'était l'Union soviétique, dit-il. Mais les échecs — c'est un jeu génial. Un jeu important. On peut endurer beaucoup de choses, si on connaît les échecs.

— Je n'y avais jamais pensé de cette façon, dit Cape.

Le Pôle a hoché la tête.

— Vous connaissez le terme « babouchka » ?

— Ça signifie « grand-mère », n'est-ce pas ?

— Exact.

— Je pense que c'est à peu près le seul mot russe que je connais.

— Tout le monde connaît « babouchka », dit le Pôle. Ça veut dire également « une vieille femme », mais seulement quelqu'un de particulier. C'est un terme qui marque une grande affection.

Cape a attendu, se demandant où cela allait mener.

— J'avais une babouchka, dit le Pôle, ses yeux regardant vers l'intérieur. Pas ma véritable grand-mère, mais une adorable vieille dame. Très gentille. Une fois par mois, ma mère m'emmenait la visiter. Elle vivait loin à l'extérieur de Moscou, vers le nord.

Le Pôle a souri à l'évocation d'un souvenir intime avant de continuer.

— Avant d'entrer dans la maison de ma babouchka, ma mère me disait toujours de battre la vieille dame aux échecs.

— Le faisiez-vous ?

Le Pôle a froncé les sourcils.

— Non, même si je savais que je pouvais — elle pouvait jouer aux échecs, mais pas très bien. Je la laissais gagner.

— Elle était votre babouchka, dit simplement Cape.

— *Da*, dit le Pôle. Vous comprenez.

Cape a haussé les épaules.

— Nous avons tous de bons cœurs quand nous sommes enfants.

Le Pôle a montré ses dents.

— C'était la leçon que ma mère voulait que j'apprenne.

Il a tiré une autre bouffée de sa cigarette.

— Pour me durcir le cœur, pour que je voie les choses sans émotion. Elle connaissait la manière dont fonctionne le monde.

Cape n'a rien dit alors que la fumée s'enroulait avec indolence dans l'air entre eux.

— Puis un jour, ma mère m'a fait asseoir dans la cuisine. Elle a dit que mon père ne revenait pas à la maison du goulag.

Le Pôle a éteint sa cigarette et a continué.

— Je n'étais qu'un gamin, mais assez vieux pour comprendre qu'il avait été assassiné par l'État.

Cape a observé les yeux du Pôle retrouver leur détermination, le bleu glacial dur et clair.

— Le lendemain, nous sommes allés visiter ma babouchka, poursuivit le Pôle. Nous avons joué dix parties d'échecs, et je l'ai battue chaque fois. Je n'ai plus jamais perdu aux échecs.

Cape a hoché la tête pour signifier qu'il comprenait.

— Votre mère voulait vous protéger et vous éviter d'être blessé.

— Elle voulait que je voie les choses clairement, répliqua le Pôle, pour que je puisse survivre.

— Il semble que vous ayez réussi.

Le Pôle a tenu sa main droite noueuse devant son visage et a regardé délibérément la chair surélevée. Il mourait lentement, mais il était encore en vie. Encore dans la partie.

— Revenez demain, dit-il, et nous finirons notre partie.

Cape a fait un geste en direction des pièces qui restaient.

— Cela vous donne plus de temps pour étudier le jeu.

Le Pôle a souri.

— Ne l'oubliez jamais, c'est *mon* jeu.

— À demain, dit Cape.

— *Da zavtra.*

Cape était à deux rues du métro quand Sally est arrivée près de lui, apparaissant à une rue transversale.

— C'était ennuyeux.

— J'aime l'ennuyeux, dit Cape. Quand c'est ennuyeux, personne n'est blessé.

— Il avait un garde du corps — le type d'âge mûr dans le long manteau.

— Je l'ai vu, dit Cape. Personne ne passe autant de temps dans la rubrique sportive, même dans cette ville. Et il avait une attitude un peu affectée dans son ennui avec l'environnement. Était-il armé ?

Sally a hoché la tête.

— Une mitraillette à crosse repliable. Je l'ai vue quand il s'est déplacé dans son siège — il doit avoir des hémorroïdes à force d'être assis toute la journée.

— Je ne t'ai pas vue, fit remarquer Cape.

— Lui non plus. C'est l'idée, tu te souviens ?

— Je disais cela comme un compliment.

Sally a cessé de marcher assez longtemps pour faire une révérence.

— As-tu appris quelque chose ?

— Pas encore, répondit Cape. Nous devons revenir demain.

— Pour qu'il puisse se renseigner sur toi.

— Je suppose.

— Tu lui fais confiance ?

— Absolument pas, répondit Cape, mais je l'aime.

— On verra ce que tu ressentiras après-demain, dit Sally.

— Marché conclu.

36

— AIMERAIS-TU BOUFFER UN DE tes testicules?

Angelo n'a pas répondu, espérant que c'était une question posée pour la forme. Il était debout, dos à la porte, dans le bureau d'Adam Berman, les mains dans une position de défense au-dessus de l'entrejambe, pendant qu'Adam faisait les cent pas derrière son bureau.

— Tu as tout fait foirer, Angelo, en laissant ce type entrer ici.

— Je sais.

— Je pourrais t'arracher les couilles, dit Adam avec conviction.

— Vous avez mentionné cela, monsieur Berman.

— N'est-ce pas? demanda Adam, hésitant momentanément. Eh bien, dans ce cas, je suppose que je le pensais, ajouta-t-il quand il s'est remis à faire les cent pas.

— Vous êtes un homme de parole, monsieur Berman.

— Cesse de faire le lèche-cul et fais quelque chose correctement, pour changer. Avons-nous obtenu les chiffres ajustés de Grace ?

Angelo a hésité.

— Non… non, nous ne les avons pas.

— Putain, dit Adam. Pourquoi est-ce si long ? Je veux les coûts réels à ce jour par rapport au budget, une nouvelle répartition des points, une estimation révisée des coûts de marketing, toutes ces conneries. Ce ne sont que de fichues mathématiques, bon sang.

— Je ne pense pas qu'elle soit d'accord avec…

— Elle n'a pas à être d'accord, dit sèchement Adam, s'arrêtant pour pointer Angelo d'un doigt boudiné. Elle n'a qu'à effectuer les calculs.

— En fait, dit Angelo avec hésitation. Elle *doit* être d'accord.

Adam a plissé les yeux dans sa direction.

— De quoi parles-tu ?

— De la clause, dit Angelo, dans les contrats.

— Quelle clause ? demanda Adam. Il y a tellement de putains de clauses dans ces contrats de film que je ne peux même pas me les rappeler, et mon nom se trouve sur tous ces contrats.

— Les contrats ont été rédigés pour allouer une part des recettes brutes à chaque membre principal de l'équipe de production, dit Angelo. La somme attribuée à chaque personne varie selon l'ancienneté et la contribution au film, *après* que les dépenses encourues ont été déduites du total.

— Pourquoi penses-tu que je veuille voir les nouveaux chiffres ? Je veux savoir combien est déjà dépensé.

— Mais ces contrats stipulaient que ces sommes pouvaient être allouées de nouveau si quelqu'un quittait l'équipe durant la production, même dans l'éventualité d'un décès.

— Dis-moi quelque chose que je ne sais pas, dit Adam avec humeur. Pour quelle clause t'inquiètes-tu autant ?

— Redistribuer les pourcentages au milieu de la production n'est pas inédit, mais c'est un peu inhabituel, expliqua Angelo.

— Alors ?

— Alors, les avocats ont ajouté une clause qui dit que *toutes les parties restantes doivent être d'accord avec n'importe quel changement* durant la production. Si toutes les parties ne sont pas d'accord, les pourcentages restent donc tels qu'ils étaient. Dans ce cas, cela veut dire que la succession de Tom obtiendrait sa part après la sortie du film.

Adam fixait Angelo du regard.

— Les avocats ? demanda-t-il, incrédule. Les avocats ? Quels avocats ?

— Les avocats, dit simplement Angelo. Nos avocats, l'avocat du réalisateur. L'avocat de Grace. Tous les avocats.

— Je déteste les putains d'avocats, marmonna Adam. Ils ont ruiné l'industrie du film.

Angelo était vraiment sûr qu'Adam avait un diplôme universitaire en droit, mais cela semblait un moment inopportun pour le mentionner.

— Grace connaît-elle la clause ? demanda Adam.

— Je ne pense pas, répondit Angelo. Ce n'était pas dans la télécopie que nous avons envoyée des contrats qu'elle avait demandés — c'était un addenda, alors nous, eh bien... nous ne l'avons tout simplement pas envoyé.

À moins qu'elle demande à son avocat d'examiner les contrats, elle travaillera seulement selon les hypothèses que vous lui avez données au téléphone.

Adam a hoché la tête, faisant de nouveau les cent pas.

— Elle comprend donc le budget — combien nous avons dépensé, combien il reste pour la production, puis elle nous envoie une copie du budget révisé et des nouvelles allocations.

— Exact.

— Elle est donc coupable de toute l'affaire, n'est-ce pas ?

— Que voulez-vous dire ?

Angelo s'est déplacé d'un pied à l'autre, mal à l'aise.

— Elle nous envoie un nouveau budget, puis elle met par écrit qu'elle est d'accord avec les nouveaux chiffres, dit Adam. Donc, si l'avocat de quelqu'un se froisse, nous mettons tout cela sur le dos de Grace. Pourquoi aurait-elle remanié les chiffres si elle n'avait pas été d'accord, n'est-ce pas ? Et pendant que les avocats y vont, nous gardons l'argent. Les intérêts à eux seuls devraient payer quelques frais juridiques.

— Mais elle dira qu'elle n'a jamais été au courant de la clause.

— C'est sa parole contre la nôtre, répondit Adam. C'est irrecevable.

« Il commence à ressembler à un avocat », a pensé Angelo.

— Et les investisseurs ?

Adam a cligné des yeux, fronçant les sourcils.

— Et eux ?

— Si elle a obtenu le budget de Tom, elle verra comment la marge brute d'autofinancement a été faite par à-coups au lieu de retirer simplement l'argent qui était déjà à la banque. Ce n'est pas comme ça que nous faisons normalement des affaires.

— Nous avons été un peu à court d'argent, dit Adam sur un ton belliqueux. À moins que tu n'aies pas remarqué.

Angelo a poussé de l'avant, encouragé par l'absence de projectiles jusqu'à ce point de leur conversation.

— Alors, les investisseurs ne voudront-ils pas demander au producteur comment leur argent a été dépensé ? Vous disiez que les types de l'argent étaient vraiment impliqués. Et Grace ne voudra-t-elle pas naturellement savoir d'où provient l'argent ?

Adam s'est assis lourdement, tendant la main pour prendre le verre sur son bureau. Il était à demi plein — ou à demi vide, cela dépendait de la façon dont vous voyiez cela. Du point de vue d'Angelo, il apparaissait que cela pourrait lui faire mal s'il le recevait dans les couilles, c'est pourquoi il a fait quelques pas de côté pour se placer derrière un lampadaire.

— Elle ne le demandera peut-être pas, suggéra Adam d'une voix lasse, déposant le verre sans avoir pris de gorgée.

— Vous avez probablement raison, monsieur Berman.

Angelo essayait d'avoir l'air positif — le verre était peut-être à demi plein.

— Elle ne le demandera peut-être pas.

37

— ROBIN DES BOIS SERAIT IMPRESSIONNÉ.

Cape était appuyé contre le mur de la chambre d'hôtel de Sally alors qu'elle retirait méthodiquement des articles d'un sac de marin noir. Deux morceaux de bois courbés ont émergé d'une poche à fermeture éclair, suivis d'un rouleau de corde qui ressemblait à de la ligne à pêche. Est venu en dernier un élément au centre épais enveloppé dans du fil de fer. En eux-mêmes, les morceaux ressemblaient à une sculpture de bois ou aux parties d'un instrument de musique mystérieux. Mais quand Sally les a déposés ensemble sur le lit, ce qui allait être assemblé était évident.

L'arc avait un peu plus d'un mètre de longueur, se pliant brusquement au centre et se courbant vers l'arrière, dans la direction opposée, aux extrémités. Chaque section était faite de bois sombre qui avait été méticuleusement sculpté, mais qui n'avait pas été poli, c'est pourquoi l'arc semblait absorber la lumière plutôt que la réfléchir. Les sections étaient réunies par de minces tiges de métal qui brillaient faiblement dans la lumière qui provenait de la fenêtre. Quand tous les morceaux ont été fusionnés dans une simple forme mortelle, Sally a tenu l'arc à la verticale et a tiré la corde pour la tendre, son avant-bras frémissant sous l'effort.

— Robin des bois, dit-elle. Un autre grand guerrier qui préférait la compagnie de ceux de son propre sexe.

— Que veux-tu insinuer ? demanda Cape. Est-ce une autre théorie de conspiration de lesbienne ?

— Je dis seulement qu'il passait énormément de temps avec ces joyeux lurons.

— Et Lady Marianne ?

— C'était un travesti, dit Sally de façon absolue. C'était très courant à cette époque.

Cape a levé les sourcils avec scepticisme.

— Et les collants ? demanda Sally.

Cape a froncé les sourcils.

— Je suis tout simplement ravi qu'Errol Flynn ne soit pas dans les parages pour entendre cela.

— Qui ?

— Errol Flynn ! dit Cape avec incrédulité. Il jouait le rôle de Robin des bois, dans le classique de MGM, face à Basil Rathbone, qui jouait l'infâme shérif de Nottingham.

— Infâme ?

Cape a acquiescé.

— Infâme. Il avait la moustache d'allure diabolique et tout le reste.

Sally l'a regardé avec une expression ébahie.

— Basil Rathbone ! dit Cape avec insistance. Probablement le plus célèbre pour avoir été le Sherlock Holmes
définitif, à la fois à la radio et dans les films.

Sally a hoché la tête.

— Je ne suis pas mordue de cinéma comme toi, et je ne
regarde certainement pas de westerns.

— Ce ne sont pas des westerns.

— Je veux dire des films de l'Ouest — comme en
Amérique, dit Sally en levant les yeux au ciel. Comme ce
qui *n'est pas* l'Asie, où j'ai grandi. D'ailleurs, je n'allais pas
souvent au cinéma. J'étais trop occupée à l'école.

— À étudier le tir à l'arc ?

— Entre autres.

Cape a désigné l'arc d'un geste.

— Comment te débrouilles-tu avec cette chose ?

Sally lui a jeté un coup d'œil.

— Dans le Japon féodal, les ninjas devaient s'entraîner
une *année entière* avec un arc — seulement un arc — avant
qu'on leur donne une seule flèche. Pour perfectionner leur
tir sur la corde.

— Combien de temps a-t-il fallu avant qu'on te donne
une flèche ?

— Six mois, dit Sally, haussant les épaules. Les standards ont vraiment diminué durant les derniers quatre
cents ans.

Entièrement assemblé, l'arc couvrait la largeur du lit.

— N'est-ce pas un peu voyant ?

— Je vais le transporter démonté.

Sally a commencé à faire glisser des flèches d'un com-
partiment au fond de son sac. Elles étaient plus courtes
que ce à quoi Cape s'attendait, les tiges d'un noir mat. Des

flèches de chasse, les pointes évasées et tranchantes comme un rasoir. Il s'est demandé quelles autres surprises étaient cachées dans ce sac discret que Sally avait pris dans l'avion. Peut-être une mitrailleuse Gatling, démontée pour ressembler à un sèche-cheveux.

— Combien de temps te faut-il pour l'assembler ? demanda Cape. Au cas où nous serions pressés.

Sally a haussé les sourcils et a regardé l'arc, comme si elle faisait une série de calculs mentaux.

— À partir du sac ?

— Non, déjà sur toi.

Sally a haussé les épaules.

— Environ dix secondes.

— Dix secondes ?

Cape a levé les sourcils.

— Pas mal.

Sally a levé une main comme si elle avait oublié quelque chose.

— Ai-je les yeux bandés ?

— Non, dit Cape. Ce scénario ne m'est pas venu à l'esprit.

— Alors, c'est six secondes, dit-elle. Mais je l'aurai déjà assemblé.

— Comment ?

— Je l'assemblerai quand je serai en place. Avant que tu arrives là-bas.

— Tu ne m'as jamais dit où tu étais la dernière fois.

— Dans un des arbres.

— Sur la place ?

— Oui.

— Comment es-tu passée devant les femmes sur le banc?

— Elles étaient distraites, répondit Sally. Les pigeons étaient beaucoup plus attachants qu'une petite femme en collants.

Cape a secoué la tête avec incrédulité.

— Ce n'est pas beaucoup de couverture.

— C'est la raison pour laquelle je veux l'arc, répondit Sally. Je n'aime pas l'agencement de ce parc. C'est impossible de s'approcher sans être repéré.

— Je suis certain que c'est la raison pour laquelle notre ami russe va à cet endroit pour jouer aux échecs.

— Tu es prêt?

Cape a levé sa chemise pour dévoiler un Heckler & Koch USP coincé dans sa ceinture, un compact de 9 mm avec une possibilité de dix coups de feu. Sally lui avait appris quelques astuces pour cacher les objets louches dans son bagage contrôlé. Cape avait un permis de port d'arme pour le revolver en Californie, mais le transporter à New York aurait pu le faire atterrir derrière les barreaux. Il a supposé que c'était un risque nécessaire.

— Tu penses qu'on va en arriver là? demanda Sally.

— Corelli a dit que nous serions seuls, dit Cape. Mais je préférerais jouer aux échecs.

Il a laissé le pan de sa chemise se replacer. Sally a glissé les pièces de l'arc dans son sac. Dix minutes plus tard, ils étaient dans le métro qui se dirigeait vers Brighton Beach.

38

Beau regardait Vincent, qui paraissait dégoûté.

C'était presque comme regarder dans un miroir, sauf que Vincent était petit, blanc, et vêtu de façon impeccable. Mais s'il grandissait de trente centimètres, passait du pin à l'acajou, et échangeait son pantalon à plis contre une paire de jeans, lui et Beau auraient été exactement pareils. Des flics jumeaux qui avaient besoin d'une pause.

— Alors, qu'avons-nous trouvé ? demanda Beau.

— Bupkus.

— Il est un suspect ?

Vincent a ricané.

— Je l'espère.

Ils étaient assis au bar, face au tribunal, où ils venaient de témoigner pour un autre procès. Un vrai procès avec des preuves, des suspects, et tout le bataclan. Pas comme cette affaire où l'on tournait en rond. Beau reprenait du café tandis que Vincent s'en tenait à de l'eau minérale. Ils étaient encore de service et le sommeil était un lointain souvenir.

— Qu'en penses-tu ? dit Beau. Nous travaillons à reculons.

— Nous avons essayé cela.

— Essayons encore.

Vincent a grogné, mais n'a rien dit.

— Pete le Bretzel a été tué par les hommes de Freddie Wang.

— Je suis d'accord, dit Vincent, mais nous ne le prouverons jamais. Les tongs ne cèdent jamais rien.

— Je suis d'accord. Et Cecil s'est fait fourrer dans la glissade du zoo par les voyous de Frank Alessi.

— Sans doute, dit Vincent. Frank a un sens du drame excessif.

— Mais nous ne le prouverons jamais, poursuivit Beau.

Vincent avait l'air renfrogné.

— Frank est intouchable.

— Un homme d'affaires respectable, dit Beau. Un grand donateur pour la campagne électorale du maire.

— Putain.

Beau a remué sur son siège.

— À moins que nous chopions un des types de Frank sur autre chose et que nous parvenions à le détourner.

— Comme qui ?

— Je pensais à Gummy.

— Le type qui n'a pas de dents de devant ? demanda Vincent. C'est un abruti.

— La méthamphétamine en cristaux fait cela, dit Beau. Il avait d'excellentes molaires avant qu'il ne les écrase. Et il était haut placé dans l'organisation.

— Je suis même étonné qu'ils le gardent dans les environs.

— Il est le neveu de quelqu'un, dit Beau. Mais il sait peut-être quelque chose. Il entend des choses, de temps en temps.

— Comme le font tous les schizophrènes.

— Tu as une meilleure idée ?

— Retourne à ta liste, dit Vincent. Alors, qui a tué Otto ?

Beau a haussé les épaules.

— Tu as oublié le Russe qui est mort.

Vincent a grogné de nouveau.

— Ils sont reliés.

C'était une déclaration, pas une question.

— C'est certain, dit Beau. La drogue est en cause, et les deux événements sont trop rapprochés.

— Je ne connais pas de Russes, dit Vincent.

— Moi non plus.

— Alors, nous devons peut-être parler à Gummy.

Beau a hoché la tête.

— Peut-être que oui.

39

LE PÔLE ÉTAIT À SA TABLE HABITUELLE, en train d'étudier le jeu et de fumer. Le garde du corps était penché sérieusement au-dessus de la page des sports, quelques tables plus loin. Quand l'ombre de Cape a recouvert le jeu, le Pôle a exhibé son sourire de stalagmite.

— *Esli druk akazalsa vdruk*, dit-il plaisamment. *Si un ami apparaît soudainement.*

— Alors, nous sommes amis.

Cape s'est assis.

— *I ne druk, i ne vrak, a tak*, répondit le Pôle. *Eh bien, pas un ami, pas un ennemi.*

— Vous citez quelqu'un.

Le Pôle a hoché la tête.

— Vladimir Vysotsky — vous le connaissez ?

Cape a hoché la tête.

— Vysotsky était un grand poète, un grand compositeur de chansons.

Le Pôle a marqué un temps pour tirer une grande bouffée de sa cigarette.

Son travail a été interdit par les Soviétiques. Vous l'apprécieriez — dommage que vous ne parliez pas le russe.

— J'apprendrai peut-être, dit Cape. Vous avez donc décidé que nous n'étions pas des adversaires ?

— Ah, mais nous le sommes, dit le Pôle, désignant d'un geste le jeu d'échecs. C'est la nature des hommes, n'est-ce pas ? Mais ici, à cette table, nous pouvons *parler* comme des amis.

Cape a examiné le Pôle pendant une minute avant de répondre.

— Vous vous êtes renseigné sur moi ?

— Bien sûr.

— Et alors ?

— Vous ne m'avez pas menti, dit le Pôle. Pas encore.

— Ce qui veut dire qu'on peut me faire confiance ?

— Ce qui veut dire que vous êtes malin.

L'éclair d'une dent ébréchée, un geste vers le jeu.

— C'est votre tour.

Cape a examiné la position attentivement avant de déplacer un fou au centre du jeu.

— Vous jouez de façon plus agressive qu'hier, fit observer le Pôle.

— Parfois, la meilleure défense est une bonne offensive.

Le Pôle a acquiescé.

— Et vous avez été sur la défensive, n'est-ce pas ?

Il a pris un raisin sur la table qui était à sa droite. Le couteau et la cuillère ont oscillé et ont tinté l'un contre l'autre alors que sa main passait au-dessus d'eux.

— Du raisin ?

— Non, merci.

Cape a hoché la tête.

J'ai été attaqué depuis que j'ai commencé cette enquête.

— Et sur quoi enquêtez-vous ?

— Je n'en suis pas certain, dit Cape. Je pensais que j'enquêtais à propos d'un meurtre, puis sur la drogue, et maintenant je pense que c'est complètement autre chose.

— Autre chose.

Les yeux pâles du Pôle brillaient de curiosité.

— Quelque chose que je n'ai jamais vu.

Le Pôle a serré les lèvres pour cacher son sourire de prédateur.

— C'est peut-être quelque chose que vous avez vu, mais que vous ne reconnaissez pas.

Cape a levé les yeux du jeu.

— Vous connaissez les hommes qui ont essayé de me tuer.

Le Pôle a avalé profondément la fumée de sa cigarette et a exhalé lentement, observant Cape à travers la fumée bleutée.

— Même avant les Soviétiques, il était difficile d'être russe — l'homme ordinaire était toujours traité comme un paysan. Dans le temps des tsars, durant le règne de Pierre le Grand, plusieurs Russes ont été envoyés dans des camps de prisonniers.

— En tant que criminels ?

— Qu'est-ce qui est criminel ? demanda le Pôle pour la forme. Est-ce que nourrir sa famille est criminel ? Ou protéger ses voisins ?

Cape n'a rien dit. L'idée était claire.

— C'est pourquoi ces hommes, qui ont été étiquetés comme étant des voleurs par l'État, se sont réunis. Ils sont devenus *vory v zakone*.

Cape a haussé les sourcils.

— Vous diriez des *voleurs d'après la loi*, expliqua le Pôle. Mais nous nous nommons «*vory*».

— Nous?

Le Pôle a pris un autre raisin.

— Il y a beaucoup de vieux hommes qui jouent aux échecs. Je suis certain qu'il y en a même un ou deux à San Francisco.

Il a versé deux verres de vodka et en a tendu un à Cape.

— Vous êtes venu vers moi pour une raison.

Il était trop tôt pour autre chose que du café, mais Cape a avalé la boisson et a senti ses narines se dégager alors que l'alcool s'évaporait. Un petit déjeuner complet. Le Pôle a hoché la tête en guise d'approbation.

— *Na zdorov'ya.*

— Vous me racontiez une histoire au sujet des voleurs.

Le Pôle a déposé son verre.

— Les *vory* sont comme des frères, liés par un code d'honneur strict.

— L'honneur parmi les voleurs, dit Cape sans sarcasme.

Le Pôle a hoché la tête vigoureusement.

— Ce n'est pas inédit, même à l'extérieur de la Russie. Alors, quel est le code?

— Pour être un *vor*, vous devez respecter un mode de vie, dit fièrement le Pôle. Le code est important, mais au cœur de ce dernier se trouve la promesse de résister à l'oppression de l'État. Nous ne payons pas d'impôts et nous ne coopérons jamais avec la police.

Cape a réalisé qu'il préférerait ne pas payer d'impôts et, d'après Beau, il coopérait rarement avec la police. Il pensait qu'il était un libertaire inavoué, mais il se demandait maintenant s'il était un *vor* en son for intérieur.

— Dans un État corrompu, devenir criminel est un acte de défiance, poursuivit le Pôle. N'est-ce pas l'histoire de l'Amérique ?

— Il y a une grande différence entre jeter du thé dans le port et diriger des réseaux criminels organisés.

Le Pôle a écarté dédaigneusement la remarque d'un grand geste de la main, faisant glisser par le fait même son briquet sur le plateau.

— Les crimes précis n'ont pas d'importance. C'est l'acte lui-même qui importe.

Cape est demeuré silencieux.

— Dans plusieurs villes, ces hommes sont devenus la loi, créant leurs propres tribunaux, où les hommes et les femmes ordinaires pouvaient chercher la justice.

— Ou la vengeance ?

Le Pôle a souri à cette question, les dents tranchantes scintillant.

— Qu'est-ce que la justice, sinon une vengeance ?

— Ces criminels — ces hommes. Ils sont devenus la *mafiya* ?

— La *mafiya* pour certains, dit le Pôle en hochant la tête. Pour d'autres, il s'agit de l'*Organizatsiya*. Les noms importent peu.

— Certains noms ont beaucoup d'importance, dit Cape.

Les yeux du Pôle ont lancé méchamment des éclairs.

— Vous parlez des hommes que vous poursuivez — ou des hommes qui vous poursuivent.

— Le commandant et Ursa. Peut-être d'autres — ce sont les noms qui m'intéressent.

— Je connais ces hommes, dit le Pôle d'un ton détaché. Mais ils ne font pas partie de l'*Organizatsiya*. Ce sont de simples gangsters.

Cape a froncé les sourcils.

— Je ne veux pas vous vexer, mais quelle est la différence?

— Ils ont déjà fait partie de la *mafiya*, dit le Pôle. Le commandant était au KGB.

— Il a mentionné cela.

— Le KGB — une organisation très importante après la chute des Soviétiques. C'est le KGB qui a pris l'argent des banques de l'État, travaillant avec les *vory*.

— C'est une véritable escroquerie.

— Les Russes manquent d'opportunités, mais pas d'ambition, répondit le Pôle. Avant que le KGB ne soit impliqué, nous étions très puissants en Russie et dans quelques autres pays, mais pas très organisés. Pas comme les Italiens ou les Chinois.

— Je suis au courant pour les triades.

— Elles sont très dangereuses, dit le Pôle. Parce qu'elles sont toutes reliées. C'est un dragon qui possède plusieurs têtes, mais ce n'est tout de même qu'un seul dragon. C'est pourquoi quand les *vory* ont accepté de travailler avec le KGB et ont utilisé leurs relations dans d'autres pays — leurs espions —, la *mafiya* est devenue plus grosse et plus puissante. Mais la confrérie a perdu son âme dans l'affaire.

— Donc, le commandant était de votre côté ?

— Jamais de *mon* côté, cracha le Pôle. Un vrai *vor* ne s'associe pas avec la racaille soviétique — il était un instrument de l'État. Je ne ferais jamais confiance à un homme comme ça.

— Mais il travaillait avec la *mafiya*.

Le Pôle a rempli de nouveau leur verre.

— Jusqu'à ce qu'il enfreigne la loi.

Cape a presque ri, mais il s'est retenu.

— N'est-ce pas le but ?

— La *loi humaine*, dit le Pôle. Le mode de vie *vor*. Il a volé d'autres membres de la *mafiya*. Il a tué des membres importants de la pègre russe.

— Cela doit arriver souvent, dit Cape. Des guerres de territoire, ce genre de…

— Pas comme ça, dit le Pôle, l'interrompant. Le commandant a volé sans faire de distinction. Il a trahi la confrérie.

— Alors, pourquoi n'est-il pas mort, si vos types mettent tellement l'accent sur la vengeance ? demanda Cape. Personne n'a essayé de le tuer ?

— Plusieurs ont essayé, dit le Pôle sur un ton qui suggérait qu'il pouvait avoir été l'un d'eux. Mais quelques Russes… certains d'entre nous ne sont pas si faciles à tuer.

Il a levé son poing bosselé et a tapé sa poitrine à l'endroit où le métal se cachait sous la chair.

— C'est donc la raison pour laquelle vous avez accepté de me parler ?

Le Pôle a acquiescé.

— Coopérer avec la police ou le FBI — ça ne convient pas. Le seul fait de parler de ces choses, c'est devenir un *musar*.

— Un rat?

Le Pôle a levé les sourcils.

— Vous disiez que vous ne pouviez pas parler le russe.

— J'ai saisi le sens, répondit Cape. Je pense que chaque culture a ses propres rats.

Le Pôle a hoché la tête.

— Mais vous, mon ami, vous êtes simplement quelqu'un avec qui je joue aux échecs.

Cape a levé son verre.

— Aux échecs... et au fait de parler d'amis mutuels.

Le Pôle a bu une gorgée et a souri.

— Alors, qu'est-ce que le commandant fait à San Francisco? demanda Cape.

— Cela, je ne sais pas. Il ne devrait pas être dans ce pays.

— Que voulez-vous dire?

— Je sais qu'il a essayé de venir aux États-Unis auparavant, mais qu'on ne lui a pas permis. Son nom apparaissait sur une des listes de surveillance de votre gouvernement.

— Nous en avons beaucoup.

— Il est connu à Interpol comme étant un criminel dangereux. Cela est vrai pour plusieurs criminels qui sont déjà dans ce pays, bien sûr, mais le commandant a été arrêté au moins deux fois. Cela, je le sais avec certitude.

— Alors, il a trouvé une façon de déjouer le système, dit Cape. Il est persévérant.

— Il est dangereux, parce qu'il n'a pas d'honneur. L'homme qui a essayé de vous tuer dans le parc — avait-il de l'écriture cyrillique sur les mains?

— Vous avez lu cela dans le journal?

Le Pôle n'a pas répondu. Cape n'a pas insisté, disant:

— Ouais, il en avait, mais je ne sais pas ce qui était écrit.

— Cela signifiait qu'il faisait partie d'une pègre russe, avant de travailler pour le commandant.

— Pourquoi changer d'allégeance?

— Les *vory* ne sont plus ce qu'ils ont déjà été, dit le Pôle tristement. Plusieurs qui se font appeler *mafiya* ne sont que des *baklany* — des voyous. Ils feront n'importe quoi pour de l'argent — ou pour rembourser une dette, pour un manque d'argent. C'est généralement l'un ou l'autre en Russie.

— Vous avez une idée de ce que le commandant fait ici? demanda Cape. Ou de la raison pour laquelle il voudrait me tuer?

Le Pôle a pris une nouvelle cigarette de son paquet et il a tendu la main pour exécuter le truc de la lévitation avec son briquet.

— Le commandant a soif de pouvoir. De cette façon, il n'est pas différent des autres criminels ni des autres hommes d'ailleurs. Rappelez-vous, en tant que membre du KGB, il avait un grand pouvoir, mais la plus grande partie de ce qu'il faisait était invisible. Elle était connue seulement de l'État et de ses victimes.

— Alors?

Le Pôle a regardé pensivement le jeu pendant un moment.

— Je pense qu'il veut être célèbre.

— Un criminel célèbre, comme vous.

Le Pôle a froncé les sourcils.

— Je ne suis qu'un vieil homme qui joue aux échecs dans le parc.

— Vous n'êtes pas si vieux.

— Non, le commandant veut être comme John Gotti — ou mieux encore, comme Robert De Niro.

— Vous plaisantez.

— Tous les gangsters russes aiment *Le Parrain*, dit le Pôle. C'est amusant, n'est-ce pas ? De grands criminels dans la vie réelle, qui regardent des films pour apprendre comment agir.

Cape lui a lancé un regard incrédule.

— Vous êtes sérieux ?

— J'ai vu cela en Russie, et ici aussi, répondit le Pôle. Des adultes. Des tueurs. Assis autour d'un téléviseur et suspendus à chaque mot. *Le Parrain*. *Les Affranchis*. Ces films sont comme une religion pour les gangsters.

— Quel genre de films regardiez-vous ?

Le Pôle a haussé les épaules.

— Je préfère les échecs.

Il a glissé un de ses pions deux cases en avant, un mouvement qui a permis à un de ses fous de menacer la reine de Cape.

Cape a cligné des yeux, essayant de se concentrer sur le jeu pendant qu'il assimilait tout ce qu'il venait d'entendre. Il a déplacé son cavalier vers l'avant, bloquant le fou du Pôle. Il ne semblait pas y avoir d'autre mouvement possible pour lui.

Le Pôle a ri doucement.

— Est-ce votre position, mon ami ? tes-vous le chevalier errant, essayant de sauver votre reine ?

— Vous ne parlez pas du jeu d'échecs, n'est-ce pas ?

Cape a croisé son regard.

Le Pôle a souri.

— N'est-ce pas ?

— À moins que vous ayez une meilleure idée, je dois
mener cela à bonne fin.

Le Pôle a hoché la tête.

— Il est temps de finir la partie.

Écrasant sa cigarette, il a tendu la main pour prendre
son fou.

Le jeu a explosé alors que l'air autour d'eux se déchi-
rait. Un craquement intense des pavés à leur droite, les
pièces du jeu d'échecs volant comme des éclats d'obus.
Cape a saisi le Pôle par le col et il a tiré de toutes ses
forces vers la droite, les deux roulant au-dessous de la
table de pierre. Se tournant la tête pour regarder à l'envers
dans la place, il a vu le garde du corps du Pôle qui était
debout avec une mitraillette appuyée contre son épaule. Il
visait les condominiums qui surplombaient le parc quand
un bruit perçant a déchiré l'air autour d'eux. Le garde du
corps a pirouetté, la mitraillette glissant sur les pierres. En
tendant le cou pour regarder autour de leur table, Cape a
entrevu le garde du corps allongé à plat ventre, une mare
de sang apparaissant rapidement autour de son torse.

Il y a eu une série rapide de vibrations, des notes
basses provenant de l'arc de Sally. Cape a relâché sa prise
sur le Pôle et a roulé sous la table la plus proche, sortant
son revolver tandis qu'il s'accroupissait. Il est resté sous
le parapluie de ciment jusqu'à ce qu'il pense avoir entendu

le crissement de pneus au loin, mais à ce stade-là, il ne faisait plus vraiment confiance à ses propres sens. Il est demeuré en place, observant le Pôle étendu sous sa propre table, à plat ventre. Moins d'une minute plus tard, il a vu les jambes de Sally s'approcher.

— Il est parti, dit-elle alors que Cape se levait.

Il s'est dirigé vers le Pôle, qui avait roulé sur le dos et semblait indemne. Cape a saisi son bras et l'a aidé à se lever. Le Pôle a regardé tour à tour Cape et Sally, examinant cette dernière de la tête aux pieds. Il a regardé l'arc dans ses mains et a secoué la tête avec émerveillement. Il semblait indifférent à son garde du corps.

Cape a examiné les quatre immeubles qui longeaient le trottoir de planches et il a découvert une des flèches de Sally dans le mur, près d'une fenêtre du premier étage. Étant donné que les condominiums se trouvaient au-dessus du trottoir de planches, le tireur avait suffisamment de hauteur pour obtenir un angle sur la place.

— Le rez-de-chaussée, dit Cape. C'est malin.

Sally a acquiescé.

— Il est facile de courir vers la rue et une voiture qui attend. Cela ne me donnait pas assez de temps pour les suivre.

— Ne t'inquiète pas de cela.

— Je ne pouvais pas voir le reflet de la lunette avant le premier coup de feu, dit-elle avec dégoût. Le tireur embusqué doit avoir utilisé une couverture et s'être placé derrière la fenêtre — nous avons affaire à un pro.

Cape a hoché la tête.

— Mais tu as réussi un tir.

— Trois, dit Sally. Deux sont passés par la fenêtre.

— Tu penses l'avoir touché?

— Je l'espère, répondit Sally, les narines dilatées. Mais j'en doute.

Cape s'est tourné pour faire face au Pôle, qui le regardait fixement avec une expression perplexe.

— Vous avez risqué votre vie, dit le Pôle.

— Je ne faisais que vous utiliser comme couverture.

— Pour un Américain, vous n'êtes pas un très bon menteur.

— Vous utiliser comme bouclier serait peut-être intelligent, dit Cape. Juste au cas où vous seriez derrière cela.

Le Pôle a souri largement pour donner une vue complète de sa dentition irrégulière.

— Si j'étais derrière cela, alors vous seriez mort, mon cher ami.

— J'ai déjà été mort une fois cette semaine, dit Cape. Et cela commence à me lasser.

— Alors, vous devez arrêter ces hommes.

Cape a examiné le regard glacial des yeux pâles du Russe.

— Vous dites que je vais devoir les tuer?

— Je ne vous dis pas quoi faire, dit le Pôle. Je vous dis que je préférerais jouer aux échecs avec vous plutôt que d'aller à vos obsèques.

Ils ont entendu des sirènes au loin.

— Qu'allez-vous faire? demanda Cape.

Le Pôle a jeté un coup d'œil à son garde du corps, la mare de sang chatoyant dans le soleil de midi. Pendant un certain temps, le Pôle a paru en colère, puis la tristesse s'est installée sur ses traits avant qu'il ne reprenne son air glacé.

— Je vais acheter un nouveau jeu d'échecs.

— Nous n'avons jamais terminé notre partie, dit Cape.

— C'est vrai, dit le Pôle. Et je crois que c'est à vous de jouer.

<u>40</u>

— Vous avez de la chance que je ne vous aie pas arrêté.

Corelli a regardé Cape de travers, de l'autre côté de la table, qui s'efforçait d'avoir l'air désolé alors qu'il mordait dans un sandwich au jambon et aux œufs. Le café se trouvait à deux rues de l'hôtel. Cape et Sally l'avaient quitté immédiatement, et elle était déjà partie vers l'aéroport. Cape espérait prendre le même vol, mais il savait qu'il exagérait. Dans une heure, il serait peut-être derrière les barreaux.

— Je pourrais vous faire subir un interrogatoire.

— Vous avez parlé de cela, dit Cape.

— Mais vous ne savez rien au sujet d'un homicide qui a eu lieu à Brighton Beach.

— Pas si vous m'amenez pour interrogatoire.

Corelli lui a jeté un coup d'œil de flic une minute entière avant de pousser un soupir de mécontentement.

Saisissant son propre sandwich, il a mordu férocement dedans.

— Vous êtes un connard, dit-il la bouche pleine.

— Beau n'avait pas mentionné cela ? dit Cape. Par ailleurs, je vous ai appelé, vous en souvenez-vous ?

Corelli a presque craché.

— Comme si vous aviez le choix.

— Je ne suis jamais allé là, dit Cape. Je ne connais aucun gangster russe. Je ne faisais que me promener quand ce gentil vieux monsieur m'a demandé si je voulais jouer une partie d'échecs. J'abhorre les armes à feu. Il n'y avait pas de cadavres sur la place quand j'y étais. Mon chien a mangé mon devoir...

— Assez !

Corelli a levé la main.

— Je pige. Êtes-vous bien certain de ne pas être avocat ?

— Pas moi, dit Cape. Je fais partie des bons.

— Ça reste à voir, répondit Corelli. Parlez-moi.

Cape lui a raconté ce qui s'était passé, depuis le début. Quand il a terminé de parler, son sandwich était encore chaud, mais celui de Corelli avait disparu depuis long-temps. Cape avait omis un seul détail important, et c'était Sally.

— Les flics sur les lieux du crime ont identifié le mac-chabée comme faisant partie de la pègre russe, dit Corelli. Je dois maintenant être prudent avec la brigade des homi-cides de Brooklyn. Alors, merci beaucoup d'avoir gâché mon après-midi.

— J'ai essayé de garder nos rapports amicaux.

— J'ai essayé d'arrêter de fumer, dit sèchement Corelli, mais ça n'a servi à rien.

— Je n'étais qu'un spectateur innocent.

— Ce sont des conneries, dit Corelli. Les spectateurs innocents se font tuer — c'est la raison pour laquelle on les appelle des spectateurs « innocents ». Dans mon métier, personne n'est innocent à moins d'être mort. Vous êtes, mon ami, ce que nous appelons un « instigateur ».

— Je n'ai rien entrepris à part une partie d'échecs.

Corelli s'est mis à souffler, mais a lâché prise. Au lieu de cela, il a secoué la tête et presque ri.

— Vous pensez qu'il s'agit des mêmes salauds qui ont essayé de vous tuer à San Francisco ?

— Ce serait ma supposition, dit Cape. Je ne connais pas beaucoup de tireurs embusqués.

— Vous me dites que le Pôle a les mains propres ? J'ai demandé à des types de le chercher sur-le-champ.

— Vous perdez votre temps.

— C'est pour cela qu'on me paie, répondit Corelli. Je suis flic, vous vous rappelez ?

— Pensez-vous que le Pôle tuerait son propre garde du corps ? demanda Cape.

— Sans hésiter, dit Corelli d'un ton catégorique. S'il pensait que cela pourrait lui rapporter quelque chose.

— Comme quoi ?

— Lui faites-vous confiance ? demanda Corelli.

Cape a pris la question en considération.

— Ouais, dit-il lentement. Je pense que je lui fais confiance.

— C'est peut-être ce qu'il voulait.

Cape ne savait pas quoi répondre à cela. Corelli a émis un son comme s'il allait cracher une boule de poil, mais il a repris du café avant que la méthode de Heimlich ne devienne nécessaire.

— Les flics de Brooklyn ont dit qu'il y avait une flèche plantée sur le côté d'un immeuble, juste à côté d'une fenêtre qui donne sur le parc.

— C'est à cet endroit que se trouvait le tireur.

— Bien sûr que c'est à cet endroit que se trouvait le tireur, dit Corelli. Je veux savoir d'où venait la putain de flèche.

— Elle provenait peut-être d'un magasin d'articles de sport.

Corelli l'a regardé fixement.

— Vous êtes incroyable.

— Je ne fais que mon devoir de citoyen.

Avant que Corelli n'ait pu répondre, Cape s'est lancé de nouveau.

— Ça vous dérange si je vous pose une autre question ?

— Une faveur ou une question ? demanda Corelli. Parce que vous avez déjà utilisé toutes vos faveurs.

— Une question stupide… Pourquoi moi ?

Corelli s'est mis à rire sans humour.

— Vous commencez à en avoir assez d'être dans la ligne de mire ?

— Vous voulez qu'on change de place ?

— Pas de chance, dit Corelli. Votre question n'est pas si stupide, mais la réponse est simple — vous deviez laisser tomber l'affaire.

— Mais si, pour commencer, le commandant et son monolithe de compagnie ne s'étaient pas arrêtés à mon bureau, cette affaire aurait probablement perdu de son importance et se serait étiolée. Les flics l'avaient déjà laissée tomber.

— Ça ne marche pas comme ça en Russie, dit Corelli. Rappelez-vous, le commandant est un ancien Soviétique, un ancien membre du KGB, un ancien membre de la *mafiya*.

— Ça fait beaucoup d'«anciens».

— Ces types dirigeaient l'Union soviétique avec une autorité absolue. Ils vous disaient de faire quelque chose, puis vous le faisiez, sans poser de questions. Ils représentaient la loi. Les gens qui résistaient disparaissaient, perdaient leur famille ou se retrouvaient dans le goulag. Si quelqu'un de la pègre russe vous avertit de laisser tomber une affaire, vous la laissez tomber comme une patate chaude, même si vous êtes flic.

— Nous ne sommes pas en Russie.

— Dites cela au commandant la prochaine fois que vous le verrez.

— Mais…

Corelli l'a interrompu en levant la paume.

— Permettez-moi de vous poser une question — qu'adviendrait-il de l'affaire si vous vous faisiez tuer?

Cape a commencé à répondre, mais s'est ressaisi tandis que la réponse allait franchir ses lèvres.

— Les flics enquêteraient… commença-t-il.

— Pour combien de temps?

— Beau ne laisserait pas les choses en rester là, dit Cape avec assurance.

— C'est vrai, dit Corelli. Mais sans le service derrière lui...

Il s'est abstenu d'en dire plus.

Cape a hoché la tête avec réticence.

— Si l'affaire se refroidit...

— Ce qui arriverait, parce que le commandant laisserait tomber toutes les choses dans lesquelles il est impliqué juste assez longtemps pour que les flics passent à autre chose.

— Puis l'histoire de ma cliente au sujet de son ami qui s'est fait jeter en bas d'un pont...

— ... n'est qu'une histoire sur laquelle personne n'est disposé à enquêter, dit Corelli. Rappelez-vous, ces types se fichent complètement de savoir jusqu'à quel point les choses deviennent sales, ou que quelqu'un sache qu'ils sont les méchants. Vous disparaissez, leur problème disparaît, un point c'est tout — parce que personne n'ayant du bon sens ne va reprendre les choses là où vous les avez laissées.

— Comment un type comme le commandant a-t-il pu entrer au pays, si son nom est sur une liste de surveillance?

— C'est facile, dit Corelli. Il ne fait pas de demande de citoyenneté, c'est pourquoi tout ce dont il a besoin, c'est d'un visa pour entrer au pays.

— Ne doit-on pas faire une demande pour recevoir un visa? Le ministère des Affaires étrangères est censé avoir le commandant sur une liste de surveillance.

— Supposons qu'il va à l'ambassade américaine de Moscou et qu'il fait une demande pour recevoir un visa — ils vérifient leur liste et ils le renvoient. Il n'a qu'à se rendre vers un autre pays où on lui permet de voyager, comme la Lettonie, et il obtient un passeport sans tache.

— Que voulez-vous dire par « sans tache » ?

— Il remplit la nouvelle demande sans mentionner le moindre casier judiciaire, répondit Corelli, ce qui est hautement illégal selon la loi américaine, mais personne n'en a vraiment rien àfoutre en Lettonie. Alors, maintenant qu'il possède un passeport sans tache, il contacte quelques amis aux États-Unis et il leur demande d'écrire une lettre en sa faveur à l'ambassade américaine de Lettonie.

— Disant quoi ?

— Qu'il est un important associé d'affaires, un investisseur majeur ou un type vraiment bien. Les abrutis de l'ambassade reçoivent la lettre, émettent un visa de trente jours, et le commandant prend l'avion pour entrer au pays à partir de la Lettonie.

— Juste comme ça ?

Corelli a acquiescé.

— Et une fois qu'il est ici, personne au ministère des Affaires étrangères ne le tient à l'œil, il peut donc voyager librement partout aux États-Unis.

— C'est renversant, dit Cape.

— C'est ce que les politiciens appellent une « faille ».

Cape n'a rien dit. Il pensait à une faille qui était assez grande pour que le commandant et Ursa se glissent à l'intérieur, et il a réalisé que suivre leurs mouvements allait être presque impossible. Toutes ses astuces habituelles et ses recherches en ligne pour des dossiers de crédit, une dernière adresse connue, des demandes de permis de conduire étaient inutiles. Les hommes qui le pourchassaient ne pouvaient pas être pourchassés.

Corelli devait avoir deviné le fil de ses pensées, parce qu'il a adouci le ton.

— Ils n'ont trouvé que du sang près du Russe qui est mort. Vous avez été blessé ?

— Je suis secoué, pas remué, dit Cape. Mais je vivrai.

— C'est dommage, répondit Corelli, sa voix retrouvant son ton bourru habituel. J'avais parié avec Beau que vous ne quitteriez pas Brooklyn vivant.

— Vous pourriez toujours engager des paris sur San Francisco.

— Nous l'avons déjà fait.

— Merci, Corelli.

Cape a mis de l'argent sur la table, s'est levé et a tendu la main.

— Je vous en dois une.

— C'est l'euphémisme de l'année.

Corelli s'est levé et lui a serré la main.

— Surveillez vos arrières.

— Si jamais vous venez à San Francisco…

— Ne vous inquiétez pas, je ne passerai pas vous voir, dit Corelli. J'aimerais me rendre à la retraite.

41

LE TRAJET VERS L'AÉROPORT était légèrement plus long qu'un roman russe.

Cela laissait beaucoup de temps pour faire un appel. Cape a composé un numéro qu'il connaissait par cœur et a été surpris quand Beau a répondu à la troisième sonnerie.

— Tu es à ton bureau? dit Cape, incrédule. Je pensais que la rue était ton bureau.

Beau a grommelé dans le téléphone.

— Depuis que tu as quitté la ville, les affaires ont été agréables et tranquilles. Cela donne à un fonctionnaire besogneux comme moi une chance de se rattraper dans toutes ces conneries de travaux administratifs que je dois faire.

— L'argent de mes impôts au travail.

— Amen, répondit Beau. Mais n'oublie pas, tu es le crétin responsable de la moitié de la paperasse qui est sur mon bureau.

— C'est noté.

— Mais ce n'est pas la raison pour laquelle tu as appelé, n'est-ce pas ? demanda Beau, sa voix tonnante paraissant omnisciente au téléphone. Je viens de parler à Corelli.

— Merde !

— Il a dit que tu étais venu en ville et que tu laissais un cadavre pour qu'il le ramasse.

— Je ne suis pas au courant, inspecteur.

— Tu es une menace.

— Mon instinct de fuite a pris le dessus.

— C'est à peu près le seul instinct que tu n'as pas. Que veux-tu ?

— Avez-vous analysé l'héroïne que vous avez trouvée dans l'appartement du producteur qui est mort ?

Cape a entendu la respiration de Beau au bout du fil.

— Que veux-tu dire par « analyser » ? Nous lui avons fait passer le bon vieux test du goût, et elle l'a passé. Ça goûtait la came, ça ressemblait à de la came… ce doit être de la came. Ce n'est pas du sucre en poudre, si c'est ce que tu veux savoir.

— Et le labo ?

— Bien sûr, nous envoyons toujours un échantillon aux hommes du labo, pour faire des recherches sur ce qu'il contient. Le rapport est probablement quelque part sur mon bureau.

Cape a entendu un bruissement de papiers en bruit de fond. Il avait vu le bureau de Beau.

— Qu'est-ce que tu déterres ?

— Corelli a mentionné quelque chose au sujet de l'héroïne turque, dit Cape. Il a expliqué qu'elle est différente de la came qui provient de l'Asie.

— Ouais, il a raison. Et alors ?

— Je veux savoir d'où provenait l'héroïne qui a été trouvée dans l'appartement du type qui est mort.

— Pourquoi ?

Le bruissement a cessé alors que Beau accordait toute son attention au téléphone.

— Je pourrais savoir qui l'a mise à cet endroit.

— Qui ?

— Mes amis russes.

— Tu penses que les Russes font un jeu pour le commerce local de la drogue ?

— Non, je ne pense pas.

— Alors, quoi ?

— C'est quelque chose de plus gros, dit Cape. De bien plus gros.

42

— GUMMY, NE T'ENFUIS PAS.

Vincent avait prononcé doucement les mots, comme s'il essayait d'amadouer un chaton pour le faire descendre d'un arbre, mais cela n'en valait pas la peine. Gummy a pivoté sur ses talons et a détalé, frappant de plein fouet la poitrine de Beau, rebondissant et tombant sur le derrière. Vincent s'est penché et l'a saisi délicatement sous les bras pour l'aider à se relever.

Ils se trouvaient à trois mètres de la grand-rue de Broadway, dans une ruelle appelée Romolo. Puisqu'elle avait un nom, Romolo était théoriquement une rue, mais elle obliquait brusquement en haut de Broadway et se heurtait à une impasse à moins d'un pâté de maisons, en haut de la colline. Une chose était sûre, elle ressemblait à une ruelle. Mais caché sur le côté gauche, à mi-chemin vers le haut de la ruelle, se trouvait l'hôtel Basque, dont le mot « hôtel » était indiqué seulement par une enseigne bleue au néon. Et au rez-de-chaussée de l'hôtel se trouvait le 15 Romolo, un des repaires les plus obscurs dans une ville connue pour ses bars et ses restaurants. Entre un tripot et un bar de style décontracté, il attirait une foule éclectique qui incluait des avocats, des publicitaires, des étudiants diplômés et le truand occasionnel avec une dépendance à la méthamphétamine, comme Gummy. Quand il est sorti pour fumer une clope, Vincent et Beau attendaient.

Gummy les a regardés l'un après l'autre, les traits tirés. Il portait un costume noir coûteux, froissé de la tête aux pieds comme s'il l'avait porté pour dormir. Ses yeux étaient noirs et nerveux, ses cheveux gras et rares, ses mains tremblantes. Il avait le teint d'un accro à la *meth*. Les bords de sa bouche étaient étirés et grêlés, les lèvres enveloppant des gencives saignantes. Les dents du devant, en haut et en bas, avaient été limées jusqu'aux racines déchiquetées.

— Comment l'accoutumance te traite-t-elle, Gummy?

Beau paraissait réellement inquiet. Il a reconduit Gummy en haut de la colline, vers le bout de la ruelle.

Gummy s'est dandiné d'un pied à l'autre dans une danse spasmodique, un marcheur sur le feu qui réalisait trop tard que les charbons sous ses pieds étaient brûlants comme l'enfer.

— Je ne consomme plus de *meth*, dit-il.

Vincent a hoché sympathiquement la tête.

— Ça devenait trop coûteux, hein?

— L'a-a-argent n'est pas un problème, dit Gummy. J'a-a-a-ai des relations.

— C'est vrai, dit Beau, comme s'il venait de se rappeler. Tu es avec l'équipe de Frank Alessi.

Gummy a commencé à répondre, mais il a finalement craché du flegme sur le veston de Vincent. Beau a couvert un rire en faisant semblant de tousser dans sa main. Il n'aurait pas été surpris si Vincent avait sorti son revolver et s'il avait descendu Gummy sur-le-champ.

— Je ne suis pas au courant de *ces conneries*.

— Ce n'est pas ce que tu viens de dire, dit Beau d'une voix amicale. Tu as dit que tu avais des relations.

Vincent a essuyé délicatement le revers de son veston avec un mouchoir.

— C'est la raison pour laquelle nous voulions te parler, Gummy.

Les yeux de Gummy ont bondi hors de sa tête comme dans un dessin animé de Tex Avery.

— J'ai des a-a-amis haut placés.

Beau a regardé par-dessus la tête de Gummy.

— Vinnie, de quoi le commerce de *meth* est-il passible ces jours-ci ?

Vincent a plié et rangé le mouchoir, fronçant les sourcils.

— Une période d'un minimum de cinq ans, je pense. L'assemblée d'État vient de la prolonger.

Gummy a tressailli, puis il est resté silencieux pendant une seconde.

— Je ne négocie pas.

— C'est là le problème, dit Beau. Si tu ne traites pas avec nous, tu devras faire face à un jury. Tu vois, Gummy, j'ai des relations, moi aussi, à la brigade des stupéfiants. Ils m'ont dit que tu as fait appel à tes relations pour commencer à faire circuler l'héro que tu consommes, afin que tu puisses l'avoir en gros et joindre les deux bouts.

Vincent est intervenu.

— Suivant la quantité, le jury pourrait y aller avec deux ans de prison, trois avec sursis et mise à l'épreuve.

Les yeux de Gummy ont commencé à larmoyer.

— Combien de temps penses-tu que tu tiendrais à l'ombre ? demanda Beau.

— J'ai lu quelque part que les toxicomanes peuvent se retrouver en état de choc s'ils se font couper les vivres, dit Vincent.

— Il est difficile de se piquer en prison, dit Beau tristement.

— Pourquoi un type avec des relations, comme toi, a-t-il commencé à consommer en premier lieu ? demanda Vincent.

Gummy a repris sa danse du feu.

— Je dois garder mon esprit aiguisé, vous savez ? L-la *meth* te garde vigilant. Un type de mon âge a besoin d'un esprit aiguisé.

Beau a hoché la tête comme s'il comprenait, et c'était bien le cas. Même avant qu'il ne quitte la brigade des Stupéfiants, le *crystal meth* était devenu une épidémie. Ce qui confondait les responsables de l'application de la loi, c'était l'attrait inattendu de la drogue auprès des citoyens normalement respectueux de la loi. Les camionneurs l'utilisaient pour rester éveillés pendant de longs voyages. Des hommes et des femmes d'âge mûr essayaient de retrouver l'énergie et la vitalité de leur jeunesse. La communauté gay voulait une drogue qu'elle pouvait considérer comme étant la sienne. La méthamphétamine avait quelque chose à offrir pour tout le monde, une secousse sismique d'euphorie apportée directement au cortex cérébral. Personne n'avait vu le côté sombre des petits cristaux blancs avant qu'ils ne se propagent des deux côtes vers le Midwest, des villes vers les banlieues. La dépendance arrivait sans avertissement ni remords. La méthamphétamine était un voleur de corps qui vous suçait jusqu'à vous dessécher, laissant derrière elle un cadavre ambulant trop épuisé pour se rendre compte qu'il était déjà mort.

— Tout le monde a besoin d'un esprit aiguisé, dit Beau. Mais Frank ne négocie pas de la camelote, Gummy. Même un gros enculé comme Frank a des standards.

— Qu-qu'êtes-vous en train de dire ?

— Je dis que c'est une chose d'être jugé par un jury, mais une tout autre chose de se faire juger par Frank. La *meth* est une drogue de la rue, Gummy. Peu de rentabilité, beaucoup de risque. Frank est au courant de ton petit passe-temps ?

Gummy a tressailli. Il se serait mis à claquer des dents, s'il lui en était resté.

— Il sait que j'en consomme — que j'en *consommais*. Il a dit qu'il me trouverait de l'aide. Je suis dans un programme — en douze étapes.

— C'est formidable, dit Beau. À quelle étape es-tu rendu ?

— J'ai oublié.

— Ne te casse pas la tête, Gummy. Douze, c'est beaucoup d'étapes à suivre.

— S-s-sans déconner.

Vincent s'est penché tout près et a presque murmuré.

— Frank ne sait pas que tu *négocies*, Gummy.

La tête de Gummy a pivoté.

— Vous n'allez pas le lui dire ?

— Pas si tu nous aides, dit doucement Beau. Il ne s'agit pas de toi, Gummy.

— Il s'agit du zoo, dit Vinnie.

— Tu es allé au zoo, Gummy ?

Gummy a regardé Beau, puis Vincent, les yeux soudainement clairs.

— Non, pas dernièrement. Pas depuis que j'étais gamin.

Beau a hoché la tête.

— Vinnie et moi, nous venons d'y aller. Tu sais ce que nous avons trouvé ?

Gummy a regardé ses chaussures et a hoché la tête.

— Cecil.

— *Ouais*, dit Beau avec éclat. Tu as toujours eu la mémoire des noms.

Vincent a hoché la tête.

— Nous avons besoin d'un nom, Gummy.

— Nous voulons seulement l'homme qui a provoqué les choses, dit Beau d'une voix apaisante. Ça n'a pas besoin d'aller plus loin.

— Frank ne saura jamais rien de tout cela, ajouta Vincent.

Les lèvres de Gummy ont commencé à tressaillir alors qu'il faisait grincer ses dents gâtées les unes contre les autres. Quand il a parlé, sa voix était presque calme, comme s'il était descendu d'une montagne épouvantable et rassemblait ses forces pour sa prochaine ascension dans la folie.

— Je ne sais rien, vous comprenez ?

Beau a saisi le changement de ton.

— Bien sûr que non, Gummy. Nous n'avons même pas cette conversation.

— C'est juste, répondit Gummy. Nous ne l'avons pas. Mais si nous l'avions — si nous parlions, dans ce cas je pourrais vous dire de jeter un coup d'œil à un type nommé Anthony.

— Anthony a un nom de famille ? demanda Vincent.

Gummy a hoché la tête.

— Je ne le connais que sous le nom d'Anthony. Les types l'appellent parfois « le Grand Anthony », parce qu'il est grand. Mais il n'est pas si grand pour un batteur. Plutôt maigrichon, vous savez. Il ressemble plutôt à un oiseau.

— Quel genre d'oiseau ?

— Un faucon, dit Gummy. Le type ressemble à un faucon.

Vincent a regardé Beau, qui a hoché la tête. Étirant le bras droit autour des épaules de Gummy, Beau a fléchi son biceps, attirant Gummy tout près de lui et lui brisant presque le cou. C'était un geste qui était simultanément tendre et terrifiant. Gummy a haleté alors que Beau murmurait intensément à son oreille.

— Il vaut mieux que tu trouves ces douze étapes, sinon je te tuerai moi-même, dit-il. *Éloigne-toi de cette saloperie, Gummy.*

Beau a détendu son bras et s'est dirigé vers le bas de la colline.

Gummy a observé les deux enquêteurs s'éloigner. Une fois qu'ils ont été hors de vue, il s'est assis lourdement sur le trottoir et a fouillé frénétiquement dans ses poches afin de trouver un briquet.

Beau et Vincent n'ont rien dit jusqu'à ce qu'ils aient tourné le coin, à Columbus, et dépassé deux ou trois restaurants italiens. Il était encore assez tôt pour que North Beach attire des touristes. Au quatrième auvent, Beau s'est arrêté subitement et a poussé la porte, saisissant deux tabourets avant que Vincent ne le rattrape. Lorsque Vincent s'est retrouvé assis épaule contre épaule avec son partenaire, Beau avait commandé deux verres de téquila.

— Nous célébrons ? demanda Vincent.

— Non, dit Beau. Je déteste la putain de téquila. C'est une punition.

— Nous avons un nom.

Beau s'est tourné pour faire face à Vincent.

— Qu'en penses-tu ?

— Du nom ? dit Vincent. Je pense que le nom est probablement bon.

— Ce n'est pas ce que je voulais dire, dit Beau. Que penses-tu d'avoir rudoyé Gummy ?

Vincent a avalé d'un trait la téquila et a grimacé.

— Je me sens comme une ordure manipulatrice.

Beau a hoché la tête et a commandé deux autres téquilas.

— Ça ne me dérange pas de faire peur aux types endurcis, à ceux qui ont besoin de se faire donner une leçon. J'aime bien être un flic dur à cuire de temps en temps.

— Mais un gars comme Gummy…

Vincent s'est abstenu d'en dire plus.

— Ouais.

Beau regardait droit devant lui, vers son propre reflet dans le miroir derrière le bar.

Vincent a fait signe au barman d'attendre un peu avant d'apporter une deuxième téquila. La première accomplissait déjà sa magie, rongeant son estomac vide.

— Alors, que faisons-nous maintenant?

— C'est facile, dit Beau. Nous allons à la chasse à l'oiseau.

43

— JE PENSE QUE TU L'AS DÉJÀ TUÉ.

Les lames d'acier ont émis un «bing» satisfaisant alors qu'elles heurtaient le panneau de bois. Si cela avait été un homme réel, contre le panneau, au lieu d'une silhouette, il aurait été tué dix fois en raison des étoiles métalliques dans ses yeux, des lames d'acier dans son cou et de la lance qui sortait de son cœur. Cape a tressailli d'une douleur compatissante tandis que les flèches en métal, avec des queues de fil vivement colorées, volaient à travers la pièce et frappaient l'homme, sur le panneau, carrément dans l'entrejambe.

— Je crois qu'il faut être minutieux, dit Sally.

Vêtue de noir de la tête aux pieds, elle semblait apparaître et se volatiliser comme par magie alors qu'elle traversait les rayons de soleil qui entraient à flots dans le loft par les lucarnes au-dessus de leur tête.

— Tu fais sortir tes frustrations par rapport à la fusillade de Brooklyn ?

— Je manque d'entraînement, dit Sally. J'aurais dû clouer ce salaud.

— Tu l'as peut-être fait.

— Les flics n'ont pas trouvé de cadavre, répondit-elle. Au mieux, il a eu une épaule perforée.

— Mais nous n'avons pas été tués, dit Cape. Étant donné les circonstances, ce n'est pas mal.

— Ce n'est pas assez bon, répondit Sally. Si on tue les méchants *maintenant*, on n'a pas à craindre qu'ils causent des ennuis *plus tard*.

— Ça ne fonctionne jamais comme ça dans les films.

— Nous ne sommes pas dans un film, dit Sally. Si nous l'étions, je serais une blonde à la poitrine généreuse et tu ressemblerais à George Clooney.

— Pas à Brad Pitt ?

— J'essaie de te donner une chance.

— Si nous étions dans un film, il devrait également y avoir un intérêt amoureux.

— Qui en a le temps ?

Cape a souri.

— Beau envisageait de te demander pour sortir avec lui jusqu'à ce que je le convainque de ton parti pris contre les hommes.

— J'aime Beau, dit Sally. Ce serait une honte de devoir lui faire du mal.

— Tu pourrais le laisser tomber facilement.

— Je voulais dire physiquement.

Elle s'est dirigée vers le panneau et a commencé à enlever les flèches en métal, glissant chacune d'elles dans une poche cachée dans sa manche.

— Tu veux toujours parler à Freddie Wang ?

— Ouais, dit Cape. Mais je vais d'abord aller voir Frank Alessi. Il sait parler.

— Freddie aussi, mais pas avec un *gwai loh* comme toi — à moins qu'il n'en ait envie.

— Voyons comment ça se passe avec Frank, dit Cape. Nous verrons si j'apprends quelque chose.

— Tu es certain de vouloir perdre ton temps avec ces types ?

— Tu veux de la drogue à emporter dans cette ville, tu fais affaire soit avec les Chinois, soit avec les Italiens.

— Tu es le détective, dit Sally, retirant la lance du panneau. Je ne suis que le numéro de cirque.

Cape a fait un signe de tête en direction de la lance, qui se terminait par une courbe à deux dents, comme un ouvre-boîte.

— Quel âge avais-tu quand tu as appris à lancer cette chose ?

Sally a soulevé la lance et l'a dirigée vers la lumière.

— Pas avant d'avoir huit ans.

Cape ne savait pas trop ce qu'il faisait quand il avait huit ans, mais il était assez sûr qu'il avait une pierre dans la main. Peut-être de la gomme à mâcher, mais certainement pas une lance.

— Quelqu'un nous a suivis à Brighton Beach, dit Sally. Sinon quelqu'un a dit au tireur embusqué que nous venions.

Cape a hoché la tête.

— Corelli et le Pôle étaient les seules personnes qui savaient que nous allions revenir. Il est hors de question que Corelli nous ait vendus, et je ne vois pas le Pôle assassiner son propre type, malgré ce que Corelli peut penser. Il vit selon un code.

— Je pense qu'il s'appelle le « code pénal », dit Sally. C'est un criminel.

Cape a entendu la voix du Pôle dans sa tête. « Qu'est-ce qui est criminel ? »

— Nous avons été suivis, dit Cape.

— Le Pôle a également parlé de *la confrérie*, dit Sally. Et si lui et le commandant sont — comment a-t-il appelé cela ?

— « Voleurs d'après la loi », dit Cape.

— Mets-le sur la liste, dit sévèrement Sally.

— D'accord, il est sur la liste.

— Qui d'autre savait que tu étais à New York ?

— Après ma visite à Empire, tous les suspects habituels, dit Cape. Adam, Harry, Angelo. La réceptionniste, si tu veux faire cela dans les règles. Beau, bien sûr.

— N'oublies-tu pas quelqu'un ?

— Qui ? demanda Cape, puis il a répondu lui-même. Tu veux dire Grace.

Sally a acquiescé.

— Elle le savait avant que tu partes. Ça fait beaucoup de temps pour organiser quelque chose.

— C'est ma cliente.

— Qui s'enrichit de la grosse chute du pont de son ami Tom.

— Alors, pourquoi commencer une enquête ?

— Pour détourner les soupçons, bien sûr, dit Sally. Ça arrive tout le temps dans les films.

— Nous ne sommes pas dans un film.

— C'est l'un ou c'est l'autre.

— Tu es paranoïaque.

— Pas toi? demanda Sally. Tu es celui qui a une cible dans le dos.

Elle s'est dirigée à l'autre bout du loft, gardant le dos tourné à Cape. Quand elle a atteint le mur le plus éloigné, Cape a réalisé qu'il se trouvait entre elle et le panneau d'entraînement, légèrement à droite. Avant qu'il n'ait pu dire quoi que ce soit, Sally a pivoté sur ses talons et a lancé violemment la lance d'une seule main. Il pouvait encore la sentir siffler devant ses oreilles quand elle a heurté le panneau.

Le seul bruit dans le loft provenait de la lance, des notes basses et aiguës qui alternaient alors qu'elle oscillait dans un mouvement de va-et-vient. Elle avait pénétré plus profondément cette fois, ayant frappé exactement le même endroit sur le panneau que lors du lancer précédent. Sally a regardé le panneau, puis Cape, et elle a fait la révérence.

— Pour mon prochain tour, je vais faire disparaître quelqu'un de la salle. Quelqu'un est volontaire? *Quelqu'un?*

Cape a levé les mains.

— J'essaie de deviner — tu veux t'exercer?

Sally s'est inclinée avec reconnaissance.

— Appelle-moi quand tu seras prêt à aller visiter Freddie Wang.

— Compte sur moi.

44

CAPE A SENTI LA POUSSÉE D'ADRÉNALINE d'une violence imminente.

Il détestait admettre que c'était plaisant, mais c'était le cas. Cape avait décidé que sa visite à Frank Alessi devait être faite sans prévenir. L'approche avait fonctionné à New York, et Frank n'aimait pas la compagnie. Il n'aimait pas non plus Cape, ce qui aggravait le problème. Par ailleurs, se présenter sans être invité donnait à Cape une excuse pour donner un coup de poing à autre chose qu'un mur.

Cape avait étudié les arts martiaux quand il était plus jeune, mais il s'était toujours considéré comme non violent, jusqu'à ce qu'en tant que journaliste, il ait été embourbé dans des situations qui nécessitaient un choix. La plupart des gens ont le luxe de conduire dans les mauvais quartiers sans lever le pied de l'accélérateur, devant les crimes imminents qui arrivent dès que leur voiture tourne au coin, au moment où le soleil se couche ou que les bars ferment. Mais si vous restez dans les parages et si vous observez les crimes, vous vous mettez à en faire partie, que vous le vouliez ou non. Ne faites-vous que continuer à observer la scène et écrire ce que vous avez vu plus tard, ou vous intervenez?

La première fois que Cape avait vu un proxénète tabasser une de ses filles, la décision avait été prise pour lui. Cape avait recueilli les morceaux des dents cassées du proxénète entre ses propres jointures ensanglantées avant même qu'il ait cessé de penser. Il avait simplement réagi et, dans ce moment viscéral, il avait découvert sa propre capacité pour la violence. Il faudrait des années avant qu'il découvre sa vocation, mais il avait su dès lors qu'il n'était pas vraiment fait pour les affaires journalistiques. Il s'était regardé dans le miroir ce soir-là et avait réalisé qu'il préférait avoir les jointures meurtries plutôt que les mains couvertes de callosités à cause de l'écriture.

L'immeuble de Frank Alessi était au coin de Broadway et de l'avenue Columbus, juste en face de Big Al's, un point de repère tristement célèbre de San Francisco. Alors que la plupart des librairies pour adultes étaient des devantures anonymes coincées entre des boîtes de striptease dans le quartier chaud, Big Al's annonçait fièrement sa présence avec une enseigne au néon de six mètres de grandeur au coin de deux des rues les plus animées de la ville. L'enseigne avait la forme d'un gangster avec une mitraillette et un cigare fumant. Le bureau de Frank était à la même hauteur que le gangster du néon, et Cape s'était souvent demandé si c'était de cette façon que Frank se percevait, dominant San Francisco et plus grand que nature.

Et Frank allait devenir plus gros de jour en jour, si sa commande de dîner était un indice. Au restaurant italien d'à côté, on prenait sa commande et on la donnait à Chuck, le type chargé de la livraison, comme on le faisait presque chaque soir. Cinquante dollars plus tard, Chuck est rentré chez lui pour la soirée, et Cape détenait le dîner de Frank. Dix dollars supplémentaires avaient payé la casquette de baseball de Chuck, décorée du logo du restaurant.

La dernière fois que Cape avait rendu visite à Frank remontait à presque un an, mais il doutait que beaucoup de choses aient changé. Frank était un animal qui avait ses habitudes, et Cape avait surveillé la porte d'entrée durant les deux dernières heures. Il supposait qu'il y avait environ quatre types dans l'immeuble — un au rez-de-chaussée, près de la porte d'entrée, un dans le couloir à l'étage, et deux dans le bureau, avec Frank. Il y en avait toujours deux avec Frank.

Cape ne s'inquiétait pas des deux derniers, parce qu'il espérait avoir toute l'attention de Frank d'ici là. Frank n'était pas le genre à faire quoi que ce soit d'imprudent, à moins que vous ne représentiez une menace, mais il n'était pas non plus enclin à vous inviter à entrer simplement pour faire la conversation. C'était un test grotesque de Frank — si on parvenait à entrer, il pouvait écouter.

Cape a cogné et il a senti que le voyou derrière la porte lui jetait un rapide coup d'œil. C'était un ancien judas ; il n'y avait pas de caméra, puisque Frank était à la fois vieux jeu et mesquin. En outre, il était censé être un homme d'affaires légitime qui n'avait rien à craindre à part un contrôle fiscal. Apparemment, la rondeur des yeux de Cape, la casquette rouge et le sac de papier taché de graisse ont passé l'examen, parce qu'il a entendu la serrure se déverrouiller.

La porte s'est ouverte conformément au code de prévention des incendies de la Ville, Cape a donc saisi la poignée et il a tiré aussi fort qu'il pouvait. L'homme derrière la porte a fait un pas en avant, mais il s'est redressé par la suite, c'est pourquoi Cape a fait marche arrière et lui a fait violemment claquer la porte en plein visage. Il a entendu un craquement satisfaisant alors que le bois entrait en collision avec le nez de l'homme, repoussant violemment sa tête dans l'encadrement de la porte. Cape a saisi le devant de sa chemise et l'a tiré dans la rue. L'homme est atterri à plat ventre, toussant et crachant.

Cape s'est penché pour récupérer le sac de papier, est entré à l'intérieur et a verrouillé la porte. L'escalier était à droite, et il a monté les marches quatre à quatre. Il a estimé qu'il faudrait peut-être trente secondes avant que les martèlements à la porte ne commencent.

Prenant le sac dans sa main gauche, il a tendu la main sous sa veste et saisi le revolver. Il avait apporté le Ruger pour sa valeur d'intimidation et, tandis qu'il parvenait à l'étage, il a armé le revolver et viré vers la gauche.

Il faisait face à l'entrée d'un salon, près du couloir du deuxième étage, où un homme trapu avec des cheveux qui se faisaient rares était assis en train de regarder la télévision et de fumer une cigarette. Quand il a entendu le déclic du chien, il a tourné brusquement la tête, la bouche ouverte, et a laissé tomber sa cigarette sur le tapis. Il a cligné des yeux rapidement pour faire disparaître l'hallucination, un livreur avec un revolver, sur le point de lui faire sauter la cervelle.

— Auriez-vous l'obligeance de jeter ça dehors, dit Cape avec douceur, à moins que vous vouliez nous attirer des ennuis avec les sapeurs-pompiers.

L'homme l'a dévisagé, perplexe.

— La cigarette, dit Cape plus fermement. Ramassez-la et jetez-la dehors.

Gardant les yeux sur Cape, l'homme s'est penché et a palpé le tapis jusqu'à ce qu'il accroche le mauvais bout du mégot qui se consumait, qu'il jure et qu'il retire la main brusquement. La deuxième fois, il a regardé par terre. Il s'est étiré maladroitement pour atteindre le cendrier près de sa chaise.

Cape a hoché la tête.

— Adoptez maintenant la position. À plat ventre, les mains derrière la tête.

Il a gardé le revolver levé et a ajouté :

— Et s'il vous plaît, gardez la bouche fermée — si je dois tirer, nous aurons des ennuis tous les deux.

Cape a sorti deux attaches de plastique et les a nouées fermement autour des poignets de l'homme, il a ajouté du ruban adhésif autour de la bouche, puis il a baissé les poignets et a utilisé deux autres ficelles pour bien les attacher à la ceinture. Ce n'étaient pas des menottes, mais ça l'empêcherait de rouler sur le sol assez longtemps pour que Cape accède au bureau de Frank. Cape a remonté légèrement le volume de la télévision, puis il s'est dirigé vers le couloir.

Cape a remis son revolver dans son étui avant d'atteindre les portes à deux battants, au bout du couloir.

Après avoir frappé un coup léger, il a tourné la poignée de laiton et est entré à l'intérieur.

Le bureau ressemblait à un musée d'antiquités qui aurait été transformé en magasin de meubles. Un canapé du XVIIIᵉ siècle aux pieds sculptés comme des griffes de lion partageait l'espace au sol avec des chaises à dossier de cuir qui provenaient d'une maison new-yorkaise en grès brun datant d'environ 1900. Chaque objet paraissait coûteux, mais rien n'était assorti. Les tables basses provenaient d'endroits différents, si ce n'était pas d'une autre époque, et les divers lampadaires n'étaient pas plus reliés que la justice et la loi. Dominant la pièce se trouvait un énorme bureau de teck, et derrière le bureau se trouvait un homme énorme.

Frank Alessi était resplendissant dans un costume gris pâle, des boutons de manchette et une chemise de soie blanche ouverte au col. L'absence de cravate offrait une vision nette de plusieurs mentons, pleinement révélés dans toute leur splendeur graisseuse, alors que sa tête se relevait brusquement par surprise à l'entrée de Cape.

Derrière Frank se trouvait un grand homme aux cheveux noirs, avec un front haut et un nez crochu. Cape a trouvé que le profil évoquait un faucon tandis que l'homme tournait la tête vers la porte.

— Salut, Frank, dit Cape, levant le sac de papier. Ton dîner commence à…

Deux bras aussi gros que des pythons ont encerclé Cape avant qu'il ne puisse terminer sa phrase. Il a laissé tomber le sac du plat à emporter et a eu le souffle coupé alors qu'il était soulevé du sol et pressé impitoyablement, le menton de son assaillant s'enfonçant dans son dos. À en juger par la distance par rapport au sol, l'homme qui l'étouffait était aussi grand qu'un réfrigérateur.

L'attaque a cessé aussi soudainement qu'elle s'était produite. Cape a senti la pression sur sa poitrine disparaître et il est tombé par terre, se demandant s'il avait été seulement abordé par un géant de carnaval médiocre essayant de deviner son poids. Cape a ensuite entendu son ravisseur émettre une syllabe unique.

— Aïe.

Cape n'a pas hésité. Sans se tourner, il a levé son pied droit et a balancé le talon de sa chaussure dans le cou-de-pied de son agresseur. Un autre « Aïe », plus fort cette fois. Cape s'est tourné et a donné un coup de poing à l'endroit où le plexus solaire aurait dû se trouver et s'est presque brisé la main, mais le frigo a roulé sur ses talons et il est tombé, le derrière en premier, sur le plancher de bois dur.

— Aïe — aïe — aïee! répéta le frigo.

Le garde du corps a frotté son poignet gauche avec sa main droite et a regardé Cape avec une expression blessée, ses cheveux ras et ses grandes oreilles lui donnant presque une apparence enfantine. Il n'avait même pas la moitié de la taille d'Ursa, mais une chose était certaine, il n'achetait pas ses vêtements dans le rayon du prêt-à-porter.

Cape s'est penché vers l'avant pour aider le géant pataud à se lever quand il a entendu le déclic caractéristique d'un revolver qu'on armait. Il a levé les mains en l'air et les a placées lentement derrière la tête avant de se retourner. L'homme au nez comme un bec de faucon braquait un automatique Kimber .45 sur le visage de Cape.

Frank Alessi a commencé à applaudir, un regard suffisant sur le visage.

— Quel taré, dit Frank avec admiration. Tu veux l'avoir dans la tête ou le bide ?

Cape a regardé le faucon dans les yeux et a laissé tomber les mains très doucement de chaque côté de son corps, avant de répondre.

— Tu ne me tueras pas, Frank, dit-il sur un ton égal. Tu es un pilier du devoir civique.

Cape a déboutonné lentement sa chemise pour dévoiler sa poitrine nue, puis il a rattaché les boutons.

— Aucun micro.

— Et je suis censé être impressionné ?

— Tu es censé être content de me voir, dit Cape d'une voix blessée. Nous sommes de vieux amis.

Frank a plissé les yeux et a mâchouillé sa lèvre inférieure, essayant de se souvenir avec précision de la raison pour laquelle il détestait tellement Cape.

— Tu as bousillé un de mes canapés, dit-il avec indignation, puis après coup :

— Et tu as tué un de mes hommes.

— Il n'était pas un de *tes hommes*, Frank, répondit Cape. Il se servait de toi pour la concurrence.

— Ce n'était pas ton affaire.

— Il a essayé de me tuer, et j'ai riposté, dit Cape. C'était mon affaire. Je t'ai fait une faveur, Frank, ajouta-t-il d'un ton mordant.

Frank a ouvert la bouche et l'a fermée comme un poisson, tellement furieux à la pensée de pouvoir être redevable à Cape qu'il en a oublié ce qu'il allait dire.

— En parlant de l'avoir dans le bide, dit Cape, je pense que ton garde du corps vient de gâcher ton dîner.

Il a désigné le sac de papier d'un geste, qui s'était renversé et déchiré, les pâtes et la sauce à la viande répandus sur le sol comme du sang et des boyaux.

Le visage de Frank s'est empourpré alors qu'il pointait un doigt vers Baby Huey.

— Tu étais censé l'écraser, pas le serrer dans tes bras — quel est ton problème, bordel ?

Le garde lourdaud a projeté vers l'avant sa lèvre inférieure et a frotté son poignet.

— Je pense que j'ai le syndrome du canal carpien.

Frank est presque sorti de son fauteuil.

— Tu as *quoi* ?

Le faucon s'est penché vers l'avant et a chuchoté, gardant toujours le revolver braqué sur Cape. Frank s'est retourné dans son fauteuil, incrédule.

— De quoi parles-tu, nom de Dieu ?

Le faucon a haussé les épaules en s'excusant, répondant d'une voix soumise.

— C'est un trouble nerveux dû à une activité répétée.

Le frigo a acquiescé, levant le bras gauche pour l'examiner.

— C'est provoqué en faisant le même mouvement à plusieurs reprises, comme taper à la machine ou, dans mon cas, frapper des types — je les frappe toujours de la même façon.

Le faucon a haussé les épaules et hoché la tête.

— Ça peut être vraiment douloureux, si ce n'est pas traité correctement.

Frank a regardé les voyous l'un après l'autre, la bouche ouverte.

— Putain, je ne crois pas cela.

Cape s'est immiscé dans la conversation.

— Ça pourrait être sérieux, dit-il. Nous parlons d'une blessure sur le lieu de travail, Frank. Cela signifie des bons pour l'ouvrier, des notes médicales, de la physiothérapie...

Frank a braqué un doigt vers Cape.

— La ferme, bordel.

Le doigt a pivoté vers le frigo.

— Et tu te grouilles le cul et tu vas me chercher un autre dîner avant que je te tue — espèce de putain de pédale *qui a mal au poignet*.

— Je connais un bon avocat, si tu en as besoin d'un, murmura Cape alors qu'il aidait le frigo à se lever.

Le gros homme a hoché la tête et a souri comme un enfant reconnaissant avant de se diriger vers le couloir.

— Putain de Cape Weathers, psalmodia Frank derrière son bureau. Dis-moi encore pourquoi je ne te transpercerais pas tout de suite ?

— Parce que, contrairement à toi, Frank, j'ai des amis, répondit Cape d'une voix lasse. Qui, par hasard, portent des plaques... ajouta-t-il.

— ... qui savent que tu es ici, dit Frank d'un air dégoûté.

Cape a acquiescé.

— Et ils ont très envie d'avoir une excuse pour creuser tes affaires en profondeur.

— Et tu penses que s'ils te trouvent en train de flotter à plat ventre dans la baie après m'avoir parlé, cela pourrait être considéré comme une cause probable.

— Tu sais, Frank, je ne comprends pas pourquoi tout le monde me dit que tu es stupide.

Les yeux de Frank lui sont sortis de la tête.

— Je ne peux peut-être pas te tuer aussi simplement, dit-il, mais je peux te faire un peu mal.

— Je peux te ramener ton héroïne, dit Cape d'un ton négligent.

Frank s'est redressé, lançant un regard réservé au faucon.

— Quelle héroïne ?

— Le truc que tu as vendu au producteur de films, répondit Cape. Tom Abrahams.

Frank l'a dévisagé comme s'il attendait qu'il finisse ce qu'il avait commencé à dire. Une minute entière s'est écoulée avant qu'il parle.

— Qui ?

— Comment aimes-tu l'industrie du cinéma, Frank ? demanda Cape.

Frank a voûté les épaules et a mis les deux mains sur son bureau.

— De quoi parles-tu, bordel ?

Cape a examiné Frank attentivement avant de poser la question suivante.

— Tu es allé au zoo, dernièrement, Frank ?

Les yeux de Frank sont devenus fixes.

— Je ne vais jamais au zoo, dit-il. Je ne peux pas supporter l'odeur.

Cape a hoché la tête comme s'il acceptait la réponse en la prenant au pied de la lettre.

— C'est vraiment dommage pour Otto, dit-il sympathiquement. Tu penses que sa femme va fermer l'épicerie ?

Frank a refait le numéro du poisson, sa bouche s'ouvrant et se refermant avant qu'un son ne franchisse ses lèvres.

— Que sais-tu au sujet d'Otto ?

Il a désigné le faucon d'un geste, qui a hoché la tête et déplacé le .45 pour le braquer sur la poitrine de Cape.

— Parle, dit Frank.

Cape a regardé tour à tour le revolver et Frank, puis s'est avancé nonchalamment vers le canapé et s'est assis. Quand vous jouiez aux cartes avec Frank Alessi, vous deviez bluffer à chaque tour. Frank était un rottweiler — vous lui montriez votre peur et il vous mangeait pour déjeuner, mais vous le regardiez dans les yeux et il s'asseyait là, simplement, avec une expression idiote sur le visage, se demandant quelle main tenait le biscuit pour chiens.

— Je sais que tu n'as pas tué Otto, dit Cape.

Frank a eu l'air déçu — pas de biscuit dans cette main.

— Sans blague, détective.

— Mais tu penses que Freddie Wang l'a fait.

Frank a fait un brusque mouvement de la tête de côté. Le faucon a baissé le revolver.

— Et comment est-ce que c'est de tes affaires ? demanda Frank.

— Tu penses qu'il veut ta moitié des affaires de drogue, poursuivit Cape. Il contrôle déjà l'approvisionnement, alors pourquoi ne pas prendre le contrôle de la distribution ?

— Cesse de me branler, dit Frank. Tu veux de l'argent pour de l'information, dis-le ; tu sais quelque chose, crache-le.

— Je ne sais rien, et toi?

— J'ai mes hypothèses.

— Mais tu ne peux pas les tester sans t'approcher de Freddie, dit Cape.

— Laisse-moi le temps.

— Ce sont des conneries, dit Cape. Il faudrait une armée pour s'approcher de Freddie, à moins qu'on puisse détourner un de ses types.

Frank s'est déplacé sur son siège avec impatience.

— Ce sont mes affaires, dit-il sèchement. Pas les tiennes. Tu veux me faire perdre mon temps?

— Je m'en vais voir Freddie, dit Cape d'un ton détaché.

Frank a parlé sans réfléchir.

— Je vais te donner vingt mille dollars pour le tuer.

Les yeux du faucon se sont écarquillés de surprise. Cape a eu un rire forcé et a secoué la tête, souhaitant pour l'intérêt de Beau avoir porté un micro caché.

— Je ne fais pas ce métier.

— Tu es un putain d'hypocrite, cracha Frank. Tu as tué l'un des nôtres.

— Il a tiré le premier, dit Cape. C'est différent.

— Je ne vois pas la différence.

— Alors, achète une paire de lunettes, dit Cape. Je lui transmettrai un message, si tu veux.

— En quoi cette affaire te concerne? demanda Frank. Pourquoi es-tu ici, bordel?

Cape a pensé pendant une minute avant de répondre.

— Je pense que j'ai enquêté sur la mauvaise affaire.

— Je ne serais pas surpris, marmonna Frank. Je ne sais pas pourquoi quelqu'un engagerait un connard comme toi, d'ailleurs.

— Est-ce que cela veut dire que je peux t'utiliser comme référence ?

— Va te faire foutre.

— Bonne nuit, Frank, dit Cape. Merci de ne m'avoir dit à peu près rien d'autre que des conneries.

Il a fait un signe de tête en direction du faucon avant de se diriger vers la porte. Le revolver n'avait jamais vacillé pendant tout ce temps.

— Attends un peu, dit Frank.

Cape s'est retourné.

— Tu vas vraiment voir Freddie ?

Cape a acquiescé.

— C'est mon prochain arrêt.

— Vas-y et fais-lui un message.

Cape est resté là tranquillement, attendant que Frank rassemble ses pensées, ce qui n'a pas été long.

— Dis-lui que j'ai mentionné qu'il devrait rester à sa place, dit Frank. Dans le quartier chinois.

— Autre chose ?

— Ouais, dit Frank. S'il essaie de traverser Broadway, je le tuerai.

Cape est parti. Personne n'a essayé de l'arrêter. Une minute plus tard, il traversait Broadway et se dirigeait dans le quartier chinois.

45

— Freddie Wang est un ver solitaire.

— Est-ce une véritable description d'emploi ?

— Oui, c'en est une.

Sally a amené Cape dans une ruelle tordue dont il avait toujours ignoré l'existence, quelque part près du cœur du quartier chinois, seulement à quelques rues, mais à un monde de l'activité touristique de la rue Grant. L'entrée de la cuisine du restaurant de Freddie Wang était quelques portes plus loin. Un cuisinier se trouvait à l'extérieur, en train de fumer, le visage éclairé par la faible lueur de la fenêtre d'un appartement en face. Alors qu'ils se rapprochaient, Cape a remarqué que la veste blanche du cuisinier avait une bosse sur le côté droit et il a réalisé qu'il était armé, un gardien vêtu comme l'aide-cuisinier.

— Je le vois, dit calmement Sally. Ce n'est pas un problème.

Cape a hoché la tête et a continué de marcher.

— Tu me disais à quel endroit je devais poser ma candidature pour devenir un parasite intestinal.

— Freddie Wang est un ver solitaire vivant aux frais des triades, dit Sally.

— Je pensais qu'il dirigeait les tongs.

— Il pense qu'il dirige le quartier chinois, mais il ne peut pas se foutre de la gueule de quelqu'un sans demander la permission. Il n'est qu'un autre arrêt du courrier dans le réseau.

— Un bureaucrate, suggéra Cape.

— Ouais, dit Sally, c'est exactement ce qu'il est — pas un chef ni un soldat, mais pas un civil non plus. Simplement un parasite criminel qui pense qu'il est responsable.

— Il devrait peut-être poser sa candidature au Congrès.

Sally a grogné, mais n'a pas répondu. Ils étaient arrivés à destination.

Le faux cuisinier s'est redressé pour adopter la pose d'un dur à cuire et il a dit quelque chose en cantonais. Son ton donnait à ses propos l'allure d'une menace. Il mesurait un peu moins d'un mètre quatre-vingt-cinq, trente bons centimètres de plus que Sally, et il était plus étroit d'épaules et de poitrine que Cape. Mais il assurait les arrières de Freddie Wang, c'est pourquoi il se considérait manifestement comme le joyeux Géant Vert.

Sally a souri gentiment et a répondu d'une voix faible, l'image d'une femme asiatique réservée. Quand le gardien s'est penché plus près, sa main droite s'est élancée à toute vitesse comme un cobra et est descendue vers le devant de son pantalon avant qu'il n'ait prononcé la première phrase. Sally a tordu violemment la main droite tandis que la gauche le prenait à la gorge et lui coupait son apport d'oxygène avant qu'il ne puisse crier. Les yeux du gardien se sont écarquillés, à la manière d'un arrêt sur image durant un dessin animé, exprimant une douleur intense, puis ils se sont fermés brutalement comme des portes de garage jumelles alors qu'il s'évanouissait à leurs pieds.

Cape a fait la grimace.

— Je détesterais te voir à un deuxième rendez-vous.

— Je ne crois pas aux préliminaires, dit Sally. Suis-moi.

Elle les a menés devant des cuisiniers qui semblaient en être de véritables, courant dans une cuisine trop petite pour leur activité frénétique. Chaque mur était doté de cuisinières à quatre feux, et chaque brûleur avait une casserole métallique qui vomissait la vapeur dans le plafond bas. Les yeux de Cape ont commencé à larmoyer à cause de toutes les épices, et son nez a remué comme celui d'un lapin. Il a saisi une odeur qui lui a mis l'eau à la bouche, mais le reste était un mélange indéchiffrable. Au centre de la grande pièce se trouvait un îlot avec un plan de travail en bois, et six hommes s'entassaient autour, dépeçant des poulets, des canards et une ou deux créatures que Cape soupçonnait d'être sur la liste des espèces en voie d'extinction.

Les hommes les ont regardés passer avec un mélange de vaine curiosité et de suspicion, mais quelque chose dans l'allure de Sally leur a dit qu'il s'agissait d'une visite officielle, et non pas d'un raid. Ou bien cela, ou bien ils l'ont reconnue pour ce qu'elle était et ils n'ont pas voulu que leur bite soit arrachée.

Ils ont traversé une porte battante en métal pour entrer dans un monde différent, la cacophonie de la cuisine remplacée par le bruit blanc des invités du dîner. Un enregistrement à peine audible bourdonnait à partir des haut-parleurs minuscules qui se trouvaient dans les coins, le grattement d'un luth accompagné d'un chant plaintif chinois. La salle avait des tables au centre et des banquettes le long du mur. Sally et Cape ont choisi une banquette qui permettait à l'un d'eux de faire face à la cuisine et à l'autre de faire face à l'entrée principale.

Le restaurant était au rez-de-chaussée d'un bâtiment richement orné de deux étages, au cœur du quartier chinois. Des colonnes rouges encerclées par des dragons et des tigres dorés encadraient la porte d'entrée. Deux chiens de pierre chinois se trouvaient de chaque côté du petit escalier qui menait à la grande salle à manger. Cela rayonnait d'authenticité; c'était une expérience de dîner digne d'une carte postale. Et tandis que le restaurant nourrissait les touristes durant la journée, il servait une clientèle très différente, tard dans la nuit.

Cape et Sally étaient arrivés juste après vingt-trois heures, et le restaurant était presque vide. Non loin de leur banquette se trouvait une petite table ronde autour de laquelle étaient assis un couple d'âge mûr et leur fils. Le garçon avait peut-être dix-huit ans et il avait les cheveux blonds de sa mère et le nez et le menton carrés de son père. Il portait un blouson d'entraînement arborant le logo de l'université de l'Iowa sur le devant. Ses parents se souriaient l'un l'autre tandis que le garçon utilisait ses baguettes pour chasser la dernière boulette de pâte sur la table.

— Regarde ça, dit Sally.

Cape a jeté un coup d'œil et a vu un serveur placer soigneusement un biscuit chinois devant chaque membre de la famille, commençant par le père.

Le père a cassé son biscuit chinois. Pendant qu'il lisait le minuscule bout de papier, son front s'est ridé. Il a levé les yeux vers sa femme. Elle venait de terminer de lire sa prédiction et semblait nettement mal à l'aise alors qu'elle croisait son regard. Le garçon a regardé ses parents avec consternation l'un après l'autre, son biscuit cassé toujours dans son assiette.

Le mari a dit quelque chose à la femme que Cape n'a pas tout à fait saisi, mais la réponse de cette dernière était sans ambiguïté.

— Salaud! cria-t-elle. Je le *savais*.

Saisissant son fils par le bras, elle est sortie du restaurant comme un ouragan. Le mari a jeté sa serviette sur la table avec colère et a couru après elle.

Sally a souri méchamment. Cape s'est avancé vers la table et a lu le petit bout de papier que le père avait laissé derrière lui.

« Votre femme a une liaison. Interrogez-la à ce sujet! »

Cape a haussé les sourcils et a saisi le papier de la femme.

« Votre mari vous accusera de ses propres crimes. »

La prédiction du fils était peut-être la plus insidieuse.

« Le mariage de tes parents, c'est de la comédie! »

— C'est dur, marmonna Cape.

Il est retourné à la banquette.

— J'ai vu cette combine la dernière fois que je suis venu ici.

Sally a acquiescé.

— Freddie aime se débarrasser des touristes avant que les tongs arrivent à minuit. Il a développé des techniques ingénieuses pour faire partir les dîneurs qui s'attardent.

— Mais comment peuvent-ils être aussi précis ?

— Les serveurs ont la tâche de définir le profil des clients, puis un type à l'arrière écrit les prédictions sur mesure. Au fil des années, ils sont devenus vraiment sophistiqués.

— Manifestement, dit Cape.

Les boulettes de pâte étaient arrivées pendant qu'il avait lu les prédictions. Utilisant une seule baguette, il en a transpercé une et l'a levée vers sa bouche.

— Ne mange pas ça, dit Sally avec désinvolture.

Cape s'est figé, puis il a remis la boulette dans l'assiette.

— Nous ne mangeons pas ?

Sally a secoué la tête.

— Je connais les cuisiniers.

— Mais je meurs de faim.

— Mais tes entrailles fonctionnent toujours correctement — fais-moi confiance. C'est la combine suivante de Freddie pour se débarrasser des clients indésirables.

Cape a regardé la boulette de pâte comme si c'était une mine antipersonnel et il a repoussé l'assiette.

Sally a crié quelque chose en cantonais au serveur, qui a hoché brusquement la tête avant de disparaître dans la cuisine. Après plusieurs minutes, il est revenu avec deux biscuits chinois et en a placé un devant chacun d'eux, à tour de rôle. Sally a lu le sien la première.

« Venez en haut. »

Elle a passé le bout de papier à Cape, qui lui a tendu le sien.

« Tu seras bientôt mort. »

Sally a levé les sourcils.

— Mets-toi en rang, dit Cape d'une voix lasse.

Sally a souri.

Alors qu'ils grimpaient les marches, Sally a parlé rapidement à voix basse.

— Puisque je suis ici, Freddie fera probablement son numéro à la Fidel Castro, dit-elle. Il fera semblant de ne pas comprendre l'anglais, alors je traduirai — ce qui lui donne plus de temps pour répondre aux questions.

Cape a hoché la tête.

— Quand nous aurons fini, pourrons-nous manger ?

— N'importe où sauf ici.

En haut de l'escalier, un petit couloir menait vers des portes à deux battants fermées avec un loquet de bronze circulaire qui mesurait presque trente centimètres. De chaque côté de la porte se trouvait un gardien, des Chinois jumeaux aux larges épaules et portant des costumes coûteux faits sur mesure. Cape savait qu'ils portaient des revolvers, mais ne pouvait en voir le contour ou la bosse sous leur veston. Lui et Sally ont atteint la porte, et les jumeaux se sont avancés pour fouiller les invités de Freddie.

Cape a levé les bras en forme de *T* pendant que le gardien à droite se mettait à l'ouvrage.

— Qui est votre tailleur ?

Le gardien l'a ignoré et a déplacé les mains lentement le long des jambes de Cape. Le gardien qui examinait Sally était timide au début, jusqu'à ce qu'elle crie quelque chose en cantonais qui ressemblait à une réprimande. Le gardien a rougi alors qu'il s'agenouillait et qu'il lui tapotait le bas du corps. Après quelques secondes embarrassantes de tâtonnement professionnel, les jumeaux se sont reculés et ont tiré les portes pour les ouvrir.

L'odeur écœurante de l'encens les a assaillis avant même qu'ils aient franchi le seuil. Cape a réfréné l'envie d'éternuer.

La pièce était sombre, le seul éclairage provenant d'une lampe courbée perchée sur un bureau. De la moquette épaisse — un rouge riche de la couleur du sang. Des rideaux de la même couleur recouvraient la plupart des murs, rendant la pièce presque insonorisée. Cape a aperçu des sculptures sur de petites tables, dans des coins ombragés, mais il ne pouvait pas discerner tous les détails. Même la forme et la dimension de la pièce elle-même étaient incertaines dans le nuage de fumée.

Alors qu'ils approchaient du bureau, une main noueuse est apparue dans la flaque de lumière.

De l'endroit où Cape se trouvait, la main semblait désincarnée, la Chose de *La famille Addams* rampant sur le bureau pour les saluer. Il a commencé à fredonner dans sa barbe — « Ils sont effrayants et ils sont bizarres » — jusqu'à ce que Sally le regarde d'un œil mauvais.

Deux chaises à dossier droit étaient vides, mais Sally est restée debout. Cape s'est placé à sa gauche, suivant son exemple. À la droite de Sally, un homme a émergé de l'ombre et s'est placé au repos, près d'elle, les mains fermées derrière le dos. Il était gros, ses contours convenant davantage au sumo qu'à une entreprise de restauration. Sally n'a rien fait pour reconnaître sa présence.

Alors que les yeux de Cape s'accomodaient, la silhouette floue de Freddie Wang s'est matérialisée derrière le bureau, ses doigts tordus tenant fermement une cigarette qui luisait comme un œil rouge dans l'obscurité. À sa droite se trouvait un autre homme, et malgré la faible lumière, Cape a vu qu'il était plus jeune, probablement dans la vingtaine, avec un large visage et une queue de cheval d'un noir brillant. Il a marmonné quelque chose à Freddie, qui s'est penché vers l'avant dans la lumière.

Freddie Wang forçait l'attention, une vision sépulcrale des pages d'un roman de Sax Rohmer. Son œil gauche tombait, plus petit et faible, mais l'œil droit luisait avec malveillance comme un soleil noir. C'était l'œil d'un démon. Il avait autant de poils qui sortaient de ses oreilles qu'il en avait sur la tête, où ils étaient filandreux et gris, tombant librement autour du col de son costume. Une touche finale de répulsion consistait en un groupe de trois poils noirs qui poussaient sur un gros grain de beauté sur sa joue.

La main de Freddie est retournée dans l'obscurité. On dit que les mains révèlent toujours notre âge véritable, c'est pourquoi Cape a pensé que Freddie avait au moins mille ans.

Freddie a tourné son œil noir vers Sally et a parlé rapidement en chinois. Elle a répondu dans un dialecte différent de celui qu'elle avait utilisé lors de ses échanges avec le serveur et le gardien. L'expression était toujours incompréhensible, mais elle était, en quelque sorte, plus distincte. Cape a supposé qu'ils étaient passés au mandarin.

Sally a gardé les yeux sur Freddie, mais a parlé à Cape.

— Pose tes questions.

Cape a fait un signe de tête à Freddie.

— Frank Alessi pense que vous projetez de prendre le contrôle de la distribution du commerce de l'héroïne.

Sally a commencé à répéter la déclaration en chinois, mais Freddie a réagi presque immédiatement, une toux gutturale envenimée par la colère. Quand il a terminé, Freddie s'est penché en avant et a craché dans le cendrier. Sally a parlé clairement et de manière concise.

— Frank Alessi est un porc déloyal.

Cape a gardé les yeux sur Freddie et non pas sur le cendrier.

— Frank dit que vous avez commencé une guerre quand vous avez tué Otto le Boucher.

Freddie a donné sa réponse avec la vélocité d'une mitrailleuse.

— Frank Alessi est un porc déloyal *qui ment*, répéta soigneusement Sally, et qui accuse d'autres hommes de ses propres crimes.

Cape a pensé aux biscuits chinois en bas et s'est demandé si Freddie prenait parfois le temps d'en écrire. Il a attendu quelques secondes avant de parler de nouveau.

— Frank est mécontent que vous l'ayez écarté de vos transactions avec le producteur de films.

Freddie s'est penché vers l'arrière dans son fauteuil et a marmonné quelque chose au jeune homme, qui a secoué la tête. Freddie a regardé Sally, mais n'a rien dit. Les secondes ont passé, et Cape a décidé de continuer à parler.

— Il pense que l'industrie du film pourrait être très lucrative en tant que nouveau moyen de distribution, alors il ne comprend pas pourquoi vous devriez être si avide.

Freddie est demeuré immobile jusqu'au mot « avide », et à ce moment, il a mis brutalement le poing sur le bureau et a prononcé une autre réponse saccadée.

— Si je suis celui qui est avide, dit Sally, alors pourquoi Frank est-il incapable d'être à la taille de ses propres vêtements ?

— Vous avez tué l'homme à la boulangerie, dit Cape d'un ton détaché. Celui qui ressemblait à un bretzel.

Cape a observé attentivement Freddie et a vu, dans son expression, qu'il avait compris le changement délibéré dans la formulation. Cape n'avait pas évoqué Frank dans sa dernière déclaration — il se représentait. Le jeune homme à la queue de cheval a relevé l'allusion, lui aussi, et s'est penché en avant dans la lumière. Son visage s'est tordu dans un sourire méprisant, calculé, et il a parlé sur un ton égal, dans un anglais parfait.

— Père, pourquoi perds-tu ton temps avec cette garce et son compagnon aux yeux ronds ?

L'homme costaud près de Sally a gloussé. Le jeune à la queue de cheval lui a souri cruellement, et le gros gardien a ri de nouveau, l'estomac tressautant.

La main droite de Sally a jailli si rapidement que Cape a à peine pris conscience du mouvement, à l'exception de la claque de la main sur la pomme d'Adam du gros homme. Une toux violente alors qu'il portait les deux mains à son cou et s'effondrait sur les genoux, la respiration sifflante. Personne n'a bougé ni parlé ; Freddie et son fils ont évité le contact visuel comme si quelqu'un avait pété. Les secondes ont passé. Après une longue minute de douleur atroce et âpre, le sumo est tombé lourdement face contre terre, inconscient.

Sally a souri gentiment au jeune homme derrière Freddie et a dit quelque chose en mandarin. Ses yeux se sont écarquillés, et il s'est précipité vers l'arrière sur sa chaise, se retirant dans l'ombre, à côté de son père.

Freddie a tiré une longue bouffée de sa cigarette et s'est penché vers l'avant, la fumée tourbillonnant autour de son œil qui la reluquait.

— Mon fils est jeune — il en a beaucoup à apprendre, dit-il dans un anglais prudent, les consonnes se tordant maladroitement autour des voyelles négligées. Mais il a touché un point essentiel. Dis-moi, *petit dragon*, pourquoi fréquentes-tu ce *gwai loh*?

Il a montré Cape d'un doigt tordu.

Sally a incliné la tête pour signifier qu'elle avait compris la question et a soutenu le regard de Freddie un long moment avant de répondre, également en anglais.

— Parce qu'il tient parole, dit-elle sur un ton égal. *Il comprend l'honneur.*

Puis elle a ajouté quelque chose en cantonais avant de rompre le contact visuel avec Freddie.

Freddie a cligné des yeux et s'est calé dans son fauteuil comme si Sally l'avait giflé, et Cape a réalisé que c'était exactement ce qu'elle avait fait. Elle s'est tournée vers Cape comme si Freddie n'était plus dans la pièce. Il était exclu.

— Autre chose? demanda-t-elle.

Cape a jeté un coup d'œil à l'homme à plat ventre sur le sol, puis à Freddie, l'orbe noir de son œil luisant sombrement à travers la fumée. Ce n'était pas le regard d'un homme coopératif. Cape a regardé Sally et a hoché la tête.

— Allons chercher un restaurant convenable.

Ils sont sortis, les gardiens les suivant dans l'escalier, mais ne faisant aucun geste pour les arrêter. De retour dans la rue, Cape s'est tourné vers Sally.

— Qu'as-tu dit au fils ?

— Une épithète chinoise, répondit-elle. Si l'on traduit assez librement, je lui ai dit que s'il parlait de nouveau, je lui infligerais tellement de douleur que ses ancêtres — et tous ses descendants — se tordraient de douleur pendant mille ans.

— Il semblait ému, dit Cape.

— C'est plus poétique en chinois, lui assura-t-elle.

— Il n'est manifestement pas un amateur de poésie.

— Il est jeune et effronté, dit gravement Sally, mais trop inexpérimenté pour remplacer Freddie.

— Mais Freddie vieillit.

— Freddie est déjà vieux, mais il faut plus que le vieil âge pour tuer un reptile.

Ils ont arpenté les rues suivantes en silence.

— Tu as appris quelque chose, ce soir ?

— Ouais, dit Cape. J'ai perdu l'appétit pour les mets chinois.

— Et les japonais ?

— C'est mieux — il n'y a pas de biscuits chinois.

— Je connais un endroit.

— Allons-y, dit Cape. Peut-être qu'avec un peu de nourriture dans l'estomac, je pourrai trouver du sens à cette affaire.

— J'en doute, mais au moins tu ne mourras pas de faim.

— À ce rythme, c'est probablement la seule chose qui ne me tuera pas.

— Tu vois? dit Sally. Les choses s'arrangent.

46

Anthony se sentait comme un intellectuel, sans son revolver.

Il était fier de son vocabulaire et il faisait cette randonnée hebdomadaire à la librairie Stacey's, rue Market, sans tenir compte du temps. La promenade l'amenait assez loin de North Beach pour qu'il n'ait pas à s'inquiéter de rencontrer les autres voyous de Frank, et il savait qu'il ne les verrait pas dans une librairie, à moins qu'ils n'y entrent pour utiliser les toilettes. La plupart d'entre eux ne pouvaient pas lire le journal, encore moins un livre.

C'était la chose la plus difficile quand on travaillait pour Frank, la pure banalité des conversations. « Putain de ci » et « putain de ça » tout le temps. C'était comme si Frank avait assisté à un séminaire de formation appelé « *Comment agir comme un gros malin* », des cours sur la façon d'oublier les prépositions et de couper son quotient intellectuel en deux en suivant un simple régime quotidien.

Mais Anthony avait un talent, un détachement moral et un manque d'empathie que peu de professions récompensaient, à part certaines branches de l'armée, et elles ne payaient pas assez bien. Aussi grossier qu'ait pu être Frank Alessi, il était un homme d'affaires, un produit de la sélection naturelle dans l'économie de marché. Il comprenait la valeur du talent, et Anthony avait un don. Il pouvait regarder un homme de haut, diriger vers lui son nez de faucon et lui tirer dans l'œil sans ciller, puis dormir comme un bébé. Son éthique professionnelle n'était pas encombrée par la conscience, ce qui le rendait très précieux pour un homme comme Frank.

Anthony avait choisi quatre nouveaux livres et cinq périodiques, avait payé, et il était sur le point de quitter le magasin quand un petit homme dans un beau costume lui avait tenu la porte, attendant jusqu'à ce qu'il puisse entrer lui-même. Anthony avait incliné la tête en guise de remerciements et s'était dirigé vers la rue alors qu'un grand homme noir avait surgi du bord du trottoir et lui avait souri comme s'ils se connaissaient. Le radar d'Anthony, réprimé durant sa rêverie à la librairie, avait démarré au quart de tour, mais il était trop tard. Il a senti le revolver contre son dos au moment même où le flic noir — il était sûr qu'ils étaient flics — a balancé un bras paresseux vers son plexus solaire, serrant le poing à la dernière minute et lui coupant le souffle. Anthony s'est replié et a laissé tomber son sac sur une paire de chaussures de pointure 15.

— C'était gentil de ta part de tenir la porte comme ça, Vinnie, dit Beau sur un ton sympathique.

— Nous sommes des fonctionnaires, après tout, dit Vincent d'un air songeur, se penchant pour saisir Anthony par le col.

Alors qu'il se levait, toussant, Anthony a remarqué qu'un pistolet ridiculement gros était apparu dans la main droite du flic noir. Sans un mot, Anthony a mis les mains derrière la tête et a attendu d'être fouillé.

— N'es-tu pas celui qui coopère ? dit Beau.

— Nous verrons cela, dit Vincent, tirant les bras d'Anthony vers le bas pour le menotter.

Quelques personnes traînaient dans les parages, observant la scène, mais Beau les a regardées et elles se sont dispersées. Les deux enquêteurs ont conduit Anthony à leur voiture.

Anthony a tourné la tête et a soupiré de soulagement. Le flic dans le beau costume s'était souvenu de ses livres. Il lui est venu à l'esprit que le fait d'aller en prison lui donnerait beaucoup de temps pour lire.

Aujourd'hui n'était peut-être pas un si mauvais jour, après tout.

47

Cape était au nord de la ville quand le tremblement de terre a frappé San Francisco.

Le pont Golden Gate avait résisté au séisme de 1989, mais cette fois, il avait été le premier à tomber. Les personnes qui se trouvaient sur le pont n'avaient eu aucune chance.

La circulation était modérée, un petit bienfait, mais il y avait quand même plus de quatre cents voitures qui roulaient sur la travée quand la première secousse avait frappé. La surface de la route avait gondolé et avait déferlé comme une vague, envoyant les voitures se heurter brutalement les unes contre les autres. Avant que quelqu'un n'ait réalisé ce qui se passait, le pont s'est tordu d'une seconde secousse si puissante qu'elle a causé l'impensable — un des câbles de suspension géants s'est cassé net. Le câble s'est balancé dans les deux sens, un serpent géant dispersant les piétons et les voitures comme des feuilles. Tandis que les hommes et les femmes plongeaient vers les vagues qui faisaient des remous en bas, leurs cris étaient étouffés par les hurlements du métal qui se tordait.

Sur les collines accidentées qui dominaient le pont du côté nord, une femme aux cheveux bruns observait la scène sans pouvoir intervenir alors qu'elle tenait fermement une jeune fille contre sa poitrine. Elle assistait à l'horreur pendant qu'une ombre énorme les envahissait, cachant le soleil. Le raz-de-marée n'était qu'à quelques secondes.

Grace s'est tournée vers Cape avec un large sourire.

— N'est-ce pas génial ?

Cape était sans voix alors qu'il observait le raz-de-marée balayer l'écran dans le studio de montage, emportant le pont et déferlant dans la ville près du Ferry Building. Tandis que la tour de l'horloge centenaire se cassait en deux et que la vague s'engouffrait dans les rues au sud de Market, il s'est tourné vers Grace avec un regard indigné.

— Vous venez de détruire mon appartement.

Grace a mis une main sur son genou et l'a pressé de manière rassurante.

— Ce n'était pas personnel, répondit-elle. Je devais détruire toute la ville.

— Oh, je suppose que ça va, dans ce cas.

Ils étaient assis dans une salle de montage d'Industrial Light & Magic, la pièce obscure à l'exception de la lumière provenant des écrans de télévision. Cape était assis près de Grace, sur un canapé de cuir noir, à environ trois mètres des écrans, au-dessous desquels se trouvait un jeune homme avec une barbichette et des boucles d'oreilles en forme d'anneau. Il déplaçait ses mains comme un pianiste sur une console couverte d'interrupteurs, de cadrans et de boutons coulissants. Après que la ville ait été réduite en décombres tourbillonnants par la fureur élémentaire de l'océan, il s'est tourné et a regardé Grace avec un air interrogateur.

— Vous voulez revoir la scène ?

— Absolument, répondit Grace. Peux-tu la faire jouer au ralenti ?

Quand le tremblement de terre a frappé de nouveau, Cape a saisi inconsciemment l'accoudoir du canapé pendant que Grace faisait la narration.

— L'astéroïde s'est brisé en fragments dans l'espace, expliqua-t-elle, parce que la tentative de le détruire a échoué. C'est pourquoi une pluie de météores énormes s'abat sur la Terre.

— Et quand cela est-il censé avoir lieu ? demanda Cape alors qu'il observait le câble de suspension se casser net et se tordre sur le pont, au ralenti.

Grace a fait semblant de ne pas entendre la question, trop prise par ses descriptions.

— Un des plus gros morceaux a frappé l'océan à environ cent soixante kilomètres de la côte californienne, ce qui a déclenché un énorme tremblement de terre et, bien sûr, un raz-de-marée mortel.

— Bien sûr, dit Cape, se forçant à sourire.

— Jake, appela Grace en s'adressant au monteur. Fais un arrêt sur image, ici.

Le monteur a appuyé sur un bouton. Sur l'écran, des centaines de personnes étaient près de leur voiture, tentaient d'attraper leurs êtres chers, couraient pour se rendre en lieu sûr ou regardaient simplement avec

impuissance venir leur condamnation aquatique imminente. Grace a marché vers l'écran et a fait le tour de certains personnages avec son index.

— Vous voyez ces personnes ? demanda-t-elle.

Cape a acquiescé, regardant l'écran en plissant les
yeux.

— Ce ne sont pas de vraies personnes.

— Bien sûr qu'elles ne sont pas vraies, rétorqua Cape.
Ce sont des acteurs.

Grace a hoché la tête.

— Même pas. Les personnes sont numériques à cent
pour cent, créées un pixel à la fois par un ordinateur.

Elle a fait un signe de tête en direction du monteur, qui
a appuyé sur un bouton. L'image s'est agrandie et a commencé à bouger, une image à la fois.

Cape a regardé de plus près. Les personnes sur le pont
semblaient aussi réelles que toutes celles qu'il avait rencontrées dans sa vie, jusque dans les moindres détails. Les
cheveux d'un homme étaient ébouriffés comme s'il venait
d'y passer ses mains — on pouvait voir chaque mèche se
déplacer indépendamment dans le vent. Derrière lui, une
femme avait perdu sa chaussure. Cape pouvait voir un
petit trou dans sa chaussette et la minuscule ampoule sur
son talon. Le doigt de Grace suivait les gens un par un
dans la foule paniquée, faisant remarquer des rides, des
plis et même des reflets dans leurs yeux.

— Pourquoi payer des suppléments quand on peut le
faire soi-même ?

Elle a posé la main sur l'épaule du monteur.

— Merci, Jake.

Cape examinait encore l'écran.

— C'est incroyable.

Grace a souri, manifestement enchantée de l'avoir impressionné.

— Les ICO sont d'avant-garde — pardon, les *images créées par ordinateur*. Vous avez vu les trois derniers films de *La guerre des Étoiles*?

— Bien sûr.

— Vous vous souvenez de l'extraterrestre ailé avec le nez d'éléphant? demanda-t-elle. Celui qui possédait la mère de Darth Vader et la gardait en tant qu'esclave?

— Ouais, dit Cape. Il était bleu.

Grace a acquiescé.

— Il était complètement numérique, créé par les artistes d'ici. Tout ce qu'ils ont fait pour terminer le personnage, ce fut d'engager un acteur pour enregistrer sa voix.

— Je pense que j'ai lu un article à ce sujet.

— Ce n'était qu'un personnage, mais maintenant nous pouvons en créer des centaines.

— Ce doit être coûteux.

— Ce n'est pas aussi pire que les demandes de distribution et les cachets versés aux artistes, tout compte fait, répondit Grace. Et pas de problèmes avec le SAG, le syndicat des acteurs. Mais cela devient vraiment cher et prend du temps. C'est la raison pour laquelle je suis tellement excitée — nous sommes en avance sur l'horaire avec cette scène.

Elle s'est retournée vers l'écran et a froncé les sourcils.

— Mais je pense que le raz-de-marée a besoin de plus de travail. Il doit être... *plus gros*.

Cape a semblé plein d'espoir.

— Est-ce que ça veut dire que j'aurai le temps de déménager dans un appartement au sommet d'une des collines de Pacific Heights avant que frappe le raz-de-marée?

Grace a souri pour s'excuser.

— Nous détruisons toute la ville.

Cape a haussé les épaules.

— Alors, que diriez-vous d'un dernier repas?

— C'est une bonne idée, répondit Grace, consultant sa montre. Je vous l'offre.

La cafétéria était plus jolie que la plupart des restaurants de la ville, et elle était relativement déserte. Les producteurs, les monteurs et les artistes informatiques travaillaient à des heures tellement étranges que la ruée typique à l'heure du déjeuner ne s'est pas produite. Les gens allaient et venaient à toute heure, ne prenant parfois que de la nourriture qu'ils rapportaient à leur aire de montage.

Cape a choisi un sandwich à la dinde et des frites tandis que Grace faisait le plein de salade Cobb. Une fois que les condiments et les ustensiles nécessaires ont été rassemblés, ils se sont assis à une table libre à une certaine distance des autres personnes.

— Alors, comment ça va? demanda Grace.

Cape a hésité en mordant dans son sandwich, essayant de déterminer ce qu'il allait lui dire. Il lui avait donné des nouvelles régulièrement, mais maintenant qu'il était assis en face d'elle, il réalisait qu'il avait omis quelques détails en cours de route. Grace savait qu'il avait presque été tué à la place Ghirardelli, mais il n'avait jamais mentionné que ses agresseurs étaient russes. De la même façon, il ne lui avait jamais parlé de la visite du commandant à son bureau ni d'Ursa. Cape avait décrit ses rencontres aux bureaux d'Empire, mais avait tu celles avec le Pôle. Depuis le début, il s'était réfréné instinctivement, pensant qu'il avait dit les choses au moment opportun, se concentrant sur celles qui concernaient Grace directement. Mais maintenant, Cape se demandait si son inconscient avait d'autres raisons.

Il se disait que Grace ne ferait que s'inquiéter ou qu'elle arrêterait peut-être même l'enquête si elle craignait trop pour sa sécurité. Le travail d'un détective était d'élucider l'affaire, pas d'ennuyer le client avec ses problèmes. Mais en l'examinant maintenant, alors que Grace le regardait dans l'expectative, Cape se demandait si une certaine partie de lui-même n'avait pas totalement confiance en sa propre cliente. Et après les derniers jours, il avait peur qu'il lui soit désormais impossible de faire confiance à qui que ce soit, un point c'est tout.

Il s'est secoué pour sortir de sa rêverie alors que l'expression de Grace se transformait en inquiétude par rapport à son silence prolongé.

— Ça va très bien, dit-il de façon rassurante. Si le fait de découvrir ce que vous *ne* savez *pas* est considéré comme faire du progrès, alors je suis sur le point de déchiffrer l'affaire.

Elle a souri avec bienveillance.

— Vous cherchiez un lien avec la drogue dans l'appartement de Tom ?

— Oui, dit Cape. Mais je ne suis pas certain que ce soit le bon angle. J'ai parlé à certains des personnages impliqués dans le trafic de drogue local, et je n'ai pas obtenu les réactions auxquelles je m'attendais.

— Mais ça ne veut pas dire qu'ils n'étaient pas impliqués.

— C'est vrai, dit Cape en hochant la tête. Mais soupçonner un lien et en établir un sont deux choses diamétralement opposées. Et à moins que ce ne soit le bon angle, je n'établirai jamais un mobile. Sans un mobile, il est difficile de suivre la trace d'un tueur.

Les muscles de la mâchoire de Grace ont tressailli.

— Ce qui veut dire que vous ne trouverez pas les gens qui ont tué Tom.

Cape a analysé la détermination terrible dans ses yeux, soudainement dégoûté de lui-même pour avoir eu des doutes au sujet de son intégrité.

— Je vais les trouver, dit-il. J'ai simplement besoin d'un angle nouveau.

— C'est la raison pour laquelle vous avez téléphoné au sujet du budget du film ?

— Ouais, dit-il. Comment ça va ?

— C'est une pagaille, répondit Grace, sortant une chemise de son sac et la déposant sur la table. Franchement, je ne sais pas quoi faire de cela.

— Pourquoi ? demanda Cape. Vous vous êtes occupée de tout le budget de production sur les autres films — n'est-ce pas ce que vous m'avez dit ?

Grace a hoché la tête.

— Là n'est pas la question. Je comprends les entrées, mais ça n'a aucun sens. Je pensais que Tom...

Elle a hésité avant de continuer.

— Je pensais que Tom serait plus organisé.

Cape s'est penché vers l'avant et a ouvert la chemise.

— Donnez-moi un exemple.

Grace a passé le doigt sur une colonne de chiffres du côté gauche de la première page.

— Ce sont des estimations, expliqua-t-elle. Des entrées assez habituelles pour un film de cette ampleur, séparées en trois grandes catégories : la préproduction, la production et la postproduction.

— La préproduction est le repérage des endroits pour les scènes en extérieur, c'est ce genre de choses ? demanda Cape.

— Exactement, répondit Grace. C'est tout ce qu'on fait *avant* de commencer à filmer. Une fois que les caméras commencent à tourner et qu'on est à l'extérieur, alors on est en production.

— Et la postproduction ? demanda Cape. Est-ce le montage ?

Grace a acquiescé.

— Entre autres — la post peut inclure le montage, les effets sonores, le transfert du film, la correction de la couleur et les effets spéciaux ajoutés au film.

— Comme les personnes sur le pont.

— Dans ce cas-ci, oui, dit Grace. Les effets spéciaux sont parfois classés dans la production, s'ils font partie d'une autre scène que l'on tourne vraiment, mais Tom avait séparé tous les effets numériques pour les placer dans les budgets de postproduction.

— D'accord, dit Cape. Alors, quel est le problème ?

Grace a tourné la page et a montré du doigt un tableau d'une gamme d'articles et les chiffres correspondants.

Cela ressemblait à un programme standard de feuille de calcul.

— Ils sont *censés* être exacts, dit Grace, la frustration perceptible dans sa voix. Les coûts réels encourus jusqu'à présent pour le film.

— Et alors?

— Alors d'après ceci, nous avons déjà dépassé notre budget, dit Grace, et nous avons dépensé l'argent trop tôt, là où il ne devrait pas encore être dépensé.

— Que voulez-vous dire par «encore»?

— Regardez ceci, dit Grace, montrant un chiffre du doigt. C'est censé être le total cumulé pour les effets spéciaux par ordinateur, et ça dépasse déjà le budget. Mais quand Tom a fait cette feuille, je n'avais même pas commencé à travailler avec les types ici, à ILM. Cela veut dire que Tom avait déjà dépensé l'argent sur les effets numériques *avant* que j'arrive.

— Quels effets? demanda Cape. Le premier travail sur le pont ou le raz-de-marée?

— C'est ce que je pensais, mais personne ici ne semble être au courant, répondit Grace d'une voix exaspérée. Comme je disais, nous sommes en avance sur l'horaire pour les effets, alors c'est peut-être ce qui est arrivé.

— C'est peut-être une erreur de facturation, suggéra Cape, ou certains des coûts avaient été facturés à l'avance au studio.

— J'ai la facture, répondit Grace, mais elle manque de détails. Seulement quelques dates et du temps de studio. Si je ne peux pas déterminer pour quoi je paie, je vais faire manger les frais par ILM.

— Pouvez-vous faire cela?

Grace a acquiescé.

— Je n'aime pas être dure à cuire, mais beaucoup de coûts de production sont assumés par les fournisseurs, si on est fauché. Il y a une si grande partie du coût réel qui représente le temps des gens et non pas les frais fixes que la comptabilité en devient parfois un peu confuse.

Cape a regardé les chiffres, mais ils étaient dépourvus de sens pour lui. Son expérience lui disait de toujours suivre l'argent, mais cela le dépassait complètement. Il ne pouvait même pas faire sa propre déclaration de revenus. Cette affaire avait plus de sens quand les gens tiraient sur lui.

— Quoi d'autre? demanda-t-il.

— Le budget pour les voyages est dépassé, dit Grace. Je traque encore les reçus pour cette catégorie, mais c'est presque trois fois ce que ça devrait être.

Cape a regardé fixement les chiffres comme si c'étaient des feuilles de thé.

— Autre chose?

— Les coûts des artistes sont aussi détraqués.

— Je pensais que vous créiez des acteurs virtuels par ordinateur, je ne pensais pas que vous les payiez, dit Cape.

— C'est l'idée, dit Grace. Entendons-nous bien — il y a encore *beaucoup* de vrais acteurs dans ce film, comme la femme qui regarde le pont s'effondrer — celle qui tient la fille.

— Elle était dans le dernier film.

— Exact, dit Grace. Mais Tom et moi avons parlé de garder ces coûts peu élevés en optant pour le numérique, alors je dois trouver pourquoi le budget original a été dépassé.

— Quand pouvez-vous faire cela ?

— Pas pendant que je finis ce film, dit Grace. Pour retrouver toutes les factures réelles et les dépenses encourues jusqu'à présent, puis séparer le fait de la fiction...

Elle n'a pas terminé sa phrase, secouant la tête.

— Il faudra des semaines, sinon des mois.

— Avez-vous parlé au studio ? demanda Cape.

— Bien sûr, dit Grace. Dès que j'ai vu comment les choses étaient déséquilibrées, j'ai appelé Angelo, et il m'a passé Adam.

— Comment a-t-il réagi ?

— Il n'était pas aussi furieux que ce à quoi je m'attendais, répondit Grace. Il a dit que nous ne pouvions rien faire au sujet du budget en ce moment, mais que nous étions foutus si nous ne finissions pas ce film à temps. Et vous savez quoi, il a raison.

Cape a hoché la tête, mais il n'a rien dit.

— Mais il n'était pas optimiste non plus par rapport à la situation, ajouta Grace. C'est une grosse affaire — si nous avons dépassé ce budget, même le meilleur weekend de première ne remboursera pas l'argent dépensé sur ce film.

— Cela ne modifie-t-il pas les pourcentages des gens — le partage du bénéfice ?

— Pour certaines personnes, absolument, dit Grace. Pour moi et pour la part de Tom, ce pourrait être *adios*.

— Pas pour Adam ou Harry ? demanda Cape. Ou pour le réalisateur ?

— Pas nécessairement, dit Grace, un sourire sarcastique se dessinant sur ses lèvres. C'est une vieille combine d'Hollywood — les cadres obtiennent un pourcentage du revenu brut, tandis que les artistes engagés obtiennent un pourcentage du revenu net.

— Qu'est-ce que cela veut dire en français ? demanda Cape, souhaitant ne pas avoir dormi durant le cours de comptabilité.

— Certaines personnes obtiennent un pourcentage sur la somme d'argent que le film génère au guichet — c'est le revenu *brut* du film.

— D'accord, dit Cape de façon hésitante.

— Tandis que d'autres obtiennent un pourcentage du revenu *net* — ce qui veut dire combien d'argent fait le film — s'il est rentable.

Cape a réfléchi un instant avant de dire quelque chose.

— Donc, si le film perd de l'argent, mais qu'il va quand même bien au guichet, les personnes comme Harry et Adam récoltent encore ?

— Ouais, dit Grace.

— Mais le studio perd de l'argent, dit Cape. Et ils possèdent le studio.

— C'est la partie insidieuse, dit Grace en souriant. Ça devient une somme déductible de la déclaration des revenus du studio, mais Harry et Adam sont listés comme étant les producteurs délégués du film — c'est ainsi qu'ils obtiennent leurs pourcentages individuels. Ils s'enrichissent donc même si leur compagnie perd de l'argent.

— C'est donc ce que fait un producteur délégué, marmonna Cape. Je me suis toujours interrogé au sujet de tous ces noms au début d'un film. Quand vous m'avez dit pour la première fois que vous étiez productrice, j'avais simplement supposé...

— Que je ne foutais rien ? demanda Grace à la légère. C'est une blague récurrente dans l'industrie du cinéma — si on ne sait pas ce que quelqu'un fait sur un film, on l'appelle simplement un « producteur ».

— Il semble certainement y en avoir beaucoup.

Grace a ri.

— Le film moyen a presque douze personnes différentes avec le mot « producteur » dans leur titre — *producteurs délégués, assistants-producteurs, producteurs-adjoints*, même *producteurs-adjoints collaborateurs*.

— Que font-ils tous ?

— Honnêtement ? répondit Grace. Moi-même, je ne suis pas sûre, parfois. Certains ont investi dans le film, certains ont contribué au concept original de l'histoire. Et quelques-uns, comme moi, sont de vraies personnes travaillant à la production.

— Qui font des choses importantes, dit Cape, une note taquine dans la voix.

— Ne me traitez pas avec condescendance, dit Grace. La seule différence entre George Lucas et Ed Wood était un bon producteur.

Cape a levé les mains.

— Je ne faisais que rigoler, mais ils parviennent tous à être dans le générique, n'est-ce pas ?

— Et alors ?

— Le public doit se taper une liste interminable de noms avant que le film puisse commencer.

— C'est assez ennuyeux, je dois l'admettre, dit Grace. Mais l'octroi de crédits de production aux gens limite l'augmentation du prix. Certaines personnes veulent simplement être associées aux films, peut-être devenir célèbres ou impressionner leurs amis. Ils prendront donc un plus petit pourcentage ou vendront peut-être leur idée à un studio pour moins d'argent, simplement parce que leur nom apparaît sur le grand écran.

— Je prendrais l'argent et laisserais la gloire pour quelqu'un d'autre.

— Vous êtes un type intelligent, dit Grace, serrant son bras. Soyez seulement heureux de ne pas travailler dans l'industrie du film. Vous ne survivriez jamais avec ce manque d'amour-propre.

Cape s'est penché en arrière dans sa chaise et s'est étiré. Il avait mal à la tête. Il perfectionnait l'art d'apprendre beaucoup au sujet de choses sans importance. S'il consacrait un certain nombre d'heures à passer au crible ce qu'il avait entendu, son cerveau pourrait glaner quelque chose d'utile de la surcharge d'information des deux derniers jours, mais il ne comptait pas là-dessus.

— Merci pour la leçon sur la comptabilité du film, dit-il en soupirant. La vérité, c'est que le film peut perdre de l'argent, n'est-ce pas ?

Grace a hoché la tête.

— À moins que je puisse limiter les coûts durant cette dernière semaine de tournage, nous dépasserons le budget.

— De beaucoup d'argent ?

— Presque vingt millions, répondit Grace, honteuse.

— C'est beaucoup d'argent, dit Cape.

Grace a haussé les épaules.

— Ouais, même pour l'industrie du film.

Cape s'est forcé à sourire, ne voulant pas paraître aussi frustré qu'il se sentait.

— Cela vous a-t-il aidé? demanda Grace avec espoir.

— J'ai eu la chance de manger, répondit Cape. Et cela aide toujours.

— Qu'allez-vous faire ensuite?

— Quitter la ville avant que vous finissiez ce raz-de-marée, dit Cape. À moins que vous réfléchissiez et que vous détruisiez Los Angeles à la place?

— Je suis désolée, dit Grace. Nous devons détruire San Francisco.

— Pourquoi?

— C'est dans le scénario.

Cape a haussé les épaules.

— C'est une raison aussi bonne qu'une autre, dit-il.

48

SALLY ÉTAIT SEULE DANS LE NOIR et rêvait qu'elle volait.

Elle avait de nouveau dix ans, son professeur Xan l'accompagnant à travers les marais Mai Po, une réserve naturelle consistant en étangs de crevettes au nord-ouest de Hong Kong. C'était un refuge pour les oiseaux migrateurs ; quand les étangs de crevettes étaient asséchés, chaque saison des récoltes, les oiseaux se régalaient des minuscules poissons prisonniers des bancs de boue. À cette période de l'année, les étangs étaient remplis, mais il y avait encore beaucoup d'oiseaux pour s'exercer au tir à l'arc.

Rong était avec eux, mais Sally se désintéressait complètement de lui. Un des plus jeunes professeurs, il était devenu abusif avec certaines des autres filles dans la classe de Sally, les frappant quand maître Xan ne regardait pas. Cela mettait Sally en colère ; elle pensait que Xan ne comprenait pas la situation. Les filles ne lui disaient rien, et Rong prenait soin de n'être jamais hors de portée de l'ouïe des professeurs plus âgés. Il savait ce que certaines des filles feraient si elles en avaient l'occasion. C'était un jeu dangereux, mais Sally savait que Rong ne pouvait pas s'en empêcher. Elle pouvait toujours repérer un sadique, même dans une foule de tueurs.

— Rappelle-toi, petit dragon, disait Xan. Tu dois devenir la flèche.

Sa voix était profonde et vibrante, presque affectueuse. Sally avait fait un pas vers l'arrière et à sa gauche, mais la cicatrice était toujours visible. Quand il s'était tourné pour établir un contact visuel, elle avait sauté sur son visage comme un éclair irrégulier, partant du dessous de son menton et passant devant ses yeux, jusqu'à la ligne de ses cheveux. Le chaume noir de son cuir chevelu ne faisait rien pour cacher sa progression. Les autres filles avaient dit à Sally qu'un chef d'une triade rivale avait envoyé des hommes pour tuer Xan, plusieurs années auparavant. La cicatrice était tout ce qui restait d'eux.

— Deviens la flèche, avait dit Sally sans conviction.

Xan avait arrêté leur marche dans la boue avec une main levée.

— Suis-je en train de te faire perdre ton temps, petit dragon ?

Xan dominait Sally, l'éclair dansant alors qu'il parlait.

Sally s'était inclinée.

— Non, maître Xan. C'est simplement…

— … que ça semblait un tas d'absurdités zen ?

Les yeux de Sally s'étaient agrandis, mais elle avait gardé le silence. Elle avait entendu Rong à côté, donnant un coup de pied à quelque chose dans l'herbe longue.

Probablement un petit animal. Les yeux de Xan se sont durcis, lui faisant retrouver toute son attention.

— C'est la même chose que de frapper un panneau, avait-il dit. Quand tu donnes un coup de poing, que vois-tu?

— Le panneau qui se brise, avait dit Sally sans hésitation. Avant que je le frappe.

Xan avait hoché la tête.

— C'est la même chose avec l'arc. Visualise l'endroit où tu veux que la flèche aille, puis vole avec elle.

Sally avait plissé le front, un air qu'elle avait perfectionné à l'âge de dix ans.

— Vole avec elle?

— Guide-la, avait dit Xan. Fais-la suivre ta volonté jusqu'à la cible.

Sally s'était inclinée alors que Xan saluait Rong de la main, ce dernier faisant du jogging vers un petit bouquet d'arbres au bord du marais. Le soleil se levait à peine, un léger brouillard flottant au-dessus du marais. Il n'y avait aucune autre âme en vue.

— Quand Rong frappera les branches, avait dit Xan, les oiseaux s'envoleront.

Sally avait hoché la tête, mais n'avait rien dit. Ses bras étaient de chaque côté de son corps, détendus, l'arc dans sa main gauche, un carquois de flèches de chasse sur son dos. Elle avait fermé les yeux et attendu le cri des oiseaux.

Une centaine de cris perçants avaient déchiré le silence du matin. Les mains de Sally s'étaient envolées, une flèche quittant l'arc avant que les oiseaux n'aient quitté les arbres. Elle avait tiré une seule flèche, s'était tournée vers Xan et s'était inclinée, un sourire à peine visible sur le visage. Il avait presque fallu attendre une minute entière avant que les oiseaux cessent de pousser des cris rauques, mais un hurlement avait continué de percer le brouillard du matin.

Xan avait regardé de l'autre côté du marais et avait vu Rong se rabattre en dessous des arbres, tenant fermement sa main droite dans la gauche, le sang coulant sur son avant-bras. C'était la main qu'il utilisait pour frapper les filles, mais ce serait long avant que les tendons guérissent, s'ils finissaient par guérir. La pointe de la flèche de chasse était tranchante comme un rasoir et très large, conçue pour déchirer la chair et en arracher un peu au passage. Les cris de Rong s'étaient répercutés au-delà des étangs boueux.

Xan s'était tourné vers Sally, impassible.

— Qu'as-tu fait ?

Sally avait soutenu le regard de Xan et lui avait fait un signe de la tête, une fois.

— Je suis devenue la flèche, maître Xan.

Xan s'était incliné, un sourire étincelant sur son visage.

— *Bien fait*, petit dragon.

Sally a cligné des yeux et est revenue au moment présent. Peu de choses lui manquaient par rapport à son enfance, mais elle se souvenait de beaucoup d'événements.

Elle s'est rappelé une fois de plus l'attaque de Brighton Beach. Cape était vivant, et le Pôle aussi. Mais elle avait manqué l'homme tapi dans l'ombre. Elle ne le manquerait pas une deuxième fois.

Elle a inspiré profondément et s'est levée, se tournant pour faire face à la cible qui était à l'autre bout de son loft. L'arc était posé à ses pieds, cent flèches garnies de plumes, taillées à la main et prêtes à voler. Elle en a pris une et l'a placée contre la corde.

Il était temps de voler.

49

— SOMMES-NOUS DÉJÀ ARRIVÉS ?

Après avoir passé la matinée assis sur son cul dans un studio de montage, Cape trouvait la course vers le pont revigorante. C'était celle du retour qui le tuait.

— C'est de ton bureau dont nous venons, répondit Beau, la respiration audible, mais pas difficile. Nous ne faisons qu'aller et venir, alors ne me dis pas que tu es perdu.

Ils ont traversé la place Ghirardelli, avec l'île d'Alcatraz au large, qui se trouvait sur leur gauche. Le brouillard du matin s'était évaporé, donnant à la ville un rare éclat de soleil pur, sans vent. Passant devant le Fisherman's Wharf, ils sont arrivés au Pier 39, où ils ont changé leur cadence et se sont mis à marcher, les mains sur les hanches. Le bâtiment où était situé le bureau de Cape se trouvait de l'autre côté de la rue, de larges fenêtres étincelant au soleil, leur faisant signe de rentrer se reposer.

— T'ai-je dit à quel point je déteste courir ? demanda Cape.

— Ouais, à chaque pas du trajet pendant les deux derniers kilomètres, répondit Beau, quand tu n'avais pas la respiration sifflante.

— Quelle distance avons-nous parcourue ?

— Environ seize kilomètres, dit Beau, clignant des yeux tandis que la sueur coulait sur son front large.

— *Seize kilomètres ?* dit Cape, incrédule. Qui a eu l'idée de courir seize kilomètres ?

— Toi, dit Beau. Tu es celui qui a suggéré que nous allions courir — j'ai dit « Bien sûr ! ». Tu es celui qui a dit « Faisons l'aller-retour à la course jusqu'au pont » — j'ai dit « Si tu veux. »

— Je n'avais pas réalisé qu'il s'agissait de seize kilomètres, fit remarquer Cape, regardant derrière lui le chemin qu'ils avaient parcouru.

— Tu devrais acheter un plan, suggéra Beau. Si tu étais flic, comme moi, tu saurais dans quoi tu as été admis. On s'attend à ce que ceux parmi nous qui occupent des emplois pour le maintien approprié de l'ordre connaissent la ville qu'ils protègent. Moi, je connais la ville comme le fond de ma poche.

— C'est le problème, dit Cape. Tes poches sont plus grandes que les miennes.

— Pas seulement mes poches, rétorqua Beau.

— Était-ce un genre de remarque raciste ? demanda Cape avec indignation.

— Non, dit Beau en riant. Je t'ai vu dans le vestiaire.

— Je suis flatté que tu aies regardé, dit Cape. Mais je ne suis pas intéressé.

— Je ne faisais qu'évaluer la concurrence, répondit Beau. Sally a déjà parlé de moi?

Cape a regardé son ami et a hoché tristement la tête.

— Elle a dit que si elle était intéressée par un homme dans la ville, ce serait toi.

— Tu te moques de moi?

Cape a hésité.

— Je suis en train de paraphraser, dit-il. Ce sont mes mots, pas les siens.

— Tu veux dire que tu *exagères*? dit Beau, plissant les yeux.

— En fait, j'aurais dû dire «mentir», répondit Cape. J'étais en train de mentir.

Beau a hoché la tête.

— Je suppose qu'elle ne comprendra jamais.

— Je vais lui dire que tu as dit ça.

— Ne lui dis pas *ça*, dit promptement Beau.

— Je n'utiliserai pas ces mots exacts, dit Cape de façon rassurante.

— Tu vas *paraphraser*, c'est ça?

— Bien sûr.

Beau a hoché la tête, fronçant les sourcils.

— Oublie ce que j'ai dit.

Le feu a changé, et ils ont traversé la rue. Les trois parcomètres en face de l'immeuble étaient pris, une vieille décapotable prise en sandwich entre deux véhicules utilitaires sport. Cape a passé négligemment la main sur le capot de la décapotable alors qu'ils marchaient vers la porte d'entrée.

La meilleure chose à propos de l'explosion des point-coms, en ce qui concernait Cape, c'était tout l'argent que ces sociétés Internet avaient dépensé pour leur bureau. C'était l'une des nombreuses raisons pour lesquelles la plupart d'entre elles avaient fait faillite, croyant que le prix de leurs actions était de l'argent en banque. Et même si elles avaient abandonné depuis longtemps leurs investisseurs et avaient quitté le bâtiment, elles laissaient derrière elles un vestiaire et une cuisine complète. Cape et les autres locataires gardaient la cuisine approvisionnée avec des articles généralement identifiés dans le réfrigérateur commun. Beau a ouvert le réfrigérateur et sorti un grand carton de jus d'orange, qui n'était pas ouvert.

— C'est à toi?

— Ouais, dit Cape. Les verres sont derrière toi.

— Je n'aurai pas besoin d'un verre, répondit Beau, ouvrant le récipient et inclinant la tête vers l'arrière, le vidant dans une gorgée ininterrompue.

Cape est arrivé devant lui et a saisi le dernier carton sur le rayon, le tenant de manière protectrice.

— Je m'en vais en haut jusqu'à ce que je me rafraîchisse, dit-il. Tu as besoin de prendre une douche?

Beau a hoché la tête.

— Je suis trop fatigué, dit-il. Allons à ton bureau et échangeons nos impressions.

Ils sont allés à l'étage, et Beau s'est assis dans une des chaises des clients en face de Cape, les pieds sur le bureau.

— Aucun signe de tes amis russes depuis que tu as quitté la ville, dit-il. Ç'a été tranquille.

— Si nous étions dans un film, dit Cape, je dirais que ça a été *trop tranquille*.

Beau a pris un air renfrogné.

— Nous ne sommes pas un film.

— Je sais, dit Cape. Je voulais simplement le dire.

— Si tu veux, dit Beau, lui jetant un coup d'œil. Tu as parlé à Corelli ?

— Ouais.

— Et alors ?

— Il a parlé à un contact au FBI, et ils ont confirmé que le commandant Yuri Andropov est quelque part aux États-Unis.

Beau a grogné.

— Comme si c'était quelque chose que nous ne savions pas déjà ?

— Ils pensent qu'il est entré par la République tchèque, dit Cape. Il a obtenu un passeport sans tache et a fait une correspondance par l'ambassade. Les agents fédéraux appellent cela « se glisser à travers les mailles du filet ».

— Ça m'inquiète toujours quand ils ont un nom pour quelque chose, dit Beau. Qu'as-tu appris d'autre ?

— Pas grand-chose, dit Cape. Avant de venir ici, ils pensent qu'il était en Tchétchénie, vendant des armes aux rebelles.

— Je pensais qu'il était russe.

— Le mois précédent, il était apparemment à Moscou, répondit Cape, vendant des armes aux Russes.

— C'est un type sympathique, qui aide les deux camps à se tuer.

— Et qui s'enrichit probablement en le faisant.

— Eh bien, il a un talent pour se faire discret, sauf quand il essaie de te tuer. Nous avons examiné les repères des ordures typiques et nous sommes revenus bredouilles.

— Je ne pense pas qu'il soit une ordure typique.

— Sans blague, dit Beau. C'est la raison pour laquelle nous avons appelé les agents fédéraux.

Cape s'est redressé.

— Le FBI ?

— Vinnie et moi, nous avons appelé tout le monde, répondit Beau. Le FBI, le Service de l'Immigration et de la Naturalisation, les Douanes, l'autorité portuaire, l'ATF et le département de la Sécurité intérieure des États-Unis. Bon sang, je pense que nous avons même appelé le DMV[4], mais ils nous ont mis en attente.

— Vous avez appris quelque chose ?

Beau a hoché la tête.

— Ils voulaient tous savoir si ce type était un terroriste.

— Il m'a vraiment terrifié, dit Cape.

— Ce n'est pas suffisant, dit Beau. Nous avons dit qu'il est un trafiquant d'armes, un dealer de drogue, un assassin et qu'en plus, il est entré clandestinement au pays.

— Et qu'est-ce que les agents fédéraux ont dit par rapport à cela ?

— Qu'ils allaient nous rappeler dans six à neuf mois, quand ils auraient plus d'effectifs.

— *Six à neuf mois ?* dit Cape. Je serai mort à ce moment-là.

Beau a acquiescé.

— L'argent de tes impôts à l'œuvre.

Cape s'est calé dans son fauteuil.

---

4. N.d.T. : Organisme public chargé de l'enregistrement des véhicules et des permis de conduire aux États-Unis.

— Je suppose que j'aurais dû laisser tomber l'affaire quand j'en avais l'occasion.

Beau n'a rien dit. Ils sont restés comme ça, écoutant leur propre respiration et les touristes de l'autre côté de la rue, jusqu'à ce que Cape change de sujet.

— As-tu pu examiner les rapports de labo ?

Les yeux de Beau ont adopté automatiquement le regard de flic qu'il avait perfectionné au fil des années.

— Quand tu as téléphoné ce matin, dit-il lentement, j'envisageais de te dire d'aller te faire foutre. Je te donne de l'information, tu dois me dire quelque chose en échange, que nous soyons amis ou pas. La dernière fois, tu n'avais rien.

— C'est parce que je ne savais rien, répondit Cape.

— Et maintenant, tu sais quelque chose ?

— Dis-le-moi.

Beau a pris un air renfrogné.

— Tu es un enfoiré, dit-il d'une voix lasse. J'ai examiné les rapports de labo sur l'héroïne que nous avons trouvée dans l'épicerie d'Otto — le truc dans les saucissons.

— Et alors ?

— C'est la même chose que ce que nous avons trouvé dans l'appartement du producteur.

— La même teneur ? demanda Cape. La même qualité ?

— Je veux dire que c'est *exactement* la même, dit Beau. Les taux de codéine et de morphine correspondent, comme tout le reste.

Cape a hoché silencieusement la tête pour lui-même.

— C'est ton tour, dit Beau, le dévisageant de nouveau.

Cape a soupiré.

— Je pensais que la production du film était une couverture pour la drogue.

— Ouais, et alors?

— Maintenant, je pense que la drogue était une couverture pour la production du film.

— Est-ce une charade? demanda Beau avec humeur. Ou un haïku?

Cape a hoché la tête.

— Je pense qu'ils ont volé l'héroïne à Otto et qu'ils l'ont tué par la même occasion.

— Tes amis russes ou tes amis du film?

— Ma supposition est que les Russes ont volé l'héroïne pour la cacher dans l'appartement du type qui est mort.

— Pourquoi?

— Pour vous faire perdre votre temps, répondit Cape. Nous faire perdre la piste, pour qu'ils puissent terminer leurs véritables affaires. Qu'est-ce que toi et Vinnie avez fait?

— Nous nous sommes occupés d'une guerre de la drogue, dit Beau.

— Et s'il n'y avait pas de guerre de la drogue?

Beau n'a pas sourcillé.

Cape s'est penché en avant.

— Tu as supposé que Tom, le producteur, était impliqué avec la drogue, n'est-ce pas?

— Ça semblait plausible.

— Ouais, approuva Cape. Les gens se font tout le temps tuer pour des affaires de drogue, et l'idée d'utiliser une production de film comme couverture pour la distribution n'est pas trop mauvaise.

Beau a laissé tomber ses pieds sur le sol.

— Mais elle n'est pas trop bonne non plus, dit-il, faisant un signe de tête. Pas de réseau permanent, pas de façon de déplacer plus de quelques kilos de came à la fois.

Cape a hoché la tête.

— Différents joueurs à chaque coup.

— Il est difficile de savoir à qui faire confiance.

— Et je doute que Freddie Wang ou Frank Alessi vendraient quelques kilos à la fois à un certain producteur qu'ils ne connaissent pas, ajouta Cape.

— Tu leur as parlé à tous les deux, n'est-ce pas ?

Cape a acquiescé.

— Frank en premier lieu, puis Freddie.

— Nous leur avons parlé à tous les deux, dit Beau. Vinnie et moi, nous étions là à titre officiel, alors tu as peut-être eu plus de chance. Frank a tellement de contacts que c'est à peine si cet enfoiré ne nous ignore pas complètement.

— J'ai appuyé sur quelques boutons avec les deux, surtout Frank, dit Cape. Je trouve qu'il est plus difficile de lire dans les pensées de Freddie Wang.

— Il est impénétrable, dit Beau. Les Chinois sont comme ça.

— Je parie que c'est ce qu'ils disent de toi, répondit Cape.

— Non, ils pensent que nous nous ressemblons tous.

— Tu es plus grand que la plupart d'entre eux, dit Cape. Je pense que tu as raison à propos des meurtres au zoo et à la boulangerie — ils ont réagi tous les deux quand j'ai abordé le sujet.

— Tu as vu un type, chez Frank, qui ressemblait à un faucon ?

Cape a acquiescé.

— Ouais, c'est un pro. Il avait un revolver braqué sur moi tout le temps que je suis resté là ; sa main n'a pas tressailli une seule fois.

— Il s'appelle Anthony, dit Beau. Nous l'avons ramassé quand il a quitté la demeure de Frank. J'ai eu un tuyau, et il pourrait être le tireur du zoo.

— Il a sans aucun doute tiré avec ce revolver auparavant, à en juger par la façon dont il le tient.

— Il n'était pas armé quand il est parti de chez Frank, dit Beau. Et un pro se serait débarrassé du revolver du zoo, de toute façon, et s'en serait procuré un nouveau.

Il a haussé les épaules, dégoûté.

— Mais ce que je pense n'a pas d'importance, parce qu'il est de retour dans la rue maintenant.

— Comment ça ?

— Vinnie et moi l'avons interrogé pendant deux heures, dit Beau. Nous l'avons fait parler, mais pas au sujet de l'affaire — où as-tu grandi ? Depuis quand habites-tu la ville ? Veux-tu d'autre café ? — Anthony aime s'écouter parler, il a un vocabulaire incroyablement étendu. Puis nous avons pris une pause et avons fait aérer — cette salle d'interrogatoire est un putain de sauna, tu te retrouves trois types là-dedans avec le thermostat réglé à fond. Le type se met à suer, bouge sur sa chaise. Nous commençons à poser des questions plus difficiles…

Beau a froncé les sourcils, peu disposé à poursuivre.

— Puis nous nous faisons interrompre.

— Par qui — son avocat ?

Beau a souri avec cynisme.

— Par l'avocat de Frank Alessi, qui s'avère être l'avocat d'Anthony et qui s'avère être aussi l'avocat d'un certain conseiller municipal, dont la campagne a été fortement financée par les dons d'une des compagnies de Frank. Le conseiller municipal appelle le maire, qui appelle le chef de police, qui appelle notre commissaire, qui veut savoir pourquoi l'avocat du type n'a pas été appelé.

— Qu'avez-vous dit ?

— J'ai dit au commissaire que le téléphone était brisé, dit Beau. Et il l'était, dès que je l'ai arraché du mur. Puis nous lui avons dit que le thermostat dans la salle d'interrogatoire était complètement foutu, qu'il veut peut-être que le préposé à l'entretien y jette un coup d'œil.

— Mais Anthony est parti, dit Cape avec incrédulité.

— Il a été libéré sous caution, dit Beau en hochant la tête. Ce qui a été un grand numéro.

— Il peut avoir tué le type au zoo, dit Cape, mais je ne pense pas qu'il ait tué Otto.

— Moi non plus.

Beau avait l'air presque triste.

— Personne ne gagne s'il y a une guerre, dit Cape. Tu m'as dit que le système fonctionnait. Frank et Freddie Wang peuvent bien se détester, mais au fond, ce sont deux hommes d'affaires, alors pourquoi faire foirer les affaires ?

— Il n'y a pas de raison, approuva Beau.

— C'est la raison pour laquelle je pense que les Russes ont tué Otto, dit Cape. Pour voler juste assez d'héroïne afin de la cacher dans l'appartement. Ça ne prendrait pas de temps pour qu'un type comme le commandant arrive à comprendre où se fait le commerce de la drogue dans cette ville.

— Donc, nous avons couru après nos propres culs toute la semaine pendant que tu parlais aux personnes du film à propos de la drogue — au lieu d'examiner leurs véritables affaires.

— Exact.

— Alors, quelles sont leurs véritables affaires ?

— Je n'en suis pas certain, dit Cape, mais cela a quelque chose à voir avec l'argent — beaucoup d'argent.

— L'argent de qui ?

— Les finances du film sont toutes foutues, répondit Cape. Ils ont vraiment dépassé le budget, et Grace ne peut justifier aucune des dépenses imprévues.

Beau a placé les mains derrière sa tête et il s'est étiré.

— Alors, le type qui est mort détournait peut-être des fonds — ou volait de l'argent pour quelqu'un d'autre — *ou* quelqu'un faisait de la pression sur lui.

Cape a acquiescé.

— Corelli disait que la pègre russe aime l'extorsion, donc c'est une possibilité certaine. Le type qui est mort avait une fille — il aurait pu facilement être dupé.

Beau a poussé un soupir.

— C'est une perspective aussi bonne qu'une autre, dit Beau, mais si cela n'a rien à voir avec la drogue ou les autres meurtres, alors ça n'a rien à voir avec moi.

— Et le producteur ?

Beau a hoché la tête.

— C'est encore officiellement un suicide.

— Merci pour le soutien.

Beau a haussé les épaules.

— Parle au commissaire, dit-il. Ou trouve des preuves.

— La drogue n'est pas une preuve ?

— D'un *meurtre*, dit Beau. Ça fonctionne de cette façon à la brigade criminelle, nous enquêtons sur des meurtres. Le type a laissé une note.

Cape s'est moqué de lui.

— Tu ne peux pas appeler cela une note — ça disait « Je suis désolé. »

— Moi aussi, dit Beau. Je pense que toute cette affaire pue, si tu veux la vérité. Mais se faire prendre en train de trafiquer de la drogue n'est pas non plus la pire raison pour sauter en bas d'un pont.

— Mais les Russes…

— Sont des fantômes, dit catégoriquement Beau. Ils sont apparus et disparus, sans lien avec quoi que ce soit sauf cette cible peinte sur ton dos.

— Génial.

Beau a souri sympathiquement.

— En tant qu'ami, je pense que tu es sur quelque chose.

Cape a hoché la tête.

— Mais en tant que flic…

— Toute cette affaire n'est qu'un faisceau de conjectures, de ouï-dire, de rumeurs…

— Et d'insinuations ?

— Ça aussi, dit Beau. C'est une belle théorie, mais montre-moi les faits. Je suis un fonctionnaire, mon frère.

— Pas tant que ça.

Beau a hoché la tête et s'est étiré.

— C'est ta décapotable, en avant ?

— Je déduis que tu veux que je te dépose quelque part ?

— Tu parles si je veux, répondit Beau. Je suis trop fatigué pour prendre une douche, et bien trop fatigué pour marcher.

— Tu n'as pas reconnu ma voiture ?

— Elle semble différente — tu l'as fait nettoyer ou quelque chose du genre ?

— J'ai fait réparer la bosse dans la portière, dit Cape. Celle sur le côté du conducteur.

— Quand as-tu eu le temps de faire ça ?

— Je l'ai déposée avant de partir pour New York. Je suis allé la chercher ce matin.

— Cette bosse donnait du caractère à la voiture.

— J'en avais marre de la voir, dit Cape. En plus, je leur ai fait installer une nouvelle alarme pendant qu'ils étaient en train de faire cela.

— Qu'est-ce qui n'allait pas avec l'ancienne ?

— Elle passait son temps à vider la batterie.

— Une batterie à plat est une façon d'empêcher qu'elle soit volée, dit Beau, mais ce n'est pas très pratique. J'ai toujours pensé que mettre des alarmes sur des décapotables était plutôt idiot — on coupe le toit et au revoir la radio.

Cape a haussé les épaules.

— Celle-ci est branchée à l'allumage de la voiture, alors elle ne sert qu'à empêcher les voleurs de la démarrer. Les bagnoles antiques sont de nouveau populaires.

— Antiques ? dit Beau. Tu veux dire « vieilles ».

— Je travaille sur mon image, dit Cape. De toute façon, si l'alarme sonne, ça arrête le moteur et déclenche une sirène.

— Une sirène ? demanda Beau, ses sourcils jaillissant vers le haut.

Cape a souri.

— Je pensais que tu aimerais ça. Le type qui me l'a vendue a dit que tout le monde ignorait les alarmes de voiture.

— C'est vrai.

— Mais tout le monde se fige quand on entend une sirène. On dirait vraiment une voiture de flic.

Beau a secoué la tête, regardant Cape avec une expression triste.

— Toi, mon ami, tu es dupe, dit-il. Je crois que tu t'achèterais une boîte de tampons s'ils étaient accompagnés d'un baratin publicitaire.

Il s'est penché vers l'avant, mettant les mains sur ses genoux alors qu'il commençait à se lever.

Cape a ouvert le tiroir du haut de son bureau et a sorti son portefeuille et ses clés. Il a glissé le pouce sur un bouton rouge sur le dessus de la clé de la voiture.

— Cela va te convaincre, dit-il. Regarde ça.

Il a tendu la clé pour que Beau l'examine tandis qu'il appuyait sur le bouton.

L'explosion a soufflé les fenêtres et a fait tomber Cape à la renverse sur son fauteuil. Beau a été projeté comme une poupée de chiffon de l'autre côté du bureau alors que le bâtiment était secoué par une force percutante. Il y avait du verre partout, des bruits de carillon éolien provenant des tessons qui se fragmentaient sous la force de l'impact et qui ricochaient sur les murs.

Alors que sa tête heurtait le sol, Cape a aperçu sa voiture qui pirouettait en plein ciel à l'extérieur de la fenêtre du deuxième étage, les pneus en feu. Un bruit de métal assourdissant provenant de la rue en bas. Le hurlement des alarmes de voiture.

Beau a atterri la tête la première contre la poitrine de Cape, ses pieds se plantant directement derrière le bureau. Cape a eu le souffle coupé une deuxième fois et a pensé que la collision avec Beau pouvait avoir été pire que l'explosion initiale.

Se retournant, Beau a réussi à remuer les jambes et il est tombé carrément sur le sol avec un grognement sonore. Il s'est levé et a tendu la main à Cape. Aucun des deux hommes n'a rien dit alors qu'ils enlevaient le verre de leurs épaules, puis ils ont marché avec raideur vers les fenêtres et ont regardé en bas.

Les touristes de l'autre côté de la rue, sur le Pier 39, criaient et prenaient des photos. La voiture de Cape était à l'envers et en feu. Elle avait atterri sur le VUS juste derrière elle et avait écrasé le capot jusqu'au moteur. Le VUS du devant avait sauté et s'était éloigné du bord du trottoir, roulant un peu plus de six mètres dans la rue. Les deux alarmes des voitures hurlaient de compassion pour le véhicule démoli de Cape.

Beau a mis une main sous son menton et l'autre sur sa tête, puis l'a tournée, faisant craquer le cou comme on pourrait faire craquer ses jointures. Il s'est tourné vers Cape, qui regardait encore fixement le dessous de son auto.

— Si tu n'attrapes pas bientôt ces types, dit sévèrement Beau, je te tuerai moi-même. Je suis *las* de ces conneries.

Cape a cligné des yeux, encore en état de choc.

— Imagine comment je me sens.

Beau a tendu la main et a balayé du verre sur les épaules de Cape, puis il lui a donné une petite tape dans le dos.

— C'est stupide d'avoir une décapotable à San Francisco, de toute façon. Le temps n'est pas assez fiable.

Cape a hoché la tête distraitement alors que la puanteur du caoutchouc brûlé remplissait l'air. Il pouvait entendre les sirènes qui se rapprochaient.

— Je pense que je ne peux pas te reconduire.

Beau a hoché la tête.

— J'ai changé d'avis ; je vais marcher.

<u>50</u>

Le commandant aimait travailler avec ses mains, même quand elles n'étaient pas couvertes de sang.

Il a passé amoureusement les doigts sur les articles de leur voyage consacré au shopping. Ils avaient trouvé la boîte de métal et les fils dans le rayon d'électricité d'une quincaillerie voisine, mais ils avaient dû se rendre à un Home Depot en banlieue pour trouver une bride de serrage assez grande. Ils avaient fait une bonne affaire pour les outils nécessaires — le tournevis, la perceuse, les vis métalliques. Mais l'explosif C-4, c'était coûteux. Les explosifs au plastique étaient beaucoup plus difficiles à trouver qu'en Russie, où l'armée soviétique s'était dissoute dans une foule dispersée d'entrepreneurs.

Ursa regardait à une courte distance, confiant envers l'aptitude du commandant à manipuler l'explosif. La bombe sur la voiture du détective avait été une déception, mais seulement parce qu'il n'était pas à l'intérieur. L'explosion avait été impressionnante.

Le commandant avait regardé par-dessus son épaule.

— Ne t'inquiète pas, Ursa. Même un chat a seulement neuf vies.

Ursa a grogné.

— Et la fille ?

Le commandant a souri.

— Si ceci ne marche pas, camarade, alors elle est toute à toi.

51

— POURQUOI N'AS-TU PAS CONDUIT?

Linda l'attendait en haut de l'escalier. Elle a observé le taxi qui s'en allait, puis Cape, un regard inquiet sur le visage. Ses cheveux semblaient méfiants.

— Ma voiture est au garage, dit Cape d'un air vague.

— Pour quelle raison?

— Tout, dit Cape. Entrons.

Sloth était assis placidement en face de ses ordinateurs, le visage éclairé par les couleurs variables sur les écrans au plasma. Sa bouche s'est crispée dans un demi-sourire alors que Cape prenait la chaise près de lui. Une main lourde s'est déplacée subtilement sur le clavier alors que les mots défilaient sur l'écran, juste en face de Cape.

TU AVAIS MEILLEURE MINE
QUAND TU ÉTAIS MORT.

— Merci ; je me sentais mieux, aussi, répondit Cape. Je pense à essayer cela à temps plein, pour rattraper mon repos.

Linda a pris une chaise.

— Sais-tu quelque chose ?

— Est-ce une question générale ou précise ? demanda Cape. Non pas que cela ait une quelconque importance, puisque la réponse est probablement un « Non » éclatant, de toute façon.

Les cheveux de Linda ont rebondi d'irritation.

— Au sujet de l'affaire, dit-elle. Puisque nous cherchons des liens, ce serait utile si tu nous mettais au courant *avant* que nous commencions.

Cape a haussé les épaules.

— Je ne pense pas que Tom ait été tué à cause de la drogue. L'héroïne était seulement une diversion.

— Par rapport à quoi ?

— Ses véritables affaires, dit Cape, qui concernaient l'argent — peut-être l'extorsion. Peut-être détourner l'argent du budget de production du film pour acheter le silence des Russes, qui faisaient pression sur lui. Ou peut-être que les Russes sont seulement les malabars pour quelqu'un d'autre.

— Ça fait beaucoup de « peut-être », fit remarquer Linda.

— Non, sans blague, dit Cape. C'est la raison pour laquelle je suis ici — je dois savoir si Tom l'avait fait auparavant, sur d'autres films, et s'il agissait seul.

Linda a acquiescé.

— Ce film qu'ils font en ce moment perd de l'argent.

Son ton précisait qu'elle exposait un fait, qu'elle ne demandait pas à Cape de confirmer un soupçon.

— Comment sais-tu cela ? demanda-t-il. Je viens juste de passer en revue les budgets avec Grace ce matin.

ILS PERDENT TOUS DE L'ARGENT.

Les lettres luisaient comme un panneau indicateur devant Cape.

— Tous ?

Linda a jeté un coup d'œil à la liasse de notes avant de parler.

— Tous les films que les studios Empire ont produits durant les deux dernières années ont perdu de l'argent.

— Comment est-ce possible ? demanda Cape. Ce film d'astronaute a connu un succès incomparable au box-office.

Linda a levé la main.

— Ces films *ont généré* beaucoup d'argent. Au guichet, sur le plan international, sur vidéocassette et DVD — des millions.

— Alors, quel est le problème ?

— Les films ont généré de l'argent, mais ils n'ont pas été *rentables*, répondit Linda. Si tu regardes dans les livres d'Empire, que nous avons, tu verras que chaque budget est dans le rouge.

— Tu as vu leurs livres ?

Linda a rougi légèrement, et ses cheveux ont empêché complètement le contact visuel.

— Leur réseau informatique n'a pas beaucoup de pare-feu.

Elle a haussé les épaules.

— Sloth l'a piraté.

La main de Sloth a bondi et les écrans se sont remplis de feuilles de calcul semblables à celles que Cape avait vues ce matin-là. En haut de chacune se trouvait le titre d'un film — Cape était allé voir la plupart d'entre eux quand ils étaient sortis. Les rangées supérieures de chiffres étaient vertes, celles dans le centre étaient jaunes et les rangées du bas étaient toutes rouges. La première colonne était une série de catégories qui incluaient la recette brute, les coûts de distribution, les reports et le profit net. La plupart des colonnes étaient dépourvues de sens, mais Cape comprenait certainement la progression du vert au rouge.

— Un ou deux films, je pourrais comprendre, dit-il, secouant la tête. Mais la plupart de ces films étaient des succès. Comment pourraient-ils rester en affaires, sans parler d'être attrayants pour la vente?

Les cheveux de Linda ont plongé vers l'avant, avec elle à la remorque.

— Il y a deux ou trois techniques de comptabilité, uniques à l'industrie du film, qui concernent la façon dont les gens sont payés.

— Grace a mentionné que soit on est payé à partir de la recette brute soit à partir du profit net, dit Cape. Si on ne peut pas obtenir sa part de la recette brute, on peut ne pas voir beaucoup d'argent.

Linda a rebondi sur sa chaise.

— Précisément, ce qui veut dire que si l'on est Empire, c'est donc à son avantage que le film *perde vraiment de l'argent sur papier*, parce que, dans ce cas, on n'a pas à rembourser les investisseurs.

— Et c'est légal?

— Si c'est dans un contrat, alors c'est légal, répondit Linda. Tu vois ces chiffres jaunes ?

Elle a montré du doigt les rangées de chiffres au centre de l'écran.

— Ouais.

— Ce sont les coûts de production du studio pour chaque film, dit-elle. Dans chaque cas, les coûts initiaux du studio étaient couverts.

— Alors, ils n'ont pas perdu d'argent, dit Cape.

— Pas au départ, répondit Linda, et pas du côté du studio. Mais ils n'ont jamais fermé les livres. C'est pourquoi ils ont continué de facturer des dépenses par rapport au film bien longtemps après qu'il ait quitté les cinémas.

— Comment ?

— Disons que quelqu'un du studio fait un voyage et parle du film pendant le vol, répondit Linda. Pourquoi ne pas le facturer au film qu'ils viennent de faire ? Quelqu'un a-t-il mentionné cela durant le dîner ? Pendant que nous y sommes, ne devrions-nous pas prélever le coût du dîner à même le budget du film ?

Cape s'est penché vers l'avant pour scruter l'écran.

— Alors, le studio couvre ses coûts, dit-il, pensant tout haut.

— Exact.

— Et les directeurs qui obtiennent un pourcentage de la recette *brute*, poursuivit-il, levant les yeux vers Linda, ils se font payer.

— Exact, dit Linda. Beaucoup d'argent.

— Des personnes comme Adam et Harry Berman, dit Cape, les producteurs délégués, et peut-être le réalisateur.

— Exact.

— Mais si on avait *investi* dans un de ces films, dit Cape, alors on se serait fait avoir.

— Bingo !

— Les studios Empire peuvent dire à leurs investisseurs que les films perdent de l'argent, même s'ils étaient des succès au box-office.

Cape a secoué la tête, ne sachant pas s'il devait être impressionné ou dégoûté.

— J'ai fait beaucoup de lecture, dit Linda. Les studios utilisent des termes comme « le roulement atteint l'équilibre » ou « les reports » pour couvrir le langage juridique nécessaire, mais si on ne connaît pas tous les détails des contrats de film, on peut facilement perdre sa chemise.

— Mais nous parlons de dizaines de millions de dollars, dit Cape. Quel genre d'investisseur serait aussi naïf ?

— C'est la véritable question, n'est-ce pas ?

— Ouais, approuva Cape. Qui a financé tous les films d'Empire ?

— Je l'ai déjà vérifié, dit Linda.

Sloth a glissé maladroitement la main sur toute la longueur du clavier, et les écrans se sont modifiés de nouveau. Une liste de dix noms est apparue, chacun suivi d'une série de chiffres, chacun listé sous les mêmes titres de film qu'auparavant.

— Ce sont les individus — et les sociétés — qui ont investi dans les films produits pendant les deux dernières années.

Linda et ses cheveux avaient commencé à rebondir à un rythme asynchrone, c'est pourquoi Cape a su que ce n'était pas seulement une autre série de chiffres.

— Quelqu'un sort de l'ordinaire ? dit-il.

— J'espérais que tu demandes cela.

Ses cheveux se sont presque tendus pour une étreinte.

— Ces deux-là, dit Linda.

Alors qu'elle montrait l'écran du doigt, Sloth a agrandi deux noms pour qu'ils le remplissent.

— Ils ont investi dans chaque film des sommes de plus en plus grandes.

Cape a lu à voix haute.

— Société de machines tactiques d'Hoboken, New Jersey, et SDG de Bonn, Suisse, dit-il. Que signifie « SDG » ?

— « Systèmes de défense généraux ».

— Et non seulement ils ont investi dans tous les films, mais ils ont augmenté leur participation avec chaque film consécutif ?

— Ouais.

Linda vibrait presque d'excitation.

— Cela mène à deux questions, dit Cape. Qui dirige les sociétés, et dans quelles affaires sont-elles ?

Linda a regardé de nouveau ses notes.

— Les deux sociétés sont des filiales de sociétés plus grandes dont le siège social se trouve en Europe de l'Est. J'ai eu besoin d'une journée entière, avec l'aide de Sloth, pour retrouver les liens de ces sociétés avec toutes les entreprises avec lesquelles elles font apparemment affaire dans le monde entier. Mais les deux sociétés inscrites ici, pour autant que je sache, ne sont que des boîtes aux lettres — des chartes d'incorporation, des bouts de papier — voilà.

— Tu veux dire que ce sont des sociétés coquilles ?

Linda a hoché vigoureusement la tête.

— Sloth n'a pu trouver aucune trace de ces sociétés en ligne *à part* leurs transactions avec les studios Empire.

Cape a fait un signe de tête.

— Et à l'étranger ?

— C'est une autre histoire, dit Linda, et elle n'a pas un heureux dénouement. Elles œuvrent dans la fabrication de pièces de machines, quelques systèmes de transport, mais surtout — quand on décortique toutes les diverses conneries —, elles sont impliquées dans le commerce des armes.

Cape s'est tourné pour lui faire face, se demandant si ses cheveux sautillaient.

— Tu es certaine ?

— Presque quatre-vingts pour cent de leurs transactions sont pour — et proviennent — des entrepreneurs de la défense dans le monde entier.

Cape a mordillé sa lèvre inférieure alors qu'il posait la question suivante, mais il connaissait déjà la réponse.

— Qui est propriétaire de ces sociétés ?

— Beaucoup de personnes, répondit Linda, si on regarde toutes les filiales dans le monde entier.

Elle a marqué un temps.

— Mais un nom est associé à presque toutes les filiales.

— Yuri Andropov, dit doucement Cape.

— Tu le savais déjà.

— J'aurais dû dire « le commandant » Yuri Andropov, dit Cape. L'homme qui essaie de me tuer tous les jours.

— Il y a autre chose, dit Linda non sans hésitation.

Cape a regardé successivement Linda et Sloth.

— Ça s'améliore ?

— Afin de fonder la société coquille ici, aux États-Unis, dit Linda, il devait y avoir un résident américain qui soit répertorié comme propriétaire principal.

— Celle à Hoboken ?

— Oui, répondit Linda. Andropov est répertorié en tant que cadre, mais quelqu'un d'autre que tu connais est le président.

— Qui ? demanda Cape, soupçonnant la réponse, mais pas disposé à s'engager.

— Harry Berman, dit Linda.

Cape a cligné des yeux.

— Tu veux dire Adam.

Linda a hoché la tête.

— Non, j'ai vérifié. C'est Harry Berman — le plus vieux des deux frères. La société a été constituée il y a presque deux ans. Adam est le vice-président — ils y sont tous ensemble.

Cape s'est penché en arrière sur sa chaise et a expiré bruyamment.

— Merde alors.

— Nous n'avons pas pu retrouver tout l'argent, ajouta Linda, mais les investissements d'Andropov ont été légaux, du moins c'est ce que l'on peut en déduire. Mais ces films sont des investissements merdiques. Et l'entreprise ici, aux États-Unis, et celle en Suisse ne peuvent ni l'une ni l'autre être reliées à aucune activité illégale — elles sont irréprochables toutes les deux.

— C'est le point essentiel, cracha presque Cape. Elles sont *irréprochables*.

— Que veux-tu dire ?

— Elles blanchissent de l'argent, dit-il, brusquement furieux contre lui-même. J'aurais dû le deviner quand Grace m'a parlé du budget pour la première fois.

Linda a regardé Sloth d'un air perplexe.

CE SERA LONG À DÉTERMINER, MAIS ÇA SEMBLE POSSIBLE.

— Ne te donne pas cette peine.

Cape a serré l'épaule de Sloth.

— Et merci, vieil ami.

Il s'est levé et a fait face à Linda.

— C'est la seule explication — des millions de dollars qui circulent entre des sociétés factices et des films qui n'engendrent aucun profit. Le studio couvre leurs coûts, les deux frères deviennent riches, et le commandant reçoit probablement un pot-de-vin.

Linda a hoché la tête.

— Cela a du sens.

— Plus de sens que le trafic de l'héroïne, dit Cape avec dégoût. C'est du blanchiment d'argent classique à grande échelle, dans une industrie qu'aucune agence fédérale n'examinerait deux fois.

— Pourquoi pas ?

— Les productions sont trop éphémères pour être contrôlées facilement, répondit Cape. Grace a dit que chaque film est comme une nouvelle entreprise qui commence à partir de zéro, avec des investisseurs différents — la production de films est mieux qu'une société coquille, parce que c'est une cible en mouvement qui est totalement réglo. Je suis étonné qu'il n'y ait pas plus de studios qui fassent de l'escroquerie comme ça.

— Ils le font peut-être.

— Tout ce qui m'intéresse, c'est Empire, dit Cape. Et Grace, ajouta-t-il.

— Que vas-tu lui dire ?

— Je dois d'abord la trouver, répondit Cape. Elle est censée tourner la dernière scène aujourd'hui — elle est au centre-ville, près du Ferry Building.

Linda a remarqué son expression.

— Tu penses qu'elle est en danger ?

— Elle avait présenté ses chiffres à Tom juste avant qu'il soit tué, dit Cape, et maintenant, elle est la seule qui examine le budget.

Linda a terminé sa pensée.

— Et elle a commencé à poser des questions au studio.

— Ouais, répondit Cape. Tout comme Tom.

— Attends, dit Linda. Il y a une chose qui n'a pas de sens pour moi.

— Quoi ? demanda Cape, se dirigeant déjà vers la porte.

— Si l'escroquerie fonctionne, pourquoi les frères Berman voudraient-ils vendre la compagnie ?

Cape a haussé les épaules.

— Mon hypothèse, c'est que le commandant est un partenaire d'affaires exigeant. Tu disais que les investissements avaient augmenté avec chaque nouveau film, n'est-ce pas ?

Linda a acquiescé.

— Alors, je parie que le commandant a augmenté ses exigences.

— Jusqu'à quel point ? demanda Linda.

— Je ne suis pas sûr de vouloir le savoir, dit Cape. Mais d'une manière ou d'une autre, je vais le découvrir.

<u>52</u>

— AVONS-NOUS TERMINÉ?

Angelo était assez proche d'Adam Berman pour sentir son haleine qui empestait l'alcool, ce qui voulait simplement dire qu'il était dans la même pièce. Il était assis en face de lui, de l'autre côté du bureau, ce qui était plus près que sa distance prudente habituelle, près de la porte. Les documents étaient associés à plusieurs risques, tels que se faire empaler par un coupe-papier pendant un des moments bipolaires de son patron.

— Presque terminé, répondit Angelo. Vous disiez que vous vouliez réviser l'horaire du tournage.

— C'est ce que je voulais? demanda Adam avec méfiance.

Angelo a acquiescé. Il a sorti un calendrier d'un dossier de classement et l'a tourné pour qu'Adam puisse le lire.

— Vous disiez que vous vouliez connaître notre dernier jour de tournage.

425

Les yeux d'Adam se sont illuminés momentanément.

— Ouais, quand est-ce ?

— Aujourd'hui, en fait.

Angelo a montré du doigt un carré sur le calendrier.

Adam s'est penché vers l'avant.

— Après aujourd'hui, il ne restera que le montage et la finition ?

— À peu près.

— Et nous avons un monteur.

Angelo a hoché la tête énergiquement.

— Un des meilleurs.

— Alors, nous n'avons plus besoin de Grace.

Angelo a cligné des yeux.

— Eh bien, elle va superviser…

Adam l'a interrompu avec un geste de la main plein de colère.

— Je sais ce qu'elle *pourrait* faire, crétin. Mais nous n'avons pas besoin d'elle, n'est-ce pas ? Je veux dire, dans le pire des cas, nous pourrions toujours finir le film.

Angelo a hésité, jusqu'à ce qu'il voie la main d'Adam dériver mollement vers un presse-papiers. Il semblait juste assez lourd pour faire mal.

— Exact, je suppose — si nous devions le faire.

La main d'Adam s'est retirée vers un endroit neutre sur le bureau, une zone démilitarisée entre le presse-papiers et l'agrafeuse.

— Alors, débarrasse-toi d'elle, dit-il sur un ton égal.

Le front d'Angelo s'est ridé.

— Vous voulez dire la congédier ?

— Qu'est-ce que je viens de dire? demanda Adam avec humeur. N'étais-tu pas l'*abruti* qui expliquait comment fonctionnent les pourcentages dans ce film?

— Oui, dit Angelo, réalisant trop tard qu'il avait admis être un abruti. Hier, nous avons passé les contrats en revue.

— Donc, si nous nous débarrassons de Grace après aujourd'hui, nous ne devons pas payer ses parts, dit Adam sur un ton définitif.

Angelo a hésité, mais il réalisait maintenant pourquoi Adam avait voulu le rencontrer.

— Oui, c'est juste, monsieur Berman.

Adam a hoché la tête, satisfait.

— Alors, qu'elle aille se faire foutre, dit-il.

53

LES PERSONNES RASSEMBLÉES AUTOUR DE LA TOUR de l'horloge avaient une peur bleue.

C'était l'idée, de toute façon. Elles étaient censées être en train de regarder un raz-de-marée cataclysmique alors qu'il fonçait inexorablement vers elles. Certaines se tenaient la main, d'autres pleuraient. Plusieurs fixaient simplement la scène, en état de choc, incapables de courir pour accéder à un terrain plus élevé. Mais maintenant, elles regardaient toutes leurs chaussures pour éviter le contact visuel avec l'homme qui tenait le porte-voix.

— *C'ÉTAIT VRAIMENT PITOYABLE*, retentit la voix amplifiée.

Les acteurs ont remué, mal à l'aise, alors que le réalisateur allait et venait d'un pas lourd. Il avait des cheveux assez longs, le front haut et des yeux gris pâle. Sa bouche était tordue dans un sourire de dédain. Il portait un tee-shirt noir, une ceinture cloutée, un jean effiloché et des bottes noires avec des embouts d'argent, qui étaient remarquablement pointues aux orteils. Les acteurs regardaient les bottes avec méfiance, comme si le jeune réalisateur était enclin à avoir des attaques de coups de pied.

Il a touché le bouton sur le porte-voix électrique. Même s'il était assez proche pour être entendu sans cela, le porte-voix était devenu une extension de son corps, un accessoire de film utilisé pour imposer sa personnalité aux acteurs et à l'équipe.

— *C'ÉTAIT LA PRISE...*

Il s'est tourné vers une jeune femme qui piétinait nerveusement à proximité, tenant un bloc-notes. Elle a lu rapidement un nombre dans un timide murmure.

— *C'ÉTAIT LA PRISE QUINZE.*

Il a marqué un temps, leur laissant sentir le poids du nombre.

— *ET C'ÉTAIT NUL.*

Il a scruté la foule pour évaluer les effets de son discours de motivation. Personne n'a bougé.

— *NOUS SOMMES EN TRAIN DE PERDRE LA LUMIÈRE.*

Sa voix s'est répercutée sur les murs du Ferry Building.

— *LA DESTRUCTION APOCALYPTIQUE EST SEULEMENT À QUELQUES PAS DE NOUS... UN MUR D'EAU PLUS HAUT QUE CETTE TOUR DE L'HORLOGE S'EN VIENT...*

Il a baissé le porte-voix pour adresser aux acteurs un regard torve.

— *VOUS ÊTES CENSÉS ÊTRE DES ACTEURS,* criat-il. *DONC, JOUEZ !*

Tendant brusquement le porte-voix à la femme qui tenait le bloc-notes, il s'est éloigné à grands pas.

Deux caméras filmaient la scène. La première était dans une position fixe à plus de neuf mètres de la foule, braquée vers la tour de l'horloge du Ferry Building, la baie de San Francisco à l'arrière-plan. La deuxième était une caméra fixe, un truc hydraulique attaché à la taille du caméraman, lui permettant de transporter une caméra grandeur nature et de garder l'image stable alors qu'il se déplaçait parmi les acteurs pour tourner des gros plans. La première caméra faisait un panoramique de la foule juste derrière les mouvements du deuxième caméraman pour éviter de le prendre dans le cadre.

Grace se trouvait à un peu plus de six mètres, entre deux grands écrans vidéo. Celui à sa gauche montrait l'image de la première caméra; l'écran à sa droite révélait la perspective de la caméra fixe. Elle regardait sa montre et tapait doucement du pied avec anxiété quand Cape est arrivé derrière elle.

— N'est-ce pas le soleil qui prend la direction aujourd'hui? demanda-t-il. Dites-lui tout simplement de faire des heures supplémentaires.

Grace s'est retournée brusquement avec une expression sévère sur le visage, qui s'est transformée en sourire éclatant. Elle a roulé les yeux vers le réalisateur alors qu'il revenait d'un pas lourd vers les écrans.

— S'il veut tellement être le centre de l'attention, marmonna-t-elle, alors il devrait se mettre lui-même en scène.

Cape a souri et a mis la main sur son bras.

— Je sais que c'est probablement le mauvais moment, mais pouvez-vous parler ?

Grace a jeté rapidement un coup d'œil par-dessus son épaule.

— Pas vraiment, commença-t-elle, puis elle a remarqué l'expression dans les yeux de Cape. Que diriez-vous de parler entre les prises ?

— Je veux bien.

Cape a scruté la scène et a fait un signe de tête.

— Avez-vous pris votre voiture pour venir ici ?

Grace a hoché la tête.

— Pourquoi, pas vous ?

— J'ai pris un taxi, dit Cape alors qu'il regardait devant elle les alentours. Nous allons en prendre un tous les deux en sortant d'ici.

— Pourquoi ne prendrais-je pas... commença Grace.

La voix du réalisateur a fait un bond de trois mètres dans leur direction, paraissant stridente sans le porte-voix, le cri d'un enfant gâté.

— Grace, ça te dérangerait de socialiser dans tes temps libres ?

Il a regardé Cape.

— Et qui est-ce, bordel ? ajouta-t-il.

Cape a regardé calmement le réalisateur dans les yeux et il est resté immobile, une expression placide sur le visage. Ni intimidé ni impressionné, et c'était visible. La plupart des gens ne peuvent pas rester absolument immobiles très longtemps, surtout quand ils établissent un contact visuel avec quelqu'un d'autre. C'est anormal et vaguement intimidant, à un certain niveau subconscient. Le réalisateur a commencé à dire quelque chose, mais il s'est ravisé, rompant le contact visuel et reportant sa colère sur Grace.

— Sommes-nous prêts ? demanda-t-il avec humeur.

— Quand tu le seras, Michael, répondit Grace.

Elle a fait de son mieux pour ne pas avoir un petit sourire satisfait quand le réalisateur a tourné les talons.

Tout le monde s'est tourné vers les écrans. Un homme assis devant le premier écran a mis une paire d'écouteurs, tout comme une femme près de l'autre écran. Les membres de l'équipe de production couraient à gauche et à droite entre les caméras, les écrans et les acteurs — vérifiant les distances, testant les câbles, relevant les luxmètres. Grace les regardait tous comme une mère attentive. Un moment plus tard, le réalisateur a levé son porte-voix.

— *MOTEUR !*

Cape a profité de la diversion pour tendre la main sous sa veste et vérifier sa ceinture. Dans le creux de son dos se trouvait le revolver, sur sa hanche droite, une bombe énorme de gaz incapacitant. Il ne s'attendait pas à avoir d'ennuis pendant le tournage, mais il ne s'était pas attendu non plus à ce que sa voiture soit lancée en orbite. Il avait dit à Sally à quel endroit le rencontrer, mais il ne pouvait pas la repérer ; généralement, il ne le faisait pas, à moins que la situation ne le justifie.

Cape a jeté paresseusement un coup d'œil à l'écran de gauche. La caméra faisait lentement un panoramique de l'autre côté de la foule d'acteurs, vers la tour de l'horloge, sa surface blanche reflétant la lumière diffuse de l'après-midi, jetant un halo sur la foule. La tour de l'horloge avait un peu plus de soixante-treize mètres de hauteur, les cadrans sur chacun de ses quatre côtés, plus de six mètres de diamètre. Elle avait été conçue pour être vue à distance, en mer, quand elle avait été construite en 1898. Aujourd'hui, elle était programmée pour la destruction par un raz-de-marée, d'après le réalisateur, bien que Cape ait ses doutes. Modelé d'après une tour de Séville, en Espagne, datant du XIIᵉ siècle, le Ferry Building avait survécu au tremblement de terre de 1906 et au feu qui avait laissé la ville en ruines. Des décennies plus tard, il avait défié le tremblement de terre de 1989 qui avait anéanti la rue en face et démoli des immeubles partout dans la ville. Cape pensait qu'il leur survivrait tous, même Hollywood.

Au-dessus de l'horloge se trouvait une balustrade encerclant des cloches anciennes qui carillonnaient toutes les demi-heures. Les colonnes s'élevaient en couches jusqu'au sommet de la tour, leurs courbes légères évoquant une véranda coloniale. Derrière les colonnes, les cloches étaient cachées dans l'ombre, un contraste brutal avec l'extérieur blanc étincelant de la tour.

Cape a reporté son attention vers Grace, qui regardait méthodiquement d'un écran à l'autre, puis levait la tête pour scruter la scène dans l'ensemble. Elle semblait détendue et maître de la situation, totalement à l'aise dans cet environnement surréel. Il a suivi son regard vers l'écran de droite — alors qu'un deuxième caméraman se déplaçait à travers la foule, un nouveau défilé de visages est apparu. Cape en a reconnu un ou deux comme étant des acteurs du premier film d'astéroïde. Il a supposé que les autres étaient des figurants.

Une femme agrippait une jeune fille, la lèvre inférieure tremblante. Derrière elles, un homme plus âgé montrait du doigt la fausse vague, des larmes roulant sur ses joues.

Cape s'est demandé s'il pleurait parce que c'était dans le scénario, ou parce qu'il réalisait soudain que sa carrière d'acteur avait abouti à cela — montrer du doigt un raz-de-marée légendaire pendant des heures pour qu'un connard avec un porte-voix puisse lui hurler après.

Cape se détournait de l'écran quand la caméra s'est réglée sur l'homme suivant dans la foule. Des cheveux noirs lissés et un nez aquilin se sont tournés vers la vague imaginaire alors que l'homme la montrait du doigt, les yeux noirs plissés dans une fausse inquiétude. Même la distance de la caméra ne pouvait pas atténuer la lumière intérieure cruelle de ces yeux. L'homme avait l'air aussi effrayé qu'un requin à une rencontre de natation.

Le commandant Yuri Andropov était un très mauvais acteur.

— *Quel culot*, marmonna Cape. Le salaud s'est mis dans le film.

Alors qu'il regardait fixement le visage sur l'écran, paralysé d'horreur, Cape a entendu la voix du Pôle retentir à travers ses souvenirs.

« Je pense que le commandant veut être célèbre. »

Cape a agrippé Grace si fort qu'elle a crié.

— Savez-vous qui c'est ? chuchota-t-il avec intensité, montrant l'écran du doigt.

Grace a regardé successivement l'écran et Cape, puis elle a hoché la tête. Elle a fait brusquement un signe de la main à la jeune femme avec le bloc-notes, qui a quitté l'endroit où elle se trouvait, à côté du réalisateur, et s'est précipitée vers eux.

— Amy, as-tu la feuille d'appel ? demanda-t-elle d'une voix calme. Et les très gros plans ?

Amy a hoché la tête avec empressement, ses mâchoires travaillant longuement sur sa gomme.

— Trouve-le, dit Grace, montrant l'écran du doigt.

Amy a regardé juste à temps pour voir le commandant, avant que la caméra fasse un panoramique du figurant suivant, un homme d'allure sportive dans un fauteuil roulant, qui tenait un chien.

Cape a scruté le groupe d'acteurs au loin, essayant d'identifier le commandant. Il l'a repéré vers l'arrière, à seulement quatre mètres et demi de la base de la tour de l'horloge. Le type avec la caméra fixe avait filmé presque tous les figurants — Cape a pensé qu'il en avait peut-être encore dix à filmer, en supposant que le plan était de les filmer tous et de monter la pellicule enregistrée plus tard. Il a regardé l'écran de gauche et a vu la caméra fixe reculer pour un plan d'ensemble de la foule. Il a supposé que cette scène exigeait au plus cinq minutes supplémentaires de tournage.

Amy a levé les yeux de son bloc-notes avec un sourire triomphant. Elle avait commencé à souffler une bulle pour célébrer sa découverte, mais s'est retenue, jetant nerveusement un coup d'œil au réalisateur par-dessus son épaule. Il se trouvait près de l'écran de gauche, portant une paire d'écouteurs. Amy a reporté son attention vers Grace et a lu à voix haute ce qui était écrit sur une feuille de papier jointe à une photo noir et blanc.

— Son nom est Igor Stravinsky, dit-elle vivement, de Des Moines, en Iowa. Ce n'est qu'un figurant — nous le payons selon l'échelle des salaires, le tarif quotidien habituel. Il est seulement dans cette scène, pour autant que je sache.

Amy a regardé Grace dans l'expectative, alors que cette dernière a eu un mouvement de recul quand elle a entendu le nom.

— *Igor Stravinsky, de Des Moines*? dit Cape avec incrédulité. Cela n'a pas paru étrange à quelqu'un?

Amy a acquiescé, mâchant sa gomme comme si elle était en train de ruminer.

— C'est un nom bizarre, n'est-ce pas?

Cape a regardé Grace, qui a timidement fait signe à Amy pour qu'elle retourne vers le réalisateur. Quand elle a été hors de portée de voix, Cape a attiré Grace encore plus près.

— Vous vouliez savoir qui a tué Tom, dit-il. Vous le payez selon l'échelle des salaires — le tarif quotidien habituel.

Grace a eu le souffle coupé, ses genoux cédant. Cape a saisi ses bras et l'a secouée doucement.

— Je veux que vous continuiez de tourner jusqu'à ce que je sois près de lui, dit-il.

Grace a hoché la tête, regardant à la dérobée la foule d'acteurs qui n'était qu'à une courte distance. On aurait dit qu'elle aurait pu être malade. Cape l'a touchée légèrement sur la joue, puis il s'est tourné et a couru.

Un peu plus de neuf mètres derrière la foule, une ligne de ruban jaune marquait la limite de l'espace de tournage. Six autres mètres plus loin, quatre camions blancs bloquaient la route. Un camion abritait le service de traiteur; le suivant, ceux du maquillage, des costumes et quelques toilettes et douches. Le suivant était un bureau de production mobile, le dernier contenait quatre loges privées. Il y avait approximativement un mètre quatre-vingts d'espace libre entre chaque paire de camions, une allée se dirigeant de la rue jusqu'au cœur de la production. Jetant un dernier coup d'œil circulaire au secteur, Cape n'a pas pu voir d'autre façon d'entrer.

Il a supposé que tous les yeux restaient fixés sur le raz-de-marée inexistant, c'est pourquoi il ne l'a pas évitée et n'a pas pris son temps — il s'est rendu à l'arrière des camions en moins d'une minute. Quatre portes étaient espacées à égale distance les unes des autres, sur le côté de chaque camion, donnant accès aux différentes pièces et bureaux. Espérant rester caché aussi longtemps que possible, Cape s'est déplacé rapidement entre le deuxième et le troisième camion.

Les véhicules avaient vingt et un mètres de longueur. Quand il est arrivé à mi-chemin de l'allée, il a pu voir les acteurs, qui étaient dos à lui. Il a reconnu les cheveux noirs brillants du commandant alors que la foule se déplaçait.

À six mètres de l'extrémité des camions, Cape s'est mis à courir. Il a entendu une porte s'ouvrir en grinçant sur ses gonds usés alors qu'il passait, mais il n'a pas ralenti. Il gardait les yeux rivés sur le commandant. Alors qu'il dépassait les camions, il a tendu la main derrière son dos et a sorti le revolver sans diminuer le rythme.

Cape approchait du ruban jaune quand il a entendu un son comme celui d'un moteur à réaction, le soudain déplacement de l'air causé par un énorme objet qui se déplaçait à vitesse élevée. Il s'est tourné trop tard. Un impact énorme lui a coupé le souffle et l'a envoyé voler. Sa première pensée a été qu'il avait été heurté par une voiture, mais il savait au fond de lui qu'il prenait ses désirs pour des réalités. Alors qu'il touchait le sol, il a entendu un rugissement éclatant.

Ursa l'avait enfin rattrapé.

Cape a roulé, mais l'atterrissage a été quand même dur. Grimaçant, il s'est tourné sur le dos à temps pour voir Ursa qui avançait vers lui d'un pas lourd, la tête penchée comme un rhinocéros en colère. Cape a tendu instinctivement la main droite, mais elle était vide. Il avait perdu son revolver.

Le gros ours n'était plus qu'à quatre enjambées furieuses.

Se forçant à respirer, Cape a roulé vers Ursa, espérant l'avoir bien prévu. Alors que le géant faisait un dernier pas pour franchir l'espace qui les séparait, on aurait dit qu'il allait enfoncer Cape d'un pas lourd dans le sol.

Cape a agité violemment les jambes comme une paire de ciseaux, saisissant Ursa derrière la cheville gauche au moment même où ce dernier allait planter son pied droit sur le crâne de Cape. Ursa est tombé vers l'avant et de côté, s'écroulant dans une position assise aux pieds de Cape. Cape a levé la jambe droite et a donné un coup de pied en frappant avec le talon. Le cartilage du nez d'Ursa a fait un bruit qui rappelait celui du crissement de la mousse de polystyrène.

Cape a entendu hurler et a su que la foule ne suivait pas le scénario. Elle avait vu la bataille et accourait. Il s'est demandé brièvement si les caméras étaient encore en train de filmer. Il voulait chercher le commandant, mais savait qu'il ne pouvait pas risquer de se détourner de l'automate à ses pieds.

Ursa a secoué la tête et a toussé, le sang coulant de son nez dans les crevasses de ses affreuses cicatrices. Une rivière rouge a trouvé son chemin vers sa bouche et Ursa a fait claquer ses lèvres et a souri. Avec une lueur maniaque dans son œil valide, Ursa s'est mis à rire.

— Prends ça.

Cape a saisi le gaz incapacitant qu'il portait à la ceinture. Il était encore au sol, à quelques centimètres seulement d'Ursa. Se penchant vers l'avant, il a enlevé le dispositif de sécurité et a appuyé sur le bouton du vaporisateur. Un jet mince mais puissant a frappé Ursa en plein visage. Cape a appuyé jusqu'à ce que le vaporisateur soit vide. Même à quelques mètres de distance, il pouvait sentir la brûlure dans ses narines alors que ses propres yeux commençaient à larmoyer.

Ursa a hurlé, sa main droite giflant son visage comme s'il avait pris feu. Il a grogné dans une langue russe gutturale et a frappé de son énorme main gauche, saisissant la jambe droite de Cape. Cape n'était pas prêt pour la vitesse de l'homme plus grand et a haleté en raison de la douleur soudaine — la main d'Ursa était un étau, ses doigts entourant complètement la jambe de Cape comme s'il était un enfant. La main géante façonnait son mollet comme de l'argile, l'écrasant contre l'os.

Cape a essayé de mettre son poids derrière son autre jambe, mais il a seulement réussi à se retourner et à faire face à la direction opposée. Il a donné des coups de pied autour de lui dans un demi-cercle, mais Ursa a tourné avec lui et a continué d'agripper sa jambe impitoyablement, clignant des yeux et crachant le gaz incapacitant.

Ursa était complètement aveugle, les yeux fermés serré. Mais il avait cessé de griffer son visage. Utilisant sa main libre, il a pris au piège l'autre jambe de Cape au genou, enfonçant ses doigts alors qu'il remontait méthodiquement le long du corps de Cape, un échelon accablant à la fois. Avec seulement la moitié du poids d'Ursa sur lui, Cape pouvait à peine bouger.

Cape était sur le dos, la tour de l'horloge se dressant dans le crépuscule. Un sourire méprisant s'est levé sur le visage défiguré d'Ursa alors qu'il essayait de projeter son poids d'un côté, cachant complètement la tour et masquant le soleil mourant. Les trois rainures du tissu cicatriciel sur son visage étaient remplies de sang et de gaz, des gouttes amères qui tombaient dans la bouche de Cape alors qu'il haletait pour reprendre son souffle.

Ursa a levé la tête et a ouvert son œil laiteux malgré la douleur, l'orbe horrible se tournant pour trouver Cape. Gardant l'autre œil complètement fermé, Ursa a déplacé ses bras des jambes de Cape jusqu'à son torse, s'enfonçant dans les côtés de Cape alors qu'il essayait de glisser les bras autour de lui. Cape savait ce qui s'en venait — l'étreinte d'un ours qui serait la dernière.

Ursa a déplacé son poids et Cape a donné des coups de pied de côté, se balançant vers la gauche et libérant son bras droit. Il a réussi à faire un crochet du droit vers le visage, mais il n'avait aucun élan. Ursa a gloussé et craché au visage de Cape.

Cape savait qu'il n'était pas assez fort pour se sortir de cette situation. Il était temps de se battre à la déloyale.

Accrochant le pouce autour de l'orbite de l'œil droit d'Ursa, il l'a enfoncé. Ursa a hurlé de rage, mais il a tenu bon, plissant fortement l'œil contre la pression du pouce de Cape. Cape a essayé d'atteindre un angle plus pointu sur l'œil du géant, mais sa main a glissé, incapable de maintenir la pression contre la joue ensanglantée d'Ursa.

Ursa avait le bras droit à moitié sous Cape, qui pouvait sentir la pression augmenter contre sa cage thoracique. Il goûtait le sang, mais ne savait pas si c'était le sien ou celui d'Ursa. Frénétiquement, il s'est balancé dans un mouvement de va-et-vient, essayant de libérer son bras gauche. Il faiblissait. Sa respiration était déjà difficile, sa vision commençait à se brouiller. Il pouvait presque voir la tour de l'horloge et s'est demandé quelle heure il était. Bientôt, cela n'aurait plus d'importance.

Cape a entendu un craquement mouillé — une de ses côtes devait avoir éclaté. « Ce sera bientôt fini, d'une façon ou d'une autre. » Il a ignoré la douleur et a vacillé de côté — le bras droit d'Ursa s'est écarté, et Cape a réussi à plier son bras gauche au coude. Balançant son bras droit aussi fort qu'il le pouvait, il a donné des coups de poing à Ursa à plusieurs reprises dans l'œil droit, roulant de côté après chaque coup jusqu'à ce qu'il parvienne à libérer complètement son bras gauche. Il a entendu un autre « crac » alors qu'il levait désespérément les deux mains au-dessus de la tête d'Ursa, espérant frapper les oreilles du géant assez fort pour en faire éclater les tympans.

Avant que Cape n'ait pu livrer l'attaque, un autre « crac » a précédé une douleur vive soudaine dans son cou. Instinctivement, il a rejeté brusquement la tête vers l'arrière, heurtant son crâne contre la chaussée. Des taches blanches sont apparues alors qu'il clignait des yeux — il essayait désespérément de se concentrer sur Ursa, mais luttait pour rester conscient.

La tête d'Ursa tombait du côté gauche, sa langue épaisse sortant d'une bouche maculée de sang. Les deux yeux étaient ouverts et roulaient vers l'arrière, le blanc de l'œil veiné et rouge. Un gargouillis s'est fait entendre alors que Cape sentait quelque chose de chaud et de visqueux se répandre sur sa poitrine. Il était assez sûr qu'il ne s'agissait pas de mélasse.

Cape a essuyé la sueur de ses yeux. Son corps était engourdi, ses bras étaient lourds. Utilisant les deux mains, il a saisi le crâne d'Ursa et a poussé, levant l'énorme tête non pas sans effort.

La pointe d'une flèche dépassait de presque huit centimètres le devant du cou d'Ursa, la tige noire brillant du même sang qui s'accumulait sur la poitrine de Cape. Tendant le cou, Cape a vu deux autres flèches qui ressortaient du dos d'Ursa, leurs tiges garnies de plumes dirigées vers le sommet de la tour de l'horloge. Cape a cru voir une silhouette masquée disparaître derrière les colonnes, mais il ne pouvait en être sûr à cette distance.

Ursa était un poids mort. Avec une dernière poussée, Cape a réussi à rouler pour s'échapper du dessous de ce qui était autrefois un grand ours. Il a rampé sur les mains et les genoux et est resté là, essayant de maîtriser sa respiration. Après une longue minute, il s'est remis sur les talons, levant une main hésitante vers son cou. Une coupure peu profonde s'étendait juste au-dessous de sa pomme d'Adam, où l'extrémité de la flèche meurtrière avait pénétré à travers du cou d'Ursa. Si elle laissait une cicatrice, c'en serait une avec laquelle il pourrait vivre.

Se redressant, Cape s'est mis debout en tremblant et a regardé autour de lui. Les acteurs étaient tous partis — retournés à leurs caravanes, hôtels, agents ou avocats — ou à n'importe quel endroit où traînaient les acteurs. Un petit groupe d'employés de la production se trouvaient toujours près des écrans, à bonne distance du grabuge. Ils captaient encore des gros plans par l'écran de gauche, qui montrait l'image de la caméra fixe. Elle était braquée sur le secteur au pied de la tour. L'écran de droite était vide, le type avec la caméra fixe s'étant enfui depuis longtemps vers un lieu plus sûr.

Cape a regardé à sa droite et a vu Grace qui venait vers lui, son expression passant du soulagement à la panique à chaque enjambée. On ne voyait nulle part le jeune réalisateur bravache.

Le commandant Yuri Andropov était parti depuis longtemps.

Cape se sentait mal et il s'est assis lourdement sur la chaussée. Il a entendu des sirènes au loin.

C'était un son auquel il commençait à s'habituer.

<u>**54**</u>

— JE PENSAIS QUE VOUS N'ÉTIEZ PAS autorisé à quitter la ville.

Grace se trouvait près de Cape dans une rangée près de la sortie de l'airbus. Le vol était seulement à moitié rempli, surtout avec des voyageurs d'affaires, les téléphones cellulaires et ANP prêts dans les étuis à leur ceinture, juste au cas où le pilote devrait faire un atterrissage d'urgence et qu'ils pourraient les allumer de nouveau. Alors que l'avion prenait de l'altitude, les ordinateurs portables poussaient devant eux comme des champignons vénéneux. Il n'y avait pas de livres de poche en vue.

Alors qu'il touchait distraitement le bandage sur son cou, Cape a conclu que la vie de ses compagnons voyageurs était bien plus stressante que la sienne, malgré le risque occasionnel de se faire tuer par un ours humain.

— Je ne suis pas *censé* quitter la ville, dit Cape. C'est la différence entre *pouvoir* et *devoir*.

— Vous pensez que la police verra cela de cette façon ?

Cape a haussé les épaules.

— Théoriquement, je suis censé être disponible pour un autre interrogatoire, dit-il. Avec un peu de chance, je serai de retour avant qu'ils puissent penser à d'autres questions.

— Et votre... amie ? dit Grace avec hésitation, ne sachant pas comment décrire quelqu'un qui envoyait des flèches mortelles de la partie supérieure d'un beffroi, «ange gardien» ne semblant pas convenir.

Cape a haussé les sourcils.

— Vous n'avez vu personne près de moi et du géant hostile, n'est-ce pas ?

Grace a hoché la tête.

— Ni les autres.

— Mais les flèches...

— Peuvent être retrouvées, répondit Cape. J'ai bien une amie qui est instructrice d'arts martiaux, qui s'avère être habile avec un arc, mais il y a vingt personnes dans le quartier chinois qui jurent qu'elle donnait un cours quand Ursa a été tué. Les flics pourraient les interroger, mais aucun d'eux ne parle anglais, alors ça pourrait prendre un certain temps.

Grace l'a observé un long moment sans parler.

— Ne vous inquiétez-vous jamais d'enfreindre la loi ?

— Les flics que je connais sont bien plus intéressés par la justice que par la loi, dit Cape. Ils veulent attraper les types qui ont tué votre ami Tom. Maintenant, ils en ont un de moins à craindre.

— Vous avez de la chance d'avoir des amis dans la police, dit Grace.

— J'ai de la chance d'avoir des amis, un point c'est tout, dit Cape. C'est quelque chose que je ne tiens jamais pour acquis.

Grace a souri un bref instant, puis elle s'est tournée pour regarder par le hublot. Une nappe épaisse de cumulus obscurcissait le paysage, donnant une apparence belle et propre à tout ce qui était en dessous. Dommage qu'il n'en était rien au sol.

— Je ne peux pas croire que Harry blanchisse de l'argent, dit-elle doucement, jetant toujours un coup d'œil aux nuages qui la sollicitaient.

— J'ai eu de la difficulté avec cela, moi aussi, dit Cape avec douceur, et je ne le connais pas comme vous. C'est lui qui vous a engagée, n'est-ce pas?

Grace a acquiescé.

— Au départ, je suis allée travailler pour Empire à cause de Harry.

— Mais les choses ont changé.

— J'ai fini par travailler pour Adam, dit Grace, sa voix teintée de regrets. Je pensais qu'il était bon d'acquérir de l'expérience en travaillant sur les grandes productions.

— Ça n'a pas été le cas?

— J'ai beaucoup appris...

Elle s'est abstenue d'en dire plus alors qu'elle examinait le monde immaculé au-delà de l'aile de l'avion.

Cape a résisté à l'envie de la toucher, mais en vain. Sans se détourner du hublot, Grace a déplacé la main sur le bras du siège et a trouvé la sienne. Avant qu'il n'ait pu réagir, elle a entrelacé leurs doigts et a serré la main.

— Merci de m'avoir sauvé la vie, dit-elle doucement.

Cape a serré la main à son tour, mais n'a rien dit.

— Désolée pour votre voiture, ajouta-t-elle.

— Je suis content qu'ils aient trouvé la bombe fixée à la vôtre, répondit Cape.

— Ouais, mais la mienne était louée.

Elle a glissé le pouce sur le dos de la main de Cape. Sa peau était chaude et douce. Cape a accordé à son profil l'attention qu'il méritait — les traits forts de son visage, ses cheveux noirs brillants dans la lumière tamisée de l'avion, la courbe légère de son cou. C'était une vue agréable.

Après plusieurs minutes, Grace s'est tournée pour regarder Cape dans les yeux avec une détermination renouvelée, comme si elle venait de prendre une décision importante — cela a rappelé à Cape la première fois qu'elle était entrée dans son bureau.

— J'ai perdu la foi, dit-elle simplement.

— Que voulez-vous dire ?

— Je suis entrée dans cette entreprise parce que j'adore les films, dit-elle. Mais après un moment, j'ai commencé à m'intéresser davantage à la recette brute qu'au scénario.

— C'est une entreprise, dit Cape.

— Mais c'est une prophétie qui s'accomplit, répondit Grace avec une ferveur soudaine. Les bons films peuvent rapporter de l'argent, mais les mauvais films — dont on fait correctement la commercialisation et dont la sortie se fait le bon week-end — peuvent aussi rapporter de l'argent. C'est un choix à faire.

Cape n'a rien dit. Il savait quelque chose au sujet des choix, mais elle ne s'adressait pas vraiment à lui. C'était quelque chose qu'elle avait besoin de s'entendre dire.

— Quelque part, en cours de route, je me suis retrouvée rattrapée par les *affaires* de l'industrie du film, dit Grace.

— C'est peut-être ce qui est arrivé à Harry.

— Peut-être, dit Grace, sa voix reprenant une note de mélancolie. Mais faire une mauvaise suite à un succès commercial d'été est un coup extrême d'un gangster russe qui blanchit de l'argent en passant par un studio. Si Harry s'est écarté aussi loin de la route, je ne suis pas certaine qu'il ait déjà été dessus.

— C'est peut-être seulement un bon acteur, suggéra Cape.

— Il n'y a pas de *bons* acteurs, répondit Grace. Il y a seulement des acteurs géniaux et de mauvais acteurs, les derniers devant entièrement leur succès au réalisateur, au caméraman et au producteur.

— Vous parlez comme quelqu'un qui aime vraiment les films.

Grace a rougi.

Cape a serré sa main.

— C'est bon de vous retrouver.

— Alors, que voulez-vous que je fasse?

Grace a retiré sa main et a inspiré profondément, revenant à leur affaire. Le moment intime était passé comme s'il n'avait jamais eu lieu. Cape a réussi à ne pas gémir ou grincer des dents, mais il a envisagé de demander à l'agent de bord un verre de glace.

— Vous avez déjà parlé à Angelo? demanda-t-il.

Grace a hoché la tête.

— Je lui ai dit qu'il y avait eu un incident sur le plateau, mais que nous avions obtenu le dernier plan ; nous pouvons toujours respecter le calendrier.

— Le commandant peut avoir contacté quelqu'un à Empire, mais j'en doute, dit Cape. Je pense qu'il les a à sa merci et exploite la relation quand il peut. En ce moment, il se fait probablement discret, essayant de décider à quel moment il doit refaire surface.

— Mais vous n'avez pas peur qu'Adam ou Harry soient méfiants ?

— Ça n'a pas d'importance, dit Cape. La chose la plus intelligente que les Berman puissent faire — en fait, la seule chose, à moins qu'ils veuillent quitter le pays — est de se présenter au travail et d'agir comme s'il n'y avait pas de problème.

— Et peut-être déchiqueter quelques documents, ajouta Grace.

— Ce serait le geste intelligent à faire, approuva Cape. Faire disparaître tous les liens avec le commandant.

— Alors, vous avez un plan ?

— Pas vraiment.

Grace a attendu le mot de la fin. Quand elle a vu qu'il ne venait pas, elle a demandé :

— Vous n'en avez jamais ?

Cape a pris la question en considération.

— Je préfère improviser.

— Vous auriez dû être acteur.

— Dans ma prochaine vie, dit Cape. Ils ne savent pas que vous prenez l'avion pour quitter San Francisco, n'est-ce pas ?

Grace a hoché la tête.

— J'ai dit à Angelo que je l'appellerais du plateau demain — il pense que je suis encore à San Francisco.

— Alors, je veux que vous alliez voir Harry sans prévenir et que vous exigiez qu'il démissionne.

Grace a fait un soupir qui était presque un halètement. Elle a contracté les muscles de sa mâchoire et a hoché la tête.

— D'accord — qu'allez-vous faire ?

Cape a souri.

— Je vais prouver quelque chose, une fois pour toutes.

— Quoi ?

— Que la vraie vie n'est jamais comme on la dépeint dans les films.

55

GRACE MARCHAIT À GRANDS PAS dans le hall des studios
Empire comme si elle était propriétaire de l'endroit.

— Celene, pose ce téléphone, ordonna-t-elle.

La réceptionniste percée s'est figée en dessous des
lumières halogènes, ses clous, cerceaux et anneaux étincelant comme des éclats de diamant incrustés dans sa chair.

Grace a mené Cape à l'ascenseur. Une fois à l'intérieur,
elle a laissé tomber sa garde, libérant une profonde respiration qu'elle ne savait pas qu'elle retenait.

— Nerveuse?

— D'affronter Harry? demanda Grace. J'étais triste
au début — puis nerveuse —, mais maintenant, je me pré-
pare à être royalement furieuse.

— Ça s'en vient?

— D'un moment à l'autre.

Les portes de l'ascenseur se sont ouvertes au cinquième
étage, et Cape a regardé attentivement les alentours. Le
couloir était vide dans les deux directions. Alors qu'ils

marchaient en silence sur l'épaisse moquette, Cape a scruté le plafond pour repérer des caméras. Le simple fait de ne pas en voir ne voulait pas dire qu'il n'y en avait pas, alors il a continué de regarder.

La lumière sur l'interphone luisait faiblement comme une étoile moribonde, sa surface jaune pâle défraîchie et usée. Cape s'est demandé combien de milliers de fois on avait appuyé dessus durant les deux dernières années.

— Harry, c'est Grace.

Elle a parlé clairement, le pouce appuyé fermement contre le bouton. Elle avait réussi à trouver sa colère, et elle était sur le point de se déclencher. Une minute a passé avant qu'une voix suave les submerge.

— Tu es à New York ? dit plaisamment Harry. Quelle merveilleuse surprise ! Entre, Grace.

La porte s'est ouverte avec un déclic audible.

Tandis que Grace tournait la poignée, elle a jeté un coup d'œil rapide par-dessus son épaule. Cape était appuyé contre le mur près de l'interphone. Il lui a fait un clin d'œil alors qu'elle fermait la porte.

— *Qu'est-ce qui te ramène si tôt à la maison, Grace ?*

Cape pouvait entendre la riche voix de ténor de Harry à travers la porte. Grace a répondu quelque chose — il n'a pas pu tout à fait saisir ses paroles, mais on aurait dit que le mot « vérité » avait un rôle dans sa première réplique. Cape a souri alors qu'il marchait d'un pas rapide, le long du couloir, vers le bureau d'Adam Berman.

La porte était fermée à clé. Se mettant à genoux, Cape a vu qu'il n'y avait pas de verrou de sûreté, juste un simple loquet. Il a pris un petit bout de métal plié de la taille d'une pince à billets de son portefeuille et l'a arrangé. Après deux coups minutieux, le loquet a sauté.

Le bureau était vide. Fermant la porte derrière lui, Cape a scruté la pièce. La même collection de trophées et de plaques était alignée contre le mur, le même canapé et les mêmes fauteuils remplissaient la pièce. Les bibliothèques derrière le bureau contenaient le même assortiment de livres, de revues, et quelques photos encadrées.

Cape s'est avancé vers le bureau. Sa surface était jonchée de papiers, accompagnés de quelques presse-papiers et de deux statuettes, mais rien ne semblait plus important que le reste. Le téléphone semblait fonctionner, le voyant rouge des messages clignotant. Cape s'est assis et a mis les mains sur le bureau, regardant la pièce selon la perspective d'Adam.

Alors qu'il se berçait dans le fauteuil, Cape a vu quelque chose qui lui avait échappé pendant qu'il était debout. Un verre à moitié rempli de bourbon et de glace se trouvait juste dans l'ombre d'un prix Emmy. La glace n'était pas toute fondue, et il y avait à peine un cerne autour de sa base. Quelqu'un avait été assis ici quelques instants avant qu'il n'enlève le loquet. Cape a fait glisser ses mains sous le bureau, cherchant un bouton ou une clenche.

Rien.

Se reculant dans le fauteuil, Cape a ouvert le tiroir du haut et s'est figé.

La voix d'Adam Berman était juste derrière lui.

Cape s'est levé et s'est tourné, faisant face aux bibliothèques qui étaient alignées contre le mur. La voix était sourde, mais c'était incontestablement celle d'Adam. Il avait l'air en colère — les mots au hasard avaient suffisamment de vélocité derrière eux pour traverser le mur. «Oser»... «scandale»... «intégrité». Cape s'est rapproché de la bibliothèque et a plié les jambes, essayant de la regarder de la hauteur d'Adam.

Le rayon contenait à peu près trente livres, et Cape les a saisis à tour de rôle et les a tirés doucement. Chacun s'est incliné sur son dos comme l'aurait fait n'importe quel livre normal. Le dernier objet sur le rayon était un oscar, qui se trouvait là comme un témoin muet de l'incursion de Cape.

— Ce serait trop évident, marmonna Cape. Regardant de plus près, il a vu qu'il n'y avait pas de poussière sur la statuette. Haussant les épaules, il a mis la main autour de l'homme doré et a tiré.

La statuette s'est inclinée vers l'avant sur un mécanisme à ressort placé à sa base, et la bibliothèque s'est déplacée vers l'avant et de côté, le seul son étant un léger bruit de roulement alors qu'elle glissait sur un rail.

— Ça fait vraiment Indiana Jones.

Cape a fait un pas vers l'arrière alors que la bibliothèque s'arrêtait et il s'est retrouvé sur le seuil d'une chambre secrète.

La pièce était un cube presque parfait d'un peu plus de trois mètres de côté, sans fenêtres. Au mur, en face, se trouvaient trois téléviseurs à écran plat. Sur le premier, il y avait une image de Harry Berman, son visage bienveillant ayant l'air exceptionnellement sévère. Le deuxième montrait une vue de l'océan tel qu'on pourrait la voir à travers la fenêtre d'une salle de séjour. Collée au mur, en dessous de la deuxième télé, se trouvait une liste numérotée d'endroits qui incluait New York, Paris et San Francisco — tous les endroits où les Berman avaient une propriété. Grace apparaissait sur le troisième écran, le visage rouge alors qu'elle pointait un doigt accusateur vers la caméra.

Au centre de la pièce se trouvait une chaise fixée au sol, des câbles circulant à sa base vers une rangée d'ordinateurs. Des lumières clignotaient alors que les ordinateurs bourdonnaient par à-coups, répondant aux demandes de l'homme dans la chaise.

Adam Berman ne pouvait pas voir Cape en raison du casque qu'il portait. Des câbles descendaient du dessus, et deux petites électrodes étaient collées aux joues d'Adam, juste au-dessus de sa bouche. Une visière teintée couvrait ses yeux. Cape a supposé, en voyant la lumière réfléchie sur le visage d'Adam, que c'était une sorte d'écran éclairé par l'arrière, et que les écrans au mur étaient un supplément pour les fois où il ne portait pas le casque. Il portait un gant à la main droite, chaque doigt commandant un câble indépendant qui se rendait vers la rangée d'ordinateurs. Alors qu'Adam gesticulait d'une manière extravagante dans la chaise, l'image de son frère Harry bougeait énergiquement sur l'écran.

Cape pouvait entendre la voix de Grace s'échapper des écouteurs placés à l'intérieur du casque et il s'est souvenu des acteurs virtuels qu'elle lui avait montrés. Combien cela avait-il coûté, et quel était le film dont le budget avait payé pour cela? Il a observé Adam se balancer, murmurant dans un microphone placé juste sous son menton. Le câble du microphone se rendait à un ordinateur distinct — Cape a supposé que c'était une sorte de synthétiseur de voix. Il avait vu des versions primitives dans les magasins de jouets, à Noël, l'année précédente.

Cape a marché à grands pas vers le synthétiseur de voix et a tiré le câble d'un coup sec de sa prise de courant. Sur le grand écran, Grace s'est penchée vers l'avant et a secoué la tête, portant la main à son oreille. Cape est revenu le long de la rangée d'ordinateurs et a tiré sur les câbles à chaque arrêt, regardant par-dessus son épaule alors que l'image de Harry Berman se transformait en pixels et se défaisait en morceaux sur le petit écran. Il a vu Grace sur l'écran, le regard fixe, puis elle s'est soudainement éloignée de la caméra. Cape s'est dirigé vers Adam, qui se balançait toujours, inconscient de ce qui se passait.

Cape a placé son pied droit contre la hanche d'Adam et l'a fait tomber de la chaise.

Adam a atterri dans un enchevêtrement de câbles en poussant un gros « ouf », le casque de travers. Il est tombé complètement alors qu'il dégringolait vers l'arrière, loin de Cape.

— Salut, Adam! Vous vous souvenez de moi?

Cape a entendu frapper dans le bureau derrière lui. Adam semblait être en état de choc. Il n'irait nulle part. Cape a couru rapidement à travers le bureau pour ouvrir la porte à Grace, puis il est revenu au pas de course vers la pièce cachée. Adam était encore accroupi dans un coin, les yeux comme ceux d'un enfant effrayé. Grace a eu le souffle coupé quand elle est entrée dans la pièce. Elle avait déjà vu la technologie.

Adam a mis les bras autour de ses genoux, des larmes coulant sur ses joues, la main droite encore vêtue de son gant sophistiqué. Il les regardait avec une expression de tristesse infinie.

— J'adorais mon frère, dit-il misérablement. Je l'adorais.

Cape s'est accroupi pour être au niveau des yeux avant de dire quoi que ce soit.

— Il est mort, n'est-ce pas, Adam ?

Adam a gémi et a caché sa tête entre ses jambes, roulant sur le côté. Des sanglots violents ont secoué son corps grassouillet alors que ses pieds donnaient des coups aux ordinateurs, les sons d'autant plus pitoyables dans l'espace restreint. Cape s'est assis sur le sol près de lui et a mis la main sur son dos. La respiration d'Adam s'est ralentie graduellement, mais ses yeux étaient fermés serré. Il n'allait pas être cohérent dans un avenir proche.

— Oh, mon Dieu.

Angelo se trouvait dans l'embrasure de la porte, la bouche ouverte. Ses yeux bondissaient d'une chose inexplicable à l'autre, essayant de rassembler le tout. Cape a désigné d'un geste la chaise au centre de la pièce.

— Assieds-toi, Angelo, dit-il. Il y a certaines choses que tu dois savoir.

56

CAPE POUVAIT DIRE QUAND IL N'ÉTAIT PAS DÉSIRÉ. Se faire tirer
dessus, se faire mentir et presque exploser en une semaine
était assez déplaisant. Mais se faire expulser était plus
qu'il n'en pouvait supporter.

Il était venu directement à son bureau de l'aéroport et
avait trouvé la lettre sous la porte. Rien qu'à la prendre,
il avait mal — il était contusionné jusqu'à l'os des suites
de sa bagarre avec Ursa, et son côté le brûlait à l'endroit
où la balle avait éraflé ses côtes. Son cou était encore
bandé. Quel que soit l'angle, il avait l'air et se sentait
patraque.

Il s'est assis lourdement derrière son bureau et a lu. La
lettre était une pétition de son propriétaire, signée par les
autres locataires, demandant que Cape soit expulsé. Bien
qu'ils aient été sensibles aux exigences et aux risques de
sa profession et aient toléré une « pléthore de visiteurs louches » au fil des années, la voiture qui avait explosé était
la goutte qui faisait déborder le vase.

Cape avait fait quelques travaux pour son propriétaire l'année précédente à titre bénévole — seulement la valeur d'une journée de courses, mais Cape supposait qu'il méritait un peu de bonne volonté. Cela et l'économie en chute pouvaient faire la différence entre déménager dans un nouveau bureau ou simplement payer pour faire remplacer les fenêtres. Il a roulé le papier en boule et l'a projeté dans le couloir.

— Jeter des détritus est illégal, retentit une voix familière.

Beau a franchi le seuil et a lancé le papier à Cape.

— C'est passible d'une grosse amende, en tout cas, ajouta-t-il.

Cape a désigné la chaise du client d'un geste.

— Tu dois être un membre de cette pléthore de visiteurs louches.

Beau a froncé les sourcils.

— Pardon ?

— Ça n'a pas d'importance — j'espère que le décor de verre brisé ne te dérange pas.

Beau s'est avancé sur le sol, le verre crissant sous ses pieds, et il a jeté un coup d'œil aux pellicules de plastique fixées aux fenêtres alors qu'elles se gonflaient dans la brise.

— Quand vas-tu tout nettoyer ?

— J'ai été occupé.

— Nous sommes deux, dit Beau. Tu te souviens du tireur dans le bureau de Frank, le type qui ressemblait à un faucon ?

Cape a hoché la tête.

— Anthony, n'est-ce pas ?

— C'était assurément le tireur, dit Beau.

— Les médecins légistes sont passés ?

Beau a soupiré.

— Non, mais Frank est passé, dit-il misérablement. Les patrouilleurs du port ont trouvé Anthony qui flottait comme une bouée près du Pier 23, à plat ventre dans l'eau. Ce qui était aussi bien, parce que le coup de feu à l'arrière de sa tête a arraché la plus grande partie de son visage.

Cape s'est souvenu de sa visite chez Frank, le charme ventripotent de l'homme déguisant à peine l'animal à l'intérieur.

— Tu ne pourras jamais épingler Frank.

— Tu parles si je ne le sais pas, dit Beau. J'attraperai ce gros salaud un autre jour, sur autre chose.

Cape a hoché distraitement la tête.

— Il n'y a rien, sinon que des impasses.

— Rien, sinon des cadavres, répondit Beau. J'ai parlé à Corelli, qui a parlé à Interpol. Il a pensé que tu voudrais savoir qu'il n'y a eu aucun signe du commandant.

Cape a haussé les épaules.

— Je ne suis pas surpris. Il s'est glissé dans le pays assez facilement. Il ne fait aucun doute qu'il pourrait sortir furtivement sans attirer trop l'attention.

— À moins qu'il veuille finir ce qu'il a commencé, dit Beau, regardant Cape intensément.

— Ouais, j'y ai pensé, dit Cape. Mais il n'y a pas de profit à me tuer maintenant, et je pense qu'il est un opportuniste. D'ailleurs, que suis-je censé faire ?

— Déménager ?

Cape a hoché la tête.

— Pas de chance.

— Changer ton nom pour quelque chose comme Joe ou John, dit Beau. Quelque chose d'anonyme — qui t'évitera de te donner la peine d'épeler ton vrai nom.

— Merci, dit Cape. Je ne suis pas intéressé.

— Je pensais seulement que je devais le mentionner.

— Où est ton partenaire dans tout cela ?

Beau a haussé les épaules.

— Il est occupé avec la paperasserie au sujet de cette succession de cadavres que tu as laissés derrière toi. Et Vinnie est méticuleux pour les détails — ça me rend fou parfois.

— On dirait que tu commences à parler comme la moitié d'un vieux couple marié.

— Fais attention.

— Tu as déjà pensé retourner à la brigade des Stupéfiants ?

— Non, dit Beau. Parfois — pas vraiment. Je pense qu'avec la brigade criminelle, j'ai affaire à une meilleure catégorie de gens.

— Tu veux dire des gens décédés ?

— Exactement, dit Beau. Ce sont les ordures qui marchent et parlent encore qui sont déprimantes.

— Je n'y avais jamais pensé de cette façon, dit Cape.

Les deux hommes se sont retournés alors que des pas ont retenti dans le couloir, se sont arrêtés, puis ont repris. Un instant plus tard, un jeune homme se tenait dans l'embrasure de la porte. Il mesurait environ un mètre quatre-vingts, avait de longs cheveux bruns et des yeux rêveurs. Il a fixé successivement Beau et Cape avec un regard impassible.

— Vous êtes Cape Weathers ?

Cape a hoché la tête. Il y avait quelque chose avec le jeune homme qui n'allait pas. Beau a manifestement ressenti la même chose ; il a remué sur sa chaise pour mettre le revolver sur sa hanche en évidence. Le jeune homme semblait indifférent.

— Votre téléphone va sonner, dit-il.

Avant que Cape ait pu répondre, le jeune homme s'est tourné et est reparti dans le couloir. L'écho de son dernier pas a cessé au moment même où le téléphone s'est mis à sonner. Cape et Beau ont sursauté tous les deux, regardant le téléphone comme s'il était sur le point d'exploser. Cape a saisi le combiné à la troisième sonnerie.

Une voix indistincte a murmuré à l'autre bout du fil.

— *Vous avez une livraison… d'un ami.*

Cape a regardé fixement le téléphone silencieux avant de raccrocher. Beau a commencé à dire quelque chose, mais Cape a levé la main, s'est levé, a marché vers la porte et a scruté le montant, dans le couloir. Une grosse boîte de carton se trouvait sur le sol, précisément à l'endroit où le jeune homme devait l'avoir laissée quand ils avaient entendu ses pas s'arrêter.

Cape a placé délicatement une main de chaque côté de la boîte et a évalué son poids. Il l'a estimé à un peu plus de quatre kilogrammes. Quand il a été sûr qu'il n'y avait pas de fils attachés au fond, il a transporté la boîte dans le bureau et l'a placée doucement sur la table.

Beau a regardé la boîte avec méfiance.

— Si c'est une autre bombe, notre amitié est officiellement terminée.

La boîte avait quarante centimètres de côté, un simple cube de carton brun entouré de ficelle.

Cape a souri alors qu'il examinait l'étiquette de l'adresse.

— Détends-toi, dit-il. Ça vient d'un ami.

Il a tiré la ficelle pour libérer les rabats du dessus. Rien n'a explosé. Beau et lui se sont penchés vers l'avant ensemble, se cognant presque la tête alors qu'ils jetaient un coup d'œil à l'intérieur.

Un sac de plastique bleu remplissait la boîte de carton, fermé par un nœud au-dessus et maintenu par une grosse ficelle. Regardant Beau de l'autre côté de la boîte, Cape a tiré délibérément sur la corde.

— Boum! dit-il.

Beau a pris un air renfrogné.

La puanteur a frappé durement, les rejetant sur leurs sièges. Les yeux de Cape ont commencé à larmoyer et Beau a toussé alors qu'il portait la main à son nez. Les deux hommes se sont regardés avec une expression sombre avant de se lever et de risquer un autre coup d'œil à l'intérieur.

— C'était adressé à ton nom, dit Beau sur un ton égal. Tu t'en occupes.

— Est-ce un défi?

— Appelle cela comme tu veux, répondit Beau, mais je ne mets pas la main là-dedans.

Cape a retenu son souffle alors qu'il mettait la main à l'intérieur. Il a enroulé les doigts autour de ce qui semblait être du spaghetti froid et a levé lentement le bras, combattant un violent haut-le-cœur. Il a regardé fixement devant lui d'un air impassible en prévision de ce qu'il allait voir à seulement un bras de distance.

Le commandant Yuri Andropov lui a rendu son regard, les yeux devenus des globes sans vie encastrés dans leurs orbites. Sa mâchoire était détendue, les dents de travers et jaunes, et un filet de sang séché avait coulé d'une narine. Son cou était déchiqueté ; du pus gangreneux suintait lentement sur le côté avant de dégouliner dans la boîte.

Au centre de son front se trouvait un trou à peine plus grand que la circonférence d'un crayon, juste au-dessus des yeux. Cela semblait d'un rouge profond à l'intérieur, mais noir sur les rebords. Il n'y avait aucune blessure de sortie ni de trou béant à l'arrière du crâne, cela suggérant qu'un revolver de petit calibre avait été utilisé, peut-être un calibre .22.

La tête du commandant était étonnamment lourde.

Cape l'a laissée tomber dans la boîte et s'est assis, essuyant sa main sur sa cuisse.

— Beau, j'aimerais te présenter le commandant — le suspect du meurtre que toi et Vinnie avez cherché.

Beau avait l'air d'envisager de mettre la tête de Cape dans sa propre boîte.

— Un ami t'a envoyé ça ?

Cape a regardé de nouveau l'étiquette de l'adresse, écrite à la main en lettres majuscules parfaites. Près de son nom se trouvait un petit dessin à l'encre représentant une pièce d'un jeu d'échecs — un cavalier blanc. Dans le coin supérieur gauche, où l'adresse de l'expéditeur aurait dû normalement être imprimée, il y avait une esquisse semblable d'un roi noir.

Le souvenir d'un sourire de requin a défilé devant ses yeux, et Cape a hoché la tête et a souri.

— Ouais, dit-il. Un ami que je ne savais pas avoir.

— Toi et tes amis, dit Beau d'une voix lasse, sachant qu'il était sur la liste. Je dois appeler Vinnie — il va *adorer* cela.

57

— Harry est mort depuis deux ans.

Cape marchait lentement près de Grace pendant qu'elle livrait la nouvelle. Le pont Golden Gate dominait la vue devant alors qu'ils marchaient le long de la plage à Crissy Field. Les enfants faisaient voler des cerfs-volants et hurlaient, les chiens aboyaient. Les membres d'une famille d'inconditionnels avançaient dans les vagues, devenaient bleus et couraient vers leurs serviettes. À chaque pas, la scène du meurtre de Tom apparaissait plus proche, mais Grace semblait curieusement en paix. D'une certaine façon, connaître la vérité apportait le calme, sinon le réconfort.

Le brouillard s'était évanoui comme une vilaine gueule de bois, révélant le soleil, mais laissant derrière lui une brise océanique juste assez froide pour vous rappeler de rester hors de l'ombre. C'était quelque chose que Cape avait déjà pris à cœur. Il a plissé les yeux contre le vent et a secoué la tête avec incrédulité.

— Deux ans.

Grave a acquiescé.

— Sa disparition coïncide avec le début des investissements de Yuri Andropov avec Empire. Je suppose qu'Adam avait besoin que Harry disparaisse de son chemin avant qu'il puisse prendre l'argent du commandant.

— C'est au moment où Harry avait prétendument développé sa sociophobie, n'est-ce pas?

Grace a hoché la tête, les yeux flous comme si l'océan lui faisait perdre sa contenance.

— Il est difficile de croire que nous nous sommes tous laissés prendre.

— L'industrie du film n'est-elle pas dirigée par quelques excentriques puissants? demanda doucement Cape. Je pense que vous m'avez déjà dit cela.

Grace s'est efforcée de sourire.

— Je vous avais dit également que Harry était devenu étrange, même selon les standards d'Hollywood.

— Alors, peut-être qu'au fond, vous saviez, dit Cape.

— Créer un Harry virtuel a dû coûter une fortune.

— Cela pourrait expliquer la raison pour laquelle votre budget pour les effets spéciaux a été dépassé.

Grace a acquiescé.

— Vous le saviez, n'est-ce pas?

Cape a haussé les épaules.

— Je ne savais pas à quoi m'attendre quand je suis entré dans le bureau d'Adam, dit-il, mais il y avait des contradictions stupides qui me tracassaient.

— Comme quoi?

— Harry savait qui j'étais dès le moment où je suis entré dans son bureau, dit Cape. J'étais censé être mort, et il était un peu trop décontracté par rapport à tout cela, même pour un type qui se cachait derrière un écran. Je venais de rencontrer Adam, alors j'ai commencé à me demander jusqu'à quel point les deux frères étaient vraiment proches. Comme si, peut-être, ils se parlaient.

— Quoi d'autre ?

— Tout le monde, y compris Adam, m'a dit combien les prix et les éloges de la critique étaient importants pour Harry, mais toutes les statuettes et les plaques étaient dans le bureau d'Adam, magnifiquement exposées. Le bureau de Harry était nu — Adam avait amassé tous les trophées pour lui-même.

— Je suis une idiote, dit Grace.

— Vous étiez trop proche de la situation, répondit Cape. Vous étiez là pour leur parler de la production du film, j'étais là pour remarquer des choses.

Grace a hoché distraitement la tête alors qu'elle se demandait quelles étaient les autres choses qu'elle avait considérées comme allant de soi.

— Il y a autre chose, n'est-ce pas ?

— Adam était censé être le frère intéressé par l'argent, dit Cape, mais Harry se vantait d'avoir organisé la vente. Ce n'était pas le visionnaire artistique que tout le monde avait décrit.

— Je n'ai jamais cru que Harry vendrait la compagnie.

— Le langage qu'Adam et Harry utilisaient pour se décrire l'un l'autre était semblable, dit Cape. Ils utilisaient tous les deux par réflexe l'expression « j'aime mon frère », presque comme un mantra.

Grace s'est souvenue de l'image d'Adam Berman pleurant sur le sol.

— Adam aimait peut-être vraiment Harry.

— Je pense que oui.

— Il l'a pourtant tué, dit tristement Grace.

Cape a hoché la tête.

— Je ne pense pas — je parie que le commandant a tué Harry après qu'il ait découvert qu'Adam transformait le studio en opération de blanchiment d'argent.

Il s'est tourné pour regarder Grace.

— Je pense que la même chose est arrivée à votre ami Tom.

— Vous ne pensez pas que Tom ait été impliqué du tout ? demanda Grace avec espoir.

Cape a hoché la tête.

— Je pense que Tom a remarqué les mêmes décalages dans le budget que vous, et il a commencé à poser des questions. Le commandant devenait impudent — il s'est même mis dans le film. Je parie que la comptabilité devenait désordonnée, elle aussi.

Grace a cessé de marcher et a regardé fixement le pont magnifique, un témoin muet de tant de vies. Tant de morts. Après un long moment, Grace a soupiré, comme si elle se libérait d'un grand poids.

Ils sont restés là, en silence, durant plusieurs minutes, observant la lumière du soleil qui sautait sur la crête des vagues. Quand Grace s'est tournée pour lui faire face, Cape a remarqué que les années autour de ses yeux avaient disparu, les rides effacées par la lumière d'argent qui se détachait de l'eau.

— Qu'est-ce qui arrivera à Adam, d'après vous ? demanda-t-elle.

— C'est difficile à dire, dit Cape alors qu'ils repre-
naient leur marche. Après que son frère ait été tué, il a
manifestement craqué, adoptant les deux personnalités à
l'intérieur de sa tête chauve. Il ne pouvait pas lâcher prise
sur sa personnalité avide, mais il a aussi adopté le personnage bienveillant de son frère aîné.

— Vous croyez vraiment cela?

— Je ne pense pas qu'Adam ait jamais été l'individu le
plus équilibré sur la planète.

— C'est une litote, approuva Grace.

— Alors, ce que je pense n'a pas d'importance, dit
Cape. Ce qui a de l'importance, c'est ce qu'un juge croira.

Grace a hoché la tête, mais n'a rien dit.

— Et vous? demanda Cape.

Grace a souri timidement.

— J'ai un film à produire.

— Alors, vous allez finir le film?

— Oui, je vais le faire, répondit Grace. Il y avait
d'autres investisseurs en plus du commandant, et le
studio se trouve à perdre plus si nous abandonnons la
production plutôt que de faire sortir le film. Avec un peu
de chance, les recettes au guichet couvriront les dépenses
imprévues du budget.

— De qui était-ce la décision?

Grace a souri de nouveau.

— Angelo.

— Il est votre nouveau patron? dit Cape en riant.

— Harry et Adam n'étant plus là, il est responsable,
dit Grace. Nous avons eu une longue discussion hier —
il m'a demandé de finir le film. Je ne pensais jamais que
je dirais cela, mais j'ai l'impression qu'il est une personne

différente sans Adam pour lui casser les couilles chaque jour.

— Cela changerait certainement mon attitude.

— Je vais terminer le film, et ensuite, je vous dirai ce que je pense vraiment de lui.

— Et après cela?

Grace a regardé Cape avec une expression douce-amère, son sourire chaleureux, mais ses yeux un peu tristes.

— Je pense que je vais prendre un peu de temps libre après ce travail, dit-elle. Je veux me rappeler *pourquoi* je voulais faire des films en premier lieu — je veux avoir ce sentiment de nouveau.

— Vous devriez peut-être essayer d'aller voir des films à la place de les faire.

Grace a cessé de marcher.

— Me demandez-vous de sortir avec vous?

— Bien sûr que non, dit Cape un peu trop rapidement. Je ne sors jamais avec mes clients.

— Je pensais que vous en aviez fini avec cette affaire, répondit Grace.

— Je ne vous ai pas envoyé ma facture, répondit Cape. D'ailleurs, je ne sais même pas quels films passent actuellement au cinéma.

— Je vais vérifier dans les journaux, dit Grace, juste au cas où vous changeriez d'avis.

Cape a haussé les sourcils.

— Je pensais que vous preniez du temps avant de vous engager.

— Il est peut-être temps que j'essaie quelque chose de différent.

Cape a haussé les épaules et a regardé vers le pont, se demandant s'il devait changer de sujet.

— Où vous êtes-vous dirigée maintenant?

— Vers le stade de baseball, dit Grace. Celui sur l'Embarcadero, où jouent les Giants — nous allons le détruire demain après-midi.

— Vous détruisez le stade de baseball? demanda Cape. C'est une grande nouvelle.

— Vous n'aimez pas le baseball?

— Je n'ai rien contre l'équipe, mais les parties ont bousillé la circulation depuis qu'ils ont construit cette chose — je préférais quand ils jouaient à Candlestick.

— J'ai bien peur que ce soit temporaire, dit Grace. Ce sont des effets spéciaux.

— Ça va, dit Cape. Je ne suis pas certain d'être prêt pour quoi que ce soit de permanent en ce moment.

— Parlons-nous encore du stade?

— De quoi d'autre pourrions-nous être en train de parler? demanda Cape.

— Je serai en ville pour une autre semaine, dit Grace.

— D'accord, dit prudemment Cape. Mais vous êtes toujours une cliente.

Grace s'est penchée vers l'avant et l'a embrassé légèrement sur les lèvres.

— Vous êtes viré.

Elle a souri avant de se tourner et de marcher lentement vers le stationnement.

Cape est resté là et l'a regardée jusqu'à ce qu'elle s'éloigne, l'océan derrière lui, le pont plus loin qu'il en avait l'air. Il a léché ses lèvres, et elles goûtaient les fraises.

— Je devrai me souvenir de lui envoyer une facture.

REMERCIEMENTS

Écrire peut être une activité solitaire, mais personne n'écrit un livre seul. J'aimerais remercier tous ceux qui ont inspiré, guidé et canalisé ce livre alors que je luttais pour le concrétiser.

Mon agente tenace, Jill Grosjean. Barbara Moore, de Midnight Ink, pour avoir cru dans ces personnages. Karl Anderson, mon éditeur au regard perçant. Pamela Cannon, une agente de publicité blindée. L'Independent Mystery Booksellers et leurs clients extraordinaires. L'équipe charmante d'assassins et de voleurs de la Book Passage Mystery Writers Conference.

Par-dessus tout, j'aimerais remercier ma famille. Ma femme, Kathryn, pour m'avoir convaincu qu'il est plus facile de vivre avec moi quand j'écris. Clare Ruth Maleeny et Helen Grace Maleeny — deux jeunes filles intelligentes, créatives et amusantes qui font que le soleil se lève chaque matin.

Tim Maleeny est l'auteur du livre *Le vol du dragon*, un roman que Lee Child a qualifié de « premier roman à suspense parfait », qui a été appelé un « livre assassin » par l'Independent Mystery Booksellers Association.

Ses nouvelles ont été sélectionnées pour le Macavity Award et elles ont paru dans *Alfred Hitchcock's Mystery Magazine* et *Death Do Us Part*, une anthologie éditée par Harlan Coben pour les Mystery Writers of America.

Diplômé du collège Dartmouth et de l'université Columbia, Tim vit actuellement à San Francisco avec sa femme et ses filles. Pour le joindre et en savoir davantage au sujet de ses écrits, visitez le www.timmaleeny.com.

Du même auteur

« Dur, original, irrésistible — un premier roman à suspense parfait. »
Lee Child, auteur de *The Hard Way,* best-seller du *NY Times*

Prix de lancement 99 ¢

UNE ENQUÊTE DE CAPE WEATHERS

LE VOL DU DRAGON

TIM MALEENY

Pour obtenir une copie de notre catalogue :

Éditions AdA Inc.

1385, boul. Lionel-Boulet, Varennes, Québec, J3X 1P7
Téléphone : (450) 929-0296, Télécopieur : (450) 929-0220
info@ada-inc.com
www.ada-inc.com

Pour l'Europe :

France : D.G. Diffusion Tél.: 05.61.00.09.99
Belgique : D.G. Diffusion Tél.: 05.61.00.09.99
Suisse : Transat Tél.: 23.42.77.40

éditions

www.AdA-inc.com
info@AdA-inc.com

100%

L'impression de cet ouvrage a permis
de sauvegarder l'équivalent de 22 arbres.

MAL